南方周末二十五年文丛

在这里，读懂中国

不沉默的少数

《南方周末》编

南方日报出版社
NANFANG DAILY PRESS

图书在版编目（C I P）数据

不沉默的少数 /《南方周末》编 . -- 广州 : 南方日报出版社，2012.5

ISBN 978-7-5491-0363-8

Ⅰ. ①不… Ⅱ. ①南… Ⅲ. ①随笔—作品集—中国—当代 Ⅳ. ① I267.1

中国版本图书馆 CIP 数据核字 (2011) 第 273191 号

不沉默的少数　　《南方周末》编

出版发行：南方日报出版社
地　　址：广州市广州大道中 289 号
电　　话：020-83000502
经　　销：全国新华书店
印　　刷：北京中印联印务有限公司
开　　本：720mm × 1000mm 1/16
印　　张：20
字　　数：315 千字
版　　次：2012 年 5 月第 1 版　2012 年 5 月第 1 次印刷
定　　价：36.00 元

目录 CONTENTS

下编

总序 GENERAL PREFACE

不死的理想随书页飞扬

■ 向 熹

“有可以不说的真话，决不说假话。”岭南老报人的一句话，被一张报纸拿来实践了25年。

话没有什么稀奇，类似的话，康德早说过；意思没有什么稀奇，蒙学阶段就在灌输；修辞没有什么稀奇，比起“知其不可而为之”、“先天下之忧而忧，后天下之乐而乐”显得朴素。

然而，以之为圭臬，却成就了一张报纸的气象。

有人说，是特殊的时代成就了说真话的《南方周末》，此话可能只说对了一半。《南方周末》确要感谢这个奇迹般的时代提供的丰富机会。从民国时期的“厚黑学”到当代的“潜规则”，学者都在阐述对历史的理解，说真话需要足够的勇气。今天，更显真话的珍贵。

真正成就《南方周末》的是一份朴素的信念：相信未来，并着手创造未来；珍视真善美，并着手护持真善美。

真正成就《南方周末》的是一种咄咄的坚持：扎根中国，深入人民；放眼世界，纯粹新闻。

这是理想主义者的执著。其中并没有多少创造，这样的理想主义，不过是中国千年不易的知识分子情怀与操守；这样的理想主义，不过是启蒙时代以来，人类的优秀分子共同的价值与行为取向。

但就是秉承这样的理想，使《南方周末》从“服务改革、激浊扬清”到“让无力者有力，让悲观者前行”，从“深入成就深度”、“记录时代进程”到“在这里，读懂中国”，25年一路走来，几代报人，薪火相传。成功时有泪水，风雨中常微笑。

由此，在《南方周末》创刊25周年时，我们出版这套丛书，并不是觉得《南方周末》做了什么惊天动地的事，并不是《南方周末》有树碑立传的需要。我们只是想通过结集的形式，持续地告诉爱她或恨她的人们，如她那样坚持，在任何时代，都能有这样的成绩；持续地告诉爱她或恨她的人们，不要怀疑历史终将进步，赤诚的新闻人只需着力于本分。

这套丛书里有《南方周末》已刊篇章的选集，有《南方周末》新闻业务经验的总结。所有这些，不过是一些报人工作的累积，但因它们的诚实而显得有价值，因它们记录了一个奇迹般的时代而显得有价值，因它们背后对家国责任的担当而显得有价值。

当然，就爱报纸如生命的我们而言，以书的形式留存篇章，也是不希望这些作品速朽，但从不冀望它们如在《南方周末》上刊登时引起的轰动。于我们，翻阅这套丛书，可以小小陶醉一下：没有辜负时间的厚爱，生于这个年代，并忠实地做了一名记录者。

如你不弃，翻开它们，墨香氤氲中或能感觉到我们的存在，但不会强烈，如一首诗“浑然不觉的黄色花/从很深的日月里开放了/……我把什么留在这里/除了步履/就是微笑/在苍茫的风中/闪烁不息”。

只有不死的理想随书页飞扬……

2009年12月1日于穗—京航班上

序

PREFACE

世界变平，思想何为

■ 马 莉

有一位美国学者这样说："在我们睡大觉的时候世界正在发生着惊人的变化。"为了证明这句话的真实性，他抛出了如下耸人听闻的发现："哥伦布要去印度，结果到了美洲，他意外地发现，世界是圆的；我从美洲到了印度，结果意外地发现，世界是平的。"

这个人叫托马斯·弗里德曼（Thomas Friedman），他写了一本畅销全球的著作《世界是平的》。两年前我读到了这本书，直到今天我还在思考它所涉及的我们共同面临的问题。我在想，地球的物理形态变化无多，而那上面的人类世界却变化惊人。

世界变平了，作为世界中的我们，也在被改变着。我们将会变成什么样子呢？

毫无疑问，即时通讯使我们变得比以往任何时候都更耳聪目明，秀才不出门，便知天下事。但是，世界的差异性也在由此而消失，难能可贵的独造被轻易地复制、盗取，同质化使小到产品大到都市乃至人的习俗，正趋于面目相似和彼此雷同。视觉文化盛行带来的惰性娱乐，使传统的阅读与思考日渐式微。世界的平，在把天堑变坦途的同时，也把人类的思维与想象力扯平了。

世界变平了，在一个“平”的时代，思想何为？也许，不必指望思想有多么深刻，只期待它不要背离常识；也不必强求思想是否原创，只关注它的阐述是否美妙——这，或许就是我以及和我一样喜欢追问与饶舌的人此时此地的考虑。任何时代的报纸副刊，无论它是娱乐化还是思想化，都绝无例外地呈现出一个民族的精神样态。与一般新闻报道不同，作家的写作是一种主观呈露，它呈现着知识阶层的人文状况及思想走向。而优秀副刊发出的“思想声音”又有别于一般意识形态，它是有良知的知识分子的参与，它像牛虻一样叮咬权力这个庞然大物，在某种程度上，甚至会成为与主流意识形态“相左”的思想行为。这看似有些矛盾，但正是这种“相左”，使得公众的精神向前进步，向上生长。

思想从来就是“润物细无声”的，要求思想迅速开花结果，是十分可笑的。在一份优秀的报纸副刊那里，呈示的是敏锐、深沉而智慧的思想面孔，其阅读效应不可能像新闻报道那样出奇制胜，立竿见影。它不那么快餐，它需要反刍，它是一种积淀、累进与渗透，这使得它在一个急功近利的时代，未免来得“慢”和不够“秀”，它不能够与快速生长的经济成正比。作为一个新时代的副刊编辑，明了这一点非常重要。

我至今依然清晰地记得1992年我来南方周末的情景，那是元旦过后一个阳光灿烂的早上，时值《南方周末》从4版扩为8版，在报社9楼一间大办公室里，老主编左方先生亲自开辟并拟定了副刊“芳草地”随笔专版及其宗旨和约稿信。他把这个重要版面交给我，一再叮嘱，甚至在周会上也强调“‘芳草地’是一个精品屋，是一个表达思想的独特空间”。记得不久之后，《南方周末》做了一个读者阅读率的抽样调查，“芳草地”只有12%的阅读率，我心里感到难过。老左说：这很正常，说明你责编的这个版是有高度的，是名副其实的精品屋。老左还说：对于一张大雅大俗的报纸来说，一个高品位的版面有12%的阅读率已经很值得高兴了，如果阅读率高之又高，那就不是“芳草地”，而是“人与法”了。近20年来，我一直没有忘记这样的鼓励。不趋时尚注定要走一条艰难的路。2000年“芳草地”改版为“写作”，在表达思想的维度上，允许了更高的空间。“写作版”收录的文章从早期的抒发作家的人文情怀以及对现实的批判，凸显以人的解放为中心的反“文革”主题，到21世纪初以来，关注以人文精神为中心的反物欲主义的主题，一直都在关注思想的进步，历史的追问与现实的责任，并积极参与社会思潮的讨论，其中人的命运、人与自然、人与社会、社会制度的转型，以及公民权利与公共道德的建设等方面的探讨尤为热烈。基于公民社会的理想和使命，“写作版”有了更多的思想含量和智慧启示。

最初来南方周末的时候，我曾耿耿于怀的是如何发挥本人的特长，而今天，通过发表作者的思想以表达自己的理想，这已成了我的自觉和使命。举思想之爝火以寻求同道，而不是被动地接受既成文章。我喜欢让读者、作者和作为编辑的我，一同思考，拒绝发表无关痛痒的所谓抒情散文，拒绝坠入一个失真的世界。平静、深邃而坚定，向深度寻求奇绝，《南方周末》的副刊由此与其他媒体的副刊判然有别。在世界变平的今天，拒绝庸常的副刊编辑，舍此别无选择。

兹比格涅夫·布热津斯基写道：“20世纪，在很多与人类生存的实际方面直接攸关的领域里出现了空前的科学上的突破……但是，不幸，在道德方面和标志着20世纪的最大失败的政治方面——没有跟上这种进步。”这段语重心长的世界性话语加深了我对时代的理解。历史的每一个缺失与遗憾，都需要生活在其中的人们用心梳理。在21世纪的今天，我们正面临更加巨大的变革——政治体制的改革。因此，思想的写作——在今天变得没有什么比它更为重要。在这个重要的年代里写下的任何作品，无疑不仅是作家的个人记忆，更是一个时代的心灵史。

本书收录的是我在《南方周末》所责编的大量文章的精选。但愿读者能在本书里找到自己思考过或正在思考、有待思考的事物。如果你收获到了哪怕十分之一的思想快乐，就证明它们不因时过境迁而逊色，作为这些文章的最初的组稿、遴选和加工者，我将感到由衷的欣慰。

2010年5月25日于广州

不沉默的少数

有一位美国学者这样说：“在我们睡大觉的时候世界正在发生着惊人的变化。”为了证明这句话的真实性，他提出了如下令人听闻的发现：“哥伦布要去印度，结果到了美洲，他意外地发现，世界是圆的；我从美洲到了印度，结果意外地发现，世界是平的。”这个人叫托马斯·佛里德曼（ThomasLFriedman），他写了一本畅销全球的著作《世界是平的》。两年前我读到了这本书，直到今天我还在思考它所涉及的我们共同面临的问题。我在想，地球的物理形态变化无多，而那上面的人类世界却变化惊人。世界变平了，作为世界中的我们，也在被改变着。我们将会变成什么样子呢？毫无疑问，即时通讯使我们变得比以往任何时候都更耳聪目明，秀才不出门，便知天下事。但是，世界的差异性也在由此而消失，难能的独造被轻易地复制盗取，同质化使小到产品大到都市乃至人的习俗，正趋于面目相似和彼此雷同。视觉文化盛行带来的惰性娱乐，使传统的阅读与思考日渐式微。世界的平，在把天堑变坦途的同时，也把人类的思维与想象力扯平了。世界变平了，在一个“平”的时代，思想何为？也许，不必指望思想有多么深刻，只期待它不要背离常识；也不必强求思想是否原创，只关注它的阐述是否美妙——这，或许就是我以及和我一样喜欢追问与饶舌的人此时此地的考虑。任何时代的报纸副刊，无论它是娱乐化还是思想化，都绝无例外地呈现出一个民族的精神样态。与一般新闻报道不同，作家的写作是一种主观呈露，它呈现着知识阶层的人文状况及思想走向。而优秀副刊发出的“思想声音”又有别于一般意识形态，它是有良知的知识分子的参与，它像牛虻一样叮咬权力这个庞然大物，在某种程度上，甚至会成为与主流意识形态“相左”的思想行为。这看似有些矛盾，但正是这种“相左”，使得公众的精神向前进步，向上生长。思想从来是“润物细无声”的，要求思想迅速开花结果，是十分可笑的。在一份优秀的报纸副刊那里，呈示的是敏锐、深沉而智慧的思想面孔，其阅读效应不可能像新闻报道那样出奇制胜，立竿见影。它不那么快餐，它需要反刍，它是一种积淀，累进与渗透，这使得它在一个急功近利的时代，未免来得“慢”和不够“秀”，它不能够与快速生长的在一个“平”的时代，思想何为？也许，不必指望思想有多么深刻，只期待它不要背离常识；也不必强求思想是否原创，只关注它的阐述是否美妙——这，或许就是我以及和我一样喜欢追问与饶舌的人此时此地的考虑。任何时代的报纸副刊，无论它是娱乐化还是思想化，都绝无例外地呈现出一个民族的精神样态。与一般新闻报道不同，作家的写作是一种主观呈露，它呈现着知识阶层的人文状况及思想走向。而优秀副刊发出的“思想声音”又有别于一般意识形态，它是有

上编

划过时代黑暗天幕的两颗彗星

■ 林贤治

米吉安尼也曾写过激越的诗篇，有的带有战歌性质，不过，他的热情更多是经过压抑的。比较起来，瓦普察洛夫的诗更偏于主观抒情，技巧更具现代性。米吉安尼对于农村生活和底层人物的表现多是描画性的，正如他所说，“保存在人民心中的歌被偷走了，歌变成述说”；手法看似陈旧，读起来却是特别真实感人。乡居十多年，那是一段动荡的、恐怖的、卑贱的日子，我几乎离不开米吉安尼的诗，特别喜爱诗中那种超乎形式之上的忧郁气质。我倾听他，感激他，始终觉得他代表我在倾诉。他有一首诗，题目就是《在忧郁的旗帜下》：“在我们的国家里 / 在每个屋顶上 / 都悬挂着忧郁的 / 没精打采的旗帜……”他常常写到泪水，他的歌声是伴随着哭泣的。他在《苦难》中写道：

> 我每天都看见 / 生活 / 把各种情感 / 都逐个地打上 / 命运的戳记 / 而欢乐却没有存在的地方。/ 生活 / 以往我不知道 / 你竟是这样可怕 / 那时 / 我还没有落入你的怀抱。/ 今天，在镜子里 / 我凝视着自己的眼睛 / 我看见 / 由于苦难我的目光逐渐黯淡 / 我看见 / 我的脸上布满了衰老的皱纹 / 我很快就要变成一面百孔千疮的旗帜 / 在屋顶上迎风颤抖。

两位诗人都深爱着他的祖国、土地和人民。米吉安尼出身孤苦，命运坎坷，他以悲悯的情怀，注视广大的不幸者：农人、妓女、弃婴、自杀者、乞丐、纤夫、疯子、囚犯……他说，他愿意在膝盖一样深的污泥中行走，拥抱那些深夜里与他一起跋涉的人们。瓦普察洛夫的爱同样来自人性的深处，而非政治信仰和集体意识。人道主义不是意识形态，不是宣传灌输可以奏效的。相反，意识形态国家往往敌视人道主义。我怀疑，人道主义直接来源于血统——深蕴于个体生命内部的关于民族和家族的悲剧命运史，爱与同情都是一种心灵秘传。为了纪念一位战死的同志，瓦普察洛夫一连写下《同志之歌》、《妻之歌》、《信》、《梦》等诗篇，从中不难发现，燃烧的热血中随处都有泪水的润湿与温柔。

由于爱，瓦普察洛夫和米吉安尼不能不怀着神圣的愤火高唱复仇。瓦普察洛夫在一首诗中写道："你曾经教过我，亲爱的母亲 / 要爱所有的人，像我爱你一样 / 我愿意爱他们，母亲，但是 / 我必须也要有面包和自由。"同样爱人类，战士、诗人与宗教家便有如此的不同。为了改变人类的非人处境，为了寻求自由、正义和真理，他们的竖琴弹不出平和之音，他们成为至死不肯妥协的反抗者和革命者。

在两部诗集中，都有多首献给春天的诗。他们每人都有自己的乌托邦。米吉安尼对索古政权憎恨至极，他在《低声歌唱》中表示拒绝官方的民族主义宣传。在《寻求的心》里，我看见诗人含着热泪的明澈的目光向着西方，一面怀着敬慕，一面怀着疑惧；正如《沉思》所写，"每一滴悲苦的泪花里都有一个人诞生"，用希望的微光照亮行程，而所经的道路又无处不是坟茔和荆棘。他心灵的创伤太深，矛盾重重，他在希望和绝望中迂回行进。《片断》中写到，一个小流浪儿立誓要做这个世界的"复仇者"，结果在没有找到语言之前就被汽车压死了。我猜想，这是诗人遗下的"途中的镜子"。他生前唯一的诗集《自由的诗》出版后，立即遭到政府的查禁，只有有数的几册幸存下来。他对时代的记录和抗议，唯靠手抄的形式在世间流传。

瓦普察洛夫的反抗是有组织的反抗，是政治革命。苏联成了他的乌托邦。在当时，作为世界上第一个"工农国家"，恐怕没有哪一位激进的知识分子不是为之神往的。在政治上，瓦普察洛夫有一种坚定性，一种唯古典共产党人所具有的抱负；为了实现解放全人类的理想，他渴望战斗，甚至渴望在战斗中死亡。他在《一封信》的末尾写道：

尽管强烈的阳光 / 会灼伤 / 我的翅膀 / 像一只渺小的粉蝶 / 我决不诅咒 / 也毫无怨言 / 因为我知道 / 迟早我总要死亡。

蜕去谬误的躯壳，千百万人重庆新生的时候，死是一支歌，是的，那是一支歌！在我阅读过的诗人中，殷夫，可以说是中国的瓦普察洛夫。为了反抗一个由几千年的传统帝制国家演变而成的现代政党国家，他在中学时起参加革命，两次被捕，遭到残害时才22岁。他15岁写诗，是一个早熟的天才；虽然比不上瓦普察洛夫的成就，但是，他的诗一样闪射着自由的梦想、青春和激情的光芒。鲁迅称，“这是东方的微光，是林中的响箭，是冬末的萌芽，是进军的第一步，是对于前驱者的大纛，也是对于摧残者的憎的丰碑”。而且强调指出，“一切所谓圆熟简练，静穆幽远之作，都无须来作比方，因为这诗属于别一世界”。当时，还有一些左翼诗人如艾青等，都是与瓦普察洛夫和米吉安尼同属一个精神谱系的。

据报道，联合国教科文组织宣布2009年为瓦普察洛夫年。保加利亚的纪念活动十分盛大，国家图书馆召开了研讨会，图书馆和博物馆联合举办了专题展览，同时发行第五枚瓦普察洛夫纪念邮票，首映一部长达54分钟的纪录片。一个革命时代的共产主义文学圣徒，获得今日西方和他的祖国如此的尊崇，令我深感意外。

关于瓦普察洛夫，还有米吉安尼，我国当今的诗坛已经遗忘了他们，许多诗人甚至不知道他们的名字。我买的《瓦普察洛夫诗选》，恐怕是最后一个汉译本了，距今快30年，不见重印；而《米吉安尼诗文集》，在书店里消失的时间更长，少说也在40年以上。20世纪进入90年代之后，据说到了“告别革命”的时代，文界也群起倡导“私人写作”和“身体写作”，像瓦普察洛夫和米吉安尼这些曾经寻思反抗和参与革命的诗人，受到普遍的忽视、漠视乃至歧视。

瓦普察洛夫在《就义之歌》里写道：

战斗是艰苦而残酷的，战斗，正像人们所说的，是史诗。
我倒下了。另一个就接替我——何必特别标榜一个人呢？
遭到刽子手——再遭到蛆虫，就是这样简单的逻辑。

可是，我的人民呵，因为我们这样的热爱你们，在暴风雨中我们必将和你们在一起！

可是，谁去接替他呢？谁会热爱他们呢？我顿然想起，鲁迅恰好也曾用过诗中的比喻，但指的是另外的“蛆虫”，为“文界的腐败”所滋生。他说，这群蛆虫“挂着好看的招牌，在帮助权力者暗杀青年的心，使中国完结得无声无臭”。当然，鲁迅的评说距今就更久远了，时间足足过去了80年！

刘索拉送我《刘志丹》

■ 马立诚

刘索拉来短信说："我把我妈的书送给你吧。"过了几天，索拉在北京丽都假日酒店请吃饭，在座的还有写过《恋爱的犀牛》的剧作家廖一梅。我得到了大红封面的《刘志丹》。上中下三大本，李建彤著，江西教育出版社 2009 年 11 月出版。鲜红腰封上印着几行很刺激的大字："首次大量公开发售"、"中国当代文学史名篇佳构，作者为刘志丹弟媳，刘索拉之母"。看来，出版人要靠刘索拉的名字火一把。刘索拉对此不以为然。她说，她的姐姐哥哥操持这三本书出版，花费了大量心血，封面上写她一个人不公平。"我妈是上海的洋学生，特浪漫特个色。"刘索拉对我说。

李建彤生于 1919 年，河南许昌人，从小是文艺种子。1936 年考入上海新华艺术专科学校学音乐，1937 年参加革命，1938 年赴延安，同年入党，进抗大和鲁艺学习，由老师周扬做媒，嫁给刘志丹胞弟刘景范。刘景范是个帅哥，生于 1910 年，受私塾教育养成古典文人性格，但也特会打仗。刘景范 1930 年入党，时任陕甘宁边区政府建设厅厅长，后任陕甘宁边区政府副主席、第一野战军后勤部司令员。中华人民共和国成立之际，出任政务院监察委员会党组书记、第一副主任。李建彤任监察委员会党组秘书、监察部监察专员。

李建彤总穿一身黑，八路军军装也染成黑的，文艺兮兮的。她在鲁艺学小提琴，1944 年毕业。进了城，她脚穿高跟鞋，身穿中山装，嘴里永远叼根烟。用刘索拉的话说："她一生像是个行为艺术。"李建彤的三个孩子，也按音乐简谱起名，大女儿刘米拉，老二男孩刘都都，小女儿刘索拉。

李建彤是性情中人。刘索拉回忆道："我妈和我就像姐妹，无话不谈。我上大学放学回家，我妈就追着我问这问那。我上厕所，我妈就追进厕所，插上门，跟我说悄悄话，乐得跟女孩子似的。"话说回来。1954 年高岗出事，出身西北的刘景范受牵连，1955 年调任地质部副部长，没有实权。李建彤也到地质部下属的中国地质科学院任党委副书记。

刘景范和李建彤任了闲职，在家的时间多了。李建彤让小女儿学钢琴，大女儿学京剧，逢年过节开家庭联欢会，倒也其乐融融。

李建彤写刘志丹，还是工人出版社做的媒。

该出版社文艺室副主任何家栋早就把刘志丹列入选题计划。1956 年，出版社向李建彤约稿，并为她请了创作假。李建彤 1958 年动笔，1961 年写完，排出样书送给时任国务院副总理兼秘书长的习仲勋看。习仲勋是刘志丹的老战友，他提了一些修改意见，希望写出陕北根据地的创建过程。

随后，李建彤在刘景范和何家栋帮助下修改此书，1962 年完成修改稿，又排印了部分送审样书。时任中宣部副部长的周扬看了样书，称赞有史诗气魄。7 月起，《工人日报》、《中青报》、《光明日报》开始选载小说若干章节。

不料，一位曾在西北根据地打过仗、时任云南省委书记的领导干部看到这本书，大为光火。这位书记在西北曾和刘志丹闹得不可开交，他指此书违背历史事实美化高岗，一状告到康生那里，大祸遂起。

1962 年 9 月，八届十中全会召开。会上，时任中央政治局候补委员的康生说，《刘志丹》有严重政治问题，习仲勋、贾拓夫、刘景范等人参与此书修改，是利用小说反党，为高岗翻案，是"西北反党集团"。由此成立专案小组审查，习仲勋被撤职并受到错误批判，刘景范、李建彤停职检查。

挨整的日子里，刘景范倒是处之泰然。他本是恬淡之人，与世无争，此刻就在院里种树，画梅花和仕女，研习书法。李建彤气性大，心里郁闷乱发脾气，刘景范总是淡淡一笑化解。刘索拉说："我爸不忙了，对我特别好，整天教我画画儿，家里的气氛像是那种温馨的知识分子家庭。"平地一声雷，"文革"爆发。在中央文革小组顾问康生打压下，众人等因《刘志丹》案跌入无边苦海。习仲勋、马文瑞（时任劳动部长）、刘景范等被捕入狱，原国家经委副主任贾拓夫被迫害致死，李建彤被戴上“反党分子”的帽子开除党籍劳改，工人出版社社长高丽生被折磨致死，何家栋全家被赶到农村。“文革”结束，刘景范平反复出，先后任民政部副部长、全国政协常委、中顾委委员。李建彤也获平反，离休在家写作。

1979年7月，中组部向中央提交报告说，《刘志丹》（送审样书）是一部描写根据地创建和革命斗争的比较好的文艺作品。所谓利用小说《刘志丹》进行反党活动一案，是康生制造的一起大错案。因《刘志丹》案受到迫害、诬陷和株连的一切人员，都应恢复名誉。中央批转了这个报告。

1979年10月，《刘志丹》（上卷）由工人出版社正式出版。李建彤再鼓余勇，写出第二本、第三本，于1983年完稿。1984年12月到1985年6月，三卷本《刘志丹》由文化艺术出版社陆续出版。

但是，三卷本又引起争议。

一些陕北出身的干部对书中有关反“左”的内容提出不同意见，一直告到中央。1986年初，有关方面为了平息事态，决定三卷本停止发行。《刘志丹》再度遇挫，真可谓命蹇时乖，一波三折。

小说改不改呢？李建彤问刘索拉，刘索拉顺着母亲的性格说不改，李建彤说好。不改，书就下架消失了。

1990年，刘景范去世。

第二年，李建彤在京城家中摔了个跟头，从此一病不起，一直躺着休养不肯下床。刘索拉回国探亲时，紧紧抱起老妈，李建彤才挣扎着起床。母女俩贴身跳个华尔兹舞，从卧室跳到客厅，再从客厅跳回卧室，算是锻炼一回。索拉说：“我妈一点劲也没有，全贴在我身上。”李建彤竟然在床上整整躺了14年！刘索拉说：“我妈决定卧床时，我们家就不像原来那个家了，好像她心里决定：不过了！”在李建彤卧床的14年里，刘都都辞去工作，专任母亲的秘书，帮助母亲整理手稿和回忆录。

李建彤的遗体在八宝山举行告别仪式，前来追悼的各界人士黑压压挤满了宽阔的大院。

李建彤去世之后，刘米拉也投入大量精力，和刘都都一起，开始修订三卷本《刘志丹》，整理李建彤和刘景范的手稿、回忆录和工作档案。

刘索拉说，就在母亲去世第三天，自己的魂就和母亲的魂对上话了，从此一直不断对话。

她一直想给母亲写点什么，但形式没定下来。2007 年，英国著名指挥家保罗·席勒约刘索拉写一出歌剧，刘索拉想都没想，一张嘴就说，我写我妈妈吧。指挥家说好，就这样定了。英国指挥家的约请，一下子圆了这个缘。

刘索拉小说写得好。1985 年，《你别无选择》引起轰动，获全国中篇小说奖。此后她又出版了长篇小说《女贞汤》等作品。写歌剧她也拿手。此前，她已写了《蓝天绿海》和《惊梦》，在欧美演出颇获好评。

刘索拉认为歌剧创作有神秘性。结构、和声、音调的发展，都受一种神秘力量的支配。她对我说："写这个歌剧和别的歌剧不一样，鬼使神差。写完了，我和我妈的心就撂下来了，一下子就轻松了，总算可以过自己的日子了。如果不写这个歌剧，就找不着北，不知道活什么呢。"2009 年 5 月，在英国伦敦巴比肯艺术节上，由保罗·席勒指挥，丹麦声乐剧院的欧洲艺术家首演了刘索拉的三场歌剧《自在魂》。在剧中，母亲魂、父亲魂和活着的女儿，在竖琴、风笛和中国锣鼓演奏的现代风格的音乐中，超时空对话。

活着的女儿对母亲魂诉说："妈妈，是你吗？你一袭黑衣，脸色苍白。你的手抱起我，好冷啊，冷气缠绕。"母亲魂低徊唱道："我们那一代人啊……"父亲魂百般无奈，遍遍呼唤："爱妻！爱妻！"而今，父母终于来到"没有活人打扰的仙境，能够守护一生最爱的人"。

中秋时节，父母之魂与女儿对月起舞，"灵魂互相辨认，摆脱了疾病的干扰，发出信号，捕捉频率，互相倾听，互相环绕……"母亲魂深情唱道："今天特意来看看你，我的女，母亲的灵魂希望你轻松活下去……"演出在久久不息的掌声中结束。刘索拉走上舞台，和指挥家、歌唱家及演奏家一一拥抱，举手答谢。伦敦之后，丹麦皇家歌剧院又演出《自在魂》，大获成功。

廖一梅说，在 DVD 上看完这个歌剧，哭了。

在刘索拉创作歌剧的同时，刘米拉和刘都都修订完成了三卷本的《刘志丹》，并四处奔走安排出版。终于，我手里有了沉甸甸的三本红色大书。

我们有共同的经历

■ 徐友渔

萌萌过早地离开了，给我们留下一个巨大的感情与思念的黑洞，各种思绪都指向一点，似乎不能逃脱一种巨大的吸引力，她平时的音容笑貌，她的精神气质，她身上与生俱来的诗意和忧郁，都清晰地、毫无减损地存留在我的心中。在各种印象、记忆和情绪的背后，是那个挥之不去的问题：命运啊，你为什么这么残忍，为什么要这么早就把我们的朋友带到另一个世界？我们还有那么多话要说，那么多事要做，还有那么长的路要一起走！

萌萌是海南大学的教授，还有一个我说不清楚的学术职务，其实，这个职务到底是什么，我一点也不关心。甚至，萌萌最近编了什么书，写了什么文章，我也不太关心。虽然，萌萌在学界很活跃、有影响，广结人缘，而且我们曾经联手经办过一些学术活动，但我没有把她当成一般学术界的同人，我一直把萌萌当成自己的私人朋友，就像那些与自己共同经历过 1966 年到 1968 年不平常岁月，一道经历过上山下乡的艰苦日子的老同学和战友一样。

“战友”可能是一个容易引起误解的词，在我们多年流行的意识中，它带有鲜红的色彩，代表一段光荣的经历，一般不在革命队伍中的人，是不宜用这个词的。我也不想用，但我想不出更好的词来形容在萌萌身上我特别看重的东西，我们作为真挚朋友彼此看重的东西，这就是我们共同的经历，以及在这种经历中惊人一致的思考、探索，相同的追求与价值判断，以及类似的磨难。

记得是在 1982 年夏天，因为周国平、赵越胜的关系认识萌萌的。我们一帮人去八大处玩，回来路上，走得很分散，一段时间碰巧就我和萌萌走在一起。我知道她和我一样是硕士生刚毕业，就问她的专业和兴趣，她说她研究西方文学，我想当然地认为那么她一定精通英语，可以读莎士比亚的原著，就和她大谈英语和莎士比亚。萌萌坦诚地告诉我，她并不懂英语，最能表达她的思想的论文，是一篇论易卜生的戏剧《培尔·金特》的文章。

从谈话中，我知道萌萌的经历和我有许多共同之处：从孩童时代就体会到的天生不平等，把灵魂的得救寄托于被革命队伍承认和跻身于革命队伍，1966年的狂热，以及随之而来的幻灭、思考和受到打击。

大家公认萌萌的诗是写得很好的。萌萌的父亲曾卓是老一代优秀诗人，他的诗我没有怎么读过，只记得在“胡风反革命集团案”平反之后他写了一手脍炙人口的诗《悬崖边的树》，其中有“它的弯曲的身体 / 留下了风的形状”，这是一个极其令人难忘的意象：狂风暴雨使大树成了风的形状。这父女两代诗人，他们的诗意和苦难总是交相辉映。

20世纪90年代初，一次萌萌来北京，要去拜望她父亲的老朋友，也是“胡风案”的难友绿原、牛汉等前辈。我陪她去了绿原家，这次探访给我留下了终身难忘的记忆。诗人、翻译家绿原和夫人是一见面、一交谈就会让人感到极其善良的人。虽然冤案早以平反，虽然进入“新时期”已经10多年，但劫后余生的惊悸、不见天日的冤屈和无止境苦难的余波似乎还充塞在这个家庭的每一个角落。从绿原和萌萌的交谈中我得知，“胡风集团”许多成员都遭到家破人亡之灾，其子女中死亡、精神失常的也不在少数。绿原还悲愤地告诉我们，前不久在一个聚会上，当一个年轻的大学生得知他面前的老人就是绿原时，竟冲口而出：“啊，我知道，就是那个‘胡风反革命集团’的人！”老人说：“你们看，都平反快10年了，年轻人还把我们当反革命！再过几十年，我们这些人都死光了，没有人站出来说明事实真相了，后代怎么看待我们啊？”

前几年，当我在网络上读到《往事并不如烟》的各个篇章，当我认识了作者章诒和，当诒和赠我香港版的《最后的贵族》时，我的感慨又一次泛起。有可能，当后人只能凭借书籍和文献材料来理解历史时，章伯钧、章乃器等“右派分子”在九泉之下，会为自己的子女章诒和、章立凡等人的著述而略感安慰。萌萌可能是“胡风反革命集团分子”子女中唯一读了研究生的人，她走得实在是太早了，她有非常重要的事要做，但是，做不成了！可能我最知道萌萌离去造成的遗憾。

萌萌的经历可以说是一部读不完的书。我的经历和她很相似，但她冲得更猛，受的苦、遭的罪也大得多。正是经历过磨难，见过各种世面，当以后出现巨大的动荡和考验时，萌萌才能显示出一般同行或同龄人所没有的镇静与勇气。当我和她在这方面共鸣时，我们都感到有一种豪气充塞于胸间，这是“我们”之间最相契的地方。当然，萌萌还有我所没有的经验，她在20世纪60年代就经历了“革命时期的爱情”，不过，那不仅是罗曼蒂克的故事，更多的是类似血与火，或者生离死别的场景。我由此知道了萌萌和他的夫君，当年的男朋友肖帆的事，这是令我肃然起敬的故事，虽然我知之不详。

作为学者，萌萌留下了不少文字。但对我而言，更重要、更有价值的是她没有说出，或者没有来得及说出的东西。用她自己的话来说，她的经历是最宝贵的财富，她的经历多半没有转化成文字。

我曾和萌萌谈到过，有过我们这样经历的人后来变成职业性的学者，可能是好事，也可能是坏事。做学问有可能使用苦难换来的体验提升，成为他人可以共享的、在历史上留得下来的财富；但也可能成为躲避的理由。我们的一些朋友从当了副教授起，甚至更早，就对自己60年代和70年代的经历讳莫如深，萌萌不是这样，她谈起来坦然和自豪。

最后，我要冒昧地说，我自信无愧为萌萌的朋友或战友，因为除了当一个够格的学者，我还一直致力于萌萌和我共同看重的事，萌萌想做但没有做，或者来不及做的事。我理解我生命的意义，以及与萌萌的友谊的意义，就在于执著地做这些事，这些价值高于学术的事。

一个中国拳王的故事

■ 李　林

很少有人知道中国曾经有自己的拳王，更没有人知道这位拳王所遭遇的离奇命运。令人无法想象的是，这位中国拳王一生的不幸仅仅是因为一个和香港有关的念头，一个世界拳王之梦……

这个人太特别，曾经是全国拳击冠军

读到余吉利，是在李梧龄的回忆录里。李梧龄智力过人，当年在复旦大学物理系读书，提前一年毕业，留校任教，被认为在物理研究上会有辉煌前程。阴差阳错，1958 年，22 岁的李梧龄遇无妄之灾，遂由复旦大学送上海横浜路收容所，转安徽白茅岭农场。待重新回到专业，已是 21 年后的事情。

白茅岭农场远在安徽，却曾在上海赫赫有名。当年上海人提起白茅岭，会有北京人提到清河的脸色。那个年代，上海犯了事的人，若够不上送监狱，白茅岭是个主要去处。去了，也就失掉那个年代被看作性命的上海户口，多半再不能回来。

李梧龄在白茅岭辗转几个分场，遇各色人等不下千八百，可在回忆录中提到的名字并不多，几十年过去，他偏偏记得余吉利。余吉利太特别，他曾是全国拳击冠军。读到这头衔，我多少有点将信将疑，直到多年后，余吉利真真切切出现，我才相信，一本回忆录就是一段真实历史；里面的名字，就是活生生的人。

余吉利坐在我对面，我仔细打量，想找出全国冠军的影子，反觉得面目不清，他本来眼睛不大，一只眼睛还在发炎，红红的只留下一条细缝，另一只也不停在眨，显然感觉不舒服。一开口，他的词语都粘在一起，语流滚动极快，我竖起耳朵才勉强能听明白。

余吉利出生在1930年的上海，霞飞路927弄，称霞飞坊，是老上海典型的“新式里弄”，所谓新式，其实就是西式。这一带是法租界。霞飞坊是仿法式住宅，却不是法国人建的。1924年，霞飞坊由比利时圣母圣心会普爱堂投资建造，一大片整齐的3层砖木住宅，到今天还是一景。余吉利的父亲余宏基就在比利时房屋公司工作，是个普通职员，母亲在家带几个孩子，家境还算不错。

少年余吉利在铭本小学读书，又进雁荡路业余中学。在余家附近的汾金坊，住着大同大学外语系的大学生黄晓阳。他比余吉利大五六岁，从黄家窗台望出去，就可以看到余吉利家。黄晓阳是业余拳击爱好者，是他把余吉利引入了拳击这一行。提起已经去世的黄晓阳，余吉利仍然充满感激，称他为自己的启蒙老师。那是1946年、1947年之际，余吉利才十六七岁，贪玩而漫无目标，就在即将成年、却不知下面的路怎么走的时候，拳击运动让他忽然有了人生方向。

上海开埠，就是开放。早在1915年，虹口娱乐场一带就主办过第二届远东运动会，也就是今天虹口公园和虹口体育场附近。20世纪前半叶，上海举办了一系列国际运动会。拳击运动在19世纪末传入上海，在租界流行。那时，上海基督教青年会也是体育活动中心。1908年，北美基督教青年会专派体育干事艾克斯纳前往上海，协助成立体育部。1940年，青年会开始办拳击训练班，教练是个名叫D.B.Reich的法籍犹太人，每隔两周举行一次邀请赛，邀请精武体育会、西侨青年会、俄罗斯总会、法国总会、犹太总会等拳击手比拳。黄晓阳把少年余吉利带去，直接向外国拳击手学拳。余吉利身体条件好、刻苦，对拳击非常投入，也长进飞快。

拳王应征入伍，打遍军中无敌手

1949年4月，解放军渡江，同年5月27日，上海政权易帜，19岁的余吉利迷恋在拳击爱好中，对政治并不关心。最初，政权变更似乎并没有给拳击世界带来什么突变。基督教青年会仍是拳击运动中心，继续在八仙桥和四川中路599号的会所举办训练班。八仙桥还是那个犹太人教练，四川路会所由当时著名中国拳王周士彬任教练。在余吉利刚开始学拳的1946年，24岁的周士彬已是八仙桥青年会举办的七国拳击赛冠军。余吉利至今珍藏当年他们的合影照片。

1950年5月4日，青年会还在八仙桥会所举办拳击比赛，参加比赛的有大同中学、复旦大学、东亚体专、沪江大学、沪江附中、圣约翰大学附中、精武体育会、中华体育会、环球化学厂、青年会等，共40余人参加。1950年6月，上海民主青年联合会军体部和基督教青年会体育部，联合举办中西拳击对抗赛，以门票收入救济失业青年。

余吉利这段时期的记忆非常个人化、目标单一，记忆中的那两年，就是不断练拳和比赛。他不善描绘自己的业绩，只简单一句带过，说当时自己“打一打就赢，打一打就赢，就变成了上海队代表”。就在这段时期，渐渐地，犹太教练消失了，那些参加青年会拳击比赛的私立学校也消失在院系合并的潮流中。青年会越来越边缘化、民间体育组织逐渐退出，政府体育组织开始成为中心。拳击也基本归了官办。余吉利不是很在意这些变化，只要能打拳，他就满足了。

1951年，上海市政府收回跑马厅，成立足球队，还举办一系列体育义赛，以门票收入支援抗美援朝。就在一次市级比赛上，余吉利一出手，就打了个上海市冠军。这次荣耀给今天的余吉利留下的唯一痕迹，是一张冠军杯照片。看着照片我问：“奖杯呢？”余吉利轻描淡写回了句：“送人了。”就是这只送人的冠军杯，给余吉利引出一段新生活。

1952年，余吉利父亲去世。不久，几个军人找到他，问他是否愿意参军去。原来，当时解放军军事学院体工队打算成立拳击队，看中了这个年轻的上海冠军。余吉利高高兴兴参军去了。

54年后的余吉利，还保存着已经变得黄脆的“革命军人证书”，折痕处已经有了破洞。证书上方，是对称兜挂的红色军旗和八一军徽，下面坦克军舰俱备，两边战斗机凌空而起。底部的绿色枝叶缠绕红色缎带，托住粗粗重重的宝蓝色边框，色彩浓烈。证书是正体直排，由右及左：“革命军人证书！余吉利同志系1952年12月参加我军，现在本院工作，其家属得按革命军人家属享受优待。

此证。”下面是军事学院院长兼政治委员刘伯承以及政治部主任钟期光的署名。原件循古法没有断句，发证日期是余吉利参军半年后的 1953 年 6 月 2 日。我不由得在心里叹了口气：真算得上是件文物了。

参军不到一年，余吉利打遍军中无敌手。1953 年 11 月，天津举办全国民族形式体育运动大会，相当于全运会前身。代表华东的上海选手陈新华获轻量级冠军，周士彬获中量级亚军。余吉利以全军第一名成绩代表解放军队参赛，击败所有同级对手，成为次中量级全国冠军。那一年，余吉利 23 岁。

怀拳王之梦试图出走，公安布置超常警力捕获

此后两年，没有举行全国性拳击比赛。当了三年多体育兵的余吉利退伍了。1956 年 9 月 2 日，他来到上海市曹阳第二中学任体育教师。

1961 年 8 月 30 日，区教育局调动，他去了甘泉中学教体育。家搬到襄阳南路，余吉利成家了，妻子是篮球运动员，也教中学体育，有了两个年幼的女儿。

谁也没料到，1963 年，余吉利出事了。

“到底怎么了？”我很想听听他的说法——怎么就去了白茅岭。余吉利回答很简单。他说：“你这个年龄，都知道的，那时买粮要粮票，买糕点要糕点票，鱼票肉票，什么都要票。我娘那时靠着我，我想，假如能去香港，家里日子好过些。”经历过的人都知道，那几年不是票的问题，是持续三年饥荒。余吉利看着饥饿中的老人孩子特别心焦，也是正常。

20 世纪 60 年代初的上海，有些奇怪。一方面，10 年下来，上海人都自觉不自觉地改造思想，不胜进步。可总存着些说不清也道不明的与上海历史、市民特质相连的东西，似乎难以被真正改造。有些上海人，你讲大道理，他不会和你争，道理太超越生活，他会在肚子里暗暗有落低的评价。总有一些人，留在旧日世俗心态中，不肯紧巴巴要求进步，跟不上，会索性放弃。余吉利天性喜欢自由自在。四年体育兵，并没有使他发生太大改变，本质上还是那个独立执著而又性格散漫的拳击手。回上海，他又回到原来的朋友圈，黄晓阳还是他的好朋友。这个圈子里，自然常有香港的五色消息。对他们来说，香港永远是令人向往的迷人都市，甚至就是亚热带的上海，有他们习惯了的逻辑和生活。

三年饥荒的日子里，香港又凸显为邮寄食品的丰富源头，谁家有个亲戚在香港，都不再愁饥。这时，余吉利的朋友圈子里，流传起广东人向香港大迁徙的消息。

传言不虚。当时，城市饥饿状况和农村相比，堪称天堂。大量乡村断粮，有性命之虞，广东也不例外。对广东人来说，香港近在咫尺，是无法抵挡的诱惑。1958 年港英当局实行出入口平衡，广东每天出入香港只不过 50 来人。1961 年 7 月，在饥荒压力下，广东当局开始实行放宽出港政策。1962 年 4 月下旬，广东出现大批越界向香港迁徙者，5 月上旬突然形成大潮。正因为势头过猛，很快政策收紧。1962 年 6 月 14 日，广东开始制止和坚决收容非法迁徙者。当时各路消息传播缓慢，待广东宽容迁港的传闻传到上海，1963 年，余吉利和朋友鼓起勇气去广东探个究竟，已经整整慢了好几拍。不仅迁港大潮早已阻断，在新政策下，这样的企图已被列入要打击的罪行之列。

广州探了个究竟，出不去，余吉利就回家了。很快，一起去的甘泉中学同事黎国良和女友在杭州被捕，情急之中的黎国良还托人给他带口信。一切都晚了。事后公安人员告诉他，考虑他是全国拳击冠军，抓他时布置了超常警力，要是抵抗就对他不客气。说到这里，余吉利苦笑一下：我怎么会抵抗。他都承认，是想去香港，摆脱食物票证不足的困境，他怀着最后一线希望，希望获得同情，从轻发落。

这希望还是落了空。议论偷渡被归作企图策划“叛国投敌”，余吉利被处以三年劳教，先送收容所，然后，武装押解下，被大卡车送往安徽郎溪、广德两县交界处，那是上海监狱管理局下辖的上海市白茅岭监狱。

在白茅岭监狱劳教期满却没有“刑满”回家的限期

上海市白茅岭监狱建于 1956 年 3 月，最初为上海游民残老、流浪儿孤儿的教养外移基地，距上海 270 多公里，占地 40.6 平方公里，俗称白茅岭农场。

一切发生得太快，如脚底突然裂开一条峡谷，余吉利只见自己飞速往下陨落，又像是落在一张大网中无法挣脱。问起来，他如同回到当年，摇着头连连说：“我脑子乱极了乱极了，我只想逃跑。”就在一片混乱思维中，余吉利以最后一点理智和勇气，断然作出一个决定。他提出离婚。他知道，去了白茅岭，是终身的罪犯烙印，妻子孩子都会受株连。

他的相册里，我发现一张全家福。那是他一生最幸福时光的纪念。泛黄照片上，憨厚的年轻拳王和妻子靠在一起，妻子是那种健康而阳光般灿烂的美，他们各抱一个女儿，两个孩子相差两岁，只一点点大，正在最可爱的年龄。我无意中翻过照片，后面是拳击手用蓝色钢笔拙拙书写的几行心情："醉过才知酒浓，爱过才知情重，可是，好朋友啊，可知道我忧心忡忡？ 65.3.16. 灯下。"余吉利不善表达，尤不善文字。而那是在白茅岭的灯下。我突然觉得越不过去，我不可能越过这张照片后面的故事，听凭它被人忘记。

余吉利告诉我，他还是本能地怀一丝侥幸，企盼成为他活下去的支撑：也许，拼命劳动改造可以回上海，也许，大环境改善后，可以和妻子破镜重圆，也许，能重新回家拥抱女儿，也许，发生的事情是一场可以醒来的噩梦。可是，消息传来，妻子带女儿改嫁了。三年劳教期满，他必须留场，没有刑满回家的限期。

最初三年，余吉利在分流五队，三年后转到分流四队。就在那里他遇到李梧龄。他们一武一文，是完全不同的类型，气质上却似乎又有某种相通。这种精神上的缘分，使李梧龄在回忆录里提到了余吉利。我重新找出那本回忆录，翻到那一页，惊讶地发现，李梧龄随手几笔，却无意中记下了余吉利内心的一点隐秘：余吉利当年想去香港，原来并不仅仅是为了充裕的食物。

退伍离开专业队，余吉利还是迷在拳击里。1958 年全国 20 城市拳击锦标赛，余吉利和上海市业余队队友一起获团体第一名。单项比赛中，余吉利获轻中量级第三名。这一次，36 岁老将周士彬获次中量级冠军。余吉利似乎不愿对我提起这场比赛。虽胜败乃兵家常事，可 28 岁的余吉利打了个第三名一定很懊丧，可以想象，他如何憋着劲想着下一次，想着一定要夺回冠军来。可是，他做梦也不会想到，没有下一次了！

1958 年，中国迎来"大跃进"的年代，不仅是工农业刮着浮夸风，教育体育无不拖入其中。我记忆中印象最深的，是 1958 年黑龙江省宣称每个县要办一所大学，要求上海派出教授支援，上海的大学也顺势把一批政治不可靠的教授清扫出去。

接着就是浮夸风带来的大饥荒，农村县城普遍陷于恐慌，自然再不提"办大学放卫星”的跃进幻想，被扫出去的教授们也就默默被人遗忘。没想到，这两极震荡，居然也冲击了拳击运动。

1958年体育运动大跃进,各省市摩拳擦掌,要在1959年第一届全运会上“放卫星”，拳击界亦不例外，突发高烧盲目发展。上海各校，不管是否有专业教练指导,纷纷成立拳击队,出现不少不该发生的伤害。上海机床厂一名青年工人，比赛中被击伤头部又缺乏恰当护理，不治死亡。一时伤亡频报，国家体委仓促宣布，第一届全运会拳击项目取消。上海随即停止所有拳击训练。自此整整20年，拳击运动整个从中国消失。

余吉利和朋友们兴许还没有回过味来，他们经历了一个轮回。运动本是民间意趣、个人本能，是自己锻炼、自己组织比赛的民间活动。全部收归官办，取舍的决定也就归了官家，不再是你想玩就可以玩的了。余吉利苦苦等候过恢复拳击运动的消息。可五年过去，1963年，他已经33岁，拳王生活在一个没有拳击运动的国度，他度日如年。恰在此时，朋友们议论起迁徙香港的可能，对1963年的余吉利来说，不仅是改善家庭生活的一种可能，更是拳王运动生命的最后一线生机。

在绝望的白茅岭，已经失去一切的余吉利，曾向难友李梧龄道出了自己的痛心故事和有过的世界拳王之梦。

今天，眼前77岁的余吉利不肯再提起这一层。一颗拳王的心已被他埋到深处。中国有过几个拳王？他还有什么必要解释自己当年的理想和对事业的渴望？

自由拳击手最后的自尊，约50岁时擅离劳教农场

唯母亲还在等待儿子归来。余吉利在白茅岭，母亲在上海，经历1966年的“文革”，又迎来1976年的“文革”结束。母亲仍然没有等到儿子可以堂堂正正把户口迁回家的消息。又过了三年，1979年，母亲终于等不及，走了。余吉利回家奔丧，心灰意冷。据当时规定，母亲在，他还有几天探亲假，理论上说，也还存着政策改变返回上海的可能。母亲一走，和上海的最后一点联系被切断，从今往后，一年365天，他一天也不能离开白茅岭，他要和无数留场人员一样，

埋在山里了。这样的前景，他实在不甘心。

1979年，整个局势在松动，49岁的余吉利感觉自己还强壮，年轻时独立闯荡的心又在复活。他作了个决定，闯出一条活路来，他跑到青岛开始教拳，只要有口饭吃，能自由，就满足了。作这个决定并不容易，那个时候，擅离一个隶属上海监狱管理局的劳教农场，要有触犯天条的勇气。这也是别人都不敢离开的原因。

上海是个民间气息很重的地方，会竭力维护一点私人领域，你大可判其为“俗”。也正是这点俗，使它总是能顽固给自己保留一些正统之外的想法。只要出现可能，人们就会绕开严肃话题，去尝试，去小心推动这点想法的实现。上海精武体育总会就是一个例证。

上海精武会是中国最早的体育民间社团,始建于1910年。在同盟会陈其美、农竹、陈铁生倡导下，由霍元甲创办了其前身精武体操会。最早将西方体育观念和训练方法引入中国。1922年，陈公哲在上海横浜桥福德里觅得空地，以会员集资，建造精武中央大会堂。1924年培开尔路总会撤销，迁入这里办公，就是精武会现在的会址，记得我们小时候，谁都可以花上一点租金，租用里面的体育设施。在20世纪五六十年代管理市民的严格秩序中，精武会虽是半官办，却仍是残存的一口活气。而这口活气，在“文革”中更名为“要武体育馆”时又被一把闷住，精武的历史档案、刊物摄影、武术器械等等，俱一并销毁。

上海的民间是韧性的,“文革”结束,精武体育会趁国家政治上“拨乱反正”的口号，最早恢复了拳击训练班。

就在中国拳王余吉利惶惶为自己是否要回白茅岭而内心挣扎的1979年，美国籍的世界拳王阿里给中断20年的中国拳击运动带来了复苏希望。因为邓小平在接见阿里时说了这样一句，“拳击运动也可以成为增进中美两国人民的了解和友谊的渠道”。

国家恢复拳击运动还在阿里初次到访的七年之后。精武会却率自先行。精武会仍记得余吉利是它的会员，上海民间自有他们的逻辑，他们不管白茅岭而只认自己敬重的拳王。1980年精武会举行拳击表演赛，特请了“擅自离农场不归”的余吉利。

50岁了，他重新走上拳击台。这已经不是争强斗胜的年龄，他却永远感激这场比赛，是精武会，使余吉利重拾人的自尊，一个自由拳击手的尊严。

中国拳击运动恢复了，拳王77岁却一无所有，正为退休金奔波

1985 年 5 月，拳王阿里再度访华，访问了上海精武会，在上海体育学院和余吉利的老友周士彬举行了表演赛。1986 年，阿里三度访华，同年 6 月，国家体委终于在秦皇岛会议宣布：恢复拳击项目。一个月后，余吉利拿到他多年奔走的结果，一纸“上海市公安局南市分局复查决定”：“余吉利，男，1930 年 10 月生，浙江省定海人，无业。原住襄阳南路 510 弄 21 号，现住蒙自西路 41 号。余因企图偷渡问题，于 1963 年 2 月 17 日被拘留审查，同年 4 月 20 日被收容劳动教养。经复查，余曾与他人议论具体偷渡去香港的办法，是事实。但在留审期间已作了交代，原对其收容教养不当，应予纠正。据此撤销 1963 年 4 月 29 日对余吉利收容劳动教养的处分决定。”

中国拳击运动恢复了。余吉利的处分撤销了。他孑然一身，一无所有，55 岁。

1987 年 6 月，中国拳击协会被国际业余拳击联合会正式接纳为第 159 个会员。1996 年亚特兰大奥运会，中国运动员江涛获 91 公斤级第五名。1997 年，67 岁的余吉利结束最后一份体育代课老师的临时工工作。这时候，余吉利才刚刚发现，自己没有退休金。

2007 年，一名台湾拳击手在上海开了一家饭店，请拳击界人士参加开张典礼。77 岁的余吉利也在被邀请之列。在台湾拳击手眼中，拳王永远是拳王。他不会知道，拳王坐在那里正心力交瘁。那一阵，在朋友们鼓励下，余吉利又开始新一轮奔走，这次，是试着争取一份退休金。他两次给市教育局去信，都被转回区教育局，随后就没了音讯。他去当年任教的学校，学校告诉他，档案已在“文革”中遗失，没了依据。他一个个地找到几十年前的同事，请他们出具曾经工作的履历证明。他被迫再次试着用纸片拼凑起他破碎的人生，不是证明自己曾是名扬全国的拳击冠军，只是证明自己曾经有过一份正当工作，这工作的中断是源自公安一个错误的行政处理。

奔走还在继续，至今还没有什么结果。

我最不会安慰人，不知说什么才好，尴尬间，想到余吉利一生遭遇都是为

一个和香港有关的念头，我不由转了话题："现在开放'香港自由行'，你后来去过香港吗？"

"没有。"余吉利平静回答，眼中没有波澜。

我突然想起听过的另一个"香港故事"。二嫂告诉我，她工作过的上海油画雕塑创作室，有个青年工人张国良。就在余吉利想去香港差不多时间，张国良私下与朋友聊天："我想去香港，吃一块牛排，呼吸一口自由的空气。"这句话被人揭发，他在"文革"中成为"现行反革命"。最后，在创作室优雅小教堂建筑的顶楼隔离室里，自缢身亡。后人提起创作室，均以出了一个陈逸飞为荣，无人再提张国良。

这个香港故事，我没有讲给余吉利听。

延　光

■ 钱　钢

42岁那年，他说他老了。但这明摆着不是他的本意，紧接着他就说，“不过根据联合国最新公布的年龄段划分，我仍然算青年”。

“老”是因为，全身披挂着故事吧。1993年，草创时期的《三联生活周刊》新记者们见到的贺延光，简直就是出土文物。北大荒知青，北京崇文区某厂领导成员，四五天安门事件中被捕入狱的抗议者，共青团中央委员，著名摄影记者……无数大起大落，压在并不伟岸的身上。我第一次见他后，在日记里写下：“贺显瘦弱，棉毛衫外套一件马甲，手凉。不停地抽烟。”

他那时正追一个女孩。小他十多岁的石正茂也来《三联生活周刊》应聘。面试时，一位考官提问：“什么样的人是你心中的白马王子？”延光是在场考官之一，水灵的小石姑娘在众目睽睽下说：“现在的女孩，想象的成分太多，什么一米七五，皮肤白……我要找的是特别合适的人，而且能越调整越合适。外表是次要的。”听到这句，我瞥了延光一眼，见他拿倒了香烟，点火点到了过滤嘴上。

什么叫“年轻”？这概念太多歧义还有点神秘，比联合国的定位复杂。依我的标准，至少，它与每个人内心的清澈程度相关。

我和延光的交往直接明了，两人几乎才刚认识就大敞襟怀。那时的重中之重，是要创办一份新闻周刊。我们邀延光出任摄影部主任，延光对此（也包括对我）一见倾心。在一批倾力参与《三联生活周刊》创刊的朋友里，他是决意走出体制禁锢，甩开膀子大干一场的最坚定的人。

而有的同样热忱的朋友，就多一些审慎，多一些掂量。这不奇怪。1993 年，从命运低谷重新出发的我们两手空空，前程未卜。三联书店率先吃螃蟹，引入港资创办媒体；我们这群人怀着蛰伏已久的新闻理想跃跃欲试。这样的搭配很自然引出一种可能：风险。

但愿许多年后的传媒人，将对我们曾经有过的惊弓之鸟状态感到匪夷所思（而不是依然感同身受）。中国大陆的传媒，就是这样颤颤巍巍走过来的。那时，决定我们是否能够顺利运转的合资公司，其营业申请迟迟未获批准。同一个合作者（香港《明报》主席于品海）参与的《中华工商时报》遇到种种困难。言之凿凿或者未经证实的坏消息接踵而来，说中央统战部打电话给新闻出版署，不同意《中华工商时报》与于品海合作；还有申办奥运失败、小平身体有恙、乃至京城一些机关大院停止播放香港卫星电视……这种种大背景小迹象，使朋友们确信“意识形态将收紧”，“生活”随时可能被“封杀”——“封杀”，是那一年我们使用频率很高的关键词。

三联书店没有接到任何文字指令，但我们好像已经被自己描绘的图景吓着了。有的好朋友盼有两全之策，一只脚踩到水里，积极参加“空转”（草创时期的培训和试运行），另一只脚留在岸上，不轻言“离开体制”。机敏的眼睛在观望。

1993 年 9 月，我和延光等人到香港考察传媒，接着我从北京去德国。就在首都机场和家人通电话时，得悉延光正万分焦虑地满世界找我。那时没有手机，我也没有 BP 机，延光要我妻子在我起飞前一定要转告一个重要情况：有朋友已经顶不住，在考虑“善后”，酝酿把我们招聘的记者转介到京城一些报纸。

延光态度明朗，队伍不能轻易散掉，散很容易，聚就困难！

他很早就提醒我，要尽快让周刊的高层成员和三联书店签约，不能长时间“兼职”，心挂两头。他全身心进入角色，每一次“空转”，都准时到达。他知道《三联生活周刊》不是《中国青年报》，“生活”是要上报摊的，上报摊要靠封面吃饭，那些日子里他常挂在嘴边的是，“市场是最无情的”。

对“政治安全”问题，他展开自己的调查核实。他甚至托人到外贸部，查出三联书店申请成立合资公司的文件尚锁在某人抽屉里，司长、处长均未得悉何种“指令”。他的结论，不必担心所谓的政治问题。他多次说，他现在就可以和三联签约。

那些如坐针毡的日子，许多细节已经淡忘，留在记忆中的，是情绪的激烈起伏波动。4 月 5 日，清明，没有纷纷细雨，天突然燥热，刚上班就传来延光母亲去世的消息。我和小石立刻驱车赶往医院。事业的坎坷，个人的不幸，一切的一切混合成令人压抑的悲切空气。

到住院大楼门口，正逢老人的遗体被抬出。小石挽紧延光，延光流着泪，哽咽叙说着母亲的大小旧事。母亲年纪轻轻嫁到夫家，不久延光父亲去延安，十几年未归；解放后方团聚，在军营生下两男孩。忽得病瘫痪，上石膏一年，在床上动弹不得，只能用镜子看地上的孩子，地上，延光的小弟弟正在吃屎……1976 年延光被捕，抄家的人对母亲说，贺延光是反革命，你知道不知道？母亲说，我只知道贺延光是去天安门悼念周总理，如果周总理是反革命，那贺延光就是反革命！

延光的父亲叹息，今年天气热得早，燕子提前半个月来了，今天早上正想告诉她，可她还没来得及听到这消息，就去了……

送走延光母亲后仅一个多月，《三联生活周刊》遇到真正的危机。香港《明报》记者的报道“触雷”，城门失火，殃及池鱼，三联与于品海的合资计划即刻泡汤。我任执行主编的这一届编辑部，就此中止操作。

一帮血脉贲张的朋友，风云际会，指点江山，在永定门外面粉厂（临时办公地）纸上谈兵，磕磕碰碰；在净土胡同雪花电冰箱修理厂（租用的编辑部小楼）舞枪弄棒，灰头土脸。那些长短，那些恩怨，那些莫名的惊悸和狂躁，都戛然而止了。

我感谢延光，那段难忘的日子他给了我很大的精神支撑——用他那股子凛然正气。在香港考察，同去的一位主笔在与香港同行交流时心神不宁，举止也略显大大咧咧。回酒店的地铁上，延光神态严肃，一路批评那位老弟。我们在《明报》“见习”，我去参加总编辑董桥的编前会，去随新闻主任值班，延光则乘上采访车捕捉突发新闻。他碰上的是一位老妪被害，在第一时间到达现场，和香港记者一同抢新闻，快门频摁，不遑多让。他的“大陆著名摄影家”身份稍晚才曝光，陈复礼等香港摄影界泰斗听说贺延光莅港，为他举行欢迎宴会。

在给“生活”新记者们讲课时，有人问他：当一名摄影记者，最重要的素质是什么？延光答以三字：“同情心”。

还有一件趣事。应考记者的人里，有个西装革履的油头青年。面试的时候，所有考官的目光都聚集到了他的手指上。

一考官问：你那只戒指重几克？

青年本能地用手护住戒指：啊，五克，五克……

这名想当摄影记者的考生退出后，一个考官说，我最厌恶戴戒指的男人。另一个考官说，他极不自信，总在掩饰。延光说，别人穿什么我不管，摄影记者这副打扮，一看就不行。

这是对考官们自己的测试，透露出我们这拨人骨子里的信息。延光知道要适应环境更新自己，但不会为恐惧落伍而迎合潮流，改扮前卫。他能接受“让我一次爱个够”那样的流行歌曲，但更喜欢“乌油油的黑脊梁，汗珠子滚太阳”这种野腔土调。说到底，延光和我，还有卢跃刚、李大同等这整整一代传媒人，都是从红色模子里脱胎出来的。生于裂变年代，历史转型打在我们身上的烙印很深。

延光刻骨铭心地记着，在东北听说“林彪自我爆炸”消息的那一刻。那是个干部会议，大家挤在木板通铺上听传达文件。主持人毫无表情地宣布，林彪摔死了，自绝于人民，自绝于党。会场一片死寂。忽然，一声巨响，不结实的通铺被压垮了一端，知青们倾侧一地。

何止一次！这拨人的经历中，太多一惊一乍，太多突如其来的断裂和直转急下。1976年10月里的一天，牢房里的延光忽听高墙外有人群呼口号，而且半夜了还口号不断，并伴有阵阵锣鼓声。他马上猜想，是不是天变了！

离开《三联生活周刊》，我先是闭门读书，后去中央电视台“新闻调查”栏目，再去《南方周末》。在北京和延光极少见面，要走了，他开辆旧车，和小石请我还有“新闻调查”的编导张洁，去一家叫“南泥湾”的餐厅吃西北菜。这是送别，可是我记不起他说了什么打气鼓劲的话。印象中，只有餐厅里满眼的红花布，和友情的暖流。

有一次我从广州回北京，和《中国青年报》的老友们聚会。大家高谈阔论，声震屋瓦，从传媒现状扯到国家政治，从长江抗洪报道的操作扯到南海海权。

有两个人比较沉默。一个是李方，这个小我们十来岁的杰出报人，小心地和亢奋的大哥们保持着距离。一个是我，《南方周末》坎坎坷坷，我心事很重，容易给人谨言慎语、生怕隔墙有耳的错觉。延光很不高兴我那样子，硬邦邦地给了我一句："哎，你老兄怎么这么深沉啊！"

延光还是那个延光，浑不懔。1998 年他冲到长江决堤的最前线，2003 年他进入危险的 SARS 病房，2005 年，拍京城葬礼，拍国共握手，拍久违的蒋彦永军医在公众场合出现，他的一切，都符合我所理解的他的性格逻辑。赤诚，这是他。

延光说，我们这代人，最宝贵的财富是经历。不过我想说，经历这东西，包罗万象，有血水碱水，也有狼奶毒汁。它会催生正直和善良，同样会滋养世故、狡黠、阴鸷。即便是引为同道的好友，不必讳言，经历也给了我们一些不易矫正的积习。在自由极度匮乏的日子里长成，学养的不足，宽容的缺欠，伴随坚毅的偏执，混在炽热里的虚矫夸张，还有一点点自恋，以及与狼共舞时沾染的些许狼性……这些都和我们如影相随。我们像双目圆睁的兵士，横亘在历史的道口——不许当政者再走回头路，不让极左死灰复燃，对思想钳制，对压抑个性，深恶痛绝；然而恰恰是我们自己，也可能会以种种"正义"压抑他人。

更重要的是，什么是自由，什么是新闻自由，什么是全球化时代的新闻自由，我们知道得并不多。当我们还在坑坑洼洼的小胡同里蹒跚学步，还在吭哧吭哧自习、操练、以期完成对自己的启蒙时，转眼间，老了，这回真的老了。

这一天终归要来：曾经的一清二楚变成朦胧莫辨，曾经的不言而喻需要絮絮叨叨繁琐注解，风靡过一时的口头禅、流行语，成为大厚辞典里最小字号的词条，非探幽索隐则不知所云。痛苦，挣扎，躁狂，一代人的故事最终也会褪色、变形——以后来者的需求和趣味为转移，还可能湮灭于无形，仿佛一切都不曾发生。但我不怀疑，能够穿越时空的，是人的生命气息。是像延光那样一个个生气勃勃的人，留下的星星点点人格的灵光。

艺术的内丹

■ 王小平

岁月如流，转眼已是10年。今日之日，有了许多喜爱小波作品的人，他可谓知音满天下了。在岁月之流中，他激起了一朵不可忽视的浪花，人生如此，复有何恨。

细想起来，人们为什么会喜欢他的作品呢?他的东西不太驯顺，不易得到身居要津人物的提倡，又包含一些率性而为、啸傲自娱的成分，所以也不大好懂，难以成为大众茶余酒后点评狎玩的余兴节目。我猜，人们喜欢他，是因为他那种独特的感受世界的方式。他就像一扇门，通过这扇门，可以进入世界的另一层面。

在解释小波何以会有他独特的感受和思维方式时，我想说的，就是他在生活中一直在走着一条特别的道路，一直在探索着精神上可能的存在方式，寻找着自己的适当位置，用他的话说，就是精神家园。从小时起，一有功夫，他就在呆呆地想着什么，默默地编织结聚自己的趣味核心。这样的心理素质，带有极大的先天成分，虽是后天造成，却是先天注定。事实上，在我们曾经经历过的那个扭曲理性、压抑天性、单调贫乏的泛政治化时代，在那个8亿人看8个戏的艺术沙漠里，能产生小波这样的人物，实在是一件匪夷所思的事情。

小波的精神特质在很大程度上可以归因于家族传承，这种家族传承似乎更多地表现在遗传素质的传递上。我们知道，在某些家族里，一些遗传素质会在一代代人身上不断表现出来。这种遗传可能来自父系，也可能来自母系。

小波的母系在山东，但这一族人多是些甘于寂寞、勤劳本分的劳动者，没有什么奇思异想，也没有什么特别的艺术天赋。他的父系来自四川。这个家族不太平凡，在可以追溯的几代人中，都出现过禀赋过人、不甘寂寞的人物。他的祖父出身寒微，当年是渠县的一个放牛娃。有一天和他父亲在田中吵架，一怒之下离家出走，跑到邻村，无意间进入了一个学堂。就像许多戏文中说的一样，在窗外偷听老师讲课。随后也像戏文中一样，经过一番巧妙遇合，被老师发现他天赋异禀。几天后，他父亲在学堂找到了他。老师说这孩子聪明过人，不读书太可惜了。于是我们这位曾祖父倾其微薄财力，开始供他上学。没想到过了几年，他竟说读书太容易了，没有意思，又挑起竹篮奔走市墟，开始了他的淘金梦。几年之后，他得到了一个重要信息。当时军阀混战，火药成了奇缺之物。但山里的一种果实的外壳，恰是制造火药的重要原料。于是他游说山民，把果壳收集起来，烧成灰，由他出银收买。这种果壳原是废弃之物，于是山民大喜过望，担灰之人，往来络绎于途。这笔买卖似乎做得很成功。据说他每天银元入息，要用箩筐来装，夜夜秉烛，点钱点到三更。于是，这个贫穷的放牛娃，在命运遇合下，竟一变为当地首富。嗣后，他涉足江湖，成了帮会人物，门招天下客，颇有一些草莽英雄的豪情。

这段故事，有点传奇小说的味道，但好景不常。后来共产党入川，他接下来的命运就不难想象了。据说他跳了城墙，当时没死，在床上痛苦辗转，又挨了两个星期，终于鹤驾西归。

他老人家有 8 个儿子。我们父亲排行第三。他和八叔后来都忝为大学教授，按说智力不低，但为族人传颂的却是七叔。据说此人聪明绝顶，双手打得算盘，自学成医，活人无数。一点灵思，竟然能知未来之事。他在 27 岁那年，料定家族将有大厄，遂有弃世之想，竟绝食而死。这对于一个正当韶华之年的人是极不寻常的。后来他的预感果然应验，王家家产抄没，人丁凋零，八兄弟不剩几个。无怪族人传说，王氏男子多聪颖者，唯天不假年，寿算有亏。这个说法到此为止，但留下了想象的空间：是祖坟风水的原因，还是另一种魔力钳制？假如事情没有临到自己头上，对这种传说我一定一笑置之。但在两年之间，我仅有的两个弟弟正值英年，相继过世，这使我对命运的传说产生了一种深深的敬畏之情。

下面说说我们的父亲。他是一个没有城府、不修边幅的率性之人。似乎有些艺术天赋，少时诗文篆刻，均有造诣。正像许多早年投身革命的读书人一样，有一种性格躁动、不安于室的倾向。当时正当天下危乱之秋，他觉得男儿立身于世，应该做一些轰轰烈烈的事情，岂能营营役役，老死篱下。于是他闹学潮，遭通缉，终于在四川待不下去，徒步到延安投靠了共产党。他属于那种爱恨分明，不肯妥协的人物，想来在官场上得罪了不少人，后来终于受到祖父的株连，中箭下马，淡出官场，党籍也没了。这成了他的终身之恨。

他有一种川人的刚烈之性，越是身处逆境，越是自强不息，从此闭户读书，卧薪尝胆，想在学术上出人头地。终于以他半路出家的土八路底子，在当时的逻辑界占了一席之地，实现了他“没念过大学，但要教大学”的梦想。

他平日多半板着脸孔，偶尔也爆发出一种激愤情绪。我一直觉得他没有什么浪漫情趣，也没有什么奇思异想。他的得意诗作，多是“不作诗豪作酒豪，试问青天有谁高”之属。在我的印象中，他是一个性格单纯、情绪热烈粗放、爱作豪语之人，尽管一生受尽打击，仍然顾盼自雄，慷慨激荡，很像大碗喝酒、大块吃肉的梁山好汉，但却与细腻的灵觉沾不上边。直到有一天，我发现了他的一份笔记，记载着他早年的一段哀婉的爱情故事，才彻底扭转了我的印象。它使我意识到，即使有岁月的磨蚀，噩运的摧残，在结满伤疤的心底，仍有炽热的熔岩在流动。

这故事说来话长。大意是有一年他因不满包办婚姻，愤而出走。在前往重庆的水路上，有几个女学生上了船。因旅途寂寞，且大家都是开明学生，意气相投，遂相谈甚欢。其中有一个女学生，成女士，思想敏捷，开朗健谈，给他留下深刻印象。在路上，成女士为他出了一个谜语：忆当年，绿荫婆娑，自入郎手，青少黄多。挨了多少辛苦，受了多少磨折，莫提起，提起时，泪洒江河。

我父亲素来自负才学，但这回驰骋灵思，搜索枯肠，一猜再猜，屡试不中。为遮羞脸，佯作上岸买花生，但回船时仍无头绪。这时船家插言道：你们读书人的事情我本不懂，但这位小姐说的，似是我船上用的一件东西。我父亲忙问：是何物？船家道：好像就是我手中的竹篙。我父亲心中一动：这船篙与谜面实在契合无比。眼看船家篙起篙落，提起时，水珠点点滴滴，像泪水一样坠入河中。这个谜语词句清丽，内蕴一股哀怨之气，荡气回肠。不禁对那位女学生的兰心蕙质大为佩服，自此情根已种。到成都后，他们时时往返，遂同堕爱河。这段情缘，就始于那个哀伤的竹篙之谜。当时谁能料到，这哀怨的谜语竟一语成谶。

当时日寇进犯，二人都是热血青年，遂相约联袂北上，到延安参加抗战。但临期又有变故。成女士家有寡母，彼此相依为命，而母亲病重，难以成行。于是二人洒泪而别，从此天各一方，唯有书雁往返，互道思念之情。随后是年复一年，说不尽的相思磨折。

为了不负前方抗敌的情侣，成女士在四川加入救亡活动，鞠躬尽瘁，积劳成疾，肺病一日重于一日。吾父心中惨痛，曷可言表。最后等到的是诀别的书信。成女士香消玉殒。这一段爱情，以生死离别的惨痛收尾。当时我父亲身在军营，披坚执锐，夜夜垂泪，遥望南天，唯怨天生男女。这一段情愫，刻骨铭心，却无处倾诉，实在是痛断肝肠。再想起当年那个谜语：忆当年，绿荫婆娑，自入郎手，青少黄多。挨了多少辛苦，受了多少磨折，莫提起，提起时，泪洒江河。作为成女士写照，无一句不验，真是一语成谶，难道冥冥中果有定数？造化弄人，莫过于此。

我父亲的一生，坎坷跌宕，怀着一颗赤子之心踏进世界，却收获了无数悲伤。是命运之手的捉弄，还是遗传天性的原因？也许两者都有。不管怎么说，以他不受羁勒的个性，不能和光同尘的内心，在这个世界上，是断难讨好，断难“无灾无难到公卿”的。遭遇灾劫是早晚的事，美国人讲话：Just matter of time. 幸而晚年时，旧案得到平反，使他的一颗迟暮之心得到不少宽慰。

小波的出生正赶上我父亲中箭落马、遭受贬黜的时候。一场风波，这就是他的名字的由来。我母亲终日以泪洗面。当时他尚在母腹中，无法不直接承受这种悲哀的影响。他生下来就病弱，而且严重缺钙，他后来把钙片当炒豆吃，这与他最终长成一个一米八四的大个不无关系，骨骼都长得与人不同，而且看起来有点傻头傻脑，我母亲常溺爱地叫他傻波子。小时候，我发现他的思想常定格在一个东西上，然后就陷入冥想，中断了对外界的反应。这使他带有一种呆呆痴痴的神情，很不像他那个年龄应有的样子，站在其他活泼的祖国花朵之间，似乎是一个异类，因此受到了一些误解。

有一次，我和姐姐到幼儿园去接他。老师说：你这个弟弟是不是有毛病呀。你看他在篱笆根底下一蹲老半天，不言不语，呆呆地往外看。我一看，果然如此，连忙大叫一声“小波”，没有反应。过了一会，他才回过神来，开始表现得像一个比较正常的孩子。我问他在想什么，他显然没有能力把他想的东西表达出来，支支吾吾地说了一通，终究什么也说不明白。

当时正赶上“大鸣大放”的时候，右派们就要遭难了，但却是我们快乐的大好辰光。那时的大字报贴在席棚上，而席棚无处不在。我们就在席棚下穿来穿去地捉迷藏，经常玩到深夜。那时的人民大学在铁狮子胡同一号，俗称铁一号，曾是段祺瑞政府的所在地，里面有一个西洋风格的钟楼，在我们眼里，就和巴黎圣母院的钟楼一样，很能激起各种怪诞的想象。有时，我们顺着木头阶梯一步步爬上去，看着它内部怪异的轮廓，一直爬到最高的穹顶下，感到一阵阵神秘异样的气氛。这气氛好像从大钟上、从奇形怪状的窗口、从每一件古老的饰物上散发出来，令我们胸口收紧，呼吸艰难，很想做一些疯狂怪诞的事情发泄一下，但又不知道要做什么，所以最终什么也没有做。

后来他上了学，但似乎从来没成过一个好学生，总是怀着不服管教的叛逆之心。有一次老师把他叫起来回答问题，他站起来，但两眼平视，一声不吭，弄得老师无奈他何。“坐下，一分。”他就这样吃了不少一分，加以不关心课业，有时功课也不做，所以成绩单根本看不得，因此挨了不少揍。他那时最喜欢的事情就是玩，玩得忘情而投入。剩下的就是看书，不管什么纸片捡起来就看，连农作物栽培手册都看得津津有味。

虽然落了个傻名，功课也不好，但兄弟姐妹都知道他绝不傻。他看书奇快，和我比快时回回占先。据他说，他一小时能看一百多页，而我充其量能看六七十页光景。一阵一阵的，他似乎能理解相当深奥的道理——全看他当时的状态。当然这本事绝不往功课上用，可抽冷子也露这么一下两下的。

数学课他没得过什么好分数。有一回不知什么神经搭错了，居然在学校数学竞赛拿了第一名。当老师把这件事告诉我妈时，我妈说什么也不信，她说：你保准弄错了，那不是我的儿子。当我听说这事时，倒一点不觉得奇怪。因为我从来就相信小波是个大智若愚的人，有神鬼莫测之机，早晚会爆个冷门，给大家一个意外惊喜。

小波自小和我投契，一块捣乱，一块挨揍。说来我们俩都不是什么好鸟儿，三天不打，上房揭瓦。平日里偷鸡摸狗，无恶不作，给我爸妈气得不善。

当时正当“三年困难”时候，经常饿得两眼发直。我们就成立了夜袭队，专在后半夜行动。我们家住在单元楼二层，除正门外，还有一扇门通楼道。这扇门正好在我们俩睡房里，平常是锁着的，但我精通配钥匙之技，这点事还难不住我。

我们深夜开门溜出来，直奔枣树林而去。当时的人民大学校园里有一片枣树林，平时有人看管，只有后半夜才有下手之机。我还记得我爬到树上，头上是惨白的水银灯光，小波在路边鬼鬼祟祟地给我望风。当时吃的东西万金难买，为争一口吃的能打出脑浆子来，所以偷枣是重罪，抓住后要扭送保卫科治罪。据说一个枣要罚五毛钱，考虑到我们偷枣的数量，罚款将是天文数字，所以望风者万不可少。

我不分青红大把划拉枣子，口袋装满了就用皮带把腰扎紧，顺胸脯子往汗衫里灌。等到肚子鼓得像孕妇模样，赶紧给小波打个手势，爬下树来，往黑影里开溜，蹑手蹑脚摸回家去。灯也不敢开，就在黑影里“咔吃咔吃”吃起来。有时候没有枣可偷，就掩袭人家的自留地。不管是胡萝卜、白萝卜，一扯一大把，找个水管冲一冲，回家又是一顿美餐。就这样，我们度过了“三年困难时期”，不但没饿死，还长出了个好身板。我有一米七八高，小波竟有一米八四，不能不归功于我们的夜袭行动。

那时的人民大学已搬到北京西郊，除了房子外，还有不少草木丛生的荒野之地。也许在大人看来不值一哂，对我们来说却是游玩的圣地。我们在树丛和小山包之间穿行，把自己想象为啸聚山林的好汉。有时和别的孩子打架，打得尘土飞扬，灰头土脸，衣服也扯破了，心中却涨满中古骑士决斗时的豪壮之情。当时营养不良，发育欠佳，我们还是尽量用哑铃单杠之类打熬气力，盼望着瘦骨嶙峋的胸脯上有一天长出大块肌肉，就可以傲视群雄，独步江湖。

受到尚武精神的驱使，在中国古典小说里，我们醉心于《水浒传》，因为里面有众多令人心仪的豪侠人物。我们把这本书看了又看，直到倒背如流的程度，甚至不由自主地仿效书中的语言，一张口便是：兀这撮鸟，蓐恼杀人，惹得洒家性起时，一索子将你这鸟厮缚八在这里。

我们甚至醉心于制造兵器。我们造过一支手枪。用硬木做成把手，有些孔洞难以加工，就用烧红的火筷子烫。枪管和枪机用铁管做，连接的地方用焊锡。

子弹里灌进炮仗里的黑火药。如何发火是一个难题，我们最后参照吴运铎“把一切献给党”中提到的方法，采用小灯泡里的钨丝，用电池来发火。枪造成了，而且像模像样。我们到小树林里去试射，不敢用手拿着它开枪，就把它枪口朝下绑在树上，用绳索拉动扳机。扳机扳动后，一秒钟后才发出枪响。虽然慢了点，在实用上有点问题，但它确是一支有些威力的火器，子弹打进土里有一寸来深，我们也深为自豪。但好景不长，在第二次试射时，手枪爆炸，成了一堆废物，还差点伤了人。

造枪不成，于是小波从旧货摊上找了两把旧锉，将一把在炉子里退了火，用另一把没退火的奋力锉之，想造出一支赖以称雄江湖的宝剑。但因为旧锉太秃，或者退火不彻底，经过旷日持久的努力，只是把剑坯两边磨下去一层。看来宝剑出炉只能是下个世纪的事情了。

小波平时将这些顽铁像宝贝一样藏好，就藏在他的褥子下面。但有一天被人发现他天天在这堆钢铁上睡觉，与安徒生“豌豆公主”的童话两相对照，他遂得了个“钢铁公主”的美名。豌豆公主的敏感和娇嫩固令人惊叹，他的铜皮铁骨也实在令人拜服。可谓各擅胜场。

那时，革命的重头戏正在紧锣密鼓地进行，但对我们来说，那是另一个星球上发生的事情。我们生活在革命的层次之外。倒是花树泥土的气味，自然中的光影转换，景物中隐藏的异种气氛，像谜一样令我们着魔。有许多优美的意韵出现在眼前，一瞬间真实无比，待你着意捕捉时，它就像烟一样飘散，于是从头来起。这个世界原来有如此丰富的藏品，待我们一一品来，不用心急，我们有的是时间。

有时，我们坐在阳台上，静静地看着暮色降临。看阳光以无法觉察的细小步伐从这个世界上退去，到处是移动的光斑。想象着远远近近的树林中安详的暮色，农舍中温暖的黄昏，以及随之而来的黑暗中包含的种种神秘，心里同时品味着许多东西。那种复杂的感觉难以言表，心里默默地酝酿着一种令人心醉的动人的哀愁。我们在见证着一个缓慢的吞噬过程，整个世界在黑暗中湮灭无踪，只剩下眼前的有限部分。那些被黑暗吞噬的人又经历了些什么？也许并没有被湮没的痛苦，只是沉没在温暖的暮色中，体验着一种快意的迟钝和慵懒。这种梦幻会持续很久，直到家人呼唤吃饭的时候。

诙谐是小波的另一天性。他喜欢笑谑，经常能敏捷地抓住可笑的东西。饭桌上是他驰骋谈锋的地方，时常妙语如珠，以马克·吐温式的幽默，惹得众人喷饭。他对马克·吐温的《哈克贝利·芬历险记》，当时叫《顽童历险记》大为倾倒。他把这本书翻了又翻，直到它成为一堆碎片（当时纸质不佳）。在我看来，他就是那个顽童。如果环境允许的话，他也会划着小木船，溜上密西西比河上的小岛，顶着暴雨在草丛里穿行，爬到木排上，顺着大河漂流而下，学会抽烟，吐唾沫，把饭菜在罐子里乱七八糟搅在一起吃……几年之后，他坚决选择到云南上山下乡，没人知道到底为了什么。只有我能猜出，他是在借此实现那个顽童的梦想。可惜天不作美，他在云南没能享受几天快意生活，就尝到现实生活的滋味。每日吃着粗粝的饭食，口中淡出鸟来，干活累得要死。偷鸡摸狗时不幸遭擒，在农场斗争会上绳索缠身，惨遭批判。最后染上重病，铩羽而归……如果让他来安排这个世界，他会让一切酸文假醋的东西都去见鬼，把文质彬彬的绅士淑女气得发疯。然而，他又不仅仅是那个顽童，在诗意的沉思与放浪形骸的狂野之间往来跳跃，亦庄亦谐，才是他最喜欢的风格。而这一点，已经体现在他的作品中。

当时的北京郊区，有不少白杨夹道的大路。有一条在双榆树一带，离人民大学不远。在一个春日早晨，我和小波在这条笔直的大道上驾车东行。驾的当然是自行车。其中有一辆年纪和我们仿佛，是飞鸽厂第一批产品，做得粗笨结实，尽管经霜历劫，在我们野蛮的骑行中被撞得有皮没毛，但架子大体完好，仍堪骑行，被我们叫作脚蹬坦克。它的一个脚蹬子朝里弯了一块，每转一圈，就撞在底梁上，发出铿锵之声。

当时我们在有节奏的锵锵声中骑车东进，眼前大道如弦，两边的旷野向远方伸延，真是大块烟景，不禁心旌荡漾。我想起古人的诗句，就大声念起来："大道直如发，春日佳气多。五陵贵公子，双双鸣玉珂。"小波在旁边纵情大笑。比起诗中的境界，我们眼前的景致差不了什么，只是身穿补丁衣服，骑着破车，与五陵贵公子有一定差距，但这点可以用想象来补足。我们想象自己鲜衣怒马，玉面绮貌，在长安大道上行进。随着马背的颠簸，玉珂轻叩，发出有节奏的清音，若合符节。而脚蹬子有规律的撞击，把我们的想象与现实弥合得天衣无缝。

秋天的时候，我们又在这条路上走过。两旁高大的白杨夹道，空中落叶飘坠，脚下是厚厚的一层。脚下的路好像永远走不到头，我们也愿意永远这样走下去，好像可以一直走到天国。那是一个令人沉溺的境界。我们在不息的穿越空间中陷入梦境，一切都没入薄暮之中，空气也变得黏稠而滞重……当从梦境中醒来的时候，我们发现了一个不传之秘，那就是天国和人间、王子与贫儿、古代和现代的间距其实其薄如纸，只要我们愿意，就可以在两重世界间自由穿行。这种意思，好像成为小波的一个思维习惯。在他的历史小说里，他把现实和历史自由铰接，用二者之间的反差和气氛变换制造出一种特殊韵味，传达出他内心的感觉。

光阴荏苒，在日常琐事的卵石沙砾中，是清澈的潺湲流水，而美好的意象，像水面上的闪光，渐渐远去。那时的小波，因为年纪尚幼，没有写过什么东西，但却在积累着美的印象，孵育着自己的趣味，或者说，一颗趣味的内丹。

在我看来，每一个真正的艺术家，都有一颗自己的内丹。他们行住坐卧，都如蚌含珠，默默孵育着这颗内丹，像练气士一样呼吸沉降，萃取天地间的精气，使这颗内丹在感觉的滋养中成长。当内丹大成时，它会以一种奇异的方式与外界发生感应，此时艺术家趣味大成，进入一种高超的境界，谈笑咳唾，皆成珠玉。这种内丹实际上就是一种对纯美境界的把握，一种至高的品味。品味是游离于文字之外的，它与学问的关系不大。有的人学富五车，品味只是初等。有的人目不识丁，却具有一种灵觉，能与高品味的东西发生共鸣。无论如何，人和人之间存在着品味差别是一件千真万确的事情。人们喜欢小波的作品，实际上是喜欢他的品味。他的东西，虽然有时语涉男女之事，但品味高绝，绝非皮肉滥淫之蠢物（曹雪芹语）眼中的色情描写。

事实上，男女之事，是一件上天赋予人类的恩物，挟带着一种无与伦比的美好而强烈的感受。如果用纯净的心态去看它，它就是纯洁的，因为它像风生云起，水流花开一样，是自然的一部分。

小波作品的价值，从一个方面来说，在于他显示了一种独特的高尚品味，一股尘世中的清纯之气。这些东西浅者识其浅，深者识其深，唯有缘者得之。而有缘人再传有缘人，这一团精神能量也许就此传递下去，不致泯灭。

志不尽，夜未央

——读胡兰成写给黎华标的七十封信

■ 朱天文

黎华标是何许人

读 20 世纪 60 年代至 70 年代末胡老师写给黎华标的信，七十封信。与我同时收到这批出土古物的老友暨胡兰成专家，他彻夜读毕，但我迟迟停停，分了五天才读完，怕一下子读完就没有了。当然也是，回回不能尽读，投袂起身，我得出门走走，因为这些信，太煽动了。我说的煽动，用胡老师信中语是，“孟子曰忧，佛语是大悲，壮士得其悲痛慷慨，忧思难忘，尚为思有济于天下，把历史的弦弹得铮铮响”。

“人可各执一学，犹百工众技皆为有益于世，而唯圣贤之志愿无边无尽，故忧思不尽。”

但不忘其忧，跟它配套的一句，不改其乐，那是孔子。而我亲眼见过人老了，阅读求知并不为了什么的依然如年少时那样专一，生活里看人看物新鲜有味，他的执念依然亲近着现实和具体细事而并不走向皇皇如大理石铭文的抽象建构，大家都讲如来佛色相第一，那是不改其乐，那是我们遇见的老年时候的胡兰成。我想起康德传记作者的描述，康德临终时有人把他的三大批判巨著托在他手上，他掂了掂，仿佛意思说：“如果这是个孩子该多好。”

所以，谁是黎华标？

这位让胡兰成对之写了七十封信的年轻人是谁？这些信，如果在缺乏任何背景信息下忽然读到了，简直难以置信，你说它不是情书是什么？才第二封信喔，胡就这样写："我把你的照片与几个日本朋友看了，但是像诗经里的'子兮子兮，如此良人何'，不知要能怎样帮助你才好。我很想你能来日本留学，但是不知道你的家境，不知道你离得开离不开，而我请日本友人资助中国留学生，虽前时曾有此说，亦是等一边决定了，又还要等另一边进行来看，一切都不能说先有把握。又而且各人有各人的路，他人的代谋也许反为是一种不当的干涉。是如此辗转思维，自己抑制着……"

第三十一封信："我所以曾想对唐君毅先生争你这个学生……"让人想到现在粉丝们皆朗朗上口的邵之雍的警句："如果是男人，也要去找他，所有能发生的关系都要发生。"

黎华标乃新儒家大儒唐君毅的学生。唐君毅创办新亚书院，十多年后而有香港中文大学。

1976 年台湾联合报开办小说奖，副刊主编马各，非得记他一笔，是他，不但策划了小说奖促使友报随后跟进，亦执行了支持青年小说作家写作方案，作家每月五千基本生活费，有小说即给联合报的副刊，稿费另计。我大学三年级，妹妹朱天心大一，怯场只敢共同签一份约，平分五千块，即便如此，也压力太大，愧对马各，两年到期再不续约了。春节报纸只出单张，除夕前发稿催急到马各亲自来取件，夜晚出租车等在门外，门内一屋子年菜味，熙攘笑声。那几年家里天天人来人往办三三（指本文作者曾主编的《三三集刊》——编注），倚马立就，朱天心写完交稿，小说叫《绿竹引》。已返日本的胡老师收到这篇剪报即寄去香港，盼黎华标读了能写评。黎的评文刊出后寄东京，胡转来给天心，写信说黎君："人极真诚，二十年来，信上称我为师，而未曾见面……请你寄一部三三给他……请用你的名字寄给他，他一定很高兴，我一面写信告知他，要他自己出钱订阅，并请他投稿。"

此后四年，胡去世。胡老师那样的热情写信，当时只道是寻常，如今回想，岂止不寻常，根本仅见。我遂想到盛九莉将与邵之雍断绝前的喟然："其实他从来不放弃任何人，连同性的朋友在内。人是他活动的资本。"

此年 5 月胡兰成搬离阳明山中国文化学院，迁居景美朱家隔壁，著书《禅是一枝花》。11 月离台返日，至 1981 年 7 月去世，没有再来过台湾。

胡兰成赞黎华标之“仁”

非常刺耳之评赞，几乎可以是恶评，然则是恶评吗？

且看胡致黎信，随便翻一段，都是煽动，就说黎君研究所读完开始教书，胡老师写道：“你信里对女学生的态度，使我想起我在温州教书时。我又想起小时的想头，假使我所知的女人落难，我必定救她，又假使所知的女人成了残废，我亦必照常爱她敬她，乃至在路上见跛足的或乞丐的妇人，我都设想我可以娶她为妻，爱敬之念日新。此是年轻人的感情，如大海水，愿意填补地上的不平。亦因有此感情，故山川草木以及女学生，皆映辉成为鲜润的了，而要说是仁字，这亦即是你的仁了。”

“后世儒家藏仁以要人，不如你之身行仁而不自知也。但是你教学生，解释仁字，大约又是解释得困难吃力而不讨好，落于藏仁以要人，此仁字成了积在心里的痞块，反为是病了。”

“我如此从你自身来启发你，使你对你自己成为知己，而学问道德文章是要与天下人成为知己，此是于新亚书院诸君子之外，另辟一途径也。”

易经，“感而遂通天下之故”，孔子讲仁，仁是感的新字新语。

仁是淹然。是啊，淹然——有人虽遇见怎样的好东西亦水滴不入，有人却像丝绵蘸着了胭脂，即刻渗开得一塌糊涂。

更近的新语，仁是速溶颗粒，当场溶入对方，溶于情境。《史记》写汉高祖刘邦仁而爱人，那种速溶颗粒的体质，他既是溶于市井走卒之间，又不可思议能立速溶入张良者流。胡式煽动语是：“上与星辰近，下与庶人亲。”

仁是忘私无我。胡云：“你有一次来信，讲到你提出的一篇学术论文，唐先生稍有批评，你即刻无条件的感觉到自己的解释真是错了。其实你的亦不见得怎么错。这使我想起张爱玲，她把她的以为好的西洋文学作品讲给我听，见我听了不觉得怎样好，她就即刻对我抱歉，好像尘渎了我的清听似的。这种无条件的从善，不执自己，至于无我，这是真的谦卑，如海洋的谦卑，而那忘私无我就是仁了。而你当下并不曾想到论语上的仁字……”

孔子说颜回，其心三月不违仁，他人则一天两天而已。这样的颜回，动静举止让我们想到谁？我想到——她又非常顺从，顺从在她是心甘情愿的喜悦。

且她对世人有不胜其多的抱歉，时时觉得做错了似的，后悔不迭，她的悔是如同对着大地春阳，燕子的软语商量不定（语出《民国女子》）。

父亲同代之人，何以因爱张必憎胡

格物致知，与对黎君相反，胡老师对三三，多讲致知，而少谈格物。黎君做学问，胡老师就只跟他说格物，反复说，说得自己也动气起来："你已迷惘前事，以学问来障了人生，怎得有太白金星下凡来提醒你才好呢？"而三三是文学为强项，我们写小说，做的都是格物的事，胡老师便只说我们要致知，要用功，要死心塌地地读原典。孔子教儿子学诗学礼，"不学诗，无以言"，连跟他要讲话都没法讲。胡老师因为三三而特别着重于礼，"不学礼，无以立"，忧念三三也许才高但学疏无以立，文运怕要不长的。

世间有王阳明格竹子，当代我最敬爱的小说同业舞鹤，曾经对谈时他问格物，这是第一次有人用格物来谈写小说。当时我说格物对我也许是本能，正确说，女人的本能。女人天生是格物的，常识的说法，女人是直觉的动物。女人跟世界的接触和交涉，自自然然从色相始，自然到我从未意识过有格物这件事。实物实体，色相宝妙，那是女人们都会的呀。现在听见同业舞鹤竟提出格物，好像窥得武林秘籍，原来他是用一段长时间的田野调查让自己浸泡在内，泡到让自己出芽。原来他用这种功夫，让自己与物无隔，素面相见（胡兰成语）。

第十三封信："读你的信，我每每如此生出感激之意，实因你真得了'好学的'的一个好字。论语唯颜回以好学称，又孔子自称好学，此好字非亲身经验不能知也。"

此好字，是爱悦吗？可不是，吾未见有好德如好色者。把黎君跟颜回跟孔子并列说，这自是胡式煽动。然则距今三十三年前《三三集刊》创刊，若非胡式煽动，会有三三吗？这样就还有一位不可忘失的好学人，好学亦好善，是的，他是我去世已十二年的父亲朱西宁。

今天我的年纪，已超过我父亲当时接胡老师到我们家隔壁租屋而居的年纪，我能像父亲那样从第一面见胡便侍以弟子之礼至终？父亲上阳明山文化学院初访胡回来写的文章《迟复已够无理》，复的是张爱玲三年前的两封信，那样兴高采烈报佳音地报知见到胡："我喜欢见真人，兰成先生也真是真人……是他的真也叫我深感受到器重，叫我说不出的感念。这我又要说是恩宠，为何我能独得承受这些个丰富，自然我是会珍视和善用这些个丰富。"我会这样写吗？我觉得不会，我会比父亲世故。

父亲说恩宠或恩赐，乃基督徒语，按胡语是说仙缘，世缘深处仙缘新。事实上，父亲这封信成了张爱玲赶写《小团圆》的动机之一。

父亲对胡老师，像孔子说颜回的："于吾言无所不悦，不违如愚。"二十岁左右的我们，一样。但我们的不违，是因为压根连提问题的能力也没有，白纸一张，朱天心形容说仿佛卢贝松电影《第五元素》中，负有拯救地球使命的神父极想在最短的时间将有人类以来所发生的大小历史全数灌在那初履地球白纸似的天人脑里。可是我父亲？他的纸上写满了字，任何方面来看，他都足以与胡老师大大抵触的。便看父亲同代之人，因爱张必憎胡，因抗战必仇日，父亲正为这两件，与文坛交谊半熄，亦老友不相往来十几年。我回想他曾经动摇过吗？或者，至少恍神过一下吗？就我记忆所及，我觉得，没有。也不是因为父亲从来不苦相，不戏剧化，不勉强人，也不是他基督徒的因信称义所以信心坚定，我回想也许他只是，本该如此，理应如此，当时只道是寻常。其实父亲不仅不违，他是如世良马，见鞭影而行，他也许比任何人都笃志于胡学。

那么，胡老师怎么回应他？是的，胡为我父亲开笔写《宗教论》，此论不久编入《中国礼乐》由三三书坊出版（化名李磬，十二年后恢复本名重新印行，书叫《中国的礼乐风景》）。

胡写此论，让我觉得最是张爱玲讲他的："你是人家有好处容易你感激，但难得你满足。"他写各个宗教之好处好到那样令人神往，但终究又是不得满足的那样严厉不留情。就说基督教，我是幼年受洗过，成长后不再上教堂也不信基督教，凡宗教，我也许只能做到不出反声亦不露评色，但胡写基督教，有这种好法，让我只想一句句抄经一样抄下来。而父亲说《宗教论》把一池的水都搅浑了，胡闻言笑起来，给我父亲的信上写："我是凡事必求其真，为此说话每致被本来很相好的朋友所憎。以我的经验，在求道的路程上，到了那十分的去处，友谊是靠不住的，只有知己才靠得住。我今对朱先生说话没有禁忌，是因为你我同在神前。"

胡也评论了我父亲的长篇小说《八二三注》，感激处是煽动，不满足处是严厉。父亲呢？怎么回应胡？我想起子贡比较自己跟颜回，子贡自谓闻一以知二，颜回却是闻一以知十。父亲的《华太平家传》未完，就是他对胡《宗教论》的闻一以知十。

我有文集《黄金盟誓之书》，心里想的是他们两人。民歌唱，山高也有人呀行路，他们高高地走在峰上倒以为是平地，连盟誓也没有的。

时值此时，胡兰成正当我现在及未来的年纪，我能像胡老师给一个未曾见过面的青年那样写信吗？我不能。我四周有谁会像胡老师那样不吝且不怕煽动对方？不怕，是因为煽动了对方，就得承接那煽动的后续效应，喊停吗？胡是不喊停的，除非对方停。也许有一位朱天心，她会写煽动语，近年的杰作是推介一个她惊为奇葩至今仍未出书的写小说的人张万康，她那种推介法，不是最高级，是唯一级，她半点不怕的像一名赌徒把口袋里的钱全部拿出悉数押上。胡老师称颂人，也是唯一级。

这种不喊停与唯一级，写到张爱玲的现代小说里是这样："她根本没想通，但是也模糊地意识到之雍迷信他自己影响人的能力，不相信谁会背叛他。他对他的朋友都是占有性的，一个也不肯放弃。"

胡兰成《今生今世》也许是叩仁之书

现代小说，在文学史上如果要记一大功，那必定是它的除魅性。张的时代没有除魅这个词，她只说"思想上没有圣牛这样东西"，又说"凡是偶像都有'黏土脚'，否则就站不住，不可信"，对方是日神，她也从小地方看见了黏土脚。而中国现代小说的领头羊，早在上海孤岛时期，胡已白纸黑字表现出胡式唯一级的评论风格："鲁迅之后，有她。"鲁与张，他们除魅，他们绝对不手软。小说《小团圆》，这会儿张亦绝对不手软地把自己给除魅了。朱天心的说法是："我留着对张最后的敬意，作为一个现代小说家，她像尽忠职守的老将军战死在她的沙场上，战到最后一刻。"

如果叩问世界，对于问者，我们说叩之以小者则小鸣，叩之以大者则大鸣。现代小说的除魅性，注定它要叩问阴影，叩问黑暗，叩问那一切难以逼视不可追究的神秘幽微。此亦所以叩恶鸣恶，叩善鸣善。当然，叩假鸣假，叩仁鸣仁。胡兰成的《今生今世》，也许是一部叩仁之书？

是吧，叩仁之书。汲汲鲁中叟，迟迟去鲁时，人是他活动的资本。

周游列国十四年，然而他思念起鲁之狂士了："归与，归与，吾党小子狂简，斐然成章，不知所以裁之。"（唉呀怎么好像在说当年三三的青年！）孔子遂返鲁，教学。吾党小子裁之。

所以三三怎么响应胡？三三像孔子在匡差点被杀而颜回走散了待赶上大家时孔子好安心说以为你死了呢，颜回答道："子在，回何敢死。"那样的完全顺从，纯良稚儿般给了晚年的老师鲜润的生之辉。

时值此时是父亲的年纪，胡的年纪，我的年纪，照花前后镜迭迭交映着过去未来和现在，我能做到他们这个年纪时候所做到的吗？胡说："绝对的相信就是永远不会失去。我相信天文的。"这是教诲，情话，还是盟誓？波赫士在河边遇见年轻时候的自己而展开一段对话，我亦遇见三三时候的那个我们，日之出町陶人冈野家，大波斯菊离离丛生的草茎在五月郁金香盛开的午后里，似疏似密，似迷似阳，树下荡秋千的笑声是天心仙枝和双胞胎姊妹，那个年轻的我坐在胡对面，心想，这是教诲。

志不尽，愿未央，天下事犹未晚也。

世间有地藏菩萨本愿，地狱不空誓不成佛。有阿弥陀佛四十八愿心，只要一愿未成亦不成佛。看那胡七十四岁还在写信煽动："我为你们求证女人的创造力，比贾宝玉更证得女孩儿们的好在哪里。原来新石器文明全是女人发明的……"这是胡最后在写的《女人论》，未写完。

“怕”和阿伦特

■ 朱学勤

“怕”字当头，是我们共有的精神体验。或虽未“当头”，却已“深潜”，潜入集体无意识，成为我们难以启齿的心理底线。与“怕”共舞在文学界已不鲜见，难的是抉“心”而食，深挖底线，以学术耐力作一次政治思想史的长途探险。我寻找多年,也只找到这一本。原书名是《论恐惧——一种政治观念史》，译稿清样已经进入印刷厂，最后一刻与编辑通话，将书名改译为目前这个样子。书中诸多“恐惧”字样已经来不及改了，我们把改动留给读者，凡见“恐惧”皆可在心底念出这个“怕”字。

霍布斯是“怕”之产儿，马基雅维利发现“怕”很有用，是君主控制臣民和军队的手段

《论恐惧——一种政治观念史》是美国人写的,他们不可能共享我们的感受。左翼人士总要批评“9·11”以后美国民众对恐怖主义的恐惧,这一点也不意外。但全书序言从《圣经》说起，说亚当偷吃禁果在上帝面前躲了起来，那就是人类“怕”的起源，此后扯到美国人对上司的普遍恐惧——办公室幽灵，这一现象会让读者感觉意外。此后第一章从霍布斯开始讨论，我们才可能醒过神来，恢复一些熟悉感受。

霍布斯是“怕”之产儿，不仅指他的精神，也可以指他的肉身。1588年西班牙无敌舰队压境，吓怕了所有英国人，母亲不足月小产，“一对双胞胎呱呱

坠地，一个是我，一个叫做恐惧”。此后他再没有摆脱过这一“怕”字，其政治哲学的起点是：“人对人，就像狼对狼一样。”进入中年，他目睹英国革命动荡46年，死了18万人，政治哲学复染一层厌恶革命的保守色彩。在他之前，马基雅维利曾发现“怕”很有用，是君主控制臣民、军队的手段，到霍布斯这里，则将“怕”上升为“文明之父”：这是社会生活的凝固剂，可以从教会尤其大学中吸取养分，培养臣民的服从与恭顺；人心是一道难填的欲壑，权欲之上有名誉，名誉之上有荣耀，只有一个“怕”字才能制服这些激情，平息造反冲动；统治者要善用人们对自然状态的“怕”，可赢得国家威严与合法性；“怕”还是法律能被社会接受的心理基础，人们因为“怕”遭惩戒，才接受法律约束，等等。这些理论让我们想起韩非子，后者几乎是古中国早熟1500年的马基雅维利，再加一个霍布斯。洛克也认同与“怕”同源的“焦虑”，是人类行动的重要刺激，伯克、林肯等人也曾积极评价“怕”对公共生活的警醒，恰如中国人承认“生于忧患，死于安乐”。

专制政体的基本原则是“怕”字，
让人人害怕，一直“怕”到骨子里。
但在托克维尔看来，
令人害怕的不是权力而是群众

从孟德斯鸠开始，“怕”向贬义发展，霍布斯的君主国家来源于人们对自然状态的恐惧，孟德斯鸠相反，他的自由国家则来源于人们对君主专制的恐惧与厌恶。《法意》吸引人的地方，是论述人类三种制度原型各有其精神原则，而专制政体的基本原则，就是一个“怕”字，让人人害怕，一直“怕”到骨子里。更精彩的是，孟德斯鸠发现“怕”之结局只是一个“静”字。“静”是“怕”的结果，一旦“静”到无声，万念俱灰，万籁俱寂，则更让人“怕”。这时就需要政治之外的“软东西”了，需要民风、民俗的习惯维系，以及知识分子好谈论的“文化”。受恐怖束缚的社会被剥夺了政治，只能在“软东西”中游走，湮没在“文化氛围”里。这一消极发现有积极意义：倘若某一族群好谈论“文化”，只不过是社会进入专制状态的指示，“它被剥夺了政治”，除了“文化”，再无其他问题允许谈论，它就只能聒絮“文化”，除了“文化”，还是“文化”。

到托克维尔这里，“怕”又有转折，可“怕”的不是君王权力，而是群众的街头激情。作者称托克维尔是一个“书斋里的维特”，渴望浪漫的自由主义激情，却又害怕群众的“多数暴政”。托克维尔生活的19世纪中期社会，“公共生活的土壤，一时间炙热得无法踩踏”（华兹华斯语），1848年2月24日他出任外长前夕，就在街上遭遇过游行示威者。他在街头对示威者发问：“如果巴黎进入无政府状态，整个王国会陷于混乱，难道你们会认为倒霉的只是国王一个人吗？”在托克维尔看来，令人害怕的不是权力，而是群众在公共场所持久不散的亢奋。《美国的民主》上卷出版于1835年，下卷出版于1840年，上下卷之间迥然有异。托克维尔在上卷里渴望自由，但已如此论证自由：个人因虚弱，不足以坚持他的自由，故而才会服从制度与法律。到下卷，这一虚弱精神弥漫于全书，几乎否定了上卷：个人的孤独、无足轻重，注定要交出刚到手的自由。上卷中他与霍布斯相反，认为群众不仅不需要领袖，而且天性是排斥领袖，“在美国，一切危险来自于民众”，旧政体的权力从国家流向社会，民主政体的权力从社会流向国家，他开始焦虑“多数暴政”（tyranny of the majority）；到了下卷，托克维尔几乎灰心丧气：比制度更重要的是文化习俗、观念风气，早在制度塑造社会之前，“文化”就已经将社会塑造完毕。上卷认为是“制度塑造文化”，到下卷则承认“文化塑造制度”，从贵族政治到庸众政治，社会成员原子化，“意志的弹簧最终完全松弛”，孟德斯鸠关于制度与文化的发现在这里完全颠倒了过来。

一个世纪后，阿伦特开始思考斯大林与希特勒问题，发现20世纪专制暴政与古代暴政完全不同

托克维尔是19世纪人，但已经预示了20世纪法兰克福学派的思想走向，反过来说也可以，20世纪法兰克福学派的“现代性批判”，只不过是托克维尔19世纪思想的完成阶段。他们都认为自由一旦遭遇民主，会发生“现代化焦虑”，可“怕”的不是制度，不是政治，而是已经塑造好这些制度的“文化”。此后法国知识分子热爱这一说法，反反复复地吟唱。一个世纪后，阿伦特从这里开

始思考斯大林与希特勒问题，她将这两个人合并同类项，认为是社会成员的“现代性焦虑”，推动这两个人从不同的方向几乎同时登上了权力巅峰。霍布斯将“恐惧”指向过去的自然状态，可以为君主所用；孟德斯鸠则颠倒过来，把“恐惧”归咎于当下的君主专制，有政治垄断才有文化泛论；托克维尔在民主内部发现“恐惧”，自由最终不是被君主扼杀，而是被民主扼杀；阿伦特顺着这条线走下来，几乎全部接受，只颠倒了其中孟德斯鸠政治与文化的关系。从此，文化解释不再是专制下的回避与软弱，而是面对专制的“深入”，是深入专制制度的“哲学发现”。

至于意识形态与恐惧，按照作者的观念史检索，是霍布斯首先发现。英国革命出现意识形态激情，内战中的清教徒因意识形态激情而放大自己，前仆后继地为信仰赴死，故而霍布斯强调君主要善用“恐怖”，让芸芸众生自知渺小，以平息这股不知生死的激情。托克维尔则认为人之所以渺小，是因为现代民主而不是君主专制的压迫。阿伦特走到这里，综合两家之说：确实是有意识形态激情这么个东西，但在这一激情下，人不是放大，而是自承渺小，由此才甘愿受死。从此才有阿伦特的独特发现：20 世纪的专制暴政，是一种与古代暴政完全不同的暴政——“意识形态恐怖”。这一新型恐怖是针对人在现代性压迫下为逃避自由而设计的，旨在根除的不是特定对象如犹太人或俄国富农，而是整个人类的生存状态，这就是阿伦特名著《极权主义的起源》之起源。

人类此前从未出现过的新专制是由意识形态的激情构成，它让最优秀的人低下高贵的头颅

阿伦特受业于海德格尔与雅斯贝尔斯，但《极权主义的起源》观念史背景则更多来自霍布斯、孟德斯鸠和托克维尔。阿伦特写作此书的现实刺激，则来自 20 世纪 30 年代斯大林大清洗。最令西方人震骇的还不是大清洗本身，而是 1938 年布哈林在法庭上低头，最终承认那些指控他的骇人罪名，这一事件使得欧洲知识分子夜不成寐。阿伦特受此震骇，才提出了极权主义新模式：这是人类此前从未出现过的新专制，它由意识形态激情构成，可以让最优秀的人低下高贵的头颅；极权迫害不是来自于前现代的专制，而是来自现代性本身，希特

勒和斯大林是同一类，都是现代性投下的阴影。

阴影从“大众”（massmen）开始：“大众”精神特征来源于“多余性”（superfluousness）和“孤独性”（loneliness），“缺乏正常的社会关系”，“完全没有组织”，需要“铁的箍带”。“一个人自己什么都不在乎的无私性”，民族由此发生“可怕的负面团结”。与托克维尔不同的是，阿伦特揭示的群众不具有主动性，而是一个容量巨大的地下焦虑源，等待着别人把他们激活。他们没有结构，只有方向。

意识形态强有力的感召，就在于它能对准这个“孤独性”和“多余性”。意识形态说什么并不重要，而在于它能做什么——它能把群众从焦虑中释放出来。先前的宇宙经宗教、柏拉图或神话安排，秩序井然，世界生生不息。现代性击溃了这一秩序，而意识形态则再建了这一秩序，使得人们在无意义的世界找出了意义，获得“意义链”。阿伦特终于能解释布哈林为何会承认那些可怕的罪名：“如果承认 B 和 C，就算能一直说到无数个字母的末尾，你也不能发现那个 A。——这种（意识形态）论断的强制力在于：如果你拒绝，你就自相矛盾，在这种矛盾之下，整个生命就失去意义：而你承认并发现了 A，这个 A 就通过其后产生的 B 和 C，主宰了你的整个生命。”

阿伦特既然把希特勒与斯大林归为一类，当然就把奥斯威辛和古拉格归为同类项。全面恐怖使得受害者放弃了所有文明积淀，集中营外的群众运动是个心理学问题，“恐怖的环境对这些生生不息的群众来说再合适不过”；集中营内的反应则只能给予生物学解释，奥斯威辛证明“人可以被改造为人类动物标本，改造为一片片行尸走肉”。奥斯威辛再加古拉格，则证明欧洲的文明基础已经被粉碎，欧洲历史走到了尽头。

恐怖在今天装扮成小心谨慎、
精于算计正确性的真切形式出现，
而不是和希特勒的歇斯底里及斯大林的残酷相似

上述论述已经够令人不安，但阿伦特还有更悲观的：全面恐怖不会因为希特勒和斯大林的死亡而终结，很可能因他们离开而“装扮成”更“真切的形式”，

“当真正的大众人接管了局面”，“他会和希姆莱的小心谨慎、精于算计正确性有更多的共同点，而不是和希特勒的歇斯底里的法西斯主义有更多的共同点，他会更像莫洛托夫固执的呆板，而不像斯大林感官体罚的残酷”。“这是一个从现在起出现在我们身边的危险”，人类前途将会越来越艰险，越来越渺茫。

10年之后，阿伦特为美国杂志《纽约客》报道“阿道夫·艾希曼”审判案，写有《耶路撒冷的艾希曼》，可以看出霍布斯—孟德斯鸠—托克维尔这一脉络更明显的痕迹。稍有改变的是,全面恐怖不再是“根本罪恶”（radical evil），只是一种“罪恶的平庸”（banality of evil）。全面恐怖没有把全人类变成非人格的被动工具，只是改造了艾希曼这样的活跃分子——中层管理人员、犹太社团领导人。阿伦特开始收回全面恐怖的哲学深度与普适范围，但她还是将恐怖归咎于文化—哲学心理。

阿伦特的《极权主义的起源》构思于20世纪40年代前5年，完成于后5年，全书1951年出版，1953年在读到古拉格报告后添加了新的一章“意识形态和恐怖”。前5年阿伦特看到的是欧洲抵抗法西斯主义有希望，尤其是以法国为中心的抵抗运动，似乎展现了战后会出现一个平等的、结成联邦欧洲的政治秩序，推进激进的经济重新分配，包括“财富控制”和“基础资源和主要产业公有制”。但她也担心盟军会把权力注入各国“流亡政府”,这些“流亡政府”只想“恢复原状”。这是“神圣同盟”的残余意识，会导致战后为苏联而提心吊胆。到1946年她发现“抵抗运动没有实现欧洲革命”，冷战的出现意味着她不愿看到的焦虑成为现实。尤其是美国共和党政府执政，使得阿伦特坠入冰窟。1953年她曾致信雅斯贝尔斯：“（美国）政府本身，加上为首的那个喜欢打高尔夫球的总统（艾森豪威尔），是……一个企业的政府，它唯一关心的就是让现有的大企业更大。”“至今为止，一点抵抗的声音都听不到，所有的东西都像太阳下的黄油一般融化了。”她对战后欧洲彻底失望，将其看成是第三次世界大战前夕的“全面死寂”。到《极权主义的起源》最后三分之一，她终于提出斯大林主义以及纳粹主义是孪生兄弟,将霍布斯—孟德斯鸠—托克维尔关于“恐怖”的思想史检索，引向当下普遍存在的“现代性”。顺便一提的是，阿伦特丈夫是个共产主义者，而阿伦特本人不是，但她从马克思主义中吸取了足够多的西方思想中的反西方部分。

阿伦特理论的短板让人“怕”，但与“现代性”有什么关系

到了20世纪60年代，阿伦特突然又活跃起来。此时美国出现了一些左翼活动与著作，如《寂静的春天》、《女性的奥秘》、《另一个美国》等。德国年轻的一代开始质问父母在二战中的行为，使得阿伦特有可能看到此前看不到的个人丑恶。她对艾希曼罪行的描述出现了这些特征：个人野心，追求个人成功，往上攀爬权力体系，而这些个人因素在她当年的《极权主义的起源》一书中是不存在的。她开始认识纳粹事件很可能是一个具体事件，而不是普遍事件；全面恐怖是种族灭绝的工具，它要消灭的不是人性，而是人性的多元化，是对人类多样性的攻击。此时阿伦特从哲学的普遍性，开始回归罪行的具体性。

阿伦特自己在1963年也承认，“现在有一个广为流传的观念，即针对我的《极权主义的起源》的观点，这些罪行公然挑衅人类审判的可能，并破坏了我们的法律框架”。在她给历史学家肖勒姆的信中说：“我改变了看法。不再提‘根本罪恶’了……我现在确实认为罪恶从来都不是‘根本的’，只是极端而已，罪恶既不具深度也不具超凡的特性……它是‘挑战思想’的，如我所说，因为试图达到一定深度，追根寻源，就在思想触及罪恶的时候，它感到迷惑，因为那里什么也没有。这就是罪恶的‘平庸’。只有好东西才具有深度，才有可能是根本性的。”至此，人们松了一口气。

阿伦特理论出现后，曾遭到三方面抵制。她活着的时候，犹太人就不能接受她对纽伦堡审判的说法，甚至发生普遍愤怒；欧洲研究纳粹问题的专家则反对她有关法西斯的论述，不存在什么群众孤独症，奥斯威辛并不是起源于此，而是起源于德国历史中的反犹主义。一个绝佳的反证是，同处于一个现代欧洲，丹麦国王与民众普遍援助受难的犹太人；最重要的是，研究苏联史的学者则认为她所说斯大林主义与希特勒主义同属“现代性”，是哲学家的悬空之论，完全不着边际。历史告诉人们的是一幅相反的画面：苏联民众从一开始就不接受“大清洗”，直到1935年，苏共中央每年接到七万七千封社会来信，内容包括“抱怨、谴责、请愿、建议、检讨”等，有一位工人来信，直言不讳地警告特权阶层，他们正在脱离群众，并把他们和希腊神话中的安泰作比较。哪有什么因“现代性”

而发生的“孤独性”、“多余性”？阿伦特曾提出斯大林去世可能意味着更同心协力的反自我的群众运动，就在她这样说的时候，苏联报纸开始解冻，发表大量普通市民给编辑部的来信，投诉领导阶层的背信弃义和渎职。大清洗中的劣迹被揭发得越来越具体，如 1947 年苏联情报部门负责人在一封信中曾这样指示手下人，在审讯中“要提及他们的家庭和个人的联系”，于是审讯官就在审讯桌显眼处放上被审者的亲属的个人用品。这当然让人“怕”，但与“现代性”有什么关系？

阿伦特的老师雅斯贝尔斯敏感到阿伦特理论会导致一种新的危险，特别指出，民众整体是不能对罪行承担法律责任的

作者检索了阿伦特理论的两重背景：观念史脉络以及作者所处时代的当下刺激。考虑到中国知识界几乎一面倒地接受阿伦特，读一读这些具体背景，也很有必要。作者此后又写了几章，大多是美国式自由主义的挑剔，不太有意思。但在“劳工划分”这一章里，历举美国麦卡锡主义年代不超过 200 名可能叫做政治犯的人被关押，通常不到一两年被释放（P154；158），则属于很可贵的统计。最有意思的问题是，阿伦特上述理论为何误入歧途？一个很有信息量的问题，作者却轻轻放过了，殊为可惜。

阿伦特理论一出现，她的老师雅斯贝尔斯立刻敏感到这会导致一种危险：将恐怖责任泛化为全体民众人人有份，这将使追究恐怖领导人的审判陷于瘫痪，甚至完全不可能。面对同样问题，以思想深刻著称的雅斯贝尔斯的想法要平实得多，他无法赞赏他的学生提出那样“深刻”的一揽子文化—哲学解释。这里可以引用另一本书中的相关资料与阿伦特作比较。1946 年雅斯贝尔斯为纽伦堡审判写有一篇著名文章《德国罪行的问题》（Die Schuldfrage），划出 4 种犯罪类型：触犯法律的刑事犯罪；参加到罪恶的政治体系导致的政治犯罪；出于个人罪错行为的道德犯罪；由于无视个人责任、没有坚守文明的人性标准而导致的形而上学层面的犯罪。他特别指出，民众整体是不能对罪行承担法律责任的：“就我们德国人而言，这个审判有个好处：它将领导人的特别责任鉴别清楚，

没有一揽子加罪于德国人。”［《罪孽的报应——日本和德国的战争记忆与反思（1945 ~ 1993）》，（英）Ian Buruma，戴晴译，社会科学文献出版社，2006 年 10 月版第 152 页］

在历史的三岔口，第一位的责任是政治精英，第二位的责任是政治精英的候补，即以观念形态参与制度选择的知识分子

我是怀疑包括阿伦特在内法兰克福学派的，所谓新马或西马。但我还是乐于承认，他们很有渊源，也很有影响。如阿莱—施莱辛格曾有这样精炼名言："在自由社会，焦虑驱使人民成为自由的叛徒"，在美国，"每个人的胸中都有一个斯大林"。这种深刻说法与中国知识界的习惯思维很接近，近如新时期"文化热"、"现代性批判"，远如五四初期的"国民性改造"。文化—哲学的"深度阐释"很有魅惑，它提供的一揽子解释恰如此前它所提供的意识形态，而后者却在当下被前者批判。原因的原因的原因，反而不是原因，这个观点多年前在《南方周末》我曾试图说过。知识分子如果不满足于法律浅层，可以向"深纬度""转进"，那也不能放过历史的三岔口。历史本来由一次又一次三岔口组成，所谓"路径依赖"，只是上一次三岔口的某一岔，限制了下一次三岔口的"路径选择"。在那些历史的三岔口，第一位的责任是政治精英，第二位的责任是政治精英的候补——那些以观念形态参与制度选择的知识分子，而人数众多的民众却反而陷于绝少选择机会因而也很少选择责任的消极状态，在大多数情况下，他们只不过是被上述两种人挟持的人质。与阿伦特所述相反，人质即使成千上万，也只是有"结构"，没有"方向"，"方向"是政治精英、知识分子从外部赋予的。放过从各种三岔口走来的现实制度，把矛头指向很少选择、甚至从来没有选择权的大众（massmen），潜伏有知识分子不自觉的转嫁心理，而且是双重的：他们将本来是一部分知识分子特有的心理感受如"孤立"、"多余"说成是民众素质，这是转嫁；又将第一、第二责任人承担的历史责任，通过"文化—哲学"的"深度"阐释，一揽子转嫁给不知不识的民众，这是更为严重的转嫁。

一部知识分子历史既是“反意识形态史”，也是“意识形态制作史”，可惜还是自在史，不是自觉史

阿伦特把战前苏联和德意志出现的恐怖归咎于同一类“现代性”，牛头不对马嘴。且不论战前两国有多大差别，即使有共性，那一点意识形态联系恰好相反，如纳粹集中营入口处刻有“我为人人，人人为我”或“劳动使人获得自由”，能证明的是“前现代”联系，而不是“现代性”过剩。20 世纪 30 年代前苏联还在一战、内战、大饥荒中喘息，夸口“发达社会”。德国稍胜一筹，但论法西斯之出现，那是“前现代”对“现代性”反扑，而不是“现代性”内卷反噬。若要追寻德国民众为何为希特勒福利承诺所惑，敲锣打鼓选出纳粹执政，历史脉络之一应该从铁血宰相首创福利体系开始，从那以后德意志民间始终洋溢着“国家社会主义”习气，“纳粹”一词本来就是“国家社会主义”的缩译。仅仅因为两边都配置科技手段而不是老式刀斧杀人，即判定为“现代性”，这恐怕不是“深度”阐释，而是陷于“皮相”：哪一个时代的暴君不使用他那个时代最先进的杀人武器？此理倘能成立，尼禄焚城用“火”，商纣炮烙用“铜”，始皇坑儒用“铁”，皆可归为“现代性”。如果阿伦特活到布哈林遗孀公布其遗嘱，或者看到别的肃反或迫害的具体回忆，她还会沉迷于这样的“深度阐释”吗？

阿伦特颠倒孟德斯鸠，以文化来解释恐怖，当然不是出于懦弱，而是受制于左翼立场的局限。在最好的情况下，左翼也是一个目光如炬、却只睁开一只左眼看世界的残缺者。（我这里说的仅仅是西方语境，另一些语境下的左翼另当别论）阿伦特的天才在于，她发现了古代暴政与 20 世纪极权的根本区别：前者是一种裸体暴政，后者则有全套意识形态论证，故应称“意识形态极权”。这一发现是了不起的贡献，如果由此上溯，会发现新型极权与近代知识分子的特殊联系。知识分子当然是反极权的勇士，但意识形态之所以出现，本身来自他们。从观念分子到观念形态（from idealist to ideology），左翼知识分子起源于法国，近代意识形态也起源于法国。知识分子后来反抗新型极权，可谓“大善”，怎么评价都不过分；新型极权起源于他们酿造的意识形态，则可谓“巨恶”，始作俑者却看不到自己。“大善”“巨恶”有如此关系，只有此前那一部

宗教史、僧侣史才能比拟。到目前为止，一部知识分子历史既是“反意识形态史”，也是“意识形态制作史”，可惜还是自在史，不是自觉史。中国大陆将 ideology 译为“意识形态”，可谓中性，但也含情脉脉；台湾译界翻为“意底牢结”，谐音谐意，一语破的。无论是彼岸宇宙体系，还是此岸意识形态，在人类学功能上都是一以贯之，即阿伦特描述的“铁箍带”，社会由此发生“可怕的负面团结”。没有理由美化民众，但也不必美化从僧侣而来的这一部分知识分子。他们是不穿袈裟的僧侣，踢翻了僧侣衣钵，接过了宇宙体系，将其改造为此岸意识形态，只是到了新型极权迫害及他们，他们才拍案而起。

阿伦特是有天才的，天才跛足，是因为另一只脚陷落在“现代性”里。阿伦特后来收缩“罪恶深度”，认为只有“罪恶的平庸”，已经流露出悔意。将颠倒者颠倒回去，一部枯燥的观念史检索也会散发出惊心动魄的魅力。僧侣衣钵相反相承，“大善”“巨恶”首尾反噬，惊“怕”于此，才有可能惊醒第二部历史：既是极权批判史，也是知识启蒙史，同时更是知识分子反思史，那才是知识分子的自觉自为史，而不是什么转嫁民众史、改造国民史，或“现代性”批判史。

汉娜·阿伦特（Hannah Arendt，1906 ~ 1975），20 世纪最伟大、最具原创性的思想家之一。她在马堡和弗赖堡大学攻读哲学、神学和古希腊语，后转至海德堡大学雅斯贝尔斯的门下，获哲学博士学位。1933 年纳粹上台后她流亡巴黎，1941 年到了美国。自 1954 年开始，阿伦特在美国加利福尼亚大学、普林斯顿大学、哥伦比亚大学、社会研究新学院、纽约布鲁克林学院办讲座，后担任过芝加哥大学教授、社会研究新学院教授。其主要著作有：《极权主义的起源》、《人的条件》、《精神生活》、《康德政治哲学讲义》等。

卢森堡："嗜血的'红色罗莎'"

■ 林贤治

革命渐次随着岁月的尘烟远去。

有各种革命，也有各种不同的革命者。真正的革命者，委身于他理想中的事业，这事业，是同千百万无权者的福祉联系在一起的。在革命中，他们往往为自己选择最暴露、最危险、最容易被命中的位置，结果正如我们所看到的，当黎明还没有到来，他们已经在黑暗中仆倒。

在这个倒下的队列里，我们记住了一个人：罗莎·卢森堡。

"红色罗莎"

1871 年 3 月 5 日，卢森堡出生于波兰扎莫什奇的一个木材商人家庭，2 岁时，全家迁居华沙。在这里，她完成了中学教育，并开始参加革命活动。1889 年底流亡瑞士，入读苏黎世大学，先后学习哲学、政治经济学、法学及自然科学。在此期间，结识利奥·约吉希斯，后来他成为她事实上的丈夫和情侣。1894 年，他们共同组建了波兰王国社会民主党。1898 年，卢森堡取得德国国籍，迁居柏林，参加德国社会民主党的工作。在党内，她积极从事组织活动，为报刊撰文，发表演讲，先后批判党内元老伯恩斯坦和考茨基，也曾同列宁展开过论战。1914 年 7 月，第一次世界大战爆发。由于德国社会民主党议会团一致支持帝国主义战争，背叛革命，卢森堡和李卜克内西等组织斯巴达克同盟，后成立德国共产党，成为党的重要的领导人之一。

卢森堡自称是一个永远的理想主义者。读书时，她在题赠女同学的照片背后写道："能够以纯洁的良心，去爱所有的人，那样一种社会制度，是我的理想。只有在追求它并为之奋斗时，我才有可能产生憎恨。"像这样一个怀抱着宏大的社会理想的人，在当时，命运注定要和革命扭结到一起。为此，她多次被捕，在监狱里度过相当长的岁月。1917 年春夏之交，斯巴达克同盟鉴于她在狱中健康恶化，曾酝酿过一个营救计划，考虑到她拥有俄属波兰地区的出生证，试图向官方提出要求，放她出狱到俄国去。然而，她拒绝了这个计划，因为她根本不愿意与官方当局发生任何联系。在革命队伍中，她以思想激进和意志坚强著称，所以，帝国主义者及右翼分子称她为"嗜血的'红色罗莎'"。

1919 年 1 月，德国共产党与其他革命组织共同行动，举行大规模游行示威。接着，斗争遭到政府军队的血腥镇压，卢森堡和李卜克内西同时被捕，当日惨遭杀害，她的尸体被扔进运河。当此危急时刻，约吉希斯倾全力搜集卢森堡遗文，调查事件真相，一个多月后随之遇害。

卢森堡逝世后，列宁下令出版她的传记以及她的著作的完整汇编，同时，还斥责了德国共产党对于承担这一义务的冷漠态度。斯大林不同，于 1931 年著文强调卢森堡犯过许多极其严重的政治错误和理论错误，这等于给卢森堡盖棺论定，以致后来发展到谁引用卢森堡的话便是反革命的地步。苏共二十大以后，情况有了变化，在苏联和东德等国家，开始寻找卢森堡与列宁的思想的一致性，涉及两人的分歧，当然仍将错误归于卢森堡。所以，阿伦特在一篇论述卢森堡的文章中把她描写成欧洲社会主义运动中的一位"边缘性人物"，"德国左派运动中最有争议的、最少被人理解的人物"。直至 20 世纪 60 年代以后，"红色罗莎"才获得应有的崇高的评价，她的著作在国际上兴起出版和研究的热潮。

"重新发现"卢森堡，在国际共运史上，是一个堪称奇特的现象。

"永远是一只鹰"

卢森堡的政治思想，在论战中显得特别活跃和鲜明。其中，关于革命与暴力问题、政党问题、无产阶级专政与社会主义民主等问题，带有很大的原创性。

在苏联、东欧剧变10多年以后，回头再看卢森堡的相关论述，判断的深入和准确是惊人的。

在卢森堡看来，革命，不是任何组织或个人“制造”出来的，不是根据哪一个政党的决议产生的，而是在一定历史条件下“自动地”爆发的。不是组织先于行动，而是行动先于组织，而这“行动的迫切压力”总是来自社会下层。她指出：首先应当具备“革命形势”这一必要的条件，必须认真考虑大众的情绪。在组织问题上，她从不信任有一种绝大多数人在其中都没有位置、也没有声音的所谓的革命的“胜利”，不信任那种不择手段、不惜代价夺取权力的行为，以致她“担心革命受到扭曲更甚于担心革命的失败”。

但是，卢森堡并没有因此否定暴力，相反对于那些把暴力等同于革命从而加以反对的“机会主义的学理主义者”予以严厉的批判。暴力是有阶级性的，她特别指出，必须警惕来自反动政府的合法性暴力的隐蔽性和欺骗性。她认为，无条件地否定革命暴力，把议会政治、宪政政治看作被压迫阶级得救的唯一出路是空想的、反动的，这也正如把总罢工或街垒看作唯一的出路一样。在她看来，并不存在一种预设的绝对合理的方式，任何方式的采用都是随机变化的、可选择的。人民群众唯有拥有潜在的暴力，并足以作为自卫的武器或攻击武器，来发挥它的作用，才能在阶级力量的对比中，最大限度上改变政治斗争的条件，其中包括议会条件。正是在这一意义上，卢森堡指出，改良是革命的产物；而革命，并非出于革命者对暴力行动或革命浪漫主义的偏爱，而是出于严酷的历史必然性。

1904年春，列宁发表《进一步，退两步（我们党内的危机）》一书，论述关于无产阶级的政党学说。7月，卢森堡发表《俄国社会民主党的组织问题》，评论了列宁的建党思想，引起论争。在建立一个集中统一的政党这一问题上，两人之间没有分歧；争论的中心，是卢森堡说的“关于集中程度的大小和集中化的更准确的性质”问题。

卢森堡批评列宁的“极端集中主义观点”，是“无情的集中主义”，认为这是把“布朗基密谋集团的运动的组织原则机械地搬到社会民主党的工人群众运动中来”；她说，这样做的结果是“中央委员会成了党的真正积极的核心，而其他一切组织只不过是它的执行工具而已”。文章尖锐地提出：究竟是谁执行谁的意志？她认为列宁设想的中央拥有“无限的干涉和监督权力”，强调的是党中央机关对党员群众的监督，而不是确保自下而上对党的领导机关的公开、有效的监督。她确信权力的高度集中必然产生思想僵化、压制民主和轻视群众，形成并助长专横独断的危险，窒息积极的创造精神，唯余一种毫无生气的“看守精神”。

在这里，卢森堡表现出了重视人民群众的非凡的热情，以致后来有人称她为“一个纯粹群众民主的理论家，一个出色的非定型的革命的预言家”。1918年，她在狱中写下著名的《论俄国革命》，直接地把社会主义民主等同于“无产阶级专政”。这部未完成的手稿对苏联布尔什维克党的批评尤其激烈，其中除了土地问题、民族自决权问题之外，一个重要的内容，就是批评布尔什维克党把专政和民主对立起来，强化专政而取消民主。她强调说，无产阶级专政是“阶级的专政，不是一个党或一个集团的专政，这就是说，最大限度公开进行的、由人民群众最积极地、不受阻碍地参加的、实行不受限制的民主的阶级专政。”她从来认为，社会主义社会的本质在于大多数劳动群众不再是被统治的群众，而是自己的全部政治和经济生活的主人，在有意识的、自由的自决中主宰着这全部的生活。

关于社会主义民主，卢森堡总是把它同自由联系到一起，并且以自由进行阐释。在《论俄国革命》中，她指出，“自由受到限制，国家的公共生活就是枯燥的、贫乏的、公式化的、没有成效的，这正是因为它通过取消民主而堵塞了一切精神财富和进步的生动活泼的泉源。”又说：“随着政治生活在全国受到压制，苏维埃的生活也一定会日益瘫痪。没有普选，没有不受限制的出版和集会自由，没有自由的意见交锋，任何公共机构的生命都要逐渐灭绝，就成为没有灵魂的生活，只有官僚仍是其中唯一的活动因素。”她提出，要警惕无产阶级专政演变为“一种小集团统治”，“一小撮政治家的专政”，“雅各宾派统治意义上的专政”，同时警告说，如果听任这种情形的发展，一定会引起“公共生活野蛮化”，引起强制、恐怖和腐败，引起“道德崩溃”。她进而指出，“这是一条极其强大的客观规律，任何党派都摆脱不了它”。阿伦特认为，卢森堡对布尔什维克政治的批判是“惊人准确的”，“她的异端性是坦率的、毋庸争辩的”。

关于自由，在《论俄国革命》稿的边页上，卢森堡加注道：

“只给政府的拥护者以自由，只给一个党的党员（哪怕党员的数目很多）以自由，这不是自由。自由始终是持不同思想者的自由。这不是由于对‘正义’的狂热，而是因为政治自由的一切教育的、有益的、净化的作用都同这一本质相联系，如果‘自由’成了特权，它就不起作用了。”

其中，“自由始终是持不同思想者的自由”这句话，作为卢森堡的“名言”，代表着她的一个深刻的信念而广为流传。

《论俄国革命》出版后，列宁于1922年2月写了《政治家的短评》一文，称它是一部“犯了错误的著作”。他在文中列举了卢森堡一生所犯的“错误”，但是，对卢森堡仍然给予高度的评价，列宁说：“无论她犯过什么错误”，“她都是而且永远是一只鹰”。

政治、人性、美学

阿伦特有一段比较卢森堡和列宁的话说：当革命对她像对列宁那样迫近和真实时，她除了马克思主义之外就再没有别的信仰条款了。“列宁首先是一个行动者，他可以在任何事件中都参与政治；而罗莎，用她半开玩笑的自我评语来说，天生就是个‘书呆子’，假如不是世界状况冒犯了她的正义和自由感的话，她完全可以埋头于植物学、动物学、历史学、经济学和数学之中。”卢森堡个人确实有过不少试图远离政治和革命的表示，比如致信约基希斯说：“俄国革命对于我，就像第五条腿对于狗一样，没有多大的意义。”可是，对于俄国革命，她不但关注到了，而且介入太深，正如我们所看到的诸如《论俄国革命》等许多相关的论著那样。正义和自由感对于她是支配性的，致命的。在信中，她说：“我得不断地关心全人类的大事，使得这个世界变得更美好。”既关心人类，便无法摆脱政治的诱惑和制约，以致她不得不为此付出生命的代价。

对政治事务的关心，在卢森堡的著作中，可以说随处可见。她的私人通信，也记录了不少关于工人罢工、失业、冬小麦歉收、革命、党的会议、党纲的制定及人事变动等内容。但是，书信毕竟不同于政论，除了表现对应于公共性的立场、思想、观点之外，更多地体现了她个人的人格、品质、情感、趣味，精神世界中最基本、最深隐、最柔弱的部分，更人性化的部分。或者可以说，政治原则在书简中转换为一种道德原则，一种特有的气质。

卢森堡的内在气质，在她的《狱中书简》中展示得最为充分。她敬畏生命，从一只粪甲虫到一只蝴蝶，从一只土蜂到一只知更鸟，她都会留心地观察它们，倾听它们，像亲人和朋友一样亲近它们，为它们经受的惨剧而悲愤，而痛苦，一旦离去以至于黯然神伤。她那般感动于青山雀的问候般的啼声，每次听到那“戚戚勃”的活像孩子嬉笑的声音，就忍不住发笑，并且模仿它的叫声来回答它。她写道：昨天我忽然从墙那边听见了这熟悉的问候声，可是声音全变了，只是很短促的接连三声“戚戚勃——戚戚勃——戚戚勃”，以后就寂然无声了。我的心不觉紧缩在一起。在这远远传来的一声短促的啼声中包含着多少东西呵。它包含着一只鸟儿的全部简短的历史。这就是青山雀对于初春求偶的黄金时代的一个回忆，那时候它成天歌唱，追求别的鸟儿的爱情；可是现在它必须成天飞翔，为自己为家庭寻觅蚊虫，仅仅是一瞬间的回忆：“现在我没有时间——呵，的确，从前真美——春天快完了——戚戚勃——戚戚勃——戚戚勃！——”相信我吧，这样一声情意绵绵的鸟叫会深深地感动我。

她曾经写道，在读地理书的时候，得知德国鸣禽减少的原因，在于日趋合理化的森林经济、园艺经济和农业学，使它们筑巢和觅食的一切天然条件被消灭，想到那些“毫无抵抗能力的小动物”竟因此默默无声地不断灭绝，不禁深感悲痛，差点要哭出声来。她还说到在监狱里遇到的“一件极端痛心的事”，就是看见驾车的水牛被兵士鞭打得血迹斑斑的情景。她悲悯地写道：……卸货的时候，这些动物一动不动地站在那里，已经筋疲力尽了，其中那只淌血的，茫然朝前望着，它乌黑的嘴脸和柔顺的黑眼睛里流露出的一副神情，就好像是一个眼泪汪汪的孩子一样。那简直就是这样一个孩子的神情，这孩子被痛责了一顿，却不知道到底为了什么，不知道如何才能逃脱这种痛楚和横暴……我站在它前面，那牲口望着我，我的眼泪不觉簌簌地落下来——这也是它的眼泪呵，就是一个人为他最亲爱的兄弟而悲痛，也不会比我无能为力地目睹这种默默的受难更为痛心了。那罗马尼亚的广阔肥美的绿色草原已经失落在远方，再也回不去了！

卢森堡表白说，她有一种感觉，这就是：她不是一个真正的人，而是一只什么鸟、什么兽，只不过赋有人的形体罢了。她致信宋娅说："当我置身于像此地的这样一个小花园里，或者在田野里与土蜂、蓬草为伍，我内心倒觉得比在党代表大会上更自在些。对你，我可以把这些话都说出来：你不会认为这是对社会主义的背叛吧。你知道，我仍然希望将来能死在战斗岗位上，在巷战中或者在监狱里死去。可是，在心灵深处，我对我的山雀要比对那些'同志们'更亲近些。"对于植物，她也一样怀着对小昆虫和雀鸟般的喜爱，说："我研究植物，跟干其他事情一样，也是满腔热忱，全身心地投入。世界、党和工作，都悄然隐退。每日每夜，我的心中只翻卷着这么一个激情：去春天的原野漫游，采集成抱成捆的鲜花，然后回家整理、分类、鉴定，再夹到书页里去……"阳光、白云、湖光、山色，大自然的一切，都被她赋予了极其生动的人类情感，成为她的外化的生命。正如她所说：……不管我到哪儿，只要我活着，天空、云彩和生命的美就会与我同在。

卢森堡那般倾情于艺术，从小说到诗，从歌剧到油画，从高尔斯华绥、萧伯纳到歌德，从伦勃朗到巴赫、贝多芬，她熟悉许多杰出的艺术家，熟悉他们作品中的许多出色的细节。她的眼前展现着一个浩瀚的艺术世界，她常常沉浸其中，内心充满愉悦。她写道：她曾因所有的剧场和音乐厅变成政治集会和抗议的场所，无法欣赏音乐而感到遗憾。她写道：她想重返纽伦堡，但原因不是去开会，而是想听朋友朗诵一卷莫里哀或者歌德。她写道：当她听完一支温柔的小曲时，心绪宁静，却随即想到自己曾经给予别人的冤屈，并为自己曾经拥有如此苛酷的思想感情而感到惭愧……

卢森堡对美的欣赏，还及于女性的形体与仪态。很难想象，这样一位革命家会在书信中那么仔细地描绘她在狱中见到的一个年轻女囚的美貌，在"18 世纪法国展"上看到的汉密尔顿夫人画像和拉瓦利埃女公爵画像的不同类型的美。她甚至表示，一些遥远的事物，比如数万年以前的黏土片、中世纪风光乃至"带有一点腐朽味道的真正的贵族文化"，都是她所喜爱的，迷恋的，对她来说具有极大的吸引力。

一个一刻也不离开现实斗争的人是如此地喜欢古典，一个投身于政治运动的人是如此地喜欢安静，一个坚强如钢、宁折不弯的人是如此地喜欢柔美，一个以激烈不妥协著称的人是如此地博爱、宽容！——这就是"嗜血的'红色罗莎’”！

她坦然承担生活所给予她的一切：囚禁、各种伤害和痛苦、别离和思念，并且把这一切看成是美的、善的，开朗、沉着、勇敢，在任何情况下都感到幸福，唯独不放弃工作。在书信中，她不止一次说到她的人生哲学。她强调指出，认识历史的必然性对个人来说非常重要；但是，把对历史必然性的认识演绎为一种消极无为的哲学，又是她所反对的。她坚信人类的能力、意志和知识的作用，坚持自主意识，所以说，宁可从莱茵瀑布上跳下去，像坚果那样逐浪漂流，也不愿站在一旁摇头晃脑，看着瀑布奔泻而下。她要做一个和生活一同前进的人。

“比男人伟大”

革命不是想象。从某种意义上说，革命就是革命者。通过革命者的形象，我们可以目睹革命的面貌，它的全部构成。

说到卢森堡，仅仅阅读她的政论，哪怕是一度遭禁、以自由和民主作为革命的表达中心的《论俄国革命》，也还不是她的全部；只有结合她的《狱中书简》，她作为革命者的形象才是大致完整的。在她这里，不但具有明确的政治信念和道德原则，而且富于同情心、人性和丰饶的诗意。革命并不如某些自命为“自由主义学者”所描绘的那样只有恐怖，恰恰相反，革命是为了解除恐怖统治而进行的。

1907 年的一天，卢森堡和她的朋友蔡特金在散步时忘记了时间，因此在赴倍倍尔的约会时迟到了。倍倍尔开始还担心她们失踪了，这时，卢森堡提议这样来写她们自己的墓志铭：“这里躺着德国社会民主党的最后两个男人（men）。”

阿伦特赞同此说：卢森堡身上的“男子气概”（manliness），在德国社会主义运动历史中是空前绝后的。如果用这个比方定义革命，应当承认，仅仅有男子气概可能是野蛮的、强制的、可怕的，所幸其中的参与者和领导者有如卢森堡似的女性。她在信中说：“我这个人太柔弱了，比我自己想象的还要柔弱。”正由于有了柔弱的人性做基础，有人类理解和人道主义做基础，革命风暴的力量才是可接受的。

法国诗人雨果有一首赞颂巴黎公社的女英雄、诗人米雪尔的诗，题目是《比男人伟大》。面对卢森堡这样的革命女性，除了这，我们还有什么更恰切的语言去形容她呢？——“比男人伟大！”当然，比男人伟大！

卢森堡（1871 ~ 1919）是波兰、德国和国际共产主义运动史上杰出的女革命家，马克思主义理论家，德国社会民主党和第二国际著名的左派领袖之一，德国共产党的创建人和领导人之一，世界著名的具有民主思想的社会主义者。1919 年惨遭杀害。重要著作有：《资本积累论》、《社会改良还是社会革命？》、《国民经济学入门》、《尤利乌斯小册子》等。

记忆中的星光

■ 白　桦

1948 年的冬天非常寒冷，11 月 24 日我在中原野战军 4 纵 13 旅 37 团 3 营的一个连队里。那天上午，国民党军主力第 12 兵团司令黄维，在强渡浍河之后似乎发现了危险，立即又想撤到浍河以西。正在坚守南坪集的我军突然渡河西撤，假装着像是仓皇溃逃的样子。浮桥在河上剧烈地晃动，人喊马嘶。不时有一个想超过别人的战友坠入水中，在他被战友们拖上来的时候，水淋淋的棉袄很快就结冰了。

我们在河西进入阵地的时候，已是黄昏时分。饥肠辘辘的战友们立即开始挖掘掩体和壕沟，拼命地挖，拼命地挖。在挖掩体和壕沟的同时，我们班另有任务，是在壕沟的纵深处挖掘掩埋自己人的墓坑，虽然我们心里感到不是滋味，但这是每一次战斗之前必须做的工作。我在进行这项劳动的时候，很自然地会想到：这个墓坑将会掩埋谁呢？每一个熟悉的面孔都从我眼前闪过，都是那样年轻，都是那样生气勃勃。哪个都不应该躺进这冰凉的冻土里。也许是我自己吧？想到这儿我情不自禁地打了一个寒颤。夜晚除了散乱的曳光弹和信号弹在天空划过之外，枪声极少。

到了第二天早上，黄维才清醒过来，意识到他和他的兵团已经陷入重重包围之中了。一夜之间，所有的现代化武器和辎重都变成了累赘。当他知道他派出的侦察兵触角所及，纵横只有 7.5 公里的时候，他慌乱了！对于敌我双方来说，这一空间都是一个危险的极限。已经被捆住手脚的敌军如果突围失败，就是覆灭。而我们，面对的是一个庞大的困兽的挣扎，战斗会空前猛烈。

果然，敌军的反扑在当天就开始了！白天，敌军以坦克、重炮为掩护，实行疯狂的突围。往往一个村庄都要经过反复的争夺——白天在敌人的手里，晚上我们又重新夺回来。在我们进入被占领的村庄时，必须从堆积得很高的尸体上翻越过去，那些奇形怪状的尸体都已经冻得像树根一样坚硬了。

25 日清晨，连部通信员小李跃出掩体去捡一挺轻机枪的时候，被敌人坦克上的机枪击中，我才知道看似笨重的坦克不仅不迟钝，而且很灵敏。小李一头栽倒在地上，我的心像是被一团冰块击中了那样揪痛。今晚，我的被筒里只有我自己一个人了，从月初我军进逼徐州那天开始，他和我伙睡在一个被筒里，用他的被子当垫褥，我们相互用体温取暖。

26 日晚上反复浴血冲击，夺回一个被敌军占领的村庄之后，黎明时分我们连队被撤换下来了，兄弟部队接了我们的防线。在阵地背后一个洼地里的小树林中集合的时候，连部只剩下了一个副连长了。副连长把连队的名单交给我，让我来替他点名。昨晚出发的时候还是 129 人的连队，现在能够大声应答的剩下了 25 人，负了伤呻吟着应答的 6 人，他们都在担架上躺着，或是坐着。点完名以后，副连长的眼眶里充满了泪水，他可能是怕哭出来，大喊了一声："向右转！"接着却听不见脚步转动的声音。他惊讶地擦了擦自己的眼睛，再喊了一声，队列依然没有移动。副连长用沙哑的声音问："怎么啦？你们的耳朵都被炮弹震聋了？点名的时候，你们不是都应了吗？"战士们不约而同地说："我们不撤！"副连长简直不相信自己的耳朵："什么？"回答他的仍然是："我们不撤！"副连长说："这是旅部的命令！"大家的回答还是："我们不撤！"副连长问："为什么？"所有的人都不回答，只有一个因为腿部受伤不得不坐在地上的伤员（我记得他是 60 炮的炮手）含混地小声反问说："为什么？你还不知道？"副连长火了："三大纪律的第一条是什么？"接下来的是久久的沉默，连伤员也不敢说话了，但队伍仍然没有移动。副连长丢下队伍，一声不响地走了。我们在洼地里像冬日的小树林那样站着，一动也不动。

半个小时以后，副连长带着团长来了，团长胳膊上绑着绷带。团长在连队面前站定以后，仔仔细细地辨认着每一个战士的脸，然后喊了一声"向右转"！队伍"唰"的一声向右转了，连在担架上躺着和坐着的伤员都向右转了。当团长喊了"齐步走"的时候，却没有一个人移动脚步了。团长大声喊着："怎么不走哇！”站在排头的一班长无论如何都憋不住了，他说：“团长！我们走不动啊！”“走不动？！”一班长“哇”地一声哭了：“团长！你也不看看，我们连有多少同志还留在阵地！连长、指导员、文书、司号员、卫生员……一排长、二排长、三排长……我们能走得动吗？”团长和副连长紧紧地抿着嘴，默默地相向注视着。过了好一会儿，团长才又喊了一声妥协的口令：“向左转！”然后他和副连长把队伍丢下，肩并着肩走了。

我们在洼地里像冬日的小树林那样站着，一动也不动。又过了半个小时，副连长和团长带着旅政治部主任来了。旅政治部主任的肩膀上披着军大衣，他是个文雅的知识分子。他来了以后，没有喊口令，第一句话就是：“你们知道，为什么要你们往下撤吗？”连队全体大声回答说：“不知道！”旅政治部主任温婉地对大家说：“同志们！要你们往下撤，是为了给你们休整、补充；休整、补充，是为了让你们很快再回到这个阵地上来！听明白了吗？”连队全体大声回答：“听明白了！”旅政治部主任接着喊出以下的口令：“把担架抬起来！向右转！齐步走！”连队虽然人数很少，步伐渐渐也就整齐起来了。

我们撤到离阵地 15 里之外的一个小村里。虽然这个村一半的房子都被战火毁坏，我还是依稀能记得在合围之前我们连队来过这个小村。我们连在这儿停留的时间很短。在我们离开的前夜，我曾经看见村里一个小姑娘躲在墙角里等人，她并未发现我在站岗，因为我担任的是隐蔽哨。当一排长经过墙角的时候，那小姑娘往一排长手里塞了一双崭新的布鞋。我暗暗惊奇，她怎么这么快就能做好一双合脚的布鞋呢？他们相向注视的目光只是一闪而逝，我却看见了永远。

26 日夜晚，在一排长中弹倒地、我用急救包给他包扎伤口的时候，他向我指了指自己的脚，我注意到他的脚上穿着那双新布鞋。战争时期，战友们中间有一个默契，在冲锋之前，尽量穿上新衣裳、新鞋和新袜子。后来，一排长因为流血过多，去世了。这次回来，那个小姑娘几次微笑着想走近我，我都由于无法面对她那怀着美好希望的目光而闪开了。有一次我在破冰打水的时候，她把我堵在井沿儿上。问我：“一排长咋没回来？”我没有撒谎，老老实实地对她说：“一排长还在阵地上。”“啊！”她竟然高兴得抿着嘴笑起来，咯咯地笑着从井边跑开。

12 月 13 日向黄维困守在双堆集的总司令部发起总攻的时候，我们的连队经过补充和修整，又重新在原来的阵地上前进了两公里。15 日晚，我们攻占了黄维龟缩在地下的指挥部。那天夜里火光冲天，枪声就像过年时的爆竹。到处都是我军战士押解着敌军俘虏。我在繁星和照明弹的光亮下，又看见了那个小姑娘，她拦住所有她遇到的战士，在他们脸上辨认着。我当然知道，她是在寻找一排长。那天夜晚我胆怯了，面对敌人风暴一般的阻击我都没有躲开过，却故意地躲开了她。在她把眼睛转向我的时候，我把棉帽的护耳放了下来，匆匆地转身消失在人海里。

1949 年元旦，我们从积雪的战场上撤退，中原大地锣鼓喧天。许许多多的标语中,其中有一条让我难以控制地潸然泪下。那条标语就是:“欢迎英雄归来！你们是人民的好儿子！”我当时情不自禁地喃喃自语说：那些最好的儿子都没能回来，他们留在淮海平原的冻土里了。

后来，经过渡江战役、广东战役、滇南战役……一直到“文革”后的 1978 年夏天，我又重新回到淮海战场，那里已是一望无际的金色麦地。在徐州淮海战役纪念馆里，我偶然发现展品中有一面很熟悉的锦旗，仔细一看，那正是当年我在淮海战场的阵地上用手工制作的。自己的字迹使我异常震动！当晚在梦里我又看到了我的连队、我的连长、指导员、连部通信员、司号员、一排长和那位小姑娘，他们一下子又都来到我的记忆之中了，我立即在他们中间入列。连长的大嗓门儿还是那么响亮：“立正！向右看齐！向前看！报数！”“一、二、三、四、五、六……”一直数到一百二十九。报了数以后,指导员大声问我们:“同志们！我们流血牺牲、前仆后继是为了什么？”这是每一次点名时他都要提醒全连的一个问题。

全连指战员立即信心百倍地回答说:“建立一个民主新中国！”——喊声在星空中回响。这句话我们重复过几百次，每一次都让我们振奋不已。

当我在六十年前的呐喊中猛醒的时候，顿时，汗流如洗……我坐起来，头脑里一直回旋着一个问题：

当初，“建立一个民主新中国”的确是一个口号，是一个很响亮的口号。正因为这个响亮的口号，才使这场付出了惨重代价的国内战争具有崭新的革命意义，中止了历史上所有农民战争改朝换代的恶性循环。但对于为之抛头颅洒热血的一代中国人来说，它并不是一个口号，而是他们前仆后继的目标，又是他们对于后人的庄严承诺，还是他们对生者与死者的神圣誓言。

命运七七

■ 余 虹

1977年，一个政策改变了一代人的命运，有幸我成为其中的一员。

在很小的时候，我上学的权利就被剥夺了。1970年，经过三年武斗的停课闹革命后，四川大巴山里的一个小镇复课闹革命了。小镇上所有的同学都回到了学校，而我却被学校拒之门外，理由是父母有政治问题。父母有政治问题，儿女就没有权利上学。这是什么逻辑？当时我想不通，至今也没有想通。

叫人想不通的逻辑迫使我投亲靠友浪迹到湖北求学。在那里我拼命改造自己，使自己成为“可以教育好的子女”，入了团，做了团支部书记，还上了高中。我很清楚，像我这样的政治贱民上大学是绝对不可能的，因此早就放弃了这一奢望。高中毕业后老老实实下乡，老老实实改造，老老实实地望着县城的烟囱，梦想去那里当一名工人。没想到1977年恢复高考，给了我一个意外的惊喜，我有资格考大学了，但初选政审时又落选了。此间县淀粉厂来我们知青点招工，按当时的政策，下乡两年以上的知青才可以招工，而我们点上只有我具备这一资格，心想天无绝人之路，上不了大学当个工人也可以。但公社某权力人士指示招工人员将这个指标给另一位下乡不到两年的知青，理由仍然是我的父母有政治问题。父母有政治问题就可以将他们的儿女逼上绝路，不管他们自己怎样努力，这是什么天理呀？正当我身临绝境之时，老天发了慈悲。1978年春扩大招生的政策对我这样的“牛鬼蛇神”（年纪大的、政治上有问题的考生）网开一面，我被收罗进了大学，于是，我成了“77级”的一员。

像所有“77级”的大学生一样，政策神奇地改变了命运，也许政策就是命运。我不仅上了大学，还读了研究生，获得了硕士、博士学位，成了体面的大学教授，这是我在1977年以前做梦也没有想到的事情。像大多数“77级”的大学生一样我由衷地感谢那个伟大的政策和制定政策的人，也像大多数“77级”的大学生一样拼命地学习和工作以回报自己的幸运。“77级”作为一种光荣与幸运的标志在很长一段时期笼罩了我的内心，然而，令人不安的是梦。自1977年的幸运以来，我常常梦到在中学和在农村当知青的情形，梦回那渴望上学与招工而又恐惧政审的日子，那是个永远被政审着、永远也没有上学与招工希望的日子。就这样“我”被“77级”这个符号一分为二了：一个“不幸的我”，一个“幸运的我”；一个恐惧不安的我，一个侥幸得福的我。侥幸得福的我对我之所得充满感谢，恐惧不安的我对我之所得心存疑虑。前者在白天给我阳光，后者在夜晚给我黑暗；前者让我感到命运发生了改变，后者提醒我命运一如既往。如此双重的生存感使我对“1977”或“77级”怀有非常复杂的感受与体悟。

记得刚上大学的时候，市面上正热演印度电影《流浪者》。当我看到银幕上的拉兹在教室里苦苦哀求老师让他上学而被拒绝时，我的眼泪怎么也止不住地一个劲地往下流。在拉兹那里我看到了自己，只不过拉兹被拒绝上学是因为他偷过东西，而我是因为父母的政治问题。不管因为什么，一个问题一直困惑着我：谁可以找个理由剥夺一个孩子受教育的权利？随着阅历和知识的增长，我慢慢知道了“自然权利”是怎么回事。一个人上学的权利不就是自然权利吗？即那种无条件的不能因任何理由而被剥夺的权利。

1977年恢复高考让一代人成了幸运儿，这一代人的感激之情是油然而生的。但在感恩之余我们是否更冷静地反省过自己的命运？恢复高考和取消高考是什么关系？“高考”是什么意思？除了很多别的意思外，高考显然是落实每个人受教育的自然权利的一种历史方式，具体而言，是在教育资源相对匮乏的历史条件下维护每个人公平竞争上大学的自然权利。这种权利因取消高考而被剥夺，又因恢复高考而被恩赐。在此，重要的不是“取消”和“恢复”这种具体的历史形式，而是“剥夺”和“恩赐”的权力机制。换句话说，由高考所指的受教育的自然权利是由某个绝对权力来定生死的，这乃是“77级”这一历史事件最为隐秘的意义。

被剥夺的权利与被恩赐的权利是同一个权利，凭此权利而生存的人被同一命运所左右。从表面上看，当权利被剥夺时你是不幸的，当权利被恩赐时你是幸运的，但从根本上看，你在剥夺与恩赐的轮回之中。今天你被恩赐，明天你就可能被剥夺；你这一代人可能被恩赐，下一代人则可能被剥夺。一旦人的自然权利成为绝对权力的掌中之物，你的权利就是一个假象。也许我们在得失之中的不安与恐惧就植根于此？也许那不绝如缕的噩梦警示着白天所遗忘的真实？

可悲的是，我们习惯了记住恩赐而遗忘剥夺，更难以在历史的轮回中体会命运的秘密。本来，每个人的自然权利容不得任何权力的剥夺，也无须任何权力的恩赐，但人类的历史大多是权利被权力剥夺与恩赐的历史，这就是所谓的野蛮史。从根本上看，人类的文明史乃是摆脱野蛮的历史，即从根本上改变权利与权力的关系的历史。可悲的是，这一历史的发生是如此的艰难。

说到底，自然权利得不到超个人与超集团的体制性保障，而需要权力个人与权力集团的恩赐，这是任何一个野蛮民族的命运。“77 级”是这一命运的突出症候吗？更重要的是，今天我们看到了改变这一命运的希望吗？一种由权力恩赐的权利随时都可能被权力收回，这是我们每个人都消除不了的恐惧吗？何时我们才有不可收回与不可剥夺的自然权利？

也许，命运的真正转机不在剥夺与恩赐轮回转换的瞬间，而在自然权利不被绝对权力任意剥夺和恩赐的时刻。这一时刻有赖于一种意识的觉醒，即不再沉迷于被剥夺的哀怨与被恩赐的庆幸，不再将剥夺看作不幸而将恩赐看作幸运（恩赐的庆幸往往掩盖着剥夺的不幸）。事实上，剥夺与恩赐都是同一命运的表现形式，而反省到自然权利的不可剥夺性与不可恩赐性才是改变命运的契机。为此，我们说只有当人们从对权力恩赐的感恩戴德中摆脱出来而时刻警惕权力对权利的剥夺时，只有当人们意识到维护自己的自然权利是自己的天然责任而不是等待权力的施舍与恩赐时，只有当人们找到了一种有效地确立与保护自然权利的现实方式而抛弃权力膜拜时，命运的转变才真正到来。

古希腊的悲剧诗人索福克勒斯在他那个有名的命运悲剧《俄狄浦斯王》中借歌队之口在剧终时说：“忒拜本邦的居民啊，请看，这就是俄狄浦斯，他道破了那个著名的谜语，成为最伟大的人；哪一位公民不曾带着羡慕的眼光注视他的好运？他现在却落到了可怕的灾难的波浪中了！因此，当我们等着瞧那最末的日子的时候，不要说一个凡人是幸福的……”

要说“77 级”的幸与不幸，为时还早吗？

一个女人和一个时代

■ 林贤治

“带罪的玫瑰”：有争议的女性

从女性的生存状态看社会的建制或时代的风气，不失为一个独特的视角。在民主社会，就说女权主义者，有激进的，也有温和的；有“铁娘子”，也有执意保持女性特质的，总之无改于参差多态。倘若是军管性质的社会，极权主义国家，不爱红装而爱武装是受到鼓励的，广大女性明显的单一化、雄性化、武士化。从古代的斯巴达，到现代的纳粹德国，似乎都如此。

在纳粹德国，“希特勒青年团”至少有一半是女性，从身体到日常生活，女性的原有的东西遭到挤压，替换为含有法西斯意识形态的内容，被驱逐或被诱惑为极权统治服务。莱妮·里芬施塔尔（Leni Riefenstahl），就是在这种单调、压抑而又狂热的时代气氛中，惊现在艺术舞台上的一位典型的德国女性。

里芬施塔尔于 1902 年出生在柏林的一个商人家庭，从小酷爱体育运动，还在国际性的滑雪比赛中得过奖。她特别喜欢舞蹈，21 岁即开始担任独舞表演，在各大城市演出时备受欢迎，并为柏林的媒体所追捧。无论美貌、体格、精神气质，都是符合纳粹关于优秀的雅利安妇女的标准的。可是，里芬施塔尔并没有为德意志生儿育女，她生产的是电影，一种新型的艺术。她执导的两部纪录片《意志的胜利》和《奥林匹亚》，以独创的、咄咄逼人、霸气十足的风格，为她赢得了世界性声誉。

二战结束后，里芬施塔尔被定名为纳粹同情人而遭到逮捕，经过四年的囚禁生活，于1949年出狱。由于同纳粹的关系，她受到世人，包括好友和亲人的冷遇，美国和法国占领军当局禁止放映她的电影。

她的电影导演生涯，至此宣告结束。然而，这个不寻常的女人，又在摄影方面重新开始她的艺术道路。她数次深入苏丹，拍摄土著居民努巴人的生活风习，随后出版摄影集，并举办展览。72岁时，谎报20岁年龄，参加深海潜水训练班，成为有史以来年龄最大的深海潜水员。她在水下拍摄了数以万计的照片和数千小时的录像资料，后来又将摄影结集出版。

“不要因为我为希特勒工作了七个月而否定我的一生！”里芬施塔尔说。

2003年，101岁的里芬施塔尔去世。全球的媒体报道了这个消息，并再度引发争议。这时，确实有许多人站出来为她说话，试图颠覆战后的结论，把美和艺术从她的作品中分割出去，并加以赞美。但是，持否定态度的人仍然不在少数。作为人类的精神创造物，艺术美意味着什么？它在多大程度上是独立存在的？艺术家难道真的可以全然抛弃政治道德立场的吗？

里芬施塔尔的存在本身成了一个严峻的问题。

电影：从大众的戏子到权力的宠儿

电影俘获的观众之多，是任何艺术所不能比拟的。19世纪90年代中期，电影还是维多利亚时代娱乐圈里的一件新鲜的玩意；到了20世纪初，便以其机械复制的优越性，引起了政治家和宣传家的关注。于是，在苏联、德国和意大利，电影业先后迅速发展起来。

阿伦特经研究指出：极权主义首先注意掌握两样东西，一是群众，二是宣传。在纳粹党掌权之后，尤其在战争期间，宣传变成了灌输。著名的谎言家、宣传部长戈培尔公开说：“我想开拓电影，使它成为一种宣传工具”；又说：“电影是最有影响的获得广大观众的一种手段。”这样，电影从大众的戏子变作了权力的宠儿。在纳粹的管制下，固然它逃不掉政府权力的操控，相反，乐于充当服务生的角色，为极权主义政治服务。这些影片，表面上可以分为两类，除了赤裸裸的宣传片，如宣传反犹主义、美妙的农村生活、英雄战争等等之外，便是大量的五花八门的娱乐片。所谓娱乐片，在人权遭到肆意蹂躏的恐怖的现实生活中，源源不断地提供一种虚幻的、无忧无虑的、完美无缺的图景，提供笑料、鸦片，实际上在讴歌现政权，仍然脱不掉宣传，只不过手段隐匿一点罢了。“纪录电影”一词，第一次出现于 1926 年 2 月。最早的纪录片，是“纪行电影”，异国情调的风光片，观赏效果大概跟娱乐片子差不多，而纳粹居然也有本领把它制作成宣传片。电影理论家格里尔逊说，电影可以成为“雄辩术”，因为任何叙述形式，都比不上能够仰角拍摄的摄影机和经过剪辑的片段那样简单明快的“观察”。他肯定说，纪录片“能够决定舆论方向”。其实，政治的触角比艺术更灵敏。纳粹的电影实践，早就跑到这个英国佬理论的前面去了。

希特勒一眼便看中了里芬施塔尔。世间传说里芬施塔尔是希特勒的情人，可是并无实据。其实这倒小觑了希特勒，这位“伟大的”德国元首是经受过艺术训练的，他欣赏里芬施塔尔的并非只是美貌和才华，还有她的作品中所显现的为他所需要的“时代风格”。希特勒和戈培尔都是出色的心理学家，他们从里芬施塔尔早期的高山电影中发现了偶像崇拜，本质是男性崇拜、权力崇拜，是对于宏伟的生命力和征服的内在要求。

这种带有集中与极端倾向的生命气质与极权政治的契合，使里芬施塔尔成为纳粹从事电影蛊惑宣传的最佳人选。极权主义政权可能在其他政策和策略上错误百出，但是在组织上，也即在人事问题上是绝对不会出错的，就是说，它所选用的人才可以确保绝对忠诚。事实上，在从事电影宣传方面，里芬施塔尔也还不是完全被动的，被选择的。即使她在回忆录中一再声称不问政治，不懂政治，至少，她同希特勒的第一次见面，就是出于她的主动求见。当希特勒在地堡死去多年以后，她回忆起当年的元首，仍然流露着欣赏和感激之情。她不会不知道，只要与这样一个政权沾上边，所有的工作，是没有不带政治性的。

《意志的胜利》：纳粹党的颂歌

当里芬施塔尔初次见到希特勒的时候，希特勒就已经表示了“合作”的愿望。不久，当希特勒当上总理以后，即邀请她为纳粹上台后第一次党代会拍一部新闻影片。这部片子的全部费用当然由党承担，至于片名，则由她本人把党代会的名目完全搬用过来，叫《信念的胜利》。

这不过是一个序曲而已。过了一年，即1934年8月，希特勒再度邀请里芬施塔尔为纳粹党即将在纽伦堡举行的规模更大的党代会拍摄纪录片。在大会召开前4个月，里芬施塔尔即率领摄制组170人来到纽伦堡会场。行政专员为他们配备了所需的一切，而党所提供的经费是无限制的。里芬施塔尔指挥三十多台摄影机同时开工，摄影师一直穿着纳粹德国冲锋队制服工作，各种车辆和无数聚光灯随时听从她的调遣。整个电影的制作，是被当作政治任务去完成的。连大会安排的进程，也被连接到影片开场的工作中来：仪式的展开、游行、阅兵、群众的移动、纪念碑和体育场的建筑，所有这些都根据电影的需要而决定。党的领导人在讲坛上的某些镜头受到损坏之后，希特勒即下令重拍，他们甚至在希特勒不在场的情况下进入斯佩尔搭建的摄影棚，演戏似的重新宣誓，效忠于元首。桑塔格在揭露该片是一部宣传片而非单纯的纪录片时，嘲讽说是“历史变成了戏剧”。

纳粹的美学原则是行动的，即赋予权力意志以形式。在现场摄影期间，为了使影片富于动感，里芬施塔尔让人在演讲台四周装上运行滑轨，还在38米高的旗杆上安上电梯，以使摄影师可以确保在适当的距离围绕希特勒进行拍摄。她还运用创新技术，动态地展示行军队列的全景流动，制服的变换，军旗的行进等等，给观众制造参与其中的幻觉。里芬施塔尔的摄影镜头不断对准宏伟壮观的“胜利的党代会”会场。在给纳粹的“伟大”仪式的场面作调度时，她使用的是一种绝对的视觉，总体的视觉，以突出希特勒的众望所归的领袖形象。影片一开始，希特勒的专机突破茫茫的迷雾出现，然后便是一连串的集会、游行、呐喊、森林般的举手礼，在群众和旗帜的海洋中，希特勒始终被放置于中心位置，“希特勒万岁”的口号声频频响起；他的形象高大，背影占据了整个画面的三分之二，而他掌握中的群众，看上去只是一群灰蚂蚁而已。电影结束在瓦格纳的史诗音乐之中，赫斯带头振臂高呼：“党就是希特勒，希特勒就是德国！”

整部影片的产生离不开希特勒，最后连片名也是希特勒根据党代会的主题给取的，那就是：《意志的胜利》。

为了确保新片完美无瑕，她在总共13万米的胶片中选出3000米左右进行剪辑，因为有关国防军的镜头质量不好，被她删除了。本来她应当知道，希特勒兼任总统和总理，还是三军总司令，把党、国家和民族的意志集中于一身，是须臾不能失去军队的支持的。果然，不但将军们普遍不满，希特勒也为此动怒了。一向高傲的里芬施塔尔赶紧为国防军补拍了一个影片，这就是：《自由之日：我们的军队》。

《意志的胜利》在德国及西方国家放映时引起轰动。狂热的巴黎影迷把里芬施塔尔抬到肩上，拥抱、亲吻，甚至把裙子也撕坏了。影片获得“国家电影奖”、威尼斯影展的金奖和巴黎世博会的最佳电影奖。

希特勒多次向里芬施塔尔献花，发出贺信和贺电，还有亲笔信。在《意志的胜利》首映结束后，他还向这位御用导演亲自赠送了宝石项链。

《奥林匹亚》：身体政治

1936年，里芬施塔尔以同样的叙事风格，为在柏林举行的奥运会拍了一部更为宏伟的纪录片，叫《奥林匹亚》。

她多次自我辩护“政治上的无知”，却把政治意义恰到好处地加之于远离政治的体育盛会之中，以至用纳粹精神置换奥运精神。希特勒对《奥林匹亚》赞赏有加，首先就在于它的政治性，说：“她赋予了这部影片以我们时代的使命和命运。这部作品赞美了我们党的强壮和优美，它是独一无二的，不可比拟的。”

在政治国家中，体育场的身体是国家身体的具象化，国际间的竞赛，往往使身体服从国家理性实践的逻辑，通过与他者对峙或对决，体现国家的意志。极权主义国家尤其重视体育的这种意识形态性，纳粹了解到，像奥运会这样大型的国际赛事，正是培养民族主义的最佳手段；而且恰好可以借机展示德国战后和平崛起的形象，以掩盖其藐视、挑战、征服文明世界的野心。

希特勒很早就出面介入奥运会的筹备工作。在了解到奥运会主会场的情况以后，当即决定建设一个就当时来说是世界上最大的体育场。宣传部门及广告公司为豪华的体育场馆宣传造势，并组织举办从古代奥林匹亚到柏林的火炬传递活动，还浇铸了一座巨大的奥林匹克钟，题词道：“我邀请全世界的青年来这里！”奥运村被称为“和平村”，也以极快的速度建成，其效率举世瞩目。当时，世界各地陆续展开抗议活动，反对在德国这样一个践踏人权的专制国家举办奥运会。内务部相应出台系列计划，制造假象，坚持在履行奥运会规则的同时对帝国大力宣传。希特勒命令通知奥委会成员、美国报业大亨舍里尔："德国将始终不渝地遵守奥林匹克宪章。"纳粹还派出代表团到处游说、承诺、贿赂，甚至对一些国家进行胁迫和恫吓。在筹备计划中，禁止演唱纳粹党的歌曲，清除所有关于反犹及其他不适当的标语口号，以免丧失其他国家对德国的信任。在首都柏林还采取严密的保安措施，对国内的政治目标，以及前来与会的外国记者、运动员、客人进行监视和跟踪，以掩饰其继续推行的扼杀民主自由的政策。

德国法西斯主义者通过各种渠道，显示自己种族理论的正确性，宣扬纳粹德国的成就，把奥运办成浅黄色头发的"超人"的凯旋仪式。在这届奥运会上，德国确实是获得奖牌总数最多的国家。当德国选手获奖时，观众当即离席起身高唱《德意志高于一切》，表现出一种宗教徒式的狂欢。德国作家格拉斯在《我的世纪》中描述了集中营里收听赛事的情景，说是其中包括反对希特勒的犯人也在同声欢呼德国运动员的胜利。纳粹意识形态宣传的成功之处，就在于把国家和政权合而为一，将"希特勒德国"等同于"德意志祖国"。祖国等于希特勒，最荒谬的逻辑成了现实。

里芬施塔尔用她的电影记录下所有这一切。她把众多竞技的镜头组接到一起的艺术意图，正是国家的意图，一般的说法，该片是由国际奥委会委托她拍摄的，事实上，最先向她提出拍片要求的是纳粹德国的体育官员，第11届奥运会组委会秘书长迪姆。至于资金，很大部分来自德国政府。而且，在摄制过程中，自始至终得到希特勒，还有宣传部的倾力支持。

很难设想，里芬施塔尔会拍出一部如她所说的"非政治性电影"，虽然从奥林匹克精神出发看，体育竞赛是"非政治"的，但是纳粹政府对于这届奥运会的组织是突出政治的，何况里芬施塔尔也不无迎合的成分。她动用了比拍摄《意志的胜利》更庞大的摄影队伍，更先进的设备，如高速摄影机、水下摄影机等，加上更疯狂的干劲和更大胆的技术创新，竭力渲染运动场上的力与速度，显示德国选手的征服性和优越性；虽然也点缀般地出现黑人选手的镜头，而从整体上对其他竞争族裔的贬抑是明显的。《奥林匹亚》由《民族的节日》与《美的节日》两部影片构成，解说词却反复出现"斗争"、"征服"的字眼，有意打破节庆的、和平欢娱的气氛，而把体育处理成一种仪式化的英雄伟业。

在电影的最初版本里，希特勒出现的时间很短，仅15分钟，但是，里芬施塔尔显然要让他成为给整个运动会定下基调的人，为了使元首在开幕式上的讲话变得更加清晰感人，她甚至不惜为放置一台录音机的事同宣传部长发生冲突。她对希特勒是崇拜的，在接受一家报纸的采访时说："对我来说，希特勒是历史上最伟大的人。他非常朴素，而又充满男性的力量，真是一个完美无缺的人。"运动员的拼搏与群众的欢呼，都被置于这个伟大而仁慈的最高观众的凝视之下；他的阴影覆盖了整部电影，正如一位德国导演在战后指出的那样，"即使将希特勒与纳粹领导人的镜头从里芬施塔尔的奥林匹克电影中剪除，做成一个非纳粹化的版本，它仍然充满了法西斯主义的精神"。

经里芬施塔尔提议，《奥林匹亚》于 1938 年 4 月 20 日希特勒生日时举行首映式。这对于喜好艺术的希特勒来说，无疑是世上最珍贵的生日礼物。首映式结束后，希特勒接见了全体摄制组成员，肯定他们为影片作出的贡献，他对里芬施塔尔说："您完成了一部杰作，世界人民将会感谢您的。"

同《意志的胜利》相比，《奥林匹亚》的声名更噪，先后获得 1938 年度德国电影奖和威尼斯电影节金狮奖；在欧洲各国巡回放映，受到空前的欢迎，连希特勒出现的镜头也赢来了一阵阵掌声。斯大林也给里芬施塔尔写了亲笔信，对电影表示赞赏。从上流社会到普通大众的这种毫无政治意识的观赏态度，不禁让人想起二战前期整个西方世界对纳粹德国的绥靖政策，与狼共舞，结果给人类自身带来了无可挽回的毁灭性的打击。

世纪选择：光荣与良心

霍布斯鲍姆称 20 世纪为"极端的年代"，而阿伦特详加论说的极权主义就产生在这个年代。对于时代中占统治地位的极端势力，是反抗呢，还是顺从、响应的拥护呢？与里芬施塔尔同时代的著名导演朗格，全然不理睬戈培尔请他出任"帝国电影总监"的提议，宁愿流亡国外，也有不少的作家艺术家选择"内心的流亡"。里芬施塔尔走的恰恰是相反的道路，追随权力的道路、"光荣"的道路。

在给纳粹拍完几部纪录片之后，1940 年代初，里芬施塔尔还拍了一部故事片《低地》，据说，她在影片中使用了一群来自集中营的吉卜赛人，并因此构成罪证。当然，她在回忆录中否认了这一指控。但是在美学观念方面，无论是《低地》，还是摄影集《努巴》，她都无法掩饰，实际上，也无须掩饰与《意志的胜利》、《奥林匹亚》等影片的一致性。所以，桑塔格把她称为“第三帝国的宣传家”，把她的作品称为“迷人的法西斯主义”。

这位同为女性的美国评论家毫不客气地指出：里芬施塔尔四部受委托而制作的纳粹电影——无论是关于党代会、国防军，还是关于运动员——都是对身体和团体的再生礼赞，这一再生的获得，均有赖于对一个具有不可抗拒的魅力的领袖的崇拜。纳粹有一个著名的公式是：“一个党，一个主义，一个领袖”，其中领袖是代表性的。对于法西斯主义美学，桑塔格的定义非常清楚：它产生于对控制、屈服的行为、非凡努力以及忍受痛苦的着迷，并为之辩护。两种看似对立的状态，即狂妄和屈从都是它所宣传的。在它那里，征服与被征服的关系常常以典型的盛大庆典的形式表现出来：群众大量聚集；人变成物，可以随意倍增或复制；人群 / 物群集中在强权与傀儡之间的狂欢交易，等等。总之，法西斯艺术无一例外地歌颂服从，赞扬盲目，毁灭自由、个性、创造和美化死亡。

然而，里芬施塔尔直到 1987 年出版回忆录及 1993 年由德国和比利时合拍的传记影片中，都没有对她追随法西斯主义的艺术进行过反省，相反，极力加以拒绝，设法回避和掩饰。她振振有词地说：“我有什么错？我没有伤害任何人，也从来没有害人的意图，如果我必须后悔的话，我后悔拍了《意志的胜利》这部纳粹片，但我不能后悔我生活在那个时代。我从来没有发表过反犹太人的言论，我也没有加入纳粹党。”她以没有入党以及未曾直接参与政治活动作为自我开脱的根据，极力把自己打扮成体制外的人，而避开她的艺术的成因、思想倾向和内含的毒素，无视这些因素对众多观众的蛊惑和损害。她要彻底撇清同政治的关系，姑不论同国家元首及宣传部的往来交易，在极权统治下，根本就没有所谓体制内外的绝对的区别，因为没有一个空间可以避免政治的干预。更不用说，她的电影本来就是与官方共谋的产物。里芬施塔尔大言不惭地说她是“独行者”、“彻底自由”的人，“关注美好的事物总是多于丑陋和疾病”等等，无非证明她至死仍然陷于英雄主义的“超人”的幻梦里，她没有面对自己内心真实的勇气。

一个艺术家以出卖良知换取的光荣，最后得到的只能是耻辱。美国人称里芬施塔尔为“堕落的电影女神”，桑塔格则称她为“唯一的一位完全吻合于纳粹时代、其作品不仅仅与第三帝国时期，而且在其垮台30年后依然一直系统地阐明法西斯主义美学的诸多主题的重要艺术家”。她的电影，前后的价值确实已经变得大不相同。而今，光环已经褪尽，它们只是作为一种舆论学标本而存在，徒然保存着一个疯狂变性的时代的面影而已。

一个老人和一段历史

■ 晓　林

在写李大申故事时，我会想到另一位老人，沈一夫先生，因为他们虽是两代人，却由同一所叫做北郊中学的学校联系在一起。

认识这位老人的经过，很是特别。

将近6年前，一个美国朋友要介绍我们认识一个中国家庭。就在一个修道院的闲屋里，由一个美国人作介绍，我们和沈先生、沈夫人、他们的大女儿，两个中国家庭会面了，此后成为很好的朋友。只是我们两家住得实在太远，我们去沈先生家探望，他们却总也没有能来。

沈先生很爽朗、很有个性，慈父，却也透出难挡的威严。沈伯母是典型南方柔弱女子，家庭平衡得有趣，一个母亲带着三个女儿，以柔克刚。大女儿一手出众好字，裹云挟风，一气呵成，颇有父亲的气势，人却如母亲般温婉。后来知道，沈先生当过南京市长秘书，有些不平常经历。聊天时，他给我讲了自己的故事。

从流亡学生到南京市长秘书

沈先生原名叫沈裕福，沈一夫是他后改的名字。他是南京人。

抗日战争爆发后，年轻的沈先生刚考上复旦大学，南京就面临失守。这时，国民政府号召青年学生随政府撤退，给出的撤退条件相当好：他和母亲、弟弟，都能够免费坐船。一家因此就随着国民政府撤往重庆。

“当时的青年也有去延安的。”沈先生说，“我的表弟卢华（原中国社会科学院党委书记），他和我的关系很亲近，就在那时和我分手，去了延安。我上有老母，下有一个比我小 12 岁的弟弟，所以，就决定留在重庆读书。”

复旦大学已经迁到重庆北碚江对面的黄桷树镇，沈先生住在学校，家也在一起。那时不仅上学不要学费，他还参加半工半读，每月有 24 元工资，不富裕，却也生活无忧。

在新闻系读了两年，他转经济系又读了两年。当时复旦大学新闻系主任谢六逸，是贵州人。1922 年 3 月毕业于日本早稻田大学，曾任商务印书馆编辑，后任暨南大学教授、中国公学中国文学系系主任。他是复旦大学新闻专业的创建人。后来，复旦校方决定改聘程沧波为新闻系主任。程沧波是国民党中央委员，也是宣传部部长，还是中央日报社社长。沈先生说，复旦解释改聘的原因，是考虑学生就业。“希望利用程沧波的社会关系，给毕业生带来更多的工作机会。谢六逸是学者，没有这方面的社会关系。”

程沧波的官方背景，显然引起左倾学生不满，沈先生说，当时，方璞德（即杨永直，后任中共上海市委宣传部长）、张剑尘、方秀莲、严婉宜（曹孚的妻子）、宛茵（叶君健的妻子）等，都是这个系的同学。他们有的是地下党员，有的与共产党接近，发起了反对聘用程沧波的行动，鼓动同学转系。希望在程沧波接手的时候，新闻系没有学生，变为一座空城。

复旦学生中，一些来自四川当地的士绅家庭，比较富裕。年轻的沈先生是工读生，是个穷学生。他说，共产党员一向倾向接近穷学生，就经常找他。沈先生也和他们一起出过墙报。这次，他们也动员他转系。最后，转系的学生相当多，沈先生也是其中之一。沈先生转系还有自己考虑。当时复旦新闻系学生，二年级以上必须转到菜园坝上课。菜园坝是重庆近郊，学校请教授方便；北碚离重庆市区很远，请教授就比较困难。沈先生的家已经安在北碚，不想搬，也就顺水推舟转到经济系去了。

就这样，沈先生在复旦读了四年书。毕业后，他考取了中国银行，一起考上的不仅有会计系、银行系的学生，还有外文系的胡昌度（纽约哥伦比亚大学终身教授）。沈先生在那里做了两年就离开了。银行待遇优厚，可是，沈先生说，当时“自己还年轻，很有朝气，觉得一直在银行没前途，没意思”。离开后，沈先生进入交通部当科员，月薪140元，交通大学毕业生可以拿到160元，因为交大难考，毕业生素质相对就高，待遇也不同。沈先生同时还兼求精中学教员。工作一段时间，他在交通部担任了政务次长沈怡的办公室秘书。

沈先生在重庆工作期间，他们轮流在国民党的短期训练班受过训，他参加的是为期一个月的党政训练班第27期。从理论上来说，他当过蒋介石的学生，听过蒋介石训话，也接受过他的点名。沈先生解释说，所谓点名，也就是“点到自己名字的时候，答‘有’，要求目光直视。蒋介石也就点点头，过来轻轻给你衣领掖正一下，表示关心”。

抗战胜利后，政务次长沈怡原来要到大连去接收。结果，由于发生了张莘夫事件（国民党官员张莘夫接收东北时，被苏军所杀），沈怡就到了南京，成为南京市长。沈一夫先生也就随同前往，成为南京市市长秘书。

解放军临近南京时沈一夫去到上海

两年后的1947年，沈怡离开南京，接任的南京市长滕杰，是个军人。沈一夫先生随之离开市政府。同是离开市政府，一个是高级官员，一个仍为平民，道路就此分开。赋闲一段时间之后，沈怡去曼谷，担任联合国防汛局局长。沈一夫先生在南京一个公共汽车公司工作，负责财务。

眼看政权要易帜，沈先生有些困惑。他说，“在那个时候，我对共产党还是有一些概念的。当时不论在上层还是平民中，家庭成员经常分为国共两派不同观点。在我家里就都是共产党，除了表弟卢华去了延安，那个小我12岁的弟弟，在金陵大学也加入了地下共产党”。沈先生还记得，几年后他读过一本叫《青春之歌》的书，里面有两个人物，余永泽和卢嘉川。他用书中人物对我比喻说，“我当时希望弟弟做‘余永泽’，好好读书，不要参与政治活动，荒废学业。他却要做‘卢嘉川’，整天反饥饿，反迫害，上街，刷标语。他原来叫沈惠生，后来改名沈依群，就是依靠群众的意思”。

另外，沈先生的堂房侄子侄女们，如沈达人（戏剧学专家）、沈达义、沈菊仙等，都是共产党员。小时候，他们组织了一个驼峰社，在家里办一个叫做“雨花”的墙报。每人都在上面写文章。沈一夫也写过“雨后之花芬芳灿烂”这样的文章。多年后，这些侄子侄女们都为小时候家里的墙报游戏受到审查，被怀疑是以沈一夫为首的“反革命组织”，这是后话了。

沈先生说，这样国共观点并存的情况也发生在上层家庭。例如，沈怡是国民政府的南京市长，沈怡的大姐夫黄郛（号膺白），与蒋介石是把兄弟，而他的妹夫钱昌照（后来的全国政协副主席）就是共产党。钱昌照给过沈先生一张照片，还一起吃过两顿饭。沈先生回忆说，沈怡家里，就是这样“各走两端”。他觉得，当时对人的政治观点，并不控制得那么严格，说自己倾向共产党观点，也没什么，不赞成的，也就说他们是“胡闹”。

在这样的家庭环境中，沈先生并不觉得自己与共产党就那么“水火不相容”。在他的经历中，感觉“国民党上层官僚气息比较重，而共产党比较接近群众，很会联络人”。

在当南京市长秘书时，因工作关系，沈先生结识了许多国民党的上层人物，“也只是结识，并没有什么交情”。他也觉得，国民党上层人物对共产党的看法，对他也有一些影响。沈先生回想起来，自己处在“两端”的影响之间。他想了想，告诉我说，他判断自己的观念还是更偏向于国民党一些。但是，在上层圈子的外围绕了一圈之后，沈先生发现，自己实质上不是个政治中人，他只是一个希望“实干”，做些实事的人。

解放军渐渐临近的时候，沈一夫去了上海。

原来南京市政府的秘书长薛次莘，是沈一夫的老同事，这时从上海来信，希望他去那里工作。上海还有一些老同事，如上海公用局长赵曾珏，上海公务局长赵祖康，原来都和沈一夫一起在交通部工作过。赵曾珏是留美的电机工程师，过去由他主编，沈先生主笔，还出过一本《战后交通复元计划》的书。薛次莘答应给沈先生一个职位，他随即去了上海。

离开南京，也使他感觉轻松些。大军压境，虽然沈先生自己知道，市长秘书只是个小官，他也没有劣迹，可是，在南京，他毕竟曾经工作在政治上层，多少小有名气。他琢磨下来，万一自己面临出于政治考量的报复，自己那些共产党员的亲戚们，不可能出来保护他。他想，同享福容易，共患难很难。而他在共产党员的侄子那里，已经听到不少有关阶级斗争的理论。这些理论让沈先生多多少少有些害怕。

到上海一段时间以后，1949 年，政权改换。沈先生很快和表弟卢华联系上了。卢华给他写信说，表哥“虽然在解放前显赫一时，却为他人奴役之工具”，沈先生说，卢华“写得很沉痛”，他至今留下深刻印象。卢华还希望沈先生去华东军政大学学习，当时卢华在那里就任宣教科长。

沈先生没有去学习，而是留在上海他原来工作的地方。不久，他们被改编为华东建筑工程公司上海分理处。当时,他们这个单位的“旧人员”被“留用”，原来对新政权有些担心的沈先生，惊喜地发现，当时“自己感觉很好”。

沈一夫本来是个有能力的人，现在负责工程组织管理，独当一面，手下有近千名工人。他是副主任。主任是解放军的副团级干部，不管业务，具体工作都是沈先生在做。他们在各个工地盖房子，同济大学的行政大楼、教学大楼，都是沈先生领着盖的。我对沈先生说，70 年代我看到的同济大学，还是 50 年代的面貌，他盖的那些楼房还在，相比后来的高层新校舍，红砖砌筑的老教学楼，反而给人很沉稳质朴、很学院气的感觉。沈先生听了很是高兴。那个时候，他第一次觉得自己有了“实干”的用武之地，沈先生说，自己“当时热情高涨，搞多快好省，推广‘苏长有砌砖法’，建设部部长也下来慰问，很受鼓舞”。

沈先生变得非常忙碌，却乐在其中。他本质上又是个文人，工作之余，忍不住要写两笔。他说，“那时的建筑工人生活很无聊，经常发生工人在工地附近的农村四处寻女人的事情。我就在建筑公司的小报上写过文章，批评不正之风”。当时的军代表王国良十分器重他，他们之间关系不错。

沈先生也参与了 20 世纪 50 年代初期的一些政治运动。“五反”开始，沈一夫当过积极分子,斗过“把头”。他记得,当时在华东建筑工程公司搞“五反”运动，公司本部斗了苏州人的总工程师和一个崔姓女工程师。对这些运动，他想得不多，他的精力几乎全部投入在建筑管理之中。将近有四年时间，沈先生对工作和生活感觉很不错，他回忆说，“我当时觉得，自己在解放前一直是个幕僚，而现在手里有职有权，很得意”。

在北郊中学教书时遇到的“历史问题”

1953 年，沈先生的工作单位，被国家整体调动去洛阳。沈先生不愿意去，就离开工程局，请调去了上海市北郊中学教书。

听到这里，我有些惊讶。我告诉沈先生，北郊中学就在我家附近的大连西路，我小时候是看着它盖起来的。沈先生摇着手说，当时的北郊中学并不在大连西路，20世纪60年代才搬过去的。“我教书的时候，北郊中学是在郊区，它的前身是晏摩氏女中，是个教会学校，解放后才改的名字。”沈先生还说，“那里校舍很好，大得不得了，有两个足球场。”

原来，晏摩氏女中历史悠久，原名晏慕氏女学，是美国人办的教会学校，和沪江大学是同一个教会系统。1897年4月，晏慕氏女学由美国南浸礼会的柏乐缇和吉慧丽创办于上海，校址设于宝山路。学校招收教徒和贫苦人家的子女入学。据1918年在校的张蓓蘅回忆，当时美国教会学校大多是美国人教课，而晏摩氏女中是个例外，“英文课请的英国教师，读的是英国名著。记得有一次孙中山先生在男青年会演讲，晏摩氏校队唱诗班和其他教会女中轮流担任英文歌节目”。至20世纪20年代，晏摩氏女中逐步建成初中、高中，学制各为3年。1930年前后，向中国政府教育部门立案。1942年由“汪伪政府”将其改为市立中学。1945年8月抗日战争胜利后，仍为市立中学。

1949年后，创办晏摩氏女中的美国南浸礼会，停止在华工作。晏摩氏女中由新政府接管。

沈先生对政治并没有什么兴趣。在他很投入地为同济大学盖新校舍的时候，他并没有关心上海的学校正在发生翻天覆地的变化。就在他进入北郊中学的前一年，1952年，《文汇报》正在批判外国文学名著对年轻人的“毒害”。根据知名学者谢泳的研究，“1952年6月4日，《文汇报》在第七版‘文化广场’开了一个专栏，名为：‘肃清传播资产阶级思想毒素的文艺作品的影响’。它的编者按说：‘资产阶级文艺作品为散布享乐腐化思想的来源之一，因此在进行分析和批判时，必须比较全面的和深刻的接触到思想根源。’在这个栏目下首先发表了两个读者的短文：一篇是胡冰《我的享乐腐化思想是从哪里来的？》。另一篇是蒋达章《剥开名著的皮！》。”

谢泳文章说：“《文汇报》编者给蒋达章的文章还加了编者按：蒋达章同志看《飘》这本坏小说，是去年在×学校图书馆借到的；在伟大的三反、五反运动中，很多学校图书馆都已经把反动书刊进行了一次清除，如果有个别学校图书馆还没有进行清查的，应当以严肃的向人民负责的态度进行一次清理工作。关于清理学校图书馆的情况，希望读者写信告诉我们，作为我们工作的参考。”“这两个读者的文章有一个共同的认识就是：他们的资产阶级享乐腐化思想都是受到了文艺作品的影响。胡冰和蒋达章的文章同时提到给他们的思想带来巨大毒害的是玛格丽特·米切尔的小说《飘》。”这场讨论引起上海大中学生广泛的回应，“6 月 12 日，发表同济大学学生杨寿慈《资产阶级反动文艺作品腐蚀了我的人生观》”，其中，6 月 28 日，也有了“晏摩氏女中学生张仟琴的文章《清除肮脏的思想向幸福的生活前进》”。

沈先生到那里时正是 1953 年，晏摩氏女中刚刚被改名为北郊中学，他进入语文教研组，组长陈幼璞，副组长顾正光，沈先生成为一名语文教员。在那里，沈先生遇到两件事情——

1955 年，反胡风运动，教育机关成为重点。沈先生在读大学的时候，听胡风讲过一堂课。也许是他太不当回事，随口说起，听者有心，沈先生就成了北郊中学反胡风运动的重点。沈先生说，“听课的学生有很多，我根本不认识他。可就要无限上纲，想打我个胡风骨干分子。说是你去听了课，难道就没有背后的接触吗？真是无话可说”。结果，“又是批判又是帮助”。对沈先生来说，最可怕的，是教育系统在海军大礼堂开大会，王若望“从上面下来”，在大会上不点名地批判沈先生，说“北郊中学就有一个胡风分子”。沈先生发现，一个点名，在当时就有可能因此被断送。

今天提起来，80 多岁的沈先生仍然难以平静。我对沈先生说，我看过王若望 20 世纪 80 年代的小说《饥饿三部曲》，他在“文革”中也坐了牢。沈先生坚持说，那是整人整昏了头，“自己内部斗争”。沈先生说，王若望跑到他在美国住的亚特兰大市来作报告，“我想递张条子上去骂他一顿”。结果，演讲会的主持人劝阻了他。主持人是沈先生的老同学赵增义。最后，他总算没有被定作“胡风分子”，逃过一劫。

沈先生在北郊中学遇到的另一件事情，是学校调查他的历史问题。所谓“历史问题”的“利害”，他到后来才知道。这时候，他对我提到一个人，北郊中学的女校长，朱瑞珠。

校长受“冲击”是一件“正常的事情”

听到朱瑞珠的名字，我有些说不出的感觉，那是我既“熟悉”又不相识的一个人。就像北郊中学，那曾经是我天天在卧室窗口可以看到的一个学校，我却不是它的学生。

在我小学毕业的1965年，上海的中学分为市重点中学、区重点中学、含高中部的完全中学，以及只有初中部的初级中学。我们升中学，是先填写个人志愿表格，再通过全市统一的入学考试，分别录取。从理论上来说，录取标准是由升学考试的成绩，结合个人志愿，决定去向。

说是“理论上”如此，是因为背后还有一个不对学生宣布的政策，那就是学生的家庭出身是一个重要参照。当时并不公布考试成绩，所以，一个成绩很好的学生，不能按志愿进入理想的学校，也无从申辩。更有的孩子因出身落选，不能升学，13岁就知道了血缘决定命运的道理。

对当时大多数学生来说，还是“升学考试分数加志愿”的公式。北郊中学是虹口区重点中学，是个相当好的学校。在我的邻居中就有不少北郊学生。其中有大我两岁的秦巧俐，她常常给我讲朱校长的故事。印象中，那是个很受学生爱戴的女校长。

真的体会朱瑞珠的魅力，是在我临近填写升学志愿书的时候。

当时，大学升学率是考核中学的一项硬指标，中学的生源质量自然就很重要。区重点夹在市重点和普通中学之间，自然要竭力争取成绩偏上的考生。我们填写志愿之前，正值“六一”儿童节，朱瑞珠精心准备了一整套节目，然后向附近所有小学发出邀请，对象是毕业班成绩前10名的孩子。那天，接到邀请的孩子，欢呼着冲出教室，已经有点肆无忌惮。我还清楚记得，以管教严出名的班主任，此刻眼睛里飘过一丝失落。就在这点复杂眼神里，我忽然明白，我们和小学六年的联系，已经终结。

“六一”那天，北郊端出盛大庆典，我们和中学生一起过节。回想起来，那是精心策划的青少年政治教育的经典样板。中国少年儿童先锋队庞大的仪仗队打出队旗，鼓号齐鸣。

一开场就是朱瑞珠校长讲话，热情洋溢，她无疑是个鼓动家，以欢迎我们开始，以期待我们加入北郊革命大家庭结束。然后，有阵容整齐的旗语表演，整齐地打出“做共产主义接班人”等口号，还有航空模型表演、歌舞戏剧，外加晚上的两场露天电影。只记得两个电影都涉“阶级敌人破坏”，小孩子们糊里糊涂地把它当作侦探片，看得紧张刺激。

白天高潮迭起的庆典中，朱瑞珠还精心安排了少年儿童先锋队向共产主义青年团的政治组织转换的隆重仪式，这是小学里看不到的风景。在刚满 14 岁的超龄少先队员的退队仪式之后，马上是一些刚退队的先进学生加入共青团的宣誓。我印象深刻，是发现列队上台的十几个幸运儿，排头的恰是我的邻居小朋友巧俐；另一列是上来给新团员戴团徽的，前面是党团组织的重要人物，领头的正是朱瑞珠校长。等两列队伍一一对上，恰是朱校长给巧俐戴团徽。那天，白衬衫蓝裙子的巧俐，兴奋得满脸通红。

填写升学志愿对一些孩子来说，是有点拿不定主意的事情。最后关头的那一点推动和诱惑，会很有效果。虽然我自己是个主意蛮大的孩子，并没有因此改变原来的志愿。可我也真的看到，身边有些同学就是被朱校长的盛情打动，弃原来更高的目标，奔北郊而去。

“文革”中，巧俐常告诉我一些北郊中学发生的事情。当时，中学校长受到“冲击”是一件“正常的事情”，所以，听到朱瑞珠校长跳楼跌断一条腿，我并不那么吃惊。就像巧俐那时告诉我，北郊学生把一只猫从教学楼五楼扔下来，我也一点没有觉得意外。

在多年以后，有朋友在做这方面的历史研究，我马上想到朱瑞珠的遭遇，把她作为一个受迫害中学校长的例子，讲给朋友听。

一个人的历史瞬间就被改写

没想到，在沈先生这里，我听到了另一面的朱瑞珠校长的故事。提起朱瑞珠，说切肤之痛，说悲愤，怕还远不足以表达我看到的沈先生的感受。

北郊调查沈先生的“历史问题”，是这样开始的。北郊中学的语文教研组长陈幼璞告诉沈先生：“朱瑞珠校长很器重你，要重用你。因为要对你负责，才要把你的问题调查清楚。”据沈先生说，参与调查的，还有朱瑞珠的一个沈姓的女助手，还有李姓共青团女书记，党支部的陈某某。他们组织了到外地调查，花了很长时间，也花了学校不少钱。

调查结束以后，共青团书记李某代表学校找沈先生谈话。她说："沈老师，为了你的历史问题，我们跑得天南地北，问题现在弄清楚了。我们花了很大精力，这完全是校长、书记亲手抓的。历史问题对一个干部非常重要。现在，定你为百分之九十五的好人。"当时共青团李书记给了沈先生一个历史鉴定，写明他是一个"百分之九十五的好人"。

沈先生告诉我，他当时嘴上敷衍着，心里并不认为，对一个中学教师，有什么大动干戈"调查历史"的必要。他甚至觉得这样的结论太可笑，很不以为然。后来，"有经验"的老师为他捏把汗，私下对他说："你真是'拎不清'啊，学校为了调查你的问题，花了那么多的钱。现在定下来是'好人'，你应该当场感激，表示出肝脑涂地、感恩戴德的样子才对。"沈先生对我说，"我这个人有点马大哈，觉得他们多此一举。我本来就没有什么，只是一个没有劣迹的芝麻绿豆的小官，谋生而已。要我感恩戴德，我觉得我也没什么恩可感"。沈先生觉得，自己不以为然的态度，使得领导不太高兴。他也没放在心上。

所谓的"历史问题"调查，好像就这样顺利过去了。

北郊中学当时在交通不便的上海郊区，对住在市中心的沈先生来说，很不方便。当时沈先生去学校，下了公共汽车，还要在载人自行车后面坐上 20 分钟左右。他一个星期只能回家一次。沈夫人刚刚生了孩子，身体不好，需要照顾。沈先生的家住在当时的陕西南路 271 弄，在沈先生的家门口，恰好新开办了上海市第 55 中学。沈先生说，"它那里摇铃了，我在家里听到再进去上课，都来得及，就那么近"。

这就是沈先生后来说的他的"私利"，他想调动工作，上班近一些。沈先生估计朱瑞珠不肯放他走，就决定在征求北郊中学同意之前，自己先去联系。

那是 1957 年，当时是在反右运动当中，55 中学刚刚成立，正缺有经验的教师，校长张毓恒听了沈先生的情况介绍，很高兴，说他有这样好的学历和教学经验，就赶快过来吧。

沈先生还是老概念，他认为，谋生的关键是"找工作"，只要新工作落实了，离任总不成问题。于是，沈先生得到张校长的接纳，他就通知北郊中学，他要辞职了。

沈先生说，“这样一个举动，就为北郊中学的朱瑞珠所不满。认为我们为你花了那么多财力精力，把你的历史搞清楚，你倒要走了”。这时，共青团李书记来找沈先生，要把那份历史鉴定拿去看看，后来就没有归还。沈先生问她，她说存档了。沈先生即将离开，也没有在意，他说自己“不晓得这个严重性”。就这样，沈先生个人保存的北郊中学对他历史问题的正式鉴定书，就稀里糊涂地被收走了。沈先生说，“我走的时候，朱瑞珠非常不开心，说你没有经过组织的调派自己就去，这是不好的，很不好的”。虽然组织关系还没有从北郊转到55中学，沈先生已经开始在新的学校上课了，似乎木已成舟。

沈先生说：“我就这样去了55中。已经去了，我想，他们也就算了。”

谁知，不久以后，北郊中学先转了一大堆材料到55中，说沈先生有“历史问题”。55中有一段时间就不敢再安排他上课。接着，如晴天霹雳，沈先生接到通知，北郊中学向虹口区人民法院起诉沈先生为“历史反革命”，起诉的依据，就是沈先生在解放前的工作经历。

沈先生告诉我，在虹口区人民法院，他对法官说，他的历史问题有过结论。法官说，鉴定呢，沈先生说被学校收去了，法官说，“你空口说白话嘛”。沈先生想起刚刚过去的“反右”，他对法官说：“我在反右中没有说过一句和党和政府不符合的话。”法官说：“态度也就可以说明问题。”法官的话因此对他冲击很大，他反反复复对我说：“这句话我记得很清楚，就凭一个‘态度’就可以了！法官竟然说，态度也可以算罪行。”对沈先生来说，如四周突然一片汪洋，他就像是一个溺水的人。在人人落井下石的时候，哪怕一点点同情，沈先生都记得刻骨铭心。当时沈家的奶妈说，沈先生是好人，我要去对法官说。直到现在，沈先生提起来还由衷感激。

沈先生说：“法庭上没有说几句话，说你应该感谢党给你最轻的处理。”判决下来，他被“开除公职，管制一年。虽然只是管制一年，却算是刑事范畴，是判的刑事罪，所以必然要开除公职。”那是1958年，几乎社会上的一切工作机会，都已经是公职了。所以，沈先生知道，“开除公职了，一切就完了”。

今天，在写着这个故事，我仿佛还能听到沈先生的声音，“我有什么事情？！又没犯罪，没劣迹，我一点坏事也没有做过！”

可是，还有“一年管制”怎么“管”的问题。

坐闷罐车被送往青海祈连县的劳教农场

沈先生抱着最后希望，回到55中对张毓恒校长申辩。校长面对法院判决，也无可奈何。

沈先生告诉我，“校长讲，我们手里的材料全部是他们转来的，我们自己没有搞一点点材料，我们就像是执行命令、政策。”绝望的沈先生走投无路，只能争取最好的结果。

他找到55中的人事干事徐惠卿，请求“管制一年”能否就由学校执行。沈先生其实还搞不清楚，到底什么是“管制”，他想，不教书就是了，谁知，后果比他想象的要严重得多，“判下来以后，徐惠卿让我交出工作证和公费医疗证，说要送我去青海改造。我说能不能在学校管制。她说留在学校不合适，学校有学生，放一个管制分子不好。去青海能够加速你的改造。”

当时正值反右运动之后，对“右派”作出处理的时候，55中刚成立，学校人不多，只有20来个教职员工，却也有一些教师被处理。沈先生回忆说：“55中有一个20多岁的右派,他认罪好,就留校管制。”成为右派的还有女教师陈娟，历史教师李允泰。“后来我知道，55中的语文组长，送到安徽教养，在教养期间死了。有些是我回来以后才听说的。”

55中同时和沈先生一道去劳教的，还有20多岁的青年美术教师王柄坤。他年轻气盛，不认错，被定作极右分子。王柄坤是由公安部门到他家去抓的。沈先生被指定去虹口区的横浜桥收容所。校长张毓恒对沈先生有些同情，他还雇了辆三轮车，把沈先生送到了收容所。坐在三轮车上，沈先生还不知道收容所是什么意思。

“横浜桥收容所完全就是囚犯待遇。一早起来集体跑步。”沈先生回忆说，“在横浜桥是一个大通铺，上下铺，干净倒是干净，没有臭虫。”能吃饱。可是他心情很糟，吃不下。“那里三教九流、流氓乞丐都有”，他旁边是个复旦大学的讲师，“研究明史的，不大讲话”。

在那里一个月不到，见过两次家属，沈先生就被送往青海。他回忆说：“坐闷罐车，中间放两个桶，小便大便都在里面。就睡在地下。闷罐车原来是运盐的，乱七八糟。到了一个站，军人拿着枪，让你们去倒马桶。我们就是靠着铁皮，打打瞌睡。坐火车时见不到天日，昏头昏脑地，前途如何也不晓得，也没有和家里通信，火车到了张掖，就转去公共汽车站。”

公共汽车到祁连县，这是一个劳教农场。农场几百人，分成一块一块，叫一组一组。房子是原来就有的土房，住进去就是了。

那是一笔糊涂账，没有人给你细算。沈先生被判的是“管制一年”，送进劳教农场，就变成了“劳教”，而“劳教”按理说是“行政处分”。沈先生根据自己的体会说：“劳教和劳改其实是一回事。劳改是有刑期的，判个十年八年，劳教没有刑期规定，但是它有八个字‘主观努力、客观需要’，没有时间限制的。‘主观’是你在农场的表现，‘客观’是外面需要你。现在开除公职了，外面不需要你，就没有时间。”“可能劳动强度不同一点，我也不知道。我们在青海祁连看到过劳改的人背木头，一个个排着，很苦。我们比较自由。”可是，“那么大的地方，方圆多少里，放给你跑，你也跑不掉”。

来劳教的还有中学生。沈先生身体不好，干着轻活。有一次积粪，他吃惊地听到有人喊他“沈老师”，原来是55中的一个女学生。“她说，沈老师，你怎么到这里来了？一问，原来那时卢湾区有个体育俱乐部，这个女学生经常去那里溜冰。学校说她是女流氓，是阿飞。就把她送到青海劳动教养。”她对沈先生说，沈老师你积粪啊，那我们这个女厕所的粪就全给你好了，我守在门口，你来舀。沈先生说，“就有那么巧”。

沈先生在那里看病时，认识了一个青海的女医生。她告诉沈先生，管制一年到期的时候，你要申请撤销。一年到期时，沈先生就申请了，可是，管制撤销以后，并不放人。沈先生所在的农场，“以无业游民为主，知识分子少”。有一天，队长来问，你们这里面有没有医生，懂得扎针的。沈先生看过一本讲针灸的书，就回说，我是。

队长不信，说你是做教员的。沈先生就解释说，中医有一种儒医，看书就可以了。队长就让他试试。沈先生说：“劳改劳教农场普遍缺乏医药，我就做针灸医生了。那里病人都是饿的，来就是休息。到队部请假来看病，可以偷点懒，不出工，借这个机会休息休息。没有什么药，就是扎针，扎针不花本钱。哪里说痛就扎一针。我和他们都是彼此彼此。我说你来了就要吃点痛苦，他们就说没关系，你扎好了。”沈先生也趁这个机会有了个休整的机会。

很快就是大饥荒时期。沈先生记忆最深的，就是饥饿，“吃饭规定一人一瓢稀的。粮食定量很少，就是稀饭也吃不饱。我在收容所认识的那个复旦讲师，在那里饿得就吃‘胃舒平’。”他记得一个年轻的放射科医生，“上去采石棉矿，饿得休克死了”。沈先生说，“在那里饿死的和胀死的比例差不多。饿了以后，一些年轻人就去偷青稞，偷来就炒一炒，一下吃多就会胀死”。

后来，饥饿越来越严重，管理也就越来越松，“不劳动在那里赌钱，也没有人管。赌什么呢，没有钱，多数是赌糖精片，那里乱七八糟。”活下去成为唯一的目标。有一次，囚徒们偷农家的羊，偷来杀了吃，叫沈先生放风，分给他一个羊尾巴，“都是毛。”沈先生感叹着，“那个时候实在肚皮饿啊。”“人到了那个时候啊！”

偷吃冒着挨打的风险，“犯错误的，队长不打叫组长打。”因为队长是干部，组长是囚犯，“打得差不多了，队长就来说，别打了，你怎么打人啊。其实是他自己叫打的。就是这种方式。因为规定不准侮辱，不准打骂。其实犯了错误都要打，偷东西都要打，都是为了吃。还有叫劳动你不劳动也打，叫组长打。”

只要表现出一点点同情的人，沈先生都心怀感激。他对我说，“有一个老头子队长，人蛮好”，因为他对囚徒们表达了一点同情。“他说，粮食是队里的，肚皮是你们自己的。你们偷吃，吃坏了肚皮，你们自己负责任。我劝你们不要这样。”有个叫顾铭君的，也是中学教员，跟沈先生关系很好。最后熬不住，逃跑了。那个老头子队长说，“逃回去不容易，四面都是水，野狗野狼，要把你吃掉。逃会把命送掉，我劝你们不要跑，吃不饱做不动就歇歇”。沈先生说，“这个老头子人好，年纪大了，很有人情”。逃跑的朋友顾铭君生死不明，晚年的沈先生念念不忘，他从美国回去探亲，还怀着最后希望，通过公安局试图找到他，却始终没有结果。

后来沈先生也住进农场医院，“中间放个马桶。我们睡在地上。大房病重的就头朝外。”

医生交接的时候就叫名字，听到回应就说，“啊，你还没死啊。”睡在沈先生边上的一个病人就死了。“究竟死亡比例多少我也不知道。都没有什么大病，很少有感冒发烧的，都是饿死的。”

1961 年，农场终于断粮，只得宣布解散。万幸的是，沈先生还活着。1958 年到 1961 年，沈先生离开学校之后，在青海如是三年。

三年之后，沈先生被“教养”成了完全另外一个人。他还不到50岁，却只求“活着”，以前最起码的愿望，如今都成了想都不敢想的奢求。

沈夫人很少插话，这时，对我提起她的弟弟浦厚生。

浦厚生从 1949 年前开始，就一直在银行工作，1957 年，他是上海市虹口区银行办事处副主任。有一天，他在银行的地上捡起一张废纸，顺手打开一看，是油印的一个名单。那是所谓“肃反运动”中的整人名单。浦厚生脱口而出说了一句：“哦，黑名单嘛。”沈夫人说，她弟弟惹祸，“就这么一句话”。在 1957 年反右运动时，这句话被人揭发。单位里叫他交代反动思想，他始终不认罪，只说，“我没有什么别的意思”。最后，他因此成为“右派”，再加上 1949 年前在“旧银行”工作，算是“历史问题”，被判了四年徒刑，送青海劳改。

1961 年，浦厚生劳改的农场也在差不多的时候宣布解散。和他一起劳改的复旦大学讲师徐则文，就在那个时候被放回上海。浦厚生却没能活下来。沈夫人回忆说，弟弟浦厚生是个传统的银行业人士，严谨认真、做事一板一眼。沈先生说，“浦厚生这个人真实，做银行的。在那个环境里，要偷吃扒拿的才能活下来。像我给偷羊的人放风这样的事情，他不会做的。违反规定的事情他都不会做的”。最后，“浦厚生落个死不见尸”。浦厚生的夫人金力平当时也是右派，不敢对农场提出要求。直到 20 世纪 80 年代“平反”以后，才敢写信给劳改农场，要求寻找丈夫的尸骨，最后也没能找到。

农场解散，却不准沈先生回家。由沈先生的弟弟担保，让他在江浦的农场做农工，工资一个月 10 元人民币。两年后，江浦农场嫌他不会干活，沈先生说：“他们说城里人有什么用，回去回去。我就回来了。”回来，10 元工资自然没有了，江浦的农场只给沈先生寄粮票，其他如油票布票等等一概没有。上海不准沈先生的户口进来，街道派出所的民警施根堂威胁他说，“你行李不要打开，随时准备走。”此后的 20 多年里，一家人生活得战战兢兢。沈先生说“风吹草动都有我们的事情。有事拿我开刀，借题发挥”。“文革”中，街道“批斗”沈先生，他 15 岁的大女儿沈扬也被押在现场“陪斗”。孱弱的沈夫人受到丈夫牵连，被“下放”到翻砂车间工作。

我问起沈先生一家在“文革”中的遭遇，沈先生反而变得平静，对他来说，他已经“懂”得，既然他被纳入这个逻辑，此后发生的事情，就只是这种逻辑下的逆来顺受，“文革”只是逻辑推演下的“题中应有之义”。人们已经习惯在这样的逻辑中生活，在“文革”后回想往事，人们认为，按照沈先生的情况，他“出事”只是早晚的事情。沈先生说，“后来人家还对我说，你亏得去坐牢，不然‘文革’要给红卫兵弄死掉”。

他没有理由反驳，沈先生看到，55 中那个家住复兴路的右派女教师陈娟，在“文革”中，“被逼着吃大便，她不吃，就撬开嘴塞进去。她后来自杀，但是没有死，现在还活着”。沈先生说：“55 中还有一个历史教员叫李允泰，苏州人，是住在学校的。被红卫兵日夜拷打。我们住的陕西南路 271 弄，就在学校旁边。半夜里，就能听到李允泰被打得一声声惨叫。周围的老百姓都反感，都说，学校怎么也不管管，这个老头子要给他们打死了。你们要他死，就让他死，怎么能这么打。”

沈先生不得不承认，当“文革”开始的时候，他由于前面种种，此刻站在校门外没有工作，竟然是一种幸运。

晚年的沈先生面对自己反常的一生

我一直听到关于这段历史的解释，人们说，那是因为左倾思潮的泛滥，在我看来，这种说法几近是一种文学描述。我想，那是制度性的权力在扼杀一个具备常识的社会。

沈先生在讲述他的故事的时候，最令他震惊的，是他听到自己入罪理由、被迫接受这种逻辑的那一刻。不仅是他的生活轨迹被扭转，更是他以前赖以生存的全部常识、建立在常识上的法治观念，包括“罪与非罪”、“正义与非正义”的定义，被整个颠覆，颠覆得惊心动魄。从此，他活在这个社会，不再有任何安全感。

在一个法治社会，兴许一个人也会出现要报复另一个人的念头，可是，他不可能做出朱瑞珠对沈先生做过的事情，不可能假借革命话语，把他强行归入刑事罪。只有在非常态的革命逻辑统治社会的时候，才能如此做到。最后，同样的逻辑，又逼着朱瑞珠校长跳楼。有人天真地以为，那是被颠倒的状态被报复性地颠倒回来，不是的，“文革”中校长们普遍的罪名，不是他们曾经在历次“政治运动”中，伤害了沈先生这样的教师们，而是他们被指责以往“清理”不力，庇护了“阶级敌人”，抑或，他们自己就是“敌人”。那是革命逻辑在向更极端的方向推动。

讲述沈先生的故事，是在讲述一些细细碎碎的细节，在我眼中，历史就是由细节组成。我曾经留意到，沈先生和我的前辈好友、复旦大学物理教师李梧龄先生，在几乎相同时间，在同一个横浜桥收容所被拘押，然后被送往不同的劳改农场。我曾经分别向他们求证过一些细节。他们相同的细节回忆，呈现出的历史联系，给我一种很异样的感觉，就如一个共同的北郊中学，一个共同的校长，在暗暗联系着我的朋友李大申和沈一夫先生。这种细节的脉络在隐隐伸展，在描绘着一个学校、一个社会的景象，也连接起许许多多活生生的、曾经生活在阴影中的人，也牵着他们怀着深深隐痛的家庭。而他们，当和我们一样，也只有那短短的、几十年的人生。

远在美国的晚年的沈先生，几乎是不自觉地，他的目光在永久地注视着一些人。

他把温和的目光投向那些同命运的人，例如55中的右派老师们，虽然他们之间在几十年里，相互并不往来。在讲述遥远故事的时候，沈先生会顺便提到这些人的近况。同时，我发现，他也以一种奇特目光，在注视那些改变了他命运的人。沈先生离开北郊中学已经将近半个世纪，他却清楚地知道早已退休的北郊中学校长朱瑞珠几乎每一阶段的情况。最后，朱瑞珠去世的消息，却是我告诉他的。

这种注视令我心惊。

我的好友李梧龄先生曾在回忆录中提到，夜半噩梦伴随他的一生，沈先生在给我的一封信中也不约而同地写道：“我每忆往事，至今还往往从梦中惊醒。梦着我还在狱中，并自问，‘我怎么又到这里面来哩。我要回家……’”这封信写在2003年的美国。

那是在一个正常生活中的老人，对自己反常的一生，黑夜中不由自主地咀嚼。那是白天竭力去消除的记忆，在黑夜中，又如鬼魅一般，默默地又回到身边。周而复始。

我仍然感到庆幸，至少，沈先生有了一个至少白天是幸福而安稳的晚年。

仍然在野

——纪念星星画展28周年

■ 陈丹青

现在写稿子，提及“七十年代”，编辑非要添加“上世纪”字样，弄得像在写古代。有时回想“文革”过后的种种人事，包括空气中那么一股子莫名的亢奋，跟今天比，也真仿佛是古代。

“古代”的朋友们还活着，譬如星星画会那几位。九十年代初——又得写明“上世纪”！——我在纽约林肯中心音乐厅人堆里一眼瞧见马德升，彼此握手拍打，好高兴，他身后站一位脸蛋红红的法国姑娘，那么淳朴地笑着，听马德升说“这是我媳妇！”她就用力点点头。几天后，两口子在佛罗里达出车祸，马德升原先的双腿残废成了全身残废，法国媳妇则飞出车外，死了。

星星画展的好几位成员都去了国外：王克平、马德升在法国，曲磊磊在英国，黄锐似乎去日本，阿城、严力、艾未未分别久居洛杉矶和纽约。现在王克平、马德升仍然留居法国，其余几位又都陆续回来了。

我们这些苍蝇啊！

上个月和阿城聚会，说起再老下去会不会色盲，抹了颜料都偏红，却是看不出来，阿城沉吟道：恐怕难免。星星起事那年我26岁，他30岁，刚回北京，没工作，闲着，正宗“知青”转为正宗“社青”。“社青”，也是古代词，今语即盲流、无业者、闲散人员。

1979年冬末的一夜，中央美院学生会忽然请到以上几位星星英雄，台上一排坐开，我底下瞧着就兴奋起来：这不一伙老社青么？其时我结束八年农村生涯，进了美院，算是身属官家的幸运儿。那夜送诸位英雄到门口，校园浓黑，曲磊磊转头对我说：还是你们好啊，你们考上了。

如今大学请来的全是学者教授之流，“上世纪”学院讲台却坐着这样的乌合之众，当场叫嚣。只听马德升扯着嗓子咆哮道：“官方画家彻底完蛋！搞什么艺术！就知道他妈挣稿费！”——那时哪来画廊和拍卖行呢，除了工资，穷画家确是接点连环画挣稿费……黄锐也句句不买账，可惜远在“古代”，此刻记不确。王克平穿着才刚时兴的喇叭裤，坦然四顾，神色介于流氓和公子之间。阿城说话，镇定、清晰，南方不易见到这样无畏而老成的青年。不知为什么，初起我认定他是四五运动天安门广场的讲演者，听他说下去，才知道他是远赴云南的老知青，泡了整整十二年。

他们一律是北京人。“他妈”之类，轻快带过，“稿儿费”，卷舌，字字重音。全中国，也就北京盛产这类出言不驯的逆种，且多有文艺干部子弟：曲磊磊的父亲即革命小说《林海雪原》作者，王克平的父亲据说是天津文联主席，阿城出现，美院上岁数的老师说，哦，原来是钟惦棐的孩子。钟惦棐前辈于是打比方：就是当年电影界首席大右派，等于美术界江丰。

明白了，原来是老左派。1949 年，他们成了解放区派来的军事委员会官员：艾青接管中央美院，江丰接管杭州艺专，钟惦棐接管电影界。1957 年三人全都成右派，而今右派的儿子长大了。

我记得黄锐与马德升是工人。不久在哪条胡同撞上黄锐支着架子画雪景，有天夜里，还瞧见马德升正在美术馆后街拄着双拐一挺一挺奋勇走。他永远穿着绿军装，消瘦见骨，眼睛亮，咆哮时双颊泛起红潮，我无端觉得正像俄国小说里患着肺痨、同时激烈辩论的民粹党人。

那天我台底下就给这五位草寇画速写。

1979 年秋星星起事，我在上海，不曾见，那时媒体不报，更没网络，回来听得众人眉飞色舞讲：怎样地先给美术馆撵出来，怎样地立刻在大街上布展，北京市民又怎样围得里三层来外三层……赶紧打听，结果是江丰做主，亲自写了序，展览给挪到北海公园画舫斋。赶紧去，果然里三层外三层，好不容易挤到画跟前，又给别人的左膀右肩弹出来，那年头，男人们个个穿着中山装。“文革”

后首次在野画展不是星星。1979年春节前后，上海黄浦区文化馆举办的“十二人画展”才是头一回。上海人里自有民国油画的隔代知音，气候变了，他们就把“文革”期间偷画的风景静物画亮出来；北京的野种则挑明了玩儿政治，作品不细说了，国庆节后星星团体争取“艺术自由”的大游行，上海人是既不敢，也不作兴，北京地面却似真有五四的遗传在。后来有张照片不知谁拍的，黑压压游行队伍，为首站着马德升，远离众人，撑着双拐堵在市政府大门前。

1980年，各种在野团体闹起来：无名画会，油画研究会，同代人画展……后两个团体多是中央美院或老附中师生，无名画会则十九是野种，主将之一冯国栋，供职清洁公司，扫大街，去年我接到他葬礼的通知，因在外地，没去成，想起他那幅愤怒的画——纯色，粗线，画一把开裂的扫帚，一张倔强的苦脸。

我记得他们最激烈的作品。王克平的木雕在当时绝对挑衅，可比正面吐来的唾沫，没商量。马德升的小木刻粗粝而纯真，画自己在斗室画画，与民国左翼木刻神似。我记得凝视这张画时怎样感动，想起我正在美院磨素描，心里觉得可耻。

为什么我没参加？1980年美院老附中的孙景波、王怀庆拉我加入“同代人画展”，我从拉萨寄了速写去，但并不觉得入伙，后来聚会仍习惯说：“你们同代人”。我会交朋友，但于团体，向来漠然，习惯一个人。国中文艺圈可尊敬的团体或许不少吧，但我从未在内心轻微嘲笑过的，唯“星星”与“无名”。

设在798厂区的“尤伦斯国际艺术中心”，下个月就要开张了。头一场派对是“八五运动”盛大纪念。很好，终于熬到这一天，不但国际承认，而且是在咱中国地面上以“国际”的规格，隆重承认。但是“运动”过去有，将来兴许还会有：不管什么运动，不管为了什么。星星剧情很难再上演，除非全社会回到1979年。可能么？

而1979年的种种骚动与可能性，也没有了：普天之下莫非学院，野生动物濒临绝种了，除非归顺体制，哪来别的出口。这是进步与自由么？在下不敢说不是。不过诸位明鉴：这是被恩准、被控制的伪自由。1979年的野种们血脉贲张，竭力证明自由是站出来抗争，不看人脸色，不靠权谋，不投机，甚至，不是为了艺术。“在野”一词早已不再被使用，或为煞有介事的暧昧词语——主流、非主流、体制内、体制外——所替代。唯1979年，“在野”二字确曾闪烁一时，获得真实的价值。那不是词语，而是活生生的人。眼下除了农民工，文艺圈哪来真的草寇？谁敢大庭广众朗声叫骂：“你们完了！就知道他妈挣钱！”

是在进步。无须叫骂的时代确实进步了。八五运动不是草寇运动，初也混杂、幼稚，继之彼此不服，事后争功，但参与者大致是学院师生和部分开明的美术党官；论起事的条件、规模、理论和目标，则八五运动远远超越在野群体，后者只管叫嚣，没理论，豁出去再说。终于八五运动开花结果，“走向世界”，在野群体闹了两三年便即息鼓四散，其中几位主角出国，是为涉外的婚姻。

不论星星还是八五运动，近三十年来各路闯祸胚子的暧昧空间与真正后援，来自“境外”，区别只在声援的方式与规模。1982 年，著名星星女画家李爽刑满出狱随法国夫婿飞临巴黎，法国人在机场盛大欢迎：那场婚姻惊动了秦城监狱，也惊动了当时的法国总统和邓小平谈判。2007 年，则“尤伦斯国际艺术中心”在中国的公开设立，是为西洋人就近拨弄中国艺术的大手笔，而八五运动的几位“元老”，早已在西方体制名单中各占一席。

总之，他们得到了二十多年前想要的一切，在野群体呢，没事，他们无所谓成败——栗宪庭有言：“重要的不是艺术。”对于星星成员，重要的不是成功。1979 年他们在深宵的胡同里图谋举事，煮点汤面充充饥，天亮了出去闯祸，一如印象派小子当初借个场子挂挂画，是为叫板，哪晓得有一天给请进博物馆——1979 年曾有人将星星团体比作人家印象派，是的，可有一比：印象派起事，重要的不是印象派，而是有沙龙。同理，星星起事，因为有“文革”沿袭的全国美展系统，有“文革”后恢复的学院系统，有庞大的官方美术界。然而对应到此为止，此下、此外，中国在野群体与欧洲人无可对应。

从库尔贝、马奈到凡·高这三代逆种，生前始终是沙龙的强敌，身后被证明内在于历史的肌理与逻辑。“文革”十年所有少年逆种（包括诗人与作家）即便于七十年代末冒出地面，也不曾获得起码的水土，休想发育。当年是连全国的民意表达，也只京城里半截破烂的西单墙，而西单墙观者如堵，仅在 1978 年深秋到 1979 年春，属于历史一时语塞而疏忽，出点小事故，今之媒体后生，谁知道西单墙？

那时国家初度浩劫，百事待兴。文化废墟走出两群人，以两种方式向两种方向凝聚，并日渐分殊：一是学院再度成为学院，由“文革”的恶性混乱重归秩序；

一是学院门墙外渴望表达的人，趁“文革”后的良性混乱，迅即寻求表达。所谓“朝野”在 1979 年前后没有俨然分际：朝臣与逆种，如前述，有时是饭桌上的父子。星星画展终于过关，得助于两位官复原职的老右派：中央美院院长江丰，北京美协主席刘迅。而星星成员啸聚游行的前科，虽据称公安局迄今犹未销案，但那年中央美院学生会高高兴兴请来星星成员讲演，完全自主，不必申报，党员老师和部门领导也在座，与年轻人同样兴奋，我记得现场灯光昏暗挤满人，简直狂欢。

没有人预知将来。当年种种官方默认与草根自发的骚动，只为挣脱“文革”噩梦——三十年后，学院群体哪料到繁衍成空前庞大的官僚行政系统，即所谓“体制”；在野群体也不知道自己拱开的缺口，催生了日后新文化形态之一，即广义的所谓“当代艺术”……八十年代的故事说来太繁，反正直到九十年代初，圆明园的日常剧情尚且是逃避警察的驱赶，而体制要到新世纪这才恍然明白当代艺术可资利用——七十年代末仍是使用粮票的年代，党官与野种穿着同样破旧的中山装在食堂里攀谈，就国事与文化，想入非非：谁都“摸着石头过河”，彼岸在哪里？何时？并怎样抵达？

如今我们已经停靠岸边，快乐地喘息：新世纪以来，本土体制、境外机构，以各自的“政治正确”与文化阳谋，合纵连贯，成功覆盖了所有可能的空间。年轻人的选择与回报无疑远远多于三十年前，前提是抵押自己的天性。标准模式，任君挑选：考试，入党，或者交钱。游戏规则，则是体制内外的关系学与经济学，交相奏效，统称利益学。1979 年的可怜讯息无不点燃艺术家的气血与妄想，今日全方位的讯息是教你趁早学乖——“上世纪”一度肆无忌惮的激情，一度边际模糊的文化版图，悉数成为古代的传奇。在新世纪，圆熟而明智的艺术家根本不需要马德升式的叫嚣。

1946 年，人在巴黎的毕加索断然拒绝纽约前卫艺术家请他声援“艺术自由”的恳求，理由是：“眼下根本没有值得对抗的学院艺术，这对现代艺术很不利。原则即便糟糕之至，也该制定原则，艺术有没有力量的佐证，在于它能否冲破重重障碍。”且慢！他所谓的“原则”与“障碍”在我们这里指的是什么？今日中国的一切，平心而论，对现代艺术很有利，但他继续说：“艺术家一旦被认可，就意味着他所做的一切可以理解，可以通过，因而只是一顶破帽子，根本不值钱。一切新事物，一切值得一做的事情，都没法得到承认！”

残忍的真话。假如毕加索了解真实的中国，这话尤其残忍。

此刻星星群体在《今日美术馆》被纪念，我以为是在纪念他们从未获得八五群体得到的承认——印象派乌合之众并未被当时的历史承认，他们以终结历史的方式，成全历史；中国的乌合之众得以乌合，则受惠于历史的终结（毛泽东去世、四人帮就捕、“文革”结束）。什么是印象派“值得一做”的事情？扭转历史，告别过去；中国历史的正式扭转——即便仅止于文艺——则谁肯算上在野群体的份？很快，被扭转的历史告别野种，从星星突破的缺口中，现代艺术运动蜂拥而出，迅速抛弃、贬低星星往事，并蓄意忘却。

“业已过去”与“曾经发生”乃是不同的概念。1979 年过去了。虽有后来的八五运动，而星星群体才是中国当代艺术的真先驱。怎能想象八五运动之前没有任何异常的动静、放胆的发作？而先驱的命运好比微焰，划破浊空，无可成全，除非“成全”的意思是说，他们旋即消失在异国的茫茫人海，再度成为单独的人。

九十年代初在纽约见到王克平，沉静质朴，正如我熟悉的西方单干户，据说，木雕在他院子里堆积如山。阿城的录像拍摄了坐在轮椅上的马德升，他被缓缓推出走道，只剩脑袋能够转动了，但其目光炯炯。曲磊磊在哪里？我再没见过他。黄锐依然战士之身，谈话间残余七十年代的辩论激情，留了胡子，忽然笑起来，那种在野的笑。

艾未未在美院讲演中并未到场，他可能是星星最年少的成员。我猜他从不在乎星星，他在乎安迪·沃霍。这些年他就是北京版的沃霍，并神奇地注入他来自上代的本土左翼性格——那是美国人沃霍倍感陌生的性格，恐怕那也是星星的部分性格，照未未的动作，就是向所有庞然大物握拢拳头，伸出中指。

文学圈不很有人知道阿城早先是星星成员，也未必留心在他文学才华的背后，另有宽阔深沉的立场。我们所知道的阿城很难与团体发生联想，人的成长伴随种种邂逅，而团体的魅力，是因其中有人。1989 年香港一家画廊举办“星星十年展”，出了册子，阿城写了动人的回忆，还有他们挤在中国美术馆第二届星星画展招牌前的集体照：那时阿城多瘦啊！ 1979 年。

在今天的芸芸青年中，在越来越安全而有序的当代艺术中，倔强的、难以制伏的种性非但不合时宜，且招人讨厌。一个机构林立利益均沾的文艺界，一个逐渐丧失“在野”空间的权力市场。不必铲除野草，土壤已经流失，一切正在被制定、被划分、被培植。历史为此付出多少代价，这可能真是来之不易的好时光，充满希望，然而糟糕透顶。

28年前，星星野种在北京大街高举“艺术自由”的横幅，公然前行。28年后，中国当代艺术——八五运动的代名词——欢然证明“自由”的降临：至少如可恶的毕加索所言，大家总算被认可，被理解，被集体“通过”，星星则早已退出历史。问题不再是争取所谓“艺术自由”，这句口号在1979年既危险，又高尚，意指艺术之外的立场，但已难言说今日的现实——什么是自由，以及怎样把握自由，才是真的问题，一个远比1979年更形复杂，同时被我们长期绕开、回避，从未解答的问题。

听说那次“星星十年”纪念展毕，他们毁坏了部分作品，作势自我了断，此后从未群相聚合。确有此事么？除了阿城，我与星星成员并不熟腻，原初他们好像是十六七位吧，我仅识得以上这伙弟兄。就我所见，他们，还有无名画会几位资深硬汉，从未试图获取被招安的身价，个个如28年前一样，自履其道，仍然在野。

德国：用幽默书写历史

■ 林贤治

4 月 16 日是以色列一年一度的纳粹大屠杀纪念日。今年，在报上看到，除在以色列举行各种活动之外，在波兰奥斯威辛集中营遗址，也有近万人在当天游行，纪念在纳粹手下丧生的 600 万犹太人。他们来自世界各地，其中既有白发苍苍的集中营的幸存者，也有满脸严肃的青少年。这一游行名为“生存行军”，始于 1988 年，持续至今已经快 20 年了。最初只有犹太人参加，1990 年代起加进了许多不同国籍、不同信仰的人们。

他们深知，在大屠杀中丧生的是人类，而不应视作仅仅是犹太人。

尽管种族屠杀事件已经过去大半个世纪，尽管事件是由早已覆亡的纳粹党所为，今年德国朝野上下达成一种共识，即认为德国政府及其公民至今仍然是负有责任的。这是人类文明的一项了不起的成就。我们看到，1970 年，勃兰特总理在华沙犹太人死难者慰灵碑前屈膝下跪；我们看到，今年，德国政府在完成发放预定的犹太死难者后代的赔偿金以后，再次宣布扩大赔偿；我们看到，几十年来，在德国，以作为民族奇耻大辱的屠杀犹太人为背景的电影、小说、回忆录，各种研究论著源源问世，从未间断……人类的良知、智慧和勇气，因集体记忆的存在而得以延续。在这里，记忆是历史的引擎，是它以明确的方向性和强大的精神动力，推动着一个民族，乃至整个人类走向进步的未来。

德国导演鲁道夫·赫尔佐克与文献片同时写成的《希特勒万岁！猪死了》，就是一部关于第三帝国的记忆的著作。但是，它使用的是一种特殊的材料，就是政治笑话，包括一些喜剧性电影。作者没有把笑话简单地辑录到一起，而是按照帝国从崛起到覆亡的历史，有序地加以叙述。因此，与其说是讲笑话，毋宁说是讲历史。在这里，笑话成了历史文献，通过它，以及其他政治文化方面的内容，再现纳粹独裁统治下的德国的真实状况，并使之得到深入的说明。全书既有充实的史料，又有相当的文化厚度和思想深度，是一部别开生面的纳粹史。

鲁迅说，有奴才的笑，有奴隶的笑。笑的性质可以很不同。在这本书里，作者开出的笑话证实，不但有反犹分子、右翼分子制造的笑话，即使是同样的人民，既可以讽刺暴政，也可以讽刺民主制度。政治笑话不一定是一种抵抗的表现形式，在作家看来，大部分笑话实质上并不具备批判精神，而只是情绪的一种发泄而已。在第三章，写到希特勒上台，整个市民阶层的代表完全被希特勒的亲民形象和各种宣传活动迷惑了，当时的主流思潮是拥护纳粹党的。希特勒所以能够在短期内铲除多党民主制，实现高度集权，除了纳粹分子的积极的、高效的行动之外，与其他政治团体的半推半就的暧昧态度，以及老百姓的短视、盲目乐观的情绪也是有很大关系的。

二次世界大战的前几年，是第三帝国的“太平盛世”：失业率下降，国民经济迅速增长，经过十多年的动荡、不安和沮丧，人们重获信心。经济发展掩盖了纳粹政治体制的阴暗面。作者写道，纳粹当权后采取强制措施，对人权实行野蛮限制，对不同政见者和犹太人实施暴力手段等，与此相关的信息和观点，在当时，大多数人是不相信的，认为是荒谬的，是恶意的玩笑。希特勒把纳粹的掌权及社会的重大变化，美化为“民族的崛起”，没有人公开反对宣传部高调喊出的“振兴”的口号。在社会发生根本性转变的时候，大众的幽默也适应着这种新变化，站到了权力者也即胜利者一边。因此，在希特勒统治的早期，即使有不满的笑话，也只是小小的抱怨，这叫“怨而不怒”。但是，随着战争的展开，政治压迫的公开化，政治笑话多了起来，而且变得越来越犀利了，以致成为一种难以控制的大众现象。即使如此，作者指出：这些笑话都只是涉及个别的政治人物和社会现象，并没有涉及一个政治体制野蛮形成的过程。

书中还画了一张“幽默中丑陋的脸”，专章收录并分析了德国人嘲笑犹太人的笑话。诸如青春期性妒忌、贪婪、吝啬等等，这些带有严重偏见的、充分反感的、诽谤性的败坏犹太人的幽默广为扩散，甚至传播对犹太人带有暴力恫吓性质的笑话。这些轻松的玩笑，为第三帝国日后迫害犹太人准备了土壤。在奥斯威辛的可怕的事实面前，这些笑话的产生确实是十分残酷的。作者笔下的笑话史，可以说就是一部心态史、精神史，一部德国人民史。“人民”太抽象了，作为一个名词，就分子构成来说，也不妨置换为“大众”、“群众”。广大的人群并非任何时候都是正确的，它与政府之间存在着一种危险的利益互动。这是作者在书中告诉我们的。

宣传部长戈培尔断言：“政治笑话是一种自由的残余物。”他在日记中还写道：“政治笑话要彻底铲除，连根拔掉。”但是实际上，这些纳粹首脑并不完全厌恶幽默，只是这种幽默必须是“流线型”的。第三帝国生产的90%的电影，就是这种流线型的、圆滑的、肤浅而有趣的小喜剧。作者称之为“褐色恐怖”，他指出：“今天我们几乎无法理解，当年人们怎么会感到这种贫乏低劣的作品有趣。尽管上头布置下来的幽默枯燥乏味，但还是受到群众的赞扬。几乎没有一个观众察觉，这些被误认为是与政治无关的风俗剧掺进了难以看透的宣传性内容。”可以看到，对于群众，对于大众文化中的逃避主义、娱乐主义倾向，作者坚持了一种近于启蒙主义者的批判态度。

本书在笑话中夹杂了不少人物故事，反映了艺术家在极权主义制度下的艰难处境。对一些喜剧演员来说，幽默是生存的手段，其中包括与权力者妥协的策略，但也可以因此失去正当职业，以至生命。国家级喜剧演员海因茨·吕曼享有盛名，在纳粹时代，他固然没有主动献媚，却又接受官方的宠爱。在公开宣传纳粹意识形态的场合，他做出各种努力，争取少出场。但是，作为一种妥协，他又不得不与犹太人妻子离婚。帝国文化协会开除“卡巴莱”演员维尔纳·芬克和他的一些同事，理由就是因为他们“对国家社会主义缺少正面的态度”。他害怕被投入集中营，等到无处容身的时候，只好向前方逃亡，报名自愿上前线打仗，以求摆脱宣传部的控制。他不知道，军队内部颁布了“新规定”，其惩罚条例同样适用于那些“爱发牢骚的人”。这样，他便完全走入绝境了。明星演员罗伯特·多尔塞喜欢拿希特勒、戈培尔这些首脑人物开玩笑，蔑视纳粹分子，拒绝加入国社党，但是他根本无法摆脱内心的恐惧。有一次，在德国剧院的餐厅里喝酒，他为了释放这种紧张感，用了最新的“元首笑话”轻松气氛，结果死于在场的政府官员的告密。在极权主义国家里，政治无所不在。作者用笑话连缀起这些人物的命运，通过对艺术与政治关系的揭示，强烈控诉了纳粹政权敌视自由、践踏人权、灭绝人性的罪行。

二战结束了。一个“集体疯癫时代”过去之后，德国如何呢？作者仍然用笑话进行讲说。他告诉我们，独裁政权对后世的影响如何深远。20世纪四五十年代，关于纳粹时代的笑话很少在社会上传播，反之，一些谈论幸存的犹太人要求归还被抢掠的财产的笑话却被制造出来了。就是说，历史仍在延续。希特勒死后多年，居然不允许嘲笑希特勒。这样的怪现象怎么可能得以产生呢？

作者愤然写道：人们经过这场战争浩劫，种族大屠杀，什么也不想回忆，什么也不想学到；不是因为他们愚蠢，而是因为他们拒绝反思和学习。他说："这是一个时代，在这个时代，丑恶的浅薄又回来了。德国人蒙起眼睛过日子，这种安于现状的情形，完全跟以往一样。"把纳粹的历史性罪恶拿出来清理，不是由经历了浩劫的一代来进行，而是始于六七十年代的年青一代的诉讼，是他们拯救了德国的名誉、前途，和人类的良知。像批判自己的国家及"元首"这样一类大逆不道的事情，过去只有在外国才可能发生，然而，在德国，其后也终于被容忍和接受下来了。

即便如此，正如作者所指出的，如今要弄清楚整个国家当年为什么会走得那么远，已经不是一件容易的事情，甚至越来越难了。正因为有感于此，他才动手制作了《希特勒万岁！猪死了》这样的文献片，同时写下这本令人发笑却又笑不起来的书。

在本书翻译出版之际，作者为中国读者作了坦率的说明：他所以会对大半个世纪前的"第三帝国"感兴趣，有两个原因。一个是社会的，一个是个人的。普遍的理由是，"一个民族必须面对她的历史"。他认为，纳粹时代过去了，而对纳粹时代的探讨永远不会结束。至于个人的理由，对一个至今只有三十来岁的年轻人来说，他只想依靠自己的努力，寻找历史的证词，寻找解释并理解他的亲人过往的生活道路。

人类的出路在于改革，而现实的改革是不能回避历史的。我国最近翻译出版了英国人杰弗里·雷根的一部通俗历史著作，书名叫《愚昧改变历史》，其实愚昧还不止于表现在历史事件当中，还可以表现在对历史的态度上面，就是说，有可能继续愚昧。愚昧是反事实、反理性、反道德的。本书的作者，就是为了对抗这种愚昧——其中，遗忘或可称作"基本愚昧"——而写作的。因此，在本书的中文版付梓之前，作为一名编辑，我愿意写下读后的感受和对作者的敬意，并郑重推荐给更多的中国的人们。

汪曾祺与《沙家浜》的写作

——汪曾祺诞辰90周年纪念

■ 张耀杰

汪曾祺是运用高度诗化的散文语言写作京剧剧本和短篇小说的文学大家，他曾经戏称自己是一个“中国式的抒情人道主义者”，并且表示自己所追求的“不是深刻，而是和谐”。正是基于博大精深的人道理想和人文关怀，汪曾祺在文艺创作中逐渐形成了自己淡定温暖、平和素净的诗化境界和灵动活泼、不拘一格的话语风格。四十多年过去，现代京剧《沙家浜》的经典化语言、经典化唱腔、经典化人物、经典化表演，依然是中国戏剧史上的艺术丰碑。

为保存《沙家浜》的江湖游民气息，汪曾祺对江青阳奉阴违

1963年12月下旬，北京京剧团接到由江青交来的上海市人民沪剧团演出的《芦荡火种》剧本，立即由党委书记薛恩厚、副团长萧甲、艺术室主任杨毓敏和专职编剧汪曾祺成立创作组，集中力量从事京剧化的移植改编。由于《芦荡火种》的原剧本有较好的基础，京剧演出本很快改编完成，并且迅速被搬上舞台。只是由于时间过于仓促，首轮演出的效果并不理想，从而引起江青的强烈不满。

据萧甲回忆说：“改《芦荡火种》第一稿时，汪曾祺、杨毓敏和我住在颐和园里，记得当时已结冰，游人很少，我们伙食吃得不错。许多环境描写、生活描写是从沪剧来的，改动不小，但相当粗糙。江青看了以后，让她的警卫参

谋打电话来不让再演。彭真、李琪、赵鼎新等北京市领导认为不妨演几场，在报上做了广告，但最后还得听江青的。这出戏在艺术上无可非议，就是因为赶任务，以精品来要求还是有差距的。我们又到了文化局广渠门招待所，薛恩厚工资高，老请我们吃涮羊肉。这次剧本改出来效果不错，大家出主意，分头写，最后由汪曾祺统稿。曾祺随和、认真，写东西苦熬，是强烈的脑力劳动，我们之间能说通，互相理解，没有太多不同意见。沪剧本有两个茶馆戏，我们添了一场，变成三个茶馆戏，后来被江青否定了。”

江青对于《沙家浜》一抓到底，从剧情、人物到唱腔、舞美、表演都要亲自过问。正是在江青“十年磨一剑”的严格要求之下，《芦荡火种》最终被打磨成为经典样板戏《沙家浜》。在最为脍炙人口的“智斗”一场戏中，春来茶馆的老板娘、中共地下工作者阿庆嫂与忠义救国军参谋长刁德一、忠义救国军司令胡传魁之间，以团团转的圆场调度来巧妙周旋的“背供戏”，就是由汪曾祺按照江青的建议执笔完成的：

刁德一：这个女人哪不寻常。
阿庆嫂：刁德一有什么鬼心肠？
胡传魁：这小刁，一点面子也不讲。
阿庆嫂：这草包倒是一堵挡风的墙。
刁德一：她态度不卑又不亢。
阿庆嫂：他神情不阴又不阳。
胡传魁：刁德一，搞的什么鬼花样。
阿庆嫂：他们到底是姓蒋还是姓汪？
刁德一：我待要旁敲侧击将她访。
阿庆嫂：我必须察言观色把他防。

据汪曾祺在《关于〈沙家浜〉》一文中回忆，这场戏原来只是阿庆嫂和刁德一两个人出戏入戏、斗智斗勇的“背供”唱腔，江青审读时提出要把胡传魁拉进矛盾冲突之中，这样不但可以展现三个人之间的心理较量，舞台调度上也可以推陈出新。按照原来的剧本，胡传魁只能踱到舞台后面对湖水发呆抽烟，等于是被“挂”起来了。

接着上面的“背供戏”，是刁德一对于阿庆嫂的当面盘问：“阿庆嫂，适才听得司令讲，阿庆嫂真是不寻常。我佩服你沉着机灵有胆量，竟敢在鬼子面前耍花枪。若无有抗日救国的好思想，焉能够舍己救人不慌张。”

阿庆嫂的回答是：“参谋长休要谬夸奖，舍己救人不敢当。开茶馆，盼兴旺，江湖义气是第一桩。司令常来又常往，我有心，背靠大树好乘凉。也是司令的洪福广，方能遇难又呈祥。”

当刁德一进一步试探说：“新四军久在沙家浜，这棵大树有荫凉，你与他们常来往，想必是安排照应更周详？”阿庆嫂机警地回答道：“垒起七星灶，铜壶煮三江。摆开八仙桌，招待十六方。来的都是客，全凭嘴一张。相逢开口笑，过后不思量。人一走，茶就凉，有什么周详不周详？”

江青起初对于“垒起七星灶”一段戏文中的“江湖口”，也就是江湖游民气息大为不满。坚持己见的汪曾祺不得不通过阳奉阴违的方式，把这段戏文保留了下来。正是因为汪曾祺创造性地在高度程式化的板腔体唱词中，加入了一些充满现代生活气息甚至是江湖游民气息的白话诗词，才使得《沙家浜》的京剧唱腔和京剧表演变得更加富于美感和艺术表现力。无论是阿庆嫂的泼辣机警，郭建光的英明果断，还是刁德一的阴险狡诈，胡传魁的愚蠢自负，都被他表现得活灵活现、栩栩如生。用他自己的话说，“我非常重视语言，也许我把语言的重要性推到了极致。我认为语言不只是形式，本身便是内容”。

由于江青，《沙家浜》使汪曾祺遭遇三起三落的命运

1964 年冬天的一天，汪曾祺在薛恩厚带领下走进中南海。这是他第一次见到江青。江青当场指示他与空军政治部文工团编剧阎肃一起，把小说《红岩》改编成京剧。后来江青又改变主意，要求两个人另起炉灶写作剧本《山城旭日》。

1967 年 4 月 20 日上午，已经在“文革”中被再次打倒并且接受强制性劳动改造的汪曾祺，正在煤场劳动时被长篇小说《野火春风斗古城》的作者、“中央文革小组”联络员李英儒派人叫到办公室。在李英儒的安排下，汪曾祺随后在群众大会上当众表示承认错误，并且公开表态说：“江青同志如果还允许我在‘样板戏’上尽一点力，我愿意鞠躬尽瘁，死而后已！”

当天晚上，一身煤灰的汪曾祺在李英儒带领下走进剧场观看《山城旭日》的京剧演出，并且与阎肃一起坐在了江青的身边。

1970 年 5 月 15 日，京剧《沙家浜》的定稿会议在人民大会堂安徽厅隆重举行。会场里面对面摆放着两排桌子。正面坐的是江青、姚文元、叶群等人。对面坐着剧团的演员和汪曾祺。每人面前放一本二号仿宋体大字印刷的剧本，由洪雪飞、万一英等演员轮流朗诵。读到一个段落，江青说："这里要改一下。"汪曾祺就当场改写。在念到第二场《转移》中的郭建光出场时，姚文元讨好地提出："江青同志花了很多的心血，要用几句好一点的词句形容一下。"江青微微点头表示同意。汪曾祺很快便脱口而出："朝霞映在阳澄湖上，芦花白早稻黄绿柳成行。"江青当场表示赞赏，后来又下达指示，把后面的唱词改成了"芦花放稻谷香岸柳成行"。

在定稿会议中表现出色的汪曾祺，经江青安排于 1970 年 5 月 21 日登上天安门城楼，与首都百万军民一起集会拥护毛泽东 5 月 20 日发表的声明《全世界人民团结起来，打败美国侵略者及其一切走狗》。在新华社当天发布的通稿中，汪曾祺的名字出现在了一长串几百个人名的接近结尾处。"九叶派"诗人唐湜在温州看到报纸后四处奔走相告：汪曾祺上天安门了，咱们知识分子有救了！消息传到山西，汪曾祺在农村插队的儿子也因此改善了处境。但是，等到江青倒台之后，汪曾祺第三次变成审查改造对象，被送进学习班。在两年多的时间里，他先后写下了十几万字的检查材料。

1981 年，汪曾祺以短篇小说《大淖记事》获得全国优秀短篇小说奖，从而奠定了自己作为优秀小说家的文坛地位。晚年汪曾祺在创作一系列经典短篇小说的同时，还写作了《我的解放》、《关于〈沙家浜〉》、《"样板戏"谈往》、《关于于会泳》等一系列反思回忆"样板戏"的文章。他在对"三突出"、"主题先行"的"样板戏"加以否定性批判的同时，也认真负责地肯定了江青和前文化部部长于会泳对于现代京剧的创造性贡献。在他看来，样板戏"也有可资借鉴的地方"。江青提倡的"十年磨一剑"的艺术追求，对于经典戏剧的创作是十分必要的。于会泳把西方歌剧集中塑造人物形象的主题旋律和音乐元素引用到京剧唱腔之中，并且把四十多种地方戏剧曲艺的音乐素材，成功地糅进高度程式化的京剧音乐里面，对于丰富和发展京剧音乐的艺术表现力做出了不可替代的巨大贡献。

除了京剧剧本《范进中举》、《沙家浜》之外，汪曾祺参与创作的戏曲作品还包括取材自《聊斋志异》的《小翠》，新编传统剧目《大劈棺》、《一捧雪》，新编历史剧《擂鼓战金山》以及现代京剧《杜鹃山》、《裘盛戎》等等。他在发表《一捧雪》剧本时曾经明确表示说，“京剧的出路，就是要吸收现代主义的东西”，从而达到“让看老戏的过瘾，也吸引年轻观众”的目的。从中可以看出他对于京剧艺术的满腔热爱，以及他对于京剧艺术的创新思考。

在萨尔茨堡

■ 陈丹青

祖父的祖父就这么跳舞

通常是下午三四点钟的样子，节庆期间的男女农民穿上普鲁士传统服饰，群相舞蹈。广场上总有几十对男男女女，四手拉拢，和着音乐的节拍，顿脚，踩踏，垫步，团团转。几次三番，老头子得在大妈的臂弯下吃力地蹲下去，钻过来，或者扶紧舞伴的胖腰猛转一圈，还赶紧抽出手臂斜插腰间，摆出轻易而潇洒的姿态，其实脸已红得跟新鲜番薯似的，活像驾驭险道的马车。老婆娘那副憨厚的德意志脸哪里像跳舞呢，简直是在沸腾炊事中对付满灶的锅台。

音乐止息了，多么简单快乐的旋律。这就是历代德奥作曲家采撷的民间曲调么？德语地区的民众好憨厚，纷纷跳完了，既没哗笑，也不欢呼，那阵势只好比庄稼地忽然暴雨，众人四散走开：我瞧着他们跳舞时，正巧下着雨，不过全场若无其事，没人躲避，唯奏乐的那拨家伙被早已撑起的布篷遮挡好，大约是怕乐器进水吧。很快，空出的湿广场拥进下一拨等了好久的乡下人，音乐又起奏了。斜插帽檐的羽毛，雪白的绣花裙边，都淋湿了，可是众人照样认认真真跳。教堂墙沿站开围观的游客，其间混着本地人，忽然向舞蹈丛中哪一位大叫，大概认出了邻村的老同乡，开句玩笑。

欧洲都城大抵过度旅游化。著名小镇虽也难免其扰，好在镇民与乡下人照例在节庆时分自己寻开心，那开心的花样，世代相传，怕连本地人也说不清起于何时了。我走去问一位老人：这叫什么舞蹈啊？ NO，我怎么知道？！我的祖父的祖父就这么跳。

是的。传统失落，人不知道，仍然活着的传统，人也不知道。

乡村集市，遥远的记忆。我所记得的赣南农村的“赶墟”，不过是一条窄街摆满葱蒜生姜菜蔬猪肉秧苗农具之类，伴着苍蝇的飞舞，大闹大吵几小时，傍午就纷纷走散了。没有音乐舞蹈，没有别的开心。老农说，早先花样可多啦：看戏，杂耍，赌博，比武艺，听说书，当然还逛土窑……都禁了，久禁之后，年轻人于前朝的娱乐已然不知、不会，而老农所说的早先，现在明白，无非指的是民国。

如今的乡下集市怎样呢？我看见城乡接合部到处是破烂肮脏的台球桌，懒洋洋混着百无聊赖的人，摄影中更有草台班子四乡走穴表演脱衣舞。

在萨尔茨堡待两天，我意外撞见北宋年间的《清明上河图》。

去岁从维也纳转往萨尔茨堡的那一周，正赶上每年秋季为期五天的传统大集市。民众络绎于道，近者来自萨尔茨堡四外的山区，远者竟有瑞士、南德或北意大利农民。别说城里三四处大小广场，主街区的所有街道都占满了。展示交易的物品摊位大概早有既定的格局或租约，密集连接：有奥地利民间成衣摊位，以玫瑰红和翠绿为主调，制作精良；有当场剪裁的师傅量身定做传统衣裙，人堆里于是散着十八九世纪乡村装扮的小姑娘大姑娘，随时站定，搂成一排给你拍照；陶艺作坊当场烧制种种器具，启动高温的小烧炉使用电力，不冒烟；老家具摊位的小徒弟在案板后仔仔细细为哈布斯王朝风格的躺椅或沙发，绷紧坐垫；蜂农携来无数包装精美的蜜罐子，还有整筐整筐的活蜂，密密麻麻的蜂子在网壁上营营蠕动，引孩子们全神贯注地看，不肯跟大人走。更小的孩子给抱到游乐场，一个个捏紧了欧洲到处可见的旋转木马小扶手，只听哨子一吹，团团飞转，震耳欲聋，间杂着尖锐的欢叫。

吃食摊。数不清的奶酪、腌肉、香肠、酒、蜜饯，还有好多叫不出名目的果蔬。混杂各种烧烤或汤料的浓香热气中，人群麇集，挤出身来的食客走向简易木桌，围拢吞吃。盛装的马车小心分开人群，有位乡下小男孩紧紧捉住父亲的衣襟，高坐车中，一脸紧张盯着马屁股，将要歪嘴哭了。男人们端一杯白葡萄酒，无所事事，环顾人群：南欧、西欧，市集人丛中总有标致的女子耀眼出没，自炫其美，活像当年的卡门和费里尼电影中索菲娅·罗兰那样的角儿；含蓄本分的奥国人鲜见这类女子，格外标致的姑娘格外质朴，鲜花般盛开着，顶多是羞怯而宁静地笑笑，一句话也不说。大致，半数男女穿着民间服装，男人是插羽毛的硬边帽，灰格子呢短裤下的肥壮小腿被白袜子紧裹着，上装镶着花边；女士蓬开宽大的落地裙，绣满刺目的图案，生白生绿，花团锦簇。奥地利人的毛发多呈深浅不一的栗色，倒是配得起原色的浓艳。不知什么缘故，奥地利少见西欧诸国的流行穿着，服装类的民间产业显然生意兴旺，人们喜欢本地的衣服。

音乐在这里就是空气

人声鼎沸。到处听见音乐。儿童游乐场近旁传来响亮的鼓声，圆号拼命吹，广场的乐队是为群舞伴奏，散在市集的小乐队各自玩耍。我在吃食摊四周看见好几组三重奏四重奏五重奏乐手，完全不顾周围的吵闹，根本不为谁演奏，只是围拢来，各自的琴把子举在左肩，给下巴夹稳了，略一商量，欣然起奏。喧腾嘈杂的人声中，提琴声像是蜂群抑扬穿梭，瞧那专心致志的脸，一个个享受极了，而且理所当然。他们显然是四乡自组的小团体，平日聚会演奏，过节时就赶来凑一份热闹。辨听曲目，没一首名家作品，听上去介于民间曲调和纯音乐之间，又简单又轻快，我从未听过。勃拉姆斯和德沃夏克的小步舞曲就是从这些曲调借来的吗？我羡慕所有会乐器的人，他们一眼不看周围的人，好像睁眼打盹儿，只顾乜着眼前那把琴，狠狠演奏。

听着自己手中拨弄的声响，对准对手的旋律而随声应和，谅必与旁听大不同。市集人来人往，几乎没人驻足倾听。不是他们不爱音乐，我猜，而是音乐在这里就是空气。谁会守着空气呢。我走开了，几步外遇见另一组小乐队正在歇息，一人喝一杯当地自产的热酒。他们倒是斜眼瞧着邻近那拨乐手，一脸的表情不知是本能的审听还是同行的不服。果然，当我兜转来，他们已在凶巴巴地演奏了，也对周围的一切看也不看。

莫扎特。我再三撞见他。他被硬纸板做成真人大小的模型，右手端着以他命名的巧克力盒子或本地哪家餐馆旅馆的广告牌，穿一身镶金边的红色宫廷服。间或，三两游客搂着他拍照——亚洲游客总喜欢竖起二指做胜利状，讨厌而乏味的集体动作——此外没人看他一眼。不是不敬，而是这块人形纸板早经风行多年，司空见惯了。到了夜里，就看见差役走过来抱起他，横斜着，挎在腰间，收了回去，明朝又给端出来。在维也纳初见小街咖啡馆门口竖着莫扎特人形，打一照面，又滑稽又生气，怎么可以?！当年在纽约华盛顿初见里根或肯尼迪人形，我立刻笑倒，与之合影的人扮成鬼脸和种种恶作剧动作，但莫扎特是我亲人啊，怎么可以！

然而早就可以，什么事都可以了。

世人爱他，请他变回婴儿

"爸爸、爸爸！我也会！我也会！"莫扎特小时候说。上世纪80年代纽约公共电视频道播出萨尔茨堡专题节目，镜头出现莫扎特故居。太阳光照在小小的巴罗克羽管键琴的光致琴面，演员老道格拉斯站在一旁，中音饱满，娓娓解说：莫扎特4岁那年父亲请乐队来家里演奏，孩子听着，泪流满面："Dad Dad! I can do that! I can do that!"我也即刻泪流满面了：天才被艺术照亮的一刻，岁数都很小很小，那么简单而伟大的一念：我也会！我也会！艺术是什么呢，无所谓学，无所谓教，天才只是央告大人，让他去做。

我从此盼望去萨尔茨堡。

一件乐器也不会，我会的事情就是买张机票飞临维也纳，再坐上火车来到萨尔茨堡。

萨尔茨堡的东西向主道狭窄拥挤，他家在哪里?我倒并未刻意找，只跟着人流走。拥挤中瞥见左手一家门洞墙面贴着红色剪纸的莫扎特像，箭头指向扶梯拐角：莫扎特家！上楼去，走廊尽头就是了：那天的太阳真好，照在他家地板上，右侧小间正中央搁着白色小童床，床上躺着一枚玩具婴儿，盖着小棉被。这是莫扎特诞生的房间么?童床边满墙小油画、小风景、小纸人、小动物、小木偶……邻室大得多了，照例是18世纪的羽管键琴，墙角竖着蓝晶晶的奥地利陶瓷炉，想是当年取暖的用具，两具士兵打扮的儿童人型立在琴边，络绎而来的访客进门第一件事，就是张罗给着急的小孩傍着人型拍照。

有哪位艺术家被天然地认作孩子吗?莫扎特确乎是这世界最金贵的男孩。世人爱他，请他变回婴儿，乖乖躺在童床上，身旁环绕着儿童的世界。只有他的纪念馆会有很小的孩子听由大人领着，高高兴兴进来玩。天才被认知的一面总是符号：贝多芬老在生气，勃拉姆斯永远苦恼，瓦格纳不可一世，肖邦病怏怏，海顿像个宫廷的小领导——莫扎特躺回家乡的童床了，一头发白的金发，仰面瞧着天花板。其实莫扎特的志向和贝多芬一样，他讨厌故乡，讨厌萨尔茨堡。

太阳光亮得跟那次电视节目一样。窗台外沿的花盆鲜花盛开，楼下摊位专卖蔬菜和水果。街对面，一座好看的白色老教堂正门悬着几天后的演出横幅，正是莫扎特的《安魂曲》，可惜回程票已订，此番只得错过。

莫扎特的裤子永远脱到一半

流经萨尔茨堡的河，蔚蓝色，桥头远望河流拐弯后的苍翠群山，南端，就是北意大利了。19世纪遗留的木偶剧场在南岸河边，那夜正上演《魔笛》，因怀想维也纳的观剧，我竟又买票看了一场，剧终，全体操弄师从一大面降落的镜子中反射他们隐在后台的脸，双手提着操纵木偶的线，以颠倒的脸和观众打照面。路经一处豪华别庄，门口立着卡拉扬的青铜雕像，他也出生在萨尔茨堡?我不很欢喜他，但他指挥的《唐·乔瓦尼》倒是力气用得正好，兼且格外当真，大约出于一份萨尔茨堡籍贯的骄傲?

南岸另有一座更大的莫扎特纪念馆，真好看，从前想必是哪位王侯的宅邸，二楼陈列着好多古乐器、老乐谱，还有无数莫扎特音乐的原始文件。据说少年莫扎特在外露了才华，本乡闻知响动，请他父子俩回来在这儿住了一阵子，与北岸老家比，真是荣华富贵之所。莫扎特睡过的那架老床多好看啊，我站了许久，想不出他睡着了何等模样。展室里有当年的油画，画着上流社会的趣事，其中一幅是莫扎特裤子脱到一半，翘起屁股要人舔，另一位好玩的家伙伸过脑袋，舌头尖尖，正要舔了——“未曾生活在1793年之前的人，不知生活的甜蜜”。这画的谐趣不在舌头与屁股，而在当年果然会有人一五一十画出来，拿给人看，如今堂而皇之挂在纪念馆，使莫扎特的裤子永远脱到一半。

但这淘气的男孩到底还是走了，埋怨当地人像是白痴，再待下去怕要变成一头驴。天才在故乡总归是委曲的，他睡在这好看的眠床上怎样生气呢。电影里他和皇族人员闹别扭，转背对着公卿大臣，掀开腰臀部位的大后摆，作出放屁的模样。

时间在这里居然不会变老

城里每一处都能望见高高的城堡。登临下看，萨尔茨堡实在美丽富饶。碧蓝的河，粉翠的屋顶，集市喧嚣推远了，仍听见孩子尖声欢叫，鼓声，圆号。什么叫做山河壮丽，人民幸福？起于中古的城堡原是小公国，一尊尊老炮对准山下的四面八方，城垛间有距离地凿开坚实的炮眼，钢条封锁，昏暗甬道连接教堂和宫殿，大小厅堂供着历代的雕刻、武器、盔甲、刑具、壁毯、法椅、王座……还有小小的木偶剧场，大约相当于十八九世纪的电影院吧，那时制作的木偶到底刻工娴熟，神态奇妙，全是《魔笛》或《唐·乔瓦尼》的主角。

莫扎特诞生的萨尔茨堡，距今两百五十多年了。工业革命、世界大战、二次现代化、人口压力、环境危机、城市沧桑……似乎从未在这里发生过。我对萨尔茨堡的来历茫然无知，她似乎没有历史，或者，在萨尔茨堡，在欧洲许许多多古城古镇那里，历史从未幼稚、造孽，以至疯狂，时间在这里居然不会变老，种种所谓人类的进步，既不曾遗忘这里，也没践踏过她：至今，她的全貌和 17 世纪描绘全城景观的彩色版画几乎一样，但她绝非自外于聪明的现代生活。

我所目击的传统集市只是萨尔茨堡的一面。一如法意英荷的古镇，人文与时尚的递进，历历可数，历历在目。一年一度的萨尔茨堡音乐节是欧美名牌乐团的超级盛典，在城堡下的小街，竟有中国当代艺术的专展广告，由一家豪华画廊经营，门面与内里又阔气，又精雅，隔壁店家则出售贵公子们玩耍的赛车摩托车之类高消费玩意儿。想起意大利托斯卡纳地区的小镇圣基米亚诺，也供着一家前卫画廊，老牌字号，在纽约和北京均设代理的分店。欧洲城乡素有良性的分合，当地人从来明白城里的一节节现代文明，哪些要，怎样要，哪些不要，怎样不要。譬如各地的传统工艺仍然存活着，而且兴旺，萨尔茨堡著名产业之一是以古老的工艺和造型锻造商店牌号，看照片吧，我能摄取的只是百分之一。沿城堡周边的小街闲逛，巡看私人店家展示手制的女衣男装，做工、用料，成熟内敛，非常奥地利，然而不土，外间的时兴也并非不知，却是安然自适，毫不炫耀，精巧橱窗的设计与摆放，在纽约亦难见到。

夜里，新的节目上演了。广场摊位撤除，一出正宗的话剧已经进入第二幕，似乎是当地的喜剧。舞台设在巨大的拖车上，装备精良，射灯耀眼，布景和装扮是20世纪初端的中产阶级家庭，两位老绅士与一位俏女士展开层出不穷的调情与误会，是那种非常专业的业余表演，老练而放松。他们说什么呢？当然不懂，但变成舞台的对白，德语另有一种抑扬顿挫的味道。观众显然早经熟悉剧情了，不断传来会心的哄笑：当其中一位趁另一位不在，说着说着起身越过餐桌想要拥抱女主角，而她在优雅躲闪的空当儿一句接一句逗那老头时，我大为开心，登时，台底下响起乡下男人们野狼般的坏笑。

来过了。还有什么要说？很好，除了莫扎特的硬纸板人型。我们有这种地方么：全城的荣耀和生意经，归于一位天才，这天才的故乡也果然天造地设，美不胜收。我们不是有好多艺术家一年到头力竭声嘶颂唱自己的故乡么？看看吧，萨尔茨堡早已引来无数赞美，但有哪句话、哪一首歌来自本城那位金贵的男孩吗——所以他是莫扎特。

在布拉格

■ 陈丹青

文学能使人彼此了解吗

初抵布拉格，细雨霏霏，我在圣法兰西斯大教堂门口买了音乐票，捷克克朗四百多元，合人民币两百多元吧，翌日夜里，就钻进老教堂聆听了一场音乐会。

布拉格全城多少老教堂？旅馆步来，沿途即有六七座教堂边上站着兼差的大学生，兜售音乐票，曲目自是巴哈、海顿、莫扎特，但不知几时我已学得势利眼，还得看看教堂的年岁与模样。一路犹疑推却，走到圣法兰西斯大教堂，看那石壁与檐顶的老雕像，简直意大利风格！动问售票的年轻人，不料递给我一份中文解说单，撮要记下：1231 年，捷克波希米亚女圣徒阿涅丝创立了捷克骑士修道会，始建圣法兰西斯大教堂。17 世纪下半叶，请来两位意大利建筑师，参照法国红星十字架骑士修道会总建筑师马岱的设计图，将早先的圣灵教堂改建为这第一座捷克王国的巴洛克风格大教堂——进得内殿，华美繁复，犹如置身意大利任何一座 17 世纪老教堂，那年代的雕刻家大约莫不追随贝里尼的作风吧，名声淹没了，却是个个好本事：单看讲坛周边的天使群，环转飞动，雕工巧致，便在意大利亦属精品。想来当年多少意大利师傅给请到各国去，长年累月住下来，慢工细活，一件一件雕刻好，然后严丝合缝嵌到教堂各个部位上。我自以为熟悉南欧巴罗克雕刻大风格，今知中欧小国竟有这等正宗的庙堂在。

圣法兰西斯大教堂位于布拉格著名的查尔斯桥东端小广场。大桥建于 1402 年，看那黑沉沉的桥头堡，是有六百多岁了。蜂拥而来的各国游客自老城区狭窄的街巷漫入桥头小广场，四散拍照，挤挤挨挨穿过桥头堡，在布满 17 至 19 世纪雕刻的桥面走走停停，涌向对岸去。对岸，布拉格以西，旧皇宫与皇宫所属的哥特式老教堂高居坡顶，逶迤展开，是所有布拉格风光介绍的经典景观。行到桥中央，回望东岸，是由捷克储蓄银行建于1876年的鲁道夫音乐厅，年年举办布拉格之春国际音乐节；南端，那屋顶排开金色骏马雕刻的新文艺复兴样式大建筑，乃1868年动工起建的国家剧院，两座宏伟的建筑，都在河边上——窝尔塔瓦河！南端河面横一道堤坝，湍急的水帘银光闪动，沿岸十数枚肥壮的白天鹅在微雨中傲然游弋，比之深翠色羽翼的小水鸭，诚如贵夫人。西岸北端竖一广告牌："新卡夫卡博物馆"。两天后去了，小小的院落，一对青铜裸体男子昂然站在庭院中，等人大小，面对面，各自手扶阳具射出清水，源源注入脚下的小池子，水声潺潺，合着一群群游客围拢观看时的哄笑声。那雕塑，是由无数横向的切片堆叠而成，胯间大约安装了旋转机关，每隔几分钟，两枚青铜阳具左右拨动，水注飘摇，如我们每个男人撒尿时的所作所为一样。

我所看过的五六部捷克电影，无不好，无不即兴玩弄男人们点点滴滴的自得与胡闹。当捷克人捕捉这无所不在的胡闹时，想必得意了。

没读过《好兵帅克》，《城堡》未读完。昆德拉《小说的艺术》及《被背叛的遗嘱》大有兴味，他的小说则读过而忘记了：好是写得好，可我中年后为什么读不进小说呢。《哈维尔文集》，篇篇好，他写捷克的真事情，写出我有所感应的社会主义国家。当他出任总统时，昆德拉曾为文提醒：七十年代布拉格的半地下剧场经常上演哈维尔剧作，不停满堂哄笑。

这是我所造访的第二个欧洲前社会主义国家。那年走访两德统一后的德累斯顿与莱比锡，战时被全数炸毁的宫廷全数复建，然而角角落落随时撞见当年的旧厂房，职工楼，政府大厦，空阔的街道……难以磨灭的社会主义表情，停在街角，凝在老人的脸上。此刻站在布拉格查尔斯大桥，两岸眺望，满目是过于密集华美的欧洲史，不见半点社会主义景象：当年的党部、党旗和社会主义大标语，就在这些皇家贵族布满雕饰的建筑内外吗？1968年苏军坦克成排开进的大街在哪里？旅馆选在老城区，抵达当夜，出街游走，一转弯，便是人声鼎沸的旧市区大广场：这八百多岁的广场被巴罗克建筑环形包围，石铺地旋转着古老的纹样，摇滚乐歌手放声高唱，烤肉摊冒着火炭的青烟，教堂敲钟了。古代，这里是市民集会和人犯斩首的地方，与西欧南欧的plaza无有二致。上千年前直到十四五世纪之交，这里是连接东欧与西欧的大都市，仅次于罗马——何以20世纪社会主义的浩荡洗劫无损布拉格？一石一柱，一门一窗，似乎动也不曾动过，至少，在昆德拉与哈维尔们自幼及长的年代，他们出入的街巷与20世纪二三十年代卡夫卡看熟的布拉格，大致一样。

文学真使人彼此了解么？瞧卡夫卡那双眼睛，我与他望见的布拉格，想必大异，竟或不是同一座城。昆德拉说话狠："在巴黎，我更布拉格。"这意思我们懂吗？固然，他们有他们的欧洲的维度，未必懂我的维度：倘若请这些文学叛徒来到今日高楼林立的西安或洛阳，他们会逃离还是留下？在一部描述布拉格占领时期的捷克电影中，痛恨婚姻的大提琴手为点小钱，暂时抚养过境捷克转去法国的苏俄男孩柯里亚，两人冒充父子，言语不通，当苏军命令家家户户张挂苏联国旗时，孩子高兴指认，大提琴手愤怒地嘟囔。多么捷克的细节，是的，我了解这屈辱，可是镜头掠过窗外布拉格，太阳照着远近的巴罗克教堂，闪闪发光——如我此刻望见的那样——我眼前一亮，心里暗下去：老天！这些曾经绝望的囚徒住在何等华贵的地方。

所有欧洲都城的旅游点都在旧城区，然而旅游者不会因此了解一个国家，了解这国家最敏感的心灵何以敏感。停留布拉格才4天，我看不过来地看，几乎忘了昆德拉与哈维尔，也完全忘了我曾为《音乐爱好者》杂志描述的捷克室内乐团"塔里赫"：18年前，当我再三聆听这4人小组演奏的贝多芬全部四重奏，多么向往有一天去到那里啊。有别于西欧和俄国的演奏，塔里赫的乐句分明是捷克的性格，还有受压抑、被隔绝而自我了断的心情……甚至在德沃夏克的新大陆交响乐中——很早很早了，20世纪70年代，我摊在上海眠床的凉席上听，心醉神驰，汗出如浆——真的，我听到的不是美国，而是捷克。想象无法核对。卡夫卡纪念馆来回播放一部二战前布拉格黑白纪录片，配乐便是《窝尔塔瓦河》，早先，在中国，一听这旋律，心中亮起信号：捷克！捷克！现在却听之漠然，失去想象：窗外流淌着窝尔塔瓦河，河水并非想象中的碧蓝，而近于莱茵河的浩瀚银灰，深翠与绛紫的波光在水面涛头闪烁着，有如流动的伴奏，忽而隐匿，忽而响亮。火车站，离布拉格那天，报时广播的音乐也用这乐曲著名的首句：不再那么好听，不再感动，真的布拉格制伏了我的可怜可疑的捷克想象。

暂时免于做一个野蛮而忙碌的人

演出是在夜里8点。两排听讲的老木凳放着小纸条：白天售票时已经征询来客愿在哪排就座，编号的纸条于是签上姓名，预先放在座位上。教堂总是安静的。欧洲音乐会多有韩国与日本的听众，平凡的亚洲脸，默坐着，恭敬而自卑，那么，我也是其中之一了。众人静悄悄看向主祭坛右侧置于二楼偏廊的镀金管风琴，传说莫扎特动过它……女风琴手现身了，向楼下的我们欠身鞠躬，接着是鼓掌后的静，再接着，锃亮锃亮的金属之声抑制着巨大音量，轻轻地，在二楼，在被圣徒和天使环绕的天庭间，骤然迸发了。

现代照明出现前，教堂的内厅怎样在烛光中交相辉映？两位歌手被照得太亮，太清楚了。我喜欢女高音歌手长得肥胖，喜欢听歌声怎样从胖喉咙一句句送出来，稳健地颤抖着，被下一组更复杂的颤抖接过去；男中音歌手那么清瘦，在每一尾音的换气之际，他的歌喉的振荡如鼓轻击，亦如洪钟的余响，经院式唱腔要求中音从头到尾被压扁、被控制，控制为一种神奇的效果：这位男子今晚会因为虔敬而癫狂。

半数歌曲早经听熟了，管风琴伴奏的独唱，第一次聆听。巴罗克名曲总被后人易为各种乐器与人声的组合，都好听。不过我是在听还是在看？或者，如每次在音乐会中难以专心致志那样，我只是在想：此刻我在圣法兰西斯大教堂，在布拉格。真的吗？赶紧四看，决定相信，心里一阵欢喜，像是亲自挠痒痒。舒伯特的《圣母颂》小时候就听熟了，今晚动衷是因起始的旋律那么轻，那么弱，像是管风琴的哽咽，一个巨大的金属喉咙哽咽了。惹我出泪的是男中音演唱弗朗克的《天使之粮》，我听出他没唱好的乐句，原作因此更显得伟大。末一曲玛斯卡尼的作品原来也是《圣母颂》，早先我以为那是爱情歌。器乐版听过无数，今晚是人声，男女演员特意走下二楼站在祭坛前，七情上脸地唱，听到那有爱在心而神志恍惚的慢乐句，我又焦距模糊了一阵，同时想，今晚的幸福，就此完结啦。

接着是盖浇饭与酸辣汤。餐馆就在教堂斜对面。如今哪里没有中国餐馆呢，在黑沉沉的巴罗克门洞口，硬纸板广告印着至少上百盆中国炒菜的彩色照片，在布拉格街头斑斓着，难看死了，但是青椒牛肉、麻辣豆腐、口水鸡之类，是我肠胃的归属呀。

我不计较今晚的演出。教堂，古典音乐的摇篮，如今摇篮连同音乐，一并成了旅游项目。但是巴赫与韩德尔的歌声是该在教堂廊柱间环绕飞升，我不是基督徒，耸耳倾听，只为暂时免于做一个野蛮而忙碌的人。布拉格的音乐会太多了，翌日走去另两座音乐厅碰运气，看看停留这几天能不能撞上好节目。无所获，然而理由令我起敬：北端的鲁道夫音乐厅本周排满少年儿童的音乐专场，不对外售票；南端的国家剧场正上演新一轮现代舞和音乐剧，均为本国剧团原创，日场、夜场，节目单看得眼花缭乱，没把握，放弃了——窝尔塔瓦河。走下两座音乐厅大台阶，此岸对岸的华屋美树弄得我心神纷乱：我已不记得国中哪座城市的哪片河岸给我半点优美的视像。走走看看，返身折向东头寻找斯梅塔那厅：位于旧城和新城的交界，斯梅塔那厅是“新艺术”（Art Nouveau）的经典建筑，里外一看，大开眼界。纽约布满“新艺术”风格老建筑，布拉格这一座，格外正宗，建于1895年前后，正是“新艺术”观念与实践将开未开之际，比后来“新艺术”的固定模式，细节更繁，更具野心与想象。内厅种种壁画雕饰尚未脱尽滥情时期的浪漫主义，今天看，实在过时了，然而是认认真真的滥情，死去活来的浪漫，凝固为建筑，以过时的骄傲感进入后现代，如今反而显得新不可及了——上海的蓝心剧场和今延安路南端的老音乐厅，尚属19世纪新古典主义建筑被简化的仿制，大光明电影院、国泰电影院、美琪大戏院，论原创、论精雅，虽不及斯梅塔那厅的千分之一，却是“新艺术”之后著名的Art Deco风格。如今，这几件上海古董破败难看，毫无尊严，新上海的旅游景点根本轮不到这几家二战前的老影院。上海老弄堂也多有Art Deco的经典设计，近年在劫难逃：石门一路大中里的成片Art Deco住家去年被拆毁了，日后丑陋乖张的新大厦造起来，谁知道底下镇压着老上海历史建筑的旧档案？

得到翌日夜间的室内乐票，去了，半数坐席空着，斯梅塔那厅也竟旅游化了么？演出阵容倒也不小，10把琴，乐手全都站着，第一小提琴手典型茨冈人模样。威瓦尔第的《四季》值得再听一遍，现场的音响从不令我失望。“冬季”的首句多么凶狠而肃杀，在同一的单音的旋律中，所有提琴的猛烈齐奏犹如铁骑铿锵，我竖起耳朵，辨听每一方位的每一把琴。当我选择CD时那么计较演奏，现在耳辨琴音，没有意见，只是听。散场后穿过旧城广场回旅馆，一座昏暗拱门下正有两位街头小提琴手也在演奏《四季》的片段，也是“冬季”开首那凶猛的单句，音波在拱门内激荡，骤一听，像是发生什么大事……经过那家叫做“普希金”的酒吧（多亲切：捷克与俄国理应留着这层渊源），经过两家毗邻的木偶剧场（在电视时代，这座城照旧上演几百年前的木偶剧，其中一家的名字就叫做“唐·乔瓦尼”）。小小的出卖木偶的商店几乎分布旧城的每条街。欧陆各国留存木偶戏，似不如捷克人这般热衷，而且有市面。毫无缘由地，我猜，捷克人的自嘲传统或许部分来自木偶戏，那是移情的快乐：在自己身上看见傀儡，在傀儡身上看见自己。我选了两具：绳线牵连的莫扎特与费加罗，簇新，然而来自古老的造型。

除了满目应接不暇的美，这座城市似乎没有政治

特意留了一天到处画速写。东岸，西岸，无须找寻构图，太美的景致没有绘画的余地，教堂尤难描绘——布拉格的教堂多有莫扎特踪迹：神学院图书馆供着两具17世纪管风琴，其一为莫扎特当年演奏所用，造型繁华。西岸的大教堂另有一架庞大的管风琴也为莫扎特染指，我没进去：赏看欧洲需要气力（还得添上承受力）。布拉格处处提醒游客，它的历史曾经弥漫旺盛的精力，这精力，包括奥匈帝国解体后捷克把握了帝国遗存的工业文明，若非后来的大变故，这中欧小国的精力与智力如何发散？眼前布拉格尽是昔年的光华，其中，音乐记忆是重头戏。何以当年是布拉格听众将崇高的理解献给莫扎特？1786年、1787年，《费加罗婚礼》和《唐·乔瓦尼》相继上演布拉格，相比维也纳观众的难以适从，莫扎特在布拉格赢得从未有过的荣耀。当年演出的剧院还在么？几天后在维也纳国家剧院观赏《费加罗婚礼》，我毫无结果地想，为什么率先为这歌剧欢呼的人群不在维也纳？欧洲的无数遗迹实在货真价实，地理，地缘，处处历史的伏笔，人与文脉的关系，在一起，也可以不在一起，此处暗下去，彼端会被照亮：德国人韩德尔被英国人推崇备至，终老伦敦，之后，英国朝野盛大欢迎海顿到来，赞美之辞占据报章整版；德国人贝多芬将自己的盛年统统交给维也纳，在布拉格皇宫一座精致博物馆内，不知出于什么典故，藏着《英雄交响乐》全本手稿，而莫扎特的巨构《唐·乔瓦尼》就在捷克诞生，首演的指挥是他本人……19世纪末，捷克设计家兼画家阿尔方索·穆卡的风格最初见重于巴黎，日后影响“新艺术”，回馈祖国；1968年苏军占领期间，捷克现代舞天才依里·基利安女士出走荷兰自组舞团；米罗斯·福尔曼于同期出走前，已是布拉格“新浪潮”导演首席要员——曾被封锁的中欧东欧，当年照样回应西欧艺术运动的缕缕强风——日后，他在美国拍出了经典电影《飞越疯人院》，1983年接手《阿玛岱斯》剧本时，冷战尚无结束的迹象，他想起布拉格，于是

关于莫扎特传奇的这部电影全部在布拉格拍摄外景，而不是在维也纳。

自高居坡顶的皇宫东门走向出口，昔年城堡的箭垛墙面不高，适可依凭。放眼眺望，全城豁然展开，雨后夕阳，一道道紫云透射金光。窝尔塔瓦河贯穿全市，被远近教堂的尖顶圆顶频频遮没，之后，继续闪烁，在城市的中腰逶迤转弯，流经一座座桥，与夕阳交融。这座城真的历经那段统治么？历史常有意外，可谓侥幸。论城市的本色，论华美，据说布达佩斯、莫斯科、华沙，远不及布拉格。这座城竟使卡夫卡洞见现代人的绝境，昆德拉迄今不愿来归的决绝，怕也是布拉格脾气。我知道，我望见的布拉格只是表面，我爱表面。我乐意叹赏一座城而对她怡然无知，东张西望，零散交代一份旅游报告。神学院图书馆有位职员与我聊天：我们是小国家，过去，现在，捷克不过是轮番向苏美使眼色，决定拥抱，或被拥抱。他瞪着波希米亚人又凹又凸的眼睛作出拥抱的手势，然后怪笑，我知道，那是小民的娴熟自嘲。早去过捷克的朋友事先提醒我：留心那里的女子，格外美丽性感，对啊，波希米亚和斯拉夫人都是美丽的种性，我竟错过这稀有的幸福么？都怪布拉格。除了满目应接不暇的美，这座城似乎没有政治，没有统治，只有她自己。

人类是不能沟通的。索尔仁尼琴说这话时，人在美国。其实同为社会主义过来人，亦难沟通。那位图书馆职员与我谈论捷克这 20 年，我听他眉飞色舞，一点没向他诉说我的经验。我不能对他说，听着：我们没有现代作家嘱咐烧毁自己的手稿；我们没有引人痛苦的剧作家，出入监狱，结果被选为总统；当然，我们也有美艳的女子，但这些美人背后，我想不起一座我们的城市值得炫耀。

离开那天破例早起，清晨的薄雾，查尔斯大桥几十尊雕刻又度过一夜，周身蒙着轻霜。飞快画了几幅速写，手冻僵了，我知道，人要画画，其实是对眼前所见无可奈何。

在旅馆后门等候出租，我真巴望这告别的片刻遇见哪位美人走过，可惜不见。一位矮小精干的男子引我注目：长发向两肩披散，山羊胡，长鼻前耸，下巴缩进去，活像笛卡尔。他一手端一杯热咖啡，小心翼翼，缓步走来，略微奇怪地看我，显然不明白我为什么看他。街巷无人，也未停着小汽车，就这样，他从 17 世纪的鹅卵石路面走过来，那一瞬我像是瞧见了波希米亚大公国。

在维也纳

■ 陈丹青

忽然，我活生生回到四十年前的上海了

那天午后寻到贝多芬的家，下雨了。老公寓门洞空无一人，天井亮着。他的寓所是在四楼，石梯旋转而上，二楼、三楼，楼道昏暗，朝向天井的排窗透入雨湿的光，家家门户清寂，关闭着，小门廊摆满户主栽培的植物。上到四楼，门首小牌写明下午开放时间是两点，我来早了，贝多芬不在家。

细读告示牌，这小小纪念馆划归维也纳全市博物馆系统。博物馆入口有厅堂，有座椅，走动坐等都无妨；这里是住家的公寓，此刻才过一点钟，我像是私闯民宅的人，端着照相机，悄然踌躇，天井雨声响亮。仰看天井上端19世纪的屋顶和烟囱，贝多芬天天出入，想必瞧一眼吧：第四、第五、第七、第八交响乐，还有他那部艰难的歌剧《菲德里奥》，就是在这里写成的。

回身下楼，又顺着幽暗的楼梯转，三楼、二楼、一楼。雨势仍不见小，立在门洞向外看，那一瞬，忽然，我活生生回到四十年前的上海了——也是午后，也下雨，也是19世纪的欧式老公寓，门洞空寂，楼道昏暗，我上楼寻访哪位好朋友，朋友不在家。

人一辈子记得自己生长的街市。念及外省尤其异国的名城，怎么办呢？只得胡乱想象。我们当初看不见欧美的照片，除了翻译小说：狄更斯的伦敦、巴尔扎克的巴黎、陀斯妥耶夫斯基的彼得堡，引我浮想联翩，然而眼前虚空，徒然折返译本的汉字；柯罗描绘的罗马夕阳，莫奈笔下的伦敦浓雾，总算给我“看

见”了；毕沙罗的巴黎市景画得最是真切：屋顶布满小烟囱，鹅卵石路面跑着敞篷马车，还有同一大街的阴晴与晨昏……20 世纪 80 年代在纽约初看费里尼、特吕弗尔与戈达尔，终于我跃入银幕，走在巴黎罗马的大街上，跟踪主角出门、拐弯、过马路、穿窄巷，猝然被捕，或竟万般侥幸地逃逸了。

美妙的片刻。后来去到真的巴黎和罗马，没有一处合于早先的妄想。那年初访意大利，回程飞机上蓦然伤感：啊，来过了，那个借波提切里和米开朗琪罗而苦心想象的文艺复兴国，从此迸散，真的意大利无情覆盖我的可怜的想象，但那想象是我自己的呀。

域外名城的汉译，总是美文：米兰、华沙、慕尼黑、亚威农、布达佩斯、斯德哥尔摩……凡未经描述的城市，准确地说，凡是描述而未被我亲眼一见的地方，便是想象的盲域。偶尔在书页中撞见了，不过几个汉字，毫无缘由地排列着，又好看，又耐听，譬如：维—也—纳。

我没读过奥地利作家的小说，也不记得看过关于维也纳的电影。维也纳？想象一片空白。唯一引我想象维也纳的人，是约翰·施特劳斯：《皇帝圆舞曲》、《蓝色多瑙河》，旋转、旋转、旋转，音律渐强……“文革”初年在上海屋檐下一遍遍偷听，老式唱片也那么亮闪闪地旋转着，嘶嘶作响，内心视像混杂电影中旧俄宫廷的舞蹈场面，开始毫无根据而历历在目地想象维也纳——为什么是施特劳斯，而不是 19 世纪麇集维也纳的其他音乐家？

他们是欧洲历史崭新的人

维也纳旧城与新区由河流分开。这里，在类似旧城周边的“二环线”内，大皇宫、小皇宫、老教堂、博物馆、音乐厅、歌剧院，竖着莫扎特雕像的皇家公园，还有大大小小的旧街巷，交错纵横，宛然如昔，间杂其间的 20 世纪新楼，造型和尺度也在旧城格局内审慎谦和，不抢眼。工业革命后，马车一度消失，二战后世界性旅游业闹起来，旧式马车再度起用了，种种毛色的大骏马紧裹马具，戴着皮眼罩，和衣冠周正的马夫静候顾客，停在皇道上。

马车移动了，市声喧嚣中于是马蹄脆响——由远及近，分明是舒伯特的《军队进行曲》，圆号，鼓点，一顿又一顿，路人分开让道，身穿制服的乐手吹打着，演奏着，在小小广场团团绕一圈，郑重而滑稽，随即合着齐整的音响与步伐，混在上下颠颤的马背马耳中，拐弯远去了。

维也纳活像另一个巴黎：不是指相似，而是两座大城的黄金时代，都在十八十九世纪，以唯物论词语形容，即因这两个世纪正当“资本主义的上升时期”——此前的奥地利与法兰西，固然王朝更替，时移势易。哈布斯王朝和路易时代的繁复剧情，就我所知，是17世纪西班牙为挽救朝廷的命数，安排公主远嫁奥地利，金贵的嫁妆，包括委拉士开兹那几件公主大肖像。女孩嫁去不几年，夭折了；到下一世纪，奥地利为巴结法兰西，将公主许给日后的路易十六王。几年前，科波拉女儿执导的《玛莉皇后》专讲这件豪奢的婚姻，影片开头，只见奥国公主与皇家随行连日跋涉穿过法奥边境大森林，年迈的路易十五亲往迎候，女孩当场更换法国衣装，贴身爱犬被命令必须放弃。

历史电影流露历史的同情。玛莉和夫君后来被押上法国革命断头台，是欧洲换取资本主义共和政体的代价之一么？“对不起，我不是故意的。”在一本叫做《临终遗言》的书中，我读到她行刑时踩到刽子手脚面，说出这最后一句话。

回到绘画与音乐，十八十九世纪的意思是说，意大利雄视全欧的文艺盛世，过去很久了。新兴的画展、演出及赞助系统在法奥首都次第茁育，画家们纷纷涌向巴黎，音乐家投奔维也纳——贝多芬中年的那个维也纳已经步入资本主义时期，离得我们很近了：他们是欧洲历史崭新的人。贝多芬旧居便是当年的新大楼，想想看，这样的现代公寓，两百年前可就在维也纳到处起造了，其中住着“上升时代”的音乐家，只是电车、电梯还没来得及发明，难为贝多芬那代人每天在楼道和马车里上上下下。

至少，到一到他们住过的地方

除了马德里普拉多美术馆与德累斯顿美术馆，论15到17世纪油画收藏的密度与分量，今次领教，可能数维也纳艺术史博物馆的皇家馆藏为最丰厚。除了文艺复兴晚期与巴洛克早期的经典，据说王朝格外留心描绘日常生活与人物内心的绘画。于是布吕盖尔村民宴饮的系列大画，伦勃朗盛年深沉朴厚的自画像，维米尔宁静的画室写照，还有文艺复兴晚期天才利皮一幅精致小画中的世俗群像（啊，还有他太过俊美的自画像），都给我在美术馆各个角落终于找到，或者，蓦然撞见了。我总不会事先查阅说明书，不确记哪幅画属于哪家的馆藏。

这才妙啊：迎面的艳遇，你在这里！我竟如少年时那样，心里悄然一怕，不由得走开，弄到神志稍定，这才踱回来，站定细看。本雅明所谓前机器复制时代艺术的“独一无二”，是指你得进入那间房间，才能亲睹那幅画，我如今飞越欧亚，等同穿过复制时代的逾百年，寻那房间，寻那面墙，连同环抱那块画布的老镜框。

去年9月抵达维也纳，翌日我就钻进美术馆，茫然痴呆，只为看画。之后再去两次，回向角角落落寻到昨日看熟的幅面，毫无心得，单为了这样地站一站，是的，我愿去到一个国家，一座城——维也纳，音乐之都。但我并未专心专意为了音乐来到维也纳。音乐被锁在哪间房间么？温柔的一念是早就有的，我知道，他们的坟墓就在这座城。我宁静地想（并不热切）：倘若时间够，改天去墓地，至少，到一到他们住过的地方。

多么珍贵的错误

说出来吧，如今每到欧洲一城，我探头张望的其实不是美术馆，而是古董店。非分之想，简直小小的罪孽：三五年来，画室与书房竟已摆开几份小件，分别来自佛罗伦萨、巴黎、布鲁塞尔、巴塞罗那……主要是，木雕，我每说起，语无伦次。圣彼得、圣芭芭拉、玛丹娜、耶稣，涂着16或18世纪的油彩，彩迹斑驳，凝成润洁的表面，酷肖真的肌肤，宛若生人，然而是一张木质的脸，双眸被难以觉察地略略画开，仿佛白眼：木雕的脸从不与你对视，兀自呆呆地庄严着，目不转睛。我常抱起这木制的头颅，缓缓朝向不同光源，看。那雕刻的人，可曾想有一天这件作品会来北京么？

古董店难以描述，通常空无一人。主人从店铺深处走出，多数上了年纪，我喜欢看他们年深月久的身世感，如晴午两三点钟的安宁。“17世纪？”我问。“不，对不起，18世纪，中期。”他们不瞒骗。与我有缘的那一尊物事，总在进店的瞬间豁然在眼。何其稀有的瞬间！像是等我很久了，它停在那里，一声不响——这次抱回一尊手持经书的圣彼得，成于毗连奥地利的南德地区，17世纪，仍延续15世纪典型哥特式风格。彼得的脸那么真切，模特显然取自当年南德乡镇哪位令人尊敬的神父，那虔诚到癫狂的神色，双目圆睁，望之凛然，僵直并拢的手指岂非信仰的痉挛。到了17世纪，德奥都城已为意大利造型所染，乡间木雕则古风相延，刀法木讷而中肯，分明比例失当。多么珍贵的错误！文艺复兴盛期带入科学依据的精准造型日后毁了全欧洲艺术，艺术不是准确，或者，艺术曾被赋予一千种“准确”。这位德国圣彼得的双肩，严重倾斜，比例大错，唯其如此，圣徒的矜矜之态始告“准确”。我今愈发看重无名工匠的作品，憨拙而灵巧，全是订件，不想到自己，不想到艺术，做好了，退开，是真的谦逊而虔敬——除了几位名姓卓然的人物，我久已不欢喜十八九世纪绘画与雕刻。所谓浪漫主义、现实主义、印象主义，毕竟小道，资本主义时代获得解放的艺术据说从此赋予思想与个性，但作者的虔敬与天趣，从兹失落，犹如无可挽回的心情。

在贝多芬的家，倾听贝多芬

圣史蒂夫大教堂是维也纳旧城区最热闹的段落，莫扎特故居就在教堂背后一座拱门内的小巷，DOMGASSE5 号，走不几步，已在故居门口了：1784 年，莫扎特与家人搬来公寓二楼住了两年半，写出八部钢琴协奏曲，还有伟大的《费加罗婚礼》。这里辟为纪念馆，怕有上百年了吧，上百年来，室内设计的美学几经变换，现在的装置显然被 20 世纪 90 年代成熟期的后现代模式彻底动过了。窗前竖着莫扎特放大侧影，每间房间至少有一座包括影像与实物的灯箱橱窗，停着他遗留的琴、手稿、乐谱、书信、节目单、小玩意儿……第一次看见莫扎特的死亡面膜（我不愿相信他如电影中那么戏剧性地死去），翻制为青铜版，蓝光照着，不像他的画像，一脸贵气，嘴角微有笑意，如在冥想有趣的一念。“为什么你写得这么好？”他被问道。“我怎知道呢，就像我不知道自己的鼻子为什么这么大。”现在静静瞧着莫扎特的鼻子，要是没玻璃隔着，伸手即可触摸。没那么大，很好看，修长，饱满，隆起，不过死者的额骨鼻骨都是隆起的。最好看的是一枚狭长的灯箱轮番闪动着他的著名歌剧的片段，有小小的木偶，有舞台影像，无可形容，如他的音乐般高贵而开心——这不像莫扎特住过的家，而是一项展览，他成为今日设计者百般调弄的素材。唯在窗前俯瞰楼下的旧街巷，我心里莫扎特了一下子：他想必经常站在窗沿往下看，看下面的石铺路马车经过。离开时又在楼梯拐角特意停了一停，据说海顿曾来这里看望他。1784 年，莫扎特 28 岁，海顿 52 岁，小伙子会在这儿迎候海顿吗？我在楼梯间看见这一老一少了：脑后的假发束耷着蝴蝶结，脖梗衬着层层翻卷的高领，彼此拥抱，亲吻，笑，说着我听不懂的德语——“我以自己的荣誉向您发誓，您的儿子是我所听过的最伟大的作曲家。”当海顿对着莫扎特的父亲禀告这段话，就在我今天徘徊的房间么？

下雨了。半小时后我已停在旧城北端贝多芬家门口。莫扎特逝世翌年，1792年，贝多芬定居维也纳，长住35年，搬家又搬家。我所拜访的MOLKER BASTEI 8号是他停留最久的一处，前后8年。从圣史蒂夫大教堂快步走去，大约半小时吧。他不在家。

于是此行难忘而惚恍的一瞬，发生了：在门口的雨中我竟回到上海，而从昏暗楼道走下来的几分钟，我像是一只鬼，居然身历其境想起《罪与罚》：当拉斯柯里涅柯夫劈死了老妇和使女，蹑手蹑脚，逃离现场——不，不是想起他，而是悄然下楼时我仿佛变成了他——忽听得底下有人上楼来，他闪身躲进二楼一间空房。待来人说着话一层一层走上去，他蹿下楼梯，溜出去，大门口没人看见他。

这妄念仅只几秒钟吧，此刻也没人看见我。怎会起这等奇想？我暗自惊讶。是怀想陀斯妥耶夫斯基的小说么？仍是少年时代的上海，少年时代的阅读，是旧上海哺育了我的欧洲想象，包括初听贝多芬——初听的时光，哪想到有一天真会走去拜访贝多芬，到了他家，又岂料念及少年时代阅读的《罪与罚》。

穿过毗连8号公寓的好几重回廊，欢快的雨，家家窗户缀满入秋的爬墙虎，贝多芬的邻居们躲在屋里干什么呢。在对街的咖啡馆擦拭满头雨水，叫了一碗汤，满座没人知道我刚才躲在贝多芬家的楼道，突发奇想。雨住了。绕回老公寓前门，我又一层一层上四楼，此前的闪念变得遥远而不可思议。一位中年男子默默收票，我于是听见自己的鞋踩在贝多芬家地板上——如莫扎特家，这一层全属贝多芬使用。他们真如传说中那么贫穷么？一架狭长的18世纪老钢琴，两扇窗户间竖着他咬紧牙关的青铜像：这是我最喜欢的一尊贝多芬雕像，盛年，挺着胸，一定像极了他。没有莫扎特家那么多装置，客厅空空如也，像是主人才刚搬来，或将迁走——据同代人回忆，他晚岁的居室零乱异常，夜壶，手稿，破钢琴，统统很脏——邻室有一具台座式小音响，一排摁键标明十数曲精选的贝多芬。我坐下，套上耳机，刹那间，他复活了，天啊，就在他家。现在是序曲《艾格蒙特》，意气扬扬，和弦齐奏那么四下，又四下……1977年，贝多芬在中国被准许播放。是在我回向苏北农村的火车上，华东旷野，春寒料峭，车厢里忽然播出《艾格蒙特》，青春，骄傲，低音和弦的齐奏猛然四下，又是猛然四下，伴着车轮的轰响——要是我懂五线谱，抄那几句印在这里该多好啊——劫难过后的大地，贝多芬不知道一个中国青年怎样聆听他，怎样记得他。贴近双耳的音效就像在脑袋里爆发精致的轰鸣，周围静悄悄。我在贝多芬家里倾听贝多芬，他家的地板，他家的墙。身后玻璃橱柜停着主人咬紧牙关的死亡面膜——莫扎特那具面膜多么不同，伟大的人，生命终止，性格犹然——贝多芬会想到有一天各国的陌生人坐在他家，使用这样的器械听音乐么？我扭头看他，真想说：嗨，路德维西先生！您听听，您听听！是啊，他的时代倘若有耳机，他兴许能够听见吗？

浪漫主义，似是而非的词

下午4点钟了。我继续走。旧城的更北端，街道渐渐平凡而凄凉——很想描述这一路，很难描述，一度我以为找不到舒伯特的家——接近闭馆时分，我走进这座18世纪的平民院落，一方小井，竖着铁制的杠杆，后院有白桦树。他家在二楼第一间，门边留着当年的灶台，灶沿灶顶是熏黑的墙。1797年，贝多芬迁入今天我两度造访的大公寓，同年，在这里，舒伯特诞生了。

本雅明说：一个35岁上死去的人，留给世人的记忆永远35岁。这话意味深长。舒伯特死在31岁，戴着他那副眼镜，胖胖的，一头卷发。临死那年，1828年11月初，他还试图就教于西蒙·赛赫特，一位著名的维也纳对位学家。已经创作了全部作品的舒伯特还想请教对位学家？！ 11月19日，他去世了。每听他的第九交响乐，我就想：他快死了，而且他知道，而且仍然写，而且他晚期的作品那般猛烈，而且他从未听过自己的交响乐交付演奏，效果怎样——今天上午，下午，我在莫扎特、贝多芬的家不曾想起他们的乐音（除了戴上耳机的一瞬）。为什么音乐记忆会在音乐家故居被中断？他们的房间过于安静了。但在舒伯特家，并非故意，心里几度掠过他的乐句：朔拿大，即兴曲，第五交响乐的调皮的首句，《鳟鱼》明净沉浮，《魔王》的男声从头到尾颤抖着，还有，气贯长虹的第九交响乐第四乐章。至今我没找见他最后一部漫长的四重奏的好版本，第二乐章的惊人独白，如缕不绝……非凡敏感的人，金子般的心。出于高贵的羞怯，他不敢上前和贝多芬说话。历史可能小看了舒伯特。浪漫主义是个似是而非的词。有如父性与母性：海顿、莫扎特、贝多芬的神秘基因在他短暂的性命里多活了一场，古典音乐的架构与逻辑由他实现最后的凝聚，此后即溃散而支离了。

他的眼镜在展柜里斜放着，他与年轻朋友相聚演奏的油画，画到一半。他的家如今和其他房间打通，展室延伸，有一单间空房只挂着他朋友当年画的画。莫扎特的家访客盈盈，贝多芬与舒伯特的家，寂寥空旷。我喜欢这寂寥。在平民的陋室，舒伯特成为舒伯特，人的禀赋无可估量。记得他的人，自会记得他。有位男子与我同时进来，先走了。窗外的街，院子，暮色四合，灯开亮了，是寻常人家将要聚首晚餐的时刻。那灶台。楼梯角有一间偏房，如中国任何小单位的传达室那么小，出售舒伯特的纪念册和数量不多的碟。一个在第八第九交响乐中沉毅雄强的舒伯特，与这覆着井盖的院子，与纪念馆将要锁门下班的时刻，何以对应？

回到圣史蒂夫大教堂附近的旅舍，游客熙来攘往。人世的一切不配音乐，但他们确曾活在人世，住在维也纳——去年我在维也纳待了几天，此刻不记得了。临到旅程尾端，总舍不得走。一早起身，对街窗户里是家私人舞蹈学校，男女舞者再三再四折腰屈腿，练习同一的舞姿。伸出脑袋向街巷尽头看，是那座纪念 17 世纪维也纳人战胜黑死病的纪念碑：1683 年左右，城里爆发瘟疫和饥饿，人们甚至煮食猫肉，郊外，由卡拉·穆斯塔率领的 20 万土耳其军队安营扎寨，包围维也纳……午后的飞机，10 点钟去古董店取来木雕圣彼得。他藏在层层泡沫塑料中，由胶带团团裹紧。小心翼翼放进挎包，背着，在机场又小心翼翼地横倒了，放稳了，缓缓通过进关的检查口。寻到座位，我像是带着一个小孩，双手抱拢他，离开维也纳。

我一时不知停在哪座墓前

■ 陈丹青

因为一份展事的邀请，10月，我再度造访维也纳。去年离开时岂料转眼又来呢，今夏在文字中回到去年的维也纳，停停走走，最先记得的时刻，竟是在贝多芬故居梦游上海了：自己的城市，贝多芬的城市，我竟会当场失落而同时抵达么?

现在那回忆仍未写完，居然又要去了。临近启程的日子，一想起，心里就欢喜。

抵达维也纳的时间是当地夜里七点，中国正当凌晨。寻到机场出口外指定的抽烟处，想起兜里的打火机在首都机场给收缴了。借火点上，神志甫定，久坐的身体终于挺直。身边三五男女各自拖着行李在塞满烟蒂的铁皮罐旁站开，疏密有致而礼貌有加，人手一支，闷头吞吐，匆匆履行这仿佛有罪的仪式，间或目光交接，如难友般一笑：国外的陌生人大抵是有表情的。每年得缘出国走走，小小的、隐秘的理由之一便是不会遭遇冷漠的脸。十小时前，我在北京机场抽烟室也是个面无表情的人，此刻发觉嘴边的皮肉稍微牵动了，而且应了别人的搭讪。

是一位粉紫领带银色西装的小伙子，金发抹得精光滴滑。欧洲80后白领如今穿得是愈加鲜洁考究了。他的面容是他母亲的漂亮翻版，双唇，嘴角，像极了早期好莱坞的欧裔女明星：哪里来？北京？我去过上海（眉毛一抬）！喔！全是高楼（耸耸肩）！我？我从慕尼黑来……赶紧跟他打听慕尼黑交响乐团。

不料他妩媚地笑了："慕尼黑交响乐团？ NO，我从未听过呢。"

维也纳！当车子过桥转弯驰入老城区，活像电脑图片档被打开的一瞬，去年的记忆点亮了：夜灯璀璨的旧皇宫和圣斯蒂夫大教堂渐次出现，远远旋转着。初到欧陆的头一站，头一夜，身心最是醒豁而轻盈，虽有时差的轻微晕眩，而再度到临来过的地方，犹如凯旋。凯旋是怎样的呢？节目还没上演，旅程才刚开始——明天是展览开幕，后天、大后天……未曾造访的一连串现代美术馆总要去的，艺术史博物馆也还得好好看看；上次来，海顿故居修整闭馆，今年想必开放了；几位音乐家的墓地远在郊外，去年特意留着不去，这回得排出一整天拜访的时间；最后，上帝做主，在停留的这些天还能赏我歌剧演出的票子么？

北京将要天亮了。抵达维也纳的第一夜。为了买一支打火机，十点钟前后我发现自己在旅馆周围沿街游荡，遍寻不得，结果在一家太过豪华的酒吧弄到几盒免费火柴。

谢谢维也纳，我真想对全城鞠一躬

环线之内的维也纳街区，我已熟悉，尤其是古董街。没去过的地点藏在地图小号字之间，辨读艰难：海顿故居在环线外城区的西端；部分克里木特藏品在东南端的贝维德雷宫。宫殿近旁有一座二战苏军将士纪念碑，据说维也纳人不愿天天看见，特意为遮挡视线而安置了高高的喷泉水柱……上回一来再来的艺术史博物馆与自然史博物馆面对面——贡布里希儿时，下雨天会被父亲领去看恐龙与蝴蝶——穿过马路，另有一座庞大的"博物馆院落"由帝国时代的马会改建，院内分置几家中小型现代美术馆，其中一馆，便是我所参与的展览所在。

开幕式总是一样的，不写了。这里的酒会晚宴委实很晚，都快九点钟了吧，我这才知道奥地利人喜欢在仪式中轮番讲话，讲好久，听不懂，也无可写。展事过后的大轻松是钻进艺术史博物馆：在长长的偏廊和各大主厅，我又和去年看熟的篇幅默然相对了——这篇文字将要试着描述最后两夜看了怎样的演出，听了怎样的音乐。此刻先忍着吧，何况我并不知道该怎样写。

委拉士开兹那幅浅红色小公主肖像，蓝衣宫娥肖像，还有深棕色盛装的女官肖像，上一回出借，缺席，现在赫然在墙，沉甸甸辉煌着，辉煌得那么朴素，像是经年的楠木。当他描绘宫廷华服的闪烁褶皱，他的神乎其技的右手，被释放了——这手使天下的画家多么绝望啊——廷托累多《沐浴的苏姗娜》、劳伦佐·罗多的《玛俐亚母子和圣艾卡》,被哪国的美术馆借走了,大丝绒墙面空出来。说是经济如何萧条，欧洲每年每季看来照样开办各种昂贵的大展览。单是“美术馆院落”的三五小馆，就有美国老牌大师库艾·汤布里专展（包括从未见过的他的部分雕塑和摄影），有伊贡·斯切尔早期作品的专展（显然他被追认为维也纳分离派最重要的本地画家），一战前后维也纳画家特展中，好几位带有当时的左翼倾向（其中一位延续米勒的主题，反复描绘割草的农民，另一位与柯罗惠支遥相呼应，画着镇压后横尸街头的劳工——20世纪初，据说共产主义形态在维也纳某区有过短暂实践，市政府特意修复了叫做“马克思区”的景观，以示欧洲历史的剧情——此外，还有二战前现代主义诸家占据整层楼面的固定收藏（展品不多，精而全，囊括立体派到超现实主义的欧美名家，一时错觉，好像置身纽约）。

贝维德雷宫好看极了，可爱的德语地区小皇宫，虽是凡尔赛宫的三流仿制，好在小巧，通体雪白，连同裸体勇士驾驭骏马的白石雕，骄阳下看去，白得耀眼。二战期间这里被炸，如今除了园中的雕刻远不及古人，实在看不出是重建。欧洲的皇宫辟为美术馆，诚然是民主与皇权的优美妥协，不可能更恰当了，否则怎么办。如今平头百姓出入其间，偶尔用得着，还能租给电影公司玩弄古装片。皇宫顶层有克里木特专馆，在维也纳看他，每一寸矫饰、华丽、繁琐，全都对了。那介于没落贵族与新兴资产阶级之间的克里木特式趣味，在今日的维也纳早经烟尘散尽，但19世纪末的维也纳叙述嵌入克里木特颓废的注脚，彼此得其所哉，实在两全其美。他也是Art Nouveau影响圈内的当地豪杰，与同期法国印象派与后印象派的放胆实验，毫无关联，反而与他同在维也纳的布鲁赫那与马勒，在我听来，那入骨的矫情倒是几分同调，都逃不掉维也纳有声有色的末世情怀。绘画与音乐的对应既须审慎评说，且难求证：我竟在马勒铺张的声部中“听”出克里木特的维也纳么？我曾像疏远克里木特那般疏远马勒（毫不讲理地疏远），要是在维也纳听一场马勒，譬如他的第四交响乐，或许另有感知——论国民性，讲说同一语言的德国与奥地利，似乎，以我的印象，前者是鲁直的男子，后者是温婉的女流——克里木特和马勒的艺术竟藏有“女性”的神经？总之，维也纳的现场马勒与CD中的马勒，想必是两个。至少，绘画的部分魅力能否奏效，端看挂在哪里，以怎样的场合与形态被看见。不知克里木特生前是否瞧见自己的画挂进小皇宫，几次观看欧洲名画挂在北京，总不对。如果克里木特移来京沪，要不场地突显粗俗，要不是他的风神更形造作。20世纪80年代在纽约大都会美术馆初见他的单件作品挂在法国的写实派印象派厚实幅面中，那些装饰色块何其浮浅。那时我不能见及在他背后的维也纳，现在可以确认了，虽则维也纳的荣耀不在绘画，而在举世无双的音乐。

网络上轻易查获各音乐厅节目单：全年，每天，排满演出。浪漫派歌剧连篇累牍，一出也不想听，可是注意：国家剧院，10月20日上演莫扎特《费加罗婚礼》，10月21日上演贝多芬的《菲德里奥》。谢谢维也纳！我真想对着全城鞠一躬。订票的电子回单一天后即发了来——除了网络订票，维也纳全城所有音乐厅代办其他各厅的票务，国家剧院就在艺术史博物馆斜对过，去年从那里买得北城小厅的《魔笛》戏票，这回终于能堂而皇之走进去，狠狠听一场了。

夜里我在旅馆埋头剥食海顿家的栗子

1809年，拿破仑军队攻占维也纳。沦陷的第一周，海顿去世。稍早，围城期间，一颗炮弹落在他家大门口，他对邻里街坊说：“诸位不要害怕，海顿在哪里，哪里就免于不幸。”这句话现在就印在音乐家故居的旅游手册上，馆内有一幅小小的版画，画着法国兵怎样进攻维也纳。

他老家所在的小街，僻静安详，类似贝多芬的波恩故家，典型十七、十八世纪德国民居：临街小门楼，带一方后院，后院一株高大的栗子树，树下铺满今秋的枯叶，栗子散落其间——我转眼捡了一小堆，夜里在旅馆埋头剥食海顿家的栗子，满嘴苦涩，赶紧罢休了——这儿是位于城西的“风车区”，从英国回来后，海顿买了这幢楼，度过晚岁的十二年，直到去世。第一次见到海顿的死亡面模，第一次端详海顿的白石雕像：介于宫廷的忠仆与老臣，我喜欢他的模样，厚道，智慧，鼻翼嘴边的笑纹诙谐而豁达：“别害怕，有我在。”这样一张脸是会说出这样的话。他长期出任宫廷乐长，阅人无数，亲王干涉他的排演，他就说："殿下，这是我的事情。"出版商不地道，他去一短简："到此为止吧。要么寄还乐谱，要么付钱。"展柜陈列着他的书信与手稿，笔迹清秀歪斜，最珍贵的一份是写在去世当年的遗嘱，详细交代钱财分给谁，怎样分：除了赠与六家社会与教育机构的款项，有份的亲友多达二十七位，其中包括常年的管家、扫街的伙计、送信的差役，还有一位制作点心的厨娘——"6000弗洛令留给制作皇家高级点心的安娜·克莱姆尼策。"老人写道。这是不小的数目：当年两个弗洛令是舒伯特第一首卖出的歌曲的稿费。展墙上贴着几位小人物的放大画像，是18世纪的刻印版画，以不同尺度排列着，望之有趣，初看不知何人，读了遗嘱，再看他们良善的脸，仿佛个个映着海顿的光芒。

二楼一间小小的北房辟为勃拉姆斯专室。有他年轻时尚未蓄须的油画肖像，有他的桌椅、书柜和盥洗用具，还有不知哪位画家悉心描绘的水彩画，画中是勃拉姆斯生前的书房，书案上端挂着贝多芬像。维也纳似乎没有勃拉姆斯故居，什么原因，还是我无知？去年前年政府闭馆修缮，念及勃拉姆斯崇敬海顿，于是将这些遗物取来海顿的家。海顿一定乐意收留的，他可惜没听到勃拉姆斯的《海顿主题变奏曲》，写得多么正派，多么好啊！维也纳后人真懂得体贴音乐的列祖列宗，特意将勃拉姆斯列为海顿家族的一员，也是这份敬意与体贴，当年的维也纳人实现舒伯特的梦想，将他葬在贝多芬身旁。

舒伯特墓台甚至放着一罐可口可乐

维也纳南郊的公共墓园，远比想象的大。从贝维德雷宫一带搭乘老式有轨电车到得城外，单是墓园北端到正门的距离，即车行一站。正门边开着庞大的花铺，买一束黄菊捧在手里，进得墓园，一时想不出呈献哪位音乐家。

早晨下过雨。远近鸦雀鸣叫。墓园望不到边，累累碑石，他们在哪里？沿主道往里走，两边的墓渐渐密集了。十八九世纪的雕匠手艺与博物馆名家只一步之差，几乎每一墓碑缀满真人大小的雕刻，全被淋湿了，有如露天的雕刻展。沿路左一组组雕刻看过去，移步拍照，行到一片半圆的草坪，墓的间距疏阔了：一眼看见勃拉姆斯墓，碑面刻着他的大脑袋，不知为何雕着裸体女子陪伴他；再一看，紧挨着的另一面碑刻着约翰·施特劳斯胡须分翘的脸，被四个小天使和一位女神团团簇拥着。

雨后草泥新鲜，墓台上散着被雨水打湿的花束。我兴奋了，狠狠看着勃拉姆斯。如在展厅无法专注单件作品，我随即回身环顾，不料背后几步开外即是贝多芬与舒伯特，两座墓间隔大约十米而稍微前端的位置，是莫扎特的墓，准确地说，一座小小的纪念碑，碑顶坐着一位铜铸的少女，欠身垂首，典型19世纪浪漫的哀悼相。

这是无法描述的经验。我一时不知停在哪座墓前——勃拉姆斯与小约翰·施特劳斯好交情，我知道的，并收有他俩的合影。贝多芬殁于1827年，翌年舒伯特死。悬想近两百年前，他俩的墓应该不在这里，而他们的陨年早于勃拉姆斯（1897年逝世）和施特劳斯（1899年逝世）足足七十多年，七十多年间，这片草坪不可能特意空置，预留给音乐家。显然，几位音乐家迁葬一处，便于找寻，乃是后人在20世纪的安排。

巴黎拉雪兹公墓葬着肖邦与比才，没去过。凡·高弟兄的墓在巴黎远郊，也没去过。莎士比亚没有坟墓，仅在他故乡教堂设一小小牌位，上书“诗人莎士比亚”，与其他当地死者的牌位列在祭坛下端。亨德尔的墓碑在伦敦哪座大教堂，那年去了，吃一惊：所谓墓碑就在石铺地面，其中某一圆形石面刻着亨德尔的名字与生卒年，游客等于在地面上走来走去，弯腰寻看。巴赫的遗骸曾与另十一位死者深埋莱比锡圣约翰教堂南墙边，19世纪末端才被掘出，由雕刻家确认了与他头颅接近的某一位，遂隆重移入教堂圣坛的底下——上坟，凭吊，是不同的经验。人营造美丽墓院，如此，消殒和腐朽被赋予形式，易于承受。树叶仍在静悄悄滴落雨珠，此刻我站在被淋湿的草坪上，面对五位音乐家的墓。周围层层叠叠的碑刻间不见人踪，唯这片草坪持续有人漫步走来，一位男子拖着行李箱，显然从车站或机场赶来这里，我逗留期间的访者大约十余人吧，各自一声不响，梦游般徘徊，站定，徘徊，然后离开。

亿万树叶轻轻发响，又下雨了。微雨中寻看草坪周围与道路对过几座极之豪华的墓葬，如小小的宫殿，论人工和艺匠，远过于一座今日的豪宅，而今世再贵的屋舍也不可能请到当年的雕工了。墓主是谁？贝多芬舒伯特的墓实在是简朴的，看看周围数十倍之多的豪华墓葬，音乐家生前的世俗地位即便不能说卑微，也绝非显要。以舒伯特的境况而能有这等配置雕刻的墓，他哪来这笔钱。

今天，大片的贵重墓葬或有墓主的隔代家眷前来看看，平日里，唯世界各地的人民专意专程寻过来，为音乐家之墓献上花束——舒伯特墓台甚至放着一罐可口可乐，一枚胖胖的红色塑料心，印着“I love you”字样，想必是孩童的敬献吧——周围树丛中，另有几位墓主是画家或音乐家，拼读名姓，不知，唯碑面缀有竖琴或调色板的雕刻，在 19 世纪，想必是城里若干名重一时的人物吧。

几乎风雨交加了。避在主道尽头的大殿下，远望雨中墓园，我已确认他们长眠的位置。雨歇，沿来路出园，经过草坪，停了停，逐一巡视之前看了又看的几座墓，忽起歉意。不是再见的意思，也不是说，我来过了……故居只剩房间，现在，在墓前，我有理由确认这是我与这个人最切近的一刻，心里或起轻微的波澜，其实怃然空白，远不及听他们的音乐时与之同在而慷慨激昂。怎么办，人心需要辨识物，不然去哪里找？莫扎特的空墓在维也纳另一处什么地方，不是这里的一尊；贝多芬归葬故乡波恩，这座墓据说埋的是衣冠。可我愿意相信就在石雕座下的深处，深处，睡着亲爱的莫扎特与贝多芬：多么安静，再留一会儿吧，这样想着，步履已迈向出口了。

所有墓园美树繁盛，雨后尤显苍翠。这里是阳世的阴间。出墓园，回到人世。沿途杂货店、加油站、广告、红绿灯……老式有轨电车慢条斯理地开着，轻微震荡。今天那束黄菊，我已留在墓园了。

做一个音乐文化远距离的敬仰者吧

■ 陈丹青

音乐不死，伟大的错觉

翌日有法兰克福书展一行，早班飞机，五点起身，天色尚未启明。机场外抽烟，仰看欧洲的明净星空，又想起昨午的墓群，五座雨水淋淋的坟。忽然我热泪难抑，像是受了天大的委屈。他们是莫扎特贝多芬啊，就这样年复一年躺在野外，陷在草泥里。走去登机时不断克制轻微的啜泣，待曙色中进入机舱，这才渐渐平息。

及后追想何以如此，以我的年岁，已知弃绝感伤。音乐存活的方式大异于别种艺术：绘画、雕刻，甚至文学，虽被代代赏读，其实有如遗物。唯音乐，一旦响起，无可争辩的此刻：莫扎特又在自顾调皮了，贝多芬猛然断喝……音乐不死。伟大的错觉。或者不该去维也纳公墓么，原来他们真的死了。

有一个人也死了，永不能来：陆洪恩。“文革”前上海交响乐团副指挥。1968年他破口咒骂当世的罪孽，将被枪决，在痛殴与绝食的间隙，他哼唱贝多芬，就刑前嘱咐一位年轻的同监难友：将来出去还我心愿，去维也纳，在贝多芬舒伯特墓地为我献一束花。

这件真人真事涉及维也纳公墓。11月，我读到那位年轻囚犯的回忆录，10月，我正在音乐家墓园。陆洪恩指挥过贝多芬的音乐。1968年，我与几百个同学在学校目击他及另外十数位死刑犯的公判直播，随即冲出校门，奔向延安西路转角等看刑车逶迤开过。刑车为钢板封闭，不知道哪辆车中押着被击落下腭不能叫骂的陆洪恩。

血腥的一笔。无人问津的旧事。那位难友今已六十多岁，去了维也纳么？倘若早知此事，或将替陆先生呈一鲜花，而凭吊的心情也就异样。如非难友写出狱中的回忆，没人知道陆先生最后一道希冀——其实，是绝望。他葬在哪里？“你痛苦时，会想起我的音乐。”贝多芬对青年华格纳如是说，可是贝多芬从未触及这指向他的音乐的顽强希冀，以及漆黑的绝望。

永远时尚的是莫扎特，他征服时尚

自德国返回维也纳，其间数日溜到布拉格，火车来去各 4 小时。当年莫扎特坐马车要走几天？他少年时到处走穴，家信里开心描述下坡时马车怎样飞快地颠簸，一股子男孩的疯劲。20 日当天下午自布拉格回到维也纳，时已黄昏。在旅馆迅速换穿正装，六点半，出门走向国家剧院，剧院位于奥本蒂那现代美术馆南端，此刻灯火辉煌。

去年观赏《魔笛》，是在近舒伯特故居的城北小剧场“VOLKSOPER”。歌剧服饰既非 18 世纪古装，也非 1990 年代流行一时的当代扮相。怎样形容呢？其实是引入高级时装设计的怀旧版，一端反顾往昔，一端朝向现代，具体说，约略接续 20 世纪一战前后的时尚：大裙摆，束腰，夸张的头饰，简洁的长袍。夜女神的三位侍女一律俊俏的黑皮短上衣，美胸闪烁，妖冶性感，头顶飞起黑色的羽毛；三位男童的设计最可取：19 世纪末都市花呢鸭舌帽，配上呢绒的套装，如寄宿学校的幼公子，倏忽进出，殷勤地唱。总之，维也纳体面地折衷了 18 世纪和今天：那夜，《魔笛》的舞台美学允称剀切，又古雅，又时尚。

永远时尚的是莫扎特。他征服所有时尚。耳听三位仙女围着昏倒的王子吵架般地唱，中音、高音、次高音在同一声部同一节律中竞相追逐，忽抑忽扬，我已招架不住了；当凶狠而冤屈的黑色夜女王一节高一节举起她惊人的花腔，我巴望她多唱片刻，然而给莫扎特一响雷鸣，轰然止住了。三位男童的清脆重唱直令人酥倒，如纯洁的试探，天界的恳求：听我说呀，请听我说……卡米诺与巴巴其诺的二重唱是考验美声的经典段落吧，女歌手唱得是披头散发，双眼闪着要死要活的光。使我动衷的是歌中的爱，还是爱莫扎特？他的二重唱无不是天作之合，最后一幕两位兵丁的重唱何其严厉而慈祥——导演将身穿盔甲的他俩挂在城门上端，像一对金属，悬空歌唱——奇迹：莫扎特配乐的歌词极尽正邪善恶，可是每一角色的滔滔歌声——恶魔、傻汉、坏蛋、怨女、滑稽人——莫不气品高贵，雅隽而善良。

《魔笛》非仅歌剧的绝响。推及莫扎特的年代，人们观赏这般奇异的喜剧，愉悦，欢闹，而且当真。相信天使魔鬼的时代有福了。谁说的那句话：未曾生活在1793年之前的人，不知生活的甜蜜——在莫扎特那里，何止甜蜜——这是一句预告大灾大难的话。莫扎特和他的音乐不该活在大革命以后的世界。路易十四说：我死后哪管洪水滔滔。1791年，洪水到来之前，上帝成全这位金贵的男孩，留下《魔笛》，带走了莫扎特。

我们计较CD的种种版本，实出无奈。现场演出只能比较现场演出。在维也纳听莫扎特是稀有的经验，我不知道那场演出在维也纳演剧史归于怎样的水准。神魂颠倒之际，我仍确认，《魔笛》的演出成熟而专业，即便并非一流的导演或名角，他们使出浑身伎俩。请教当地的资深乐迷或可达致理性的判断，那夜，我放弃理性。

歌剧终场全都像大梦醒来

虽然《费加罗婚礼》上演了两个世纪，今夜国家剧院座无虚席，俨然盛事。本季度节目单标明，同一剧组的《费加罗婚礼》间隔十余日上演一场，十余日间，其他剧目依次排开，轮番重演，包括明天我将观赏的《菲德里奥》。想必维也纳供着为数可观的剧团及庞大的演出管理系统，除非战时，两百多年从未中断。游客若想度过难忘的一夜，端看停留期间是否正有中意的剧目。

除了莫扎特，尚未有缘看过一场我格外喜欢的罗西尼——电视里看《塞尔维亚理发师》，追逐不息的七重唱简直险象环生而惊人地华丽——我偏爱巴罗克音乐的炫技，游戏感，还有歌唱性。在纽约有幸看过六七场威尔第，伟大是伟大的，总不及18世纪歌剧富天趣而见性情——非指角色的性情，而是通篇歌剧的神采飞扬——堂尼采蒂、贝里尼和比才，各听一场，也好听，当年初看不识趣，现在再听，感知会是两样。近时读萨依德谈论音乐家晚年的书，这样一位终身苦想的哲学家居然隔三差五混在音乐厅，及古见今说起来，不是如数家珍，而是线索繁复的潜沉而浸淫。眼瞧活在欧洲大文明中的随便哪位听客，如我似的所谓音乐爱好者，说句业余话（感）也得动用羞耻心。

出于无可解释的愚蠢，我弄不清剧情——包括电影、话剧，甚至小说——《魔笛》，尤其是《费加罗婚礼》，究竟怎么回事？我至今糊涂。但是，譬如，那夜魂灵出窍的段落是第二幕尾声的五重唱，五位角色同时唱出猜忌、焦虑、试探、嫉妒、尴尬、掩饰、恍然大悟、悔不当初、赶紧辩白、充耳不闻……当五种嗓音最后汇集为一片高音区的美丽混战，我完全被弄糊涂，同时，分明听懂了。这是音乐还是莫扎特的神效？那天幕布分开，费加罗与苏姗娜你言我语唱起来，我忽然明白歌剧真的是"剧"：它从头到尾忙于叙述，歌词只是中介，叙述的语言，是音乐。多么神奇，我听懂了完全不懂的德语。莫扎特说："歌词必须是音乐的恭顺的女儿。"对啊，阅读歌词不会动情，台上唱起来，这才七窍生烟。如此，异质的文化，他知道吗，一个不懂德语的人照样领会他以音乐宣读的种种人性。

是夜《费加罗婚礼》的全套班底看来比《魔笛》剧组尤胜一筹，可惜说不像样，除非现场。要角儿甫一登场，令人神旺，俨然来历不凡。其实我哪里知道来历，也不知他们在圈内的声名。有那么一种面相、气质，寻常罕见——多年前曾在米兰斯卡拉歌剧院休息厅遇见年迈的贵族，今晚的观众堆里又见城里面格外精雅而颓废的淑女士绅，他们平日隐着，有歌剧的夜晚，翩然而来——伯爵那张王侯似的马脸，瞬息万变，狼狈之际也自仪态可掬。夫人，翼翼矜矜，一身贵气，歌吟时缓缓来去，那么专注而真挚地换气，像是唱给自己听。有些歌剧导演不用名角，应有道理：歌剧是一整体，明星夺戏。是夜几位配角的活色生香演来故意过那么几分，毫不用力。每一歌喉固然天资颖厚，几乎笔笔送到，临场动静，松爽而练达。这样的功力，似不见于美国的古典歌剧，虽说美国演员多有欧洲血缘，兼以重金豢养常年献艺，水准固然可敬，然而欧洲阵容总有天然的优越感，维也纳歌剧台风的雅驯而克制，今夜领教，深得我心。

20 世纪 70 年代年以来，欧美各国录制大量歌剧影带，虽看得不多，稍一回想，各有千秋。英法荷德意大利的歌剧如今怎样（作张作致）？此前无缘观赏，没有比较的荣幸，只觉得今夜是维也纳歌剧在维也纳玩，《费加罗婚礼》到底源出自家，本色见人——要命的还是莫扎特。他的歌唱部分饱蘸音乐性，器乐部分充盈歌唱性：有时，主唱的功效成为伴奏的伴奏；有时，伴奏与歌唱的旋律宛然同一。行内术语怎样指称这令人晕眩的伎俩？我该凝神倾听他的伴奏还是歌唱？二者同样好听，而且使彼此更好听。

悬想 1786 年观赏首演的维也纳人，他们委实作难：此前的歌剧想必从未被赋予如此密集的能量，太过应接不暇了。他步步控制全剧的主题，同时，又仿佛只为音乐的任意放纵——我更同情前《费加罗婚礼》时期的莫扎特：他观赏别人的歌剧，急得流泪，他心里知道，以一位天才的全部直觉知道：歌剧尚有无数从未动用的可能性。《后宫诱逃》已然妙不可言，虚掷着多余的才情，不知美丽透顶的旋律该扔在哪里；直到《费加罗婚礼》，他满蓄胸中的乐音这才光芒万丈——既指向音乐，也指向人性——彼时的维也纳人被照得睁不开眼睛。我猜，当他亲自听完全本的舞台演出，恐怕和难以消受的观众同样惊异。

不可能描述一场进行中的歌剧。专注、狂喜，接连不断的惊异，消耗体能，人得喘息，而莫扎特不容你片刻分神，我徒然巴望浑身调集更多的神经。这是聆听 CD 不可能发生的经验，交响乐或如萨特所言，宜于单独倾听音响。歌剧是辉煌现场，人造的奇境，从中古教堂到近世的剧院，黑压压观众屏息倾听，实在是人类极尽奢侈的崇高行径。可恶的音乐！歌剧通常 3 个小时：一曲唱罢，又一曲唱罢，最后一场误会百出的戏今晚演得稍嫌纷乱，当谜底拆穿、解开，众人被光束照亮，齐集站拢，由伯爵与夫人先后唱出那首和解而宽恕的歌——夫人稍一静默，接过伯爵的尾音，悠然启唱——我又被无可抵御地感动了，不完全因为歌曲（至少听过一百遍），而是演出结束了，我得从晕眩的幸福中坐起。歌剧终场全都像大梦醒来，谢幕，谢幕，演员们端着各自本来的脸从幕布后鱼贯走出，彼此拉着手，开颜欢笑。

在终场的狂欢中，我想，全场忘了莫扎特。他睡在草泥里。前些天我去墓地看望他了。

器乐的贝多芬苏醒了

领取衣帽的柜台前排着长长的队伍。散场的拥挤。观众如被歌剧吐出的渣。三小时前大家在这里纷纭进场，神完气足，像是隆重领受莫扎特的接见——国家剧院东门外的大街与圣斯蒂夫教堂连接，10点后游人仍然摩肩擦踵。有什么好开心呢，瞧着满街路人，我斜眼怜悯：他们今夜没看《费加罗婚礼》。我也被歌剧抛弃了，夜风中穿过街道，如一只狗，找个地方吃几口夜饭。吃饭有什么意思。

翌日大晴。二度造访尽是雨，现在所有被太阳照亮的维也纳屋顶高兴起来。夜里还有一场《菲德里奥》，简直救命。白天只是游荡，在小皇宫北侧街区又发现几处古董店，老掌柜仔仔细细从玻璃橱取出物事，我已心不在焉。到处好太阳，大街和楼宇的一段段阴影也是晴。忽然认出去年躲雨时喝汤的咖啡馆，忽然发现一转弯即是通向贝多芬故居的另一条小巷，忽然我又站在老公寓的门洞口了：不再是初到的感觉，现在这里仿佛是有所约定，存着秘密的地点。鬼一般走上四楼，我站了好一阵，像是侦探自己的踪迹，求证去年的梦游。不知是催眠还是暗示的神效，俄而，我又像停在少年时代哪位上海朋友公寓门前。

正午时分，全楼仍然空无一人，阳光，大静。《菲德里奥》就在这里写成。晚上我要去看。上回没注意门洞边的铁皮框，住家名姓一格格排满，四楼那一小格印着贝多芬的名，好像他还住在这里。

座无虚席。今晚另一班人马，乐队似乎更好，年迈的指挥也像个老臣，一出台，掌声四起。布景全换了，那么写实的无产阶级情境——18与19世纪紧密衔接，莫扎特和贝多芬前后同代，可是《菲德里奥》像是一出革命戏：工人，军警，对抗，囚禁，无产阶级家庭，最后一幕的欢唱集中那么多演员，放声高歌，非常德国，非常19世纪，但还不是写作《欢乐颂》的那位贝多芬。看来早在19世纪初叶，失聪的贝多芬已是左翼的先驱。

一场艰难的倾听，高贵的意外。当然，序曲来势汹汹（卡拉扬版本雷霆万钧）。此后的歌唱，峰峦叠起而崎岖难行：要么是他决意摧毁传统歌剧的原则，要么他的天资委实是在器乐，莫扎特手到擒来的歌唱性成为贝多芬顽强的自我折磨，句句“必须如此”。分开听，剧中唱段曲折百回（单是听乐句和情绪的微妙转折，美极了，尤其是父女俩的深沉对唱）；音乐变化层出不穷（伴奏部分结构精心有如交响乐，我竟能不理会歌唱，分一只耳朵听），但二者似乎不在同一音乐的洪流中。我从未听过像《菲德里奥》这样被滞碍，被自己恼怒，同时被竭力制伏的乐思：很难进入这乐思，他的不容辩驳的征服感在《菲德里奥》中变得像是要征服他自己，以至，好几次，我竟等着这一曲唱罢，下一曲如何，其间分神，想起中午还在这个人的旧寓的楼道里发呆。

下半场似乎是另一出剧，器乐的贝多芬苏醒了。号角从远处吹响，“莱奥诺拉”主题直如曙色初动。之后，有一阵，歌唱止息，幕布合拢，“莱奥诺拉”跌宕前行，完全不顾这是一出歌剧，由那位老头子忘乎所以地指挥着，精彩极了——原来这首序曲竟是《菲德里奥》的一部分，此前我懵然不知——终于他从上半场旅程中奋然挣脱，以猛兽般的能量向歌剧反扑，如一举报复。幕布拉开了，台上站满了人，像是造反成功，又像是癫狂的颂唱，几道女声的集体音量一重高过一重，如哥特式教堂的尖顶竞相向上：那是在莫扎特时代不可想象的人声的规模，贝多芬重又成为他自己的迪奥尼索斯。相对于莫扎特，他以不同的方式证明歌剧的力量——是力量，不是魅力——在自己唯一的歌剧中伤痕累累，他以光荣失败的姿态赢得胜利。倘若不是昨夜刚听莫扎特，《菲德里奥》仍是一部伟大的歌剧，激情澎湃，始终紧握的能量，这部歌剧的内在的复杂性远胜于后来威尔第华格纳最富野心的作品，但是吃力，不易听。我因此隐约察知 19 世纪的文化初衷，望见真的前卫与实验性在贝多芬手中怎样势在必得，竭尽全力。他使音乐的一切再也回不去了，就在我到访的那间房间，《菲德里奥》将他撕裂，同时，撕裂了 18 世纪和 19 世纪。

现代人跨越洲际、跨越文化，轻易而漠然

谢谢欧洲。翌日仍然大晴。此行维也纳最后一天。如在盛宴的盘子里舔最后几口，黄昏登机，白天紧急游荡。又去了古董店。新到一尊圣女木雕，危然欠身，双手正要合十，典型哥特风：To be or not to be？去了那家去年走熟的老镜框铺，包回四只小小的旧框。去了昨天发现的一家豪华拍卖行，巡看从门厅到三楼的几十尊 18 世纪宫廷雕刻。欧洲总有这类王侯宅邸变为公司，没人看守，如入无人之境。

奥本蒂那现代美术馆有一幅朴素的水彩画写生，画的是由北而南望的维也纳远眺，署名年份正是贝多芬离开 MOLKER BASTEI 8 号公寓的 19 世纪初，郊外乡道走着马车，城里高耸圣斯蒂夫教堂和皇宫的天顶——除了意大利，我尚

未怀抱一种对城市的爱如同维也纳。绘画是物质，眼前这块画布，笔致历历，就是那个人。我不曾刻意寻访画家的故居或墓冢，进博物馆我就与他面对，四看无人，偷偷摸一下，像是触他的衣襟。音乐与音乐家，到底怎么回事？贝多芬在郊外写成他淋漓艰深的晚年四重奏和最后几首朔拿大，我没去那里。地图标明贝多芬夏屋的位置，包括他散步的路径："我爱一棵树，胜于爱一个人。"我总记得他这句话……国家剧院斜对过一座公园里竖有巨大的勃拉姆斯雕像，隐在树丛中沉思，脚下是一位悲痛欲绝的女子。他在晚年照片中有如大胡子乞丐，神态则如一位沮丧而沉静的摩西。我对他的敬意和理解——假如敢说理解的话——与日俱增。他并未被贝多芬笼罩，而是与浪漫主义时期的交响乐意识分庭抗礼。我在他乐句中不想起贝多芬，而是，以前瞻的名义，常由贝多芬的作品而想起他——今日维也纳的现代艺术，当代音乐，我完全不了解，还有许多地方没去。做一个音乐文化远距离的敬仰者吧，我已幸福到近于奢侈。想想陆洪恩。

下午的最后一项去处是圣玛莉亚老教堂。昨天，楼上陈列祭坛画的小博物馆休息，今天转了转，倒是几件18世纪的无名水彩画质朴动人，画中是1793年之前的奥地利乡村，多么恬静。在教堂小卖部买了画册，见有果蔬：一种新摘的不知名的果实，状若枣，迷人的粉青色。问那神学院学生模样的雇员，回说产于维也纳郊外，"试试！只要吃一口，你就不肯停！"

出门后连皮带肉抿了一颗，果然，清甜而阴凉，味如猕猴桃，然而不酸。噙着第二颗果子，我旋即回身小卖部禀告年轻神学家。他的灰眉毛立刻挑高了：

瞧！我早就告诉你，早就告诉你！

出发厅的抽烟室设在机场酒吧，小极了，像个玻璃电话亭，仅容一人，如关禁闭。飞往北京的候机室全是同胞。戏完了，收摊了，巨大的幸福之后，身体反应是闷头昏睡——历经一场磨难也是这样的——没听见起飞。醒来，视频显示已经飞离欧洲，指针箭头刚移过莫斯科，指向西伯利亚。当年陀斯妥耶夫斯基的流放马车途经欧亚交界，泪如雨下，现代人跨越洲际、跨越文化，轻易而漠然——不要想维也纳，也别去想北京。这样地告诫自己，我又渐渐昏睡。

红革紫姜九股苗

——1969年、1869年与2009年纪事

■ 葛兆光

在漆黑的大山里迷路，可不是好玩的，我急急地沿山壁往回走，突然看见荧光闪烁，着实吓了一跳，定睛看去，原来是乱葬坑。这些枯骨，是张秀眉手下的将士，还是川湘远道来的清兵？历史的缘分仿佛草蛇灰线，看上去泯灭无迹，底下却藕断丝连。四十年前的回忆和一百四十年前的历史，似乎重重叠叠成为剪影，怎么理解苗族？怎么理解反抗？怎么理解文明与野蛮，以及秩序与自由？我反复思索。

缘　起

在2009年末写这篇文字，追溯40年前的往事，遥想140年前的历史，连自己想来，也觉得有些过于讨巧。

40年前的1969年，是我在贵州苗寨插队的第二个年头。那一年起，原本就少得可怜的口粮和费用补助停了，父母还在牛棚中根本无法接济自己，大队干部也不再因为知青初来乍到而跟你客气，自己必须要挣工分、找口粮、换现钱。我开始学着做砖瓦挣工分，《老子》里面把做砖瓦叫“埏埴”，说起来好听，但实际上是重体力活儿。先得牵了壮硕无比的水牛踩泥，泥踩糯了之后堆墙，把泥墙分片，用泥弓割瓦皮，小心翼翼地把瓦皮托起，裹在四个棱的瓦桶上，蘸水打拍结实晾硬，按棱分开四瓣，最后把晾过的瓦片码好阴干，此后就等着进

窑烧制了。干这个活儿，一是闷，没有人和你讲话，二是饿，据说这活儿最累人，三是等，天一下雨就没法做，山寨里不可能有带顶棚的瓦场。

可巧的是，这一年单个儿做瓦，便因为夏天总下雨，倒有很多时间四处走。记忆中很深刻的是，我常常看到百年以前苗民领袖张秀眉和清帝国军队打仗留下的遗迹，先是在我下乡的白腊附近，后是在我无数次经过的香炉山中。张秀眉和包大度聚义军遭遇席宝田率领的清兵，他们且战且退进入这一带的时候，正好是百年前的1869年。为了这一巧合，我曾费尽心思找到一部《清实录（贵州史料辑录）》，在如豆的油灯下把有关张秀眉和包大度起义的资料抄在几个作业本上。

有时，历史的缘分就仿佛草蛇灰线，看上去泯灭无迹，底下却藕断丝连。几年之后，我离开了这个地方，原以为走出那个虚耗青春的地方，便再也不会有什么瓜葛，可没想到四十年后，这些记忆却再一次被翻动。这些作业本伴随我走北转南整整四十年，2009年一个细雨绵绵的日子里，我重新看这些发黄的字迹，觉得心头很感慨，究竟是为什么？我也说不清楚。四十年前的回忆和一百四十年前的历史，似乎重重叠叠成为剪影，边缘的和中心的，历史的和记忆的，书本上的和田野中的，无意中看到的和有意去发掘的，似乎散乱而纠结，好像一支毛笔沾了一点水彩、一支毛笔沾了一点墨汁，当你把两支笔端浸进一盂清水，黑色和彩色渐渐化开缠绕在清水中，形成一种奇怪的图案，低头看水，脸映在黑白五彩相间的水面，水面晃动，面影漾开，渐渐模糊不见。

于是，我把这1969、1869和2009三个并无干系的年头重叠在一起，写下这既非回忆，又非历史，也不关现实的一段文字。

一　1969……

白腊是清平镇管辖下最北边的苗寨，再往北越过深深的峡谷就到了重安，重安归黄平县管，我很少去那么远的地方，但峡谷对面江边的麻风村，却偶然去过一回。白腊寨和麻风村之间的峡谷里整日雾锁云遮，高的树有笔直的杉，略弯曲的松，矮的树则多是青杠，当地人叫它麻栗，既是上好的柴火，也是烧木炭的原料。密密的树林里散发着植物腐败的闷气，或许就是“瘴气”。《苗疆闻见录》里说，黔东山中，“瘴之扑人如风之过，早间之气多似硫磺，时至午后，则有如兰麝者，体气壮盛人能耐之，然服姜桂或辣椒、胡椒并烟酒者，亦能不为所困也”，这只是耳闻。毕竟我在那里多年，从没有被瘴气所中，只是偶尔被漆树所中，肿得个满头满脸，苗民教我们用韭菜捣烂来敷，据说，是因为“九（韭）”比“七（漆）”大，所以能克住。树林中会不时传来画眉的叫声，偶尔也会蹦出一两只山鸡，运气好的话还能遇见猴群，不过在我下乡的那几年渐渐少了，据说20世纪世纪五六十年代两广人来此地收购猴子，当地人希图几个小钱，便用酒拌了糯米饭，着实麻翻了好些猴子，绳绑笼装地送上了不归路，从此猴群便如惊弓之鸟，轻易不露面。

1969年，已是插队的第二年。“远离莫斯科的地方”仍然归苏维埃管，“文革”虽然已是强弩之末，但阶级斗争仍余响绕梁。城里的革委会忙于钩心斗角，根本顾不上下乡的知青，但公社干部却不得不秉承“最高指示”，还得绷住“阶级斗争”这根弦。始终在主流之外，还多少捣过一些乱的我，就像毛语录说的那样，“捣乱失败再捣乱再失败直至灭亡”，逃不过如来的手掌，被安置在这个苗寨下面一个叫“大田”的生产队里，归一个叫占荣的苗族干部管辖。不过，或许是硝烟渐散，占荣并不总来管我，有些茕茕孑立的我，打心眼儿里不愿和大伙儿一道干田里的活儿，思来想去，选择了做瓦。但一个人干活儿，渐渐变得更加形单影只。人毕竟是群居动物，尽管书上总是教人卓尔不群、要寻求清净，但真正一个人独处的时候，却常常百无聊赖。在阴雨中闷了半天后，实在憋不住，便腰插一把尺来长的柴刀，进了白腊山中，半是为砍柴，半是为消解胸中的郁闷。

从大田到白腊原本有一条常走的路，但阴错阳差，也不知脑子里想些什么，却旁行斜出往西北方向乱走，西北方面是大山，要翻过五六十里渺无人烟的大山和深谷，才能到另一人稍稍稠密的大风峒，那里有熟识的知青。不过，我从来没有真的走到大风峒，只是头一年为了修水库，往那个方向走过二三十里，说是修水库，其实多是糊弄县里“水利建设”的号召，找一个偏僻地方筑一个坝，就算个水库。隐隐约约记得那个地方极幽深，斧劈一般的峡谷，两边野羊走的山径很逼仄，稍开阔处有一道差不多二十米高的飞瀑，飞瀑下面是一个水潭，瀑布后面有一个凹洞，大约四五米深。据说洞中有洞，但没有人证实过，只是听苗民说，曾经有人在洞里向外看到豹子，吓得不敢出声，居然豹子隔了瀑布，也没有发现里面的人，伸了长长的舌头，吧嗒了半天水，呼啸一声便大摇大摆地走掉了。

不知什么时候雨停了，天色却渐渐暗下来，山风也开始呼啸起来。再向山中走去，突然抬头，发现这座山山势很怪，上面仿佛巨大的屋檐，凹进去很大一片，使得大约有方圆十来丈的一块，因为蔽雨而终年不湿，便一脚低一脚高地走进这一大片杂草丛生的地方。隐隐约约看到前面有一簇蓝莹莹的火光，走进去十来尺，又觉得蓝光在左边，再走前去十来尺，却觉得蓝光不见了，大着胆子划一根火柴，却发现中间有一个长满了藤和草的土堆，旁边零星散乱地有三两根白骨，心里直打鼓，因为听说过“过癞”，当地苗民说，早年麻风病人的骨灰会被弃置在一个大坟堆里，谁要是不小心踩上去，里面的骨灰如同败絮，会“噗”的一声扬起来，于是就“过”了“癞”了，换句话说，就是踩上的人便因此染上麻风。

我差一点儿就想转身，可就在这时，闪电光中，我看到了一个大约有近两尺长，一侧砍成锯齿状，通身似乎浸血而变得发黑的木块，“贼酋张臬迷（秀眉）传令，多以木竹尺为号，尺先歃血，以刻齿多寡为缓急，按寨递送”，这个从不知什么文献中看来的句子，不知为什么，突然在我脑子里划过，让我顿时停住脚步。

二　1869……

一百年前的同治八年（1869），天气时晴时雨地变化多端，战局也好像拉锯似的起伏不定。正月里，来自湖南的席宝田（1829 ~ 1889）率领湘军和桂军，终于收复了被张秀眉、包大度占领许久的头寨，二十七日又攻下了古城镇远。有了镇远，官军顺势而下，从金钟山逼清江北岸，控制了施洞口。施洞口太重要，因为从这里可以“东取台拱，西南复丹江、凯里，西北而疏通驿道”。看来，几年来始终让清廷不安，“一日数十惊，一地数十战”的阴霾消散了。谍报传来消息说，张秀眉和他的部下向清平一带仓皇撤退。不过，要想清剿苗民的残部，打通从湖南到贵阳的大路，必须从镇远经黄平下重安，可打通这一道路并不容易，特别是木老寨、黄飘一带，山高林密，多是苗人出没。

那个时代的清水江流域，半是水边的侗人，半是山上的苗民。施洞、黄平、清平一带苗人居多。传说中，苗人分生、熟，官方的记载说，生苗“多野性，所食皆生物，出入带镖弩，入山行猎，近水捕鱼”，像所谓九股苗，“性强悍而喜猎，头出入长戴铁盔，前有护面，后有遮肩”，三个人合作拉的弩箭，连最厚实的皮甲也能射穿；还有紫姜苗，“其性轻生好斗，如遇仇人，辄生啖其肉”。可是，湘桂官军因为连下数城，便显得有些轻慢。三月里，记名按察使黄润昌、江西即补道邓子垣从镇远取道瓮谷陇，开始向黄飘进军，一路上军旗猎猎，鼓角相闻，春天的苗岭，满山遍野是红的杜鹃花，坝子和梯田里是黄的油菜花。可是，就是在这个春天的黄飘大山里，官军遭受了有史以来最大的耻辱，一万多人的官军最终只逃出数十人，据说副将徐启瑞、沈得彪、游击覃祖德，“不敢逆缨而退”，被气急败坏的席宝田亲手斩于阵前，而席宝田本人，在惨败之后，也向朝廷请假养病，回了湖南老家。

野外埋枯骨，荒郊锈箭矢。百年时间并没有让历史湮没。大概是 1975 年的冬天，因为粮尽钱绝，困在黄平十几天的我百般无奈，曾经在雪天徒步六十里，翻越白雪皑皑的黄飘大山，去寻找最近的火车站。在那个“千山鸟飞绝，万径人踪灭”的大山里，偶尔路过一个苗寨，听到围着火塘的男女在唱“活着在这里忍受，死了在这里埋葬”(《张秀眉》)，让人遥想当年战场硝烟和刀光剑影。据跟随席宝田去过那里的徐家干记载，战后到黄飘“收残骨，有百余石，内有枯颅一颗，大如斗，好事者权之，重十八觔，在营将弁咸指谓荣壮武者”。荣壮武叫荣维善，以力大无比骁勇善战著称，却也照样死在黄飘苗民叛军的手下。

仿佛心情也会传染，黄飘大捷，席宝田败走，让张秀眉也懈怠。当时，有个曾在太平天国翼王手下叫李七的广西人，告诫他要警惕清军卷土重来，并指出敌我力量悬殊，尽管一战告捷，但毕竟官军武器精良，苗军虽然一时获胜，但骁勇的万官保牛去年战死之后，已经伤了元气，而且十几年苦战，已经是三鼓而竭。所以他出谋划策，征集各种船只，“乘春水涨发，引众浮清水江东走”，直击湖南和湖北，这原本是围魏救赵的计策，但张秀眉却“恋于室家，又虑离巢失险”，并没有采纳，反而准备向东南面的雷公山、乌鸦山一带深山转移。临走前，让部下执了凭信，火速经重安，下白腊，过清平，去联络还在香炉山上的阿马，火速来乌鸦山一带驰援。

凭信就是用坚硬无比的木头刻成的尺牌，上面涂了血，一侧的刻齿很密很多，象征着军情火急，这会是一百年后我在山里看到的那根尺牌吗？

三　2009……

在研究室中，看这些记录了张秀眉历史的笔记，又找出各种有关贵州苗民的图册和文献翻看，不觉滋生很多疑窦。

清水江和都柳江流域，特别是大山深处，有很多苗族聚集的村寨，后世的想象和追忆中，似乎在大清帝国治下，虽然也有贪官污吏和苛捐杂税，但还算相安无事。你看各种《苗蛮图》，就知道皇帝和官员的心中，总希望这些苗民乖乖地在那山水之间歌舞升平，在稻菽田土之中耕作收割，最多也只是用弩矢猫夹打打猎，所以画的总是“春种秋收”、“男猎女耕”、“逐鹿网雀”、“芦笙跳月”、“傩戏祭祖”，虽然多少是异风殊情，总还算是帝国怀柔下的顺民乐土。但张秀眉起事却如“渔阳鼙鼓动地来，惊破霓裳羽衣曲”。在清代朝廷眼中，这些造反的“苗人”必然是“生苗”，清剿这些叛乱的“生苗”，仿佛是维护王朝的“秩序”。按照传统观念看，镇压和清剿是文明对野蛮，何况张秀眉与太平天国互相呼应，搅得天下大乱；而用现代观念看，也可以把他们视为苗族反抗满人（或汉人）的种族之争，或者受压迫者反抗压迫者的阶级斗争。

不过，事情要复杂得多。在张秀眉起事中，参与其事的不止是“生苗”，也有“熟苗”，即使是熟苗也要细分，据说有些苗民原来并非苗民。据文献记载，他们中有从江、楚迁徙而来的汉人，时间长了，和当地人通婚，渐渐染上异族之俗，“清江南北岸皆有之，所称熟苗半多此类”。古书记载说，他们和当地苗民不同的是，这些人多以种田为生，不像熟苗那样渔猎兼营，刀耕火种，也不像生苗那么信鬼师，“家不祀神，只取所宰牛角悬诸厅壁”，还有一个特别之处是，他们倒是常常供奉“天地君亲师”的牌位。

近来常常有关于民族是“历史形成”还是“逐渐建构”的争论。过信旧经典的学者，有时会说“窜三苗于三危”的三苗，就是现在的苗族祖先，迷信故事的学者，也会把战国楚国的熊氏、三国七擒孟获的孟获，都和苗族连接起来。可是，迷信新理论的学者，有时也会把洋人的话当真，觉得苗族可能就是一些在生活、语言和风俗上互相认同的族群，由通婚、结盟、互助而在某个区域渐渐形成的，并不是一个由原初“核心民族”发展起来的。曾经看过日本人鸟居龙藏20世纪初写的《苗族调查报告》，骨骼、体质、语言、风俗样样详细，不过他也还是不太能够说清苗族的来龙去脉。我想，本来长江水系的清水江和珠江水系的都柳江之间，就是一片你来我往，交错叠出的区域，在那里久了，也会觉得同在苗族与苗族之间似乎差异也很大，穿长百褶裙的和穿短百褶裙的，包大裹头的和戴头巾的就不同，更不要说“生”与“熟”之间了。可他们曾经同仇敌忾地面对清朝的军队，在一百四十年前上演过一出轰轰烈烈的大剧，主角就是张秀眉。

怎么理解苗族？怎么理解反抗？怎么理解文明与野蛮，以及秩序与自由？在窗明几净的研究室中，我反复思索。

四　1969……

雨渐渐停了，周遭黑得吓人。山风越来越大，不知什么野兽的声音，断断续续地随风飘来，让人觉得凄厉。在漆黑的大山里迷路，可不是好玩的，我急急地沿山壁往回走，不知过了多久，突然看见又有荧光闪烁，这让我着实吓了一跳，定睛看去，原来又是一个乱葬坑，中间拱起大土包，土包的四周散乱着些枯骨与朽木，这些枯骨，是张秀眉手下的将士，还是川湘远道来的清兵？

很多年以后，我仍然记得那天死一样的寂静和墨一样的黑暗，除了风声之外一片沉寂，除了荧光之外一切都隐入黑洞，山影和密林使人变得格外渺小，我手中仅有的一束麻秆火把，能照亮的只是身前身后，火光之外全是黑暗，莫名的恐惧渐渐袭上心来。我深一脚浅一脚地不知道走了多久，当时的感觉是好遥好远。当我筋疲力尽地绕过一块水田的田埂，在狗叫声中推开一家黄泥涂的竹篾门，才大吃一惊地发现，原来已经到了离我的寨子仅两里路的白沙井，这屋子的主人便是同一生产队的苗民老杨。看到我，他也很吃惊，怔怔地抓着柴刀。

后来他才告诉我，狗叫得很凶，他以为来了大猫（就是老虎），因为猎枪已经被政府收缴了，只好抓起柴刀来。我想起来，大概是三年前吧，有一只饿极了的老虎想吃牛圈里的牛犊，可苗家的牛圈都是挖地为坑，上架木栅和草棚，结果老虎急中出错，牛没有吃到，四脚却误陷在圈上木杠之间而被生擒活捉。

据说，那是香炉山方圆百里最后一只活老虎。过去常常出没的虎群，从20世纪世纪50年代以来被一个要“立功受奖”的劳改犯用猎枪虎叉一一打死，这一带已经好久没有听到虎的消息了。

五　2009……

黄飘之战的第二年是同治九年（1870），张秀眉在施洞、台拱、丹江、凯里连连吃败仗，途经重安、白腊，一路向雷公山退去。也不知道这根涂了血的尺牌，有没有送到阿马手中，只知道香炉山的援军始终没来。两年后，张秀眉兵败身死，不过，零零星星的战事始终在那个地区延续，只是规模小了，“叛军”变成了“土匪”，“起事”也成了“闹事”，大规模的外来正规军，换成了地方杂牌军。不过，这种被称为“匪患”的事情却延续到晚清、民国，所谓“生苗”，仍然“不服王法”，因为那里“山峻谷深”，似乎始终是化外之民，一直到了中华人民共和国，才算纳入政府管理范围。老杨曾经告诉我，早先苗民不服管，政府只好用收缴枪支、设卡放哨的方法，不让他们到外面买盐巴，他爹爹曾经绕道重安，徒步一百多里，到黄平县城用皮毛去换枪支和盐巴。

坐在研究室中，在书架上翻出有关贵州苗民的书籍图册，在各种《苗蛮图册》里看到的是男耕女织，欢舞傩戏，和《职贡图》所绘的各种“异族殊方”没有两样，没有硝烟也没有枯骨。可是文献背面却写着“黔之天则蛮烟僰雨，黔之地则鸟道蚕丛，其人则红革紫姜，其俗则鸱张鼠伏”，这是清代张澍说的。书册中的历史，要么太多是战争厮杀，就像人说的是相斫书，要么是太多的粉饰太平，整日莺歌燕舞。可是，当我翻开文献，重温记忆，回到现场的时候，我能够感到一个流淌着鲜血的故事，张秀眉的故事。有人曾说，那里的苗民“悍戾好杀，攻劫畔乱，不可以中国之治治也”，可能正是这种歧视和偏见，酿成了这个故事。倒是清代著名的文人方苞说得好，清朝的政策往往“未得生苗之地，先大伤熟苗之心”，那么，如何能让“近苗慕归附之利，远苗无侵扰之心”？

可是，凭什么区分“生”与“熟”，“远”与“近”呢？我至今记得，苗民老杨家堂屋里毛主席像下，供着“天地君亲师”，他们的山歌里还唱，“读书要读三字经，写字要写上大人”，他们真的祖祖辈辈是苗民吗？

“通海大地震”亲历记

■ 杨 杨

作家刘心武发现了一封“密信”

1970年春天，一个偶然的机会，刘心武从同事那里借来一本描写埃及爱资哈尔大学生活的小说《日子》。同事“不慎”在书中夹了一封家书。那是一封从云南省通海县寄来的“密信”，内容是向他们在北京工作的亲人报丧的，说的是这一年的1月5日深夜家乡发生了特大地震，房屋几乎倒平了，埋死了很多人。信中提到了许多遇难者的姓名，从家族中类似哥嫂、侄甥、舅父、叔姨那样的至亲，到邻里同窗，列出了很长的一串名单。

三十多年之后，已经成为著名作家的刘心武，对那封可怕的“密信”仍记忆犹新。他在一篇回忆录中写道：“那晚，在昏暗的灯光下，我捏着一封别人的信，呆立了很久，惊诧莫名。云南1月5日真的有那么大的地震发生吗？报纸上没那么报道过，广播里也没那么广播过。如果真的发生了那样的大地震，仅同事的亲友就死了那么多，那个地区一共死了多少人呢？”

事实上，不仅是刘心武无法知晓那次大地震的真相，在当年，甚至在之后很长的一段时间里，绝大多数中国人，对于1970年1月5日凌晨1时发生在云南通海的那场大地震，都没有多少了解。

被保密了三十余年的惊世大地震

我是1970年通海7.8级大地震的亲历者。我于20世纪90年代初开始调查记忆中的那场大地震，想方设法收集有关图片和史料，走遍了当年的地震灾区，采访了许多当事人。这些年来，我常常漫游在这片不平凡的土地上，那股来自地下的巨大力量已经悄无声息，但遗留在地表的地震断层，虽经风雨剥蚀，仍然让我真切感受到40年前那一瞬间大地扭动的痛苦。

长期以来，我国政府一直将自然灾害的死亡人数列入国家机密范畴，这个规定直到2005年才废止。也就是在这一年，我翻开云南省档案馆所藏1970年6月15日《地震受灾情况统计表》，看到如下数据：总死亡数：15621人；死绝户数：836户；重伤人数：5648人；房屋全倒数：166117间；遗下孤老孤儿数：261人。这份统计材料在当时和后来的三十余年间，作为“绝密”材料封存在档案馆中，一直没有正式向社会公开过。我还发现，那次大地震波及的范围虽然很大，但震害涉及的面积却只有8881平方公里，其中重灾区面积仅2400平方公里，极震区分布在通海、建水、峨山三县交界处，即曲江两岸824平方公里内，这三个县的震亡人数却高达14917人，占死亡总数的95%以上，其中建水县震亡7479人，通海县震亡4426人，峨山县震亡3012人，尤其以高大、曲溪、东山、红旗、九街、小街、峨山城关镇等村镇死人最多，近30个村庄的死亡人数占到震前总人数的20%到50%左右。

这是一次惊世大地震，但在那个特殊年代，这次地震的震级和震灾被严密地封锁了三十多年，几乎与公众绝缘。

有人告诫：死人这事不能乱说

地震那年，我还不到7岁。在我的记忆里，大地震发生的那一刻，整个世界地动山摇，充斥了巨大的声响，随后陷入了万籁俱寂之中。不过，这份宁静只持续了很短的时间。我开始听到哭声，还有狗叫的声音，什么声音都有，无法分辨，全乱了。我到现在也说不清父亲当时是怎样把我和母亲、姐姐、弟弟从倒塌的房屋中救出来的，只记得我们一家人找不到大门，也找不到天井，摸不着出路，我们原来所熟悉的一切什么都没有了。父母带着我们在黑暗中摸索，认准一个方向，不断从这家的屋顶爬到那家的屋顶，一直往村外逃命。我在爬的时候，好多次碰到死人的手、脚，或者是死人的头、脸。现在回想起来，许多人埋得并不深，有的是被土坯砸死，或被钉子戳死的。

天亮后我才发现聚集在晒谷场上的男女老幼，全部变了模样，每个人的面孔、嘴巴和耳朵里全是黑黑的尘垢，鼻子已被尘灰塞满，脸是黑了，如同黑人。牙齿也没有一个人是白的，一张口就露出了黑牙。当时，我们这些小孩子还觉得非常好笑，哈，怎么每个人都变成这个样子了？

当时我并没有感到太多的恐惧，父母一再叮嘱我不许走出晒谷场。然而，不久之后，我管不住自己，就悄悄走出那个场子，看到场子外面的路上，到处是横一条、竖一条的死尸。我在好奇心的驱使下，索性放任自己，走近那些各式各样的尸体，有的头被砸开了，到处是血和脑浆；有的手和脚折断了，身体扭曲着；有的看上去好像并没受到什么伤害，闭着眼睛，像睡着了，其实是死了。更可怕的是，大人们还不停地把那样的死人，一个一个地背着、抱着或拖着，添加在更多的死人中间，堆得越来越多。我悄悄一数，有八九十个。以后几天据说好像接到了什么通知，就不允许我们说这个数字了，不允许说死了多少人，也不允许过问。有人告诫我们，死人这个事情不能乱说，不能掰着指头算账。

地震中死去的一万多个生命

1995 年 8 月，我开始着手调查通海大地震。我感到这是我的责任，我必须这样做，才对得起在地震中死去的一万多个生命。

大地震发生在 1970 年 1 月 5 日凌晨 1 时零分 37 秒，震中在通海县高大乡五街村附近，震中烈度为十度强，震源深度约 13 公里。受灾地区包括玉溪、通海、峨山和华宁等地。这一切，我都记录在我的“调查笔记”中。

余家河坎村坐落在一条干涸的河床旁边，地震时约 26 万立方米的坝体向东南方向低凹的梯田滑移，向东滑移 120 米，向南滑移约 200 米，使这一段地面下陷 2 米多，田地碎裂成数段，就像乱刀之下的豆腐一般。河堤上的大树连根拔倒，河旁的村庄有 16 户人家近 50 间房屋，随着地表、道路、树木、农田，向东南方向滑移 100~150 余米之后，全部倒毁。周围尽是深沟大槽，不堪入目。村中 438 人，死 105 人，重伤 71 人。

曲江两岸的高大乡，8000 多人中竟有 2300 余人震亡。仅普丛村 70 户人家，就有 10 户全部死难，全村死亡 613 人。位于震中位置的五街村，原有 597 人，194 人死难，其中年龄最小的刚出生两小时。槽子村原有 25 人，20 人死难，仅留下两位老人、一位妇女和两个小孩。老茅村，原有 150 余人，有近 50% 的人死亡。

驻扎在高大乡的公路建设七团，有 15 个刚下夜班的民工到厨房里吃饭、烤火。地震时，一堵粗厚的土墙向他们压去，未等他们明白发生什么事情，许多站立着的人就被墙体从头压向脚掌。当人们把他们刨出来后，看到的是这样一幅被地震定格了的惨状：15 个人变成了 15 团肉饼，变形的嘴里还含着饭菜，烤火的人则被烧成了焦尸。

峨山县城有逢 5 赶集的习惯，1 月 4 日下午就从四面八方汇集了许多前来赶集的旅客和农民，两层楼的大旅社爆满，还在过道上加了地铺。地震时，绝大多数旅客遇难，竟死亡 200 余人。

昆明工学院 140 多名教职工，从省城昆明来到峨山县小街公社“五七干校”学习，接受政治洗礼。按照当时的阶级划分，在这 140 多人中，有 90 多人是“革命群众”，有 40 多人属于罪该万死的“牛鬼蛇神”。90 多名“革命群众”住在条件较好的农场大仓库里，过着军事化的集体生活，而那 40 多个被打入另册的专政对象，则住在低矮的“牛棚”里。地震发生时，大仓库里的 90 多名“革命群众”，被厚重的墙体和巨大的屋架整整齐齐地打死在床上，无一幸免。

解放军某部驻扎在峨山县红旗公社（现锦屏乡）通讯团营房里的 136 名女兵，刚刚在 1969 年冬季征兵中光荣入伍，军装上还未正式佩戴领章帽徽，她们正在这里接受集训。大地震发生的顷刻，姑娘们以军人的速度飞快地奔出营房。在寒冷的夜空下，她们仅穿着内衣和内裤，发呆地站着。只听一声哨响，部队首长发出了“保护油库”的动员令。这时，女兵们才发觉自己穿得这么少，羞涩之心使她们涨红了脸。她们看看自己的营房尚存，就不约而同地冲进去寻找衣服。须臾间，一次强烈的余震发生了，营房顿时全部垮塌，女兵们就这样全部惨死在屋里。

通海县城一位苏氏老太太回忆说，地震那年，他们已有 5 个儿子，大儿子苏文怡刚 15 岁，而最小的儿子苏文俊还不到 7 岁。那天晚上，他们带着 5 个儿子在家纺石棉，一直纺到 12 时。他们刚躺下，大地震就发生了。夫妇俩焦急万分地呼喊着儿子们的名字，一直熬到天亮。解放军来了，从深深的废墟里，刨出了 5 具被压得奇形怪状的尸体。

观音村的钱学德，1 月 4 日结婚，夜里正在闹新房的时候，地震发生了。他匆忙拉住新娘子的手往外跑。跑到天井时，一根木头正好打中新娘的头部。在地震中，他家死了 4 男 4 女，只剩下他和父亲、小妹三个人。埋葬亲人的时候，他和父亲用皮带拴着尸体，抬上山，匆匆埋下。8 具尸体，父子俩花了 4 天时间，挖了 8 个洞，来回上山 8 次。

代办村有一个妇女，地震前三四天生下一个男孩。地震时，这位妇女和婴孩不幸遇难，人们把这娘儿俩刨出来放在一块。当他们掩埋完其他死尸再返回来埋这娘儿俩时，突然发现，那个婴孩已经醒来，不哭不叫，正扑在他娘的尸体上吸食乳汁。

地震学家曾目睹震前之异象

1969 年冬，贯穿建水、通海、峨山的曲江河谷，出现了反常现象。这个全长 120 公里的地区，被地震学家称为“曲江断裂带”。在中国地震学界，最早把目光投向西南的，是中国卓越的地质学家李四光先生。早在 1965 年，李四光先生就亲自指导组建了西南地震地质大队，他特别强调，要重视云南地质构造上断裂带的研究，而这些断裂带有不少仍然在频繁活动。到了 1968 年 12 月，李四光再次提出，要认真研究西南地区的地质构造，特别是在一些重点地区，要加强监测工作。1969 年 11 月底，遵照李四光先生的指示，西南地质地震大队就派人下来进行实地考察了。他们分成 4 个小组，其中一个小组被分派到通海。他们于 1969 年 12 月初到达通海，并选定陶茂村的一幢新房子作为他们的“革命根据地”。事实上，他们所住的陶茂村，距离后来通海大地震发生时的震中五街村，已经很近很近了，步行只需十几分钟。他们一直在张老村和姑娘村一带考察，白天在山坡上采石头，晚上带回来敲敲打打。那一段时间，他们看到房前屋后的竹子忽然开了花，一串串紫蓝紫蓝的花朵在风中摇曳着，似乎想告诉他们一些什么秘密？村前村后的桃花、梨花，也在这个寒冬季节绽开了花蕾。山坡上，许多不知名的野花，也竞相开放，百花灿烂，争奇斗艳。对于这些美丽景象，他们无论如何也无法感受到春天的气息，相反他们的神情开始变得紧张和不安起来，眼前的百花越鲜艳，树木越苍翠，他们心中愈发感到压抑。因为他们知道，树木在这个季节开花结果，一定是由于地下温度增高，唤醒了处于冬眠状态的植物。但是，限于当时的科技水平，他们无法确定这一带将有大地震发生。

这个地质考察小组在通海考察了 1 个多月。当他们收兵回营，悄然撤出高大公社时，已是 1970 年 1 月 4 日。他们回到县城，入住通海县人民旅社。在人民旅社里，那个姓刘的女服务员从井里打不出水来，仔细一看，原来井里已没有水，全是一股股涌动的白沙。那个时候没有自来水，生活用水全靠水井。姓刘的女服务员为此非常焦急，不知所措。地质考察小组的几名队员便帮助她一块儿淘井，淘啊淘啊，竟然淘出了两推车白沙，但最后还是没有水。当时，他们也没意识到要地震，淘不出水来就算了。于是，他们回到房间休息，接着又整理考察资料，准备回昆明后就立即向中央地震工作小组汇报通海的情况。到了晚上，他们在房间里感到非常闷热，在屋里简直无法待下去，就相约到街上溜达。1970 年的时候，通海县城还有一段老城墙，他们就沿着老城墙闲走，当他们走到十字街（现新华书店一带）时，看到一位老汉在那里爆玉米花，香气扑面而来。同时，他们也发现街上的老鼠特别多，而且特别大，一群一群地跑出来，四处逃散。围在老汉身边等待玉米花的人们，见了老鼠也不打，眼睁睁地望着大老鼠们从自己的脚下或身边跑过。他们感到很奇怪，街上怎么会突然出现这么多的大老鼠呢？其中一个考察队员解释说，你看那个老大爷爆出的玉米花多香，把大老鼠也引诱出洞了，见人也不怕。当天夜里，也就是 5 日凌晨 1 点，大地震发生了。

地震后以为是核战争爆发了

地震发生的那天夜里，我们恰恰遇上了一个怪天气，震前热得大家无法入睡，震后却又变得寒冷不堪。当时，我们看见村子周围到处是村民们上山打来的柴火，父母就弄来一堆放在场子中央，点燃起来取暖。但很快就有几个民兵赶来，命令大家赶快把火灭掉。民兵说，上面来通知，战争爆发了，敌人的飞机马上就要飞过来，如果我们这里有火，就会被敌机发现，敌机就会往我们这里扔炸弹，村庄就要遭殃。说着，民兵们一起动手，把火打熄了。

其实，那一年，广播里说要打仗了，大人们也都说要打仗了，都忙着到山下挖防空洞。战争的阴影一直笼罩在人们心中。所以大地震发生后，有不少人都认为是中苏之间爆发了核战争。在人们的想象中，只有核战争才会有那么大的破坏力，才会造成那么多人的伤亡。当时高大公社革委会主任李祖德说："强烈地震发生后，我家里10口人全埋在倒塌的土墙底下。一个念头在我脑里闪现，是不是帝、修、反搞突然袭击，对我国发动了侵略战争？我是公社革委会主任，应立即召集民兵投入战斗。"

一位姓张的小学教师说："地震发生时，我住的老房子全倒塌了，我挣扎着爬出去一看，淡淡的月光下，整个村子已变成一片残垣断壁、土块瓦砾，哭泣、呼救的声音响成一片。我当时想，肯定是敌人的原子弹投进来了，才会造成这样的悲惨场面。"五街的普秀英说："地震后，有人来叫我们上山去躲起来，不准哭，不准点火。天亮后，又不准我们穿红衣裳。一位极震区的老人对我说，地震发生后，在他们村头，地陷下去一大块，当时有人说，那是原子弹爆炸的弹坑。"

五街村的皮绍汉说："由于认为是战争爆发，怕敌机来轰炸，所以夜间不准点火，到处漆黑一团，我们怎么救人？当时，我们村有315人埋在土堆瓦砾下，大家摸黑救出了121人，许多人由于来不及救而被土埋死了。如果允许点火的话，我们村至少还可以救出60多人。"

千支援，万支援，送来毛泽东思想是最大的支援

地震发生后，中央提出了十六字方针：自力更生、奋发图强、发展生产、重建家园。灾区人民则主动提出三不要：不要救济粮、不要救济款、不要救济物。当时最响亮的宣传口号是："千支援，万支援，送来毛泽东思想是最大的支援。"

因此,《毛泽东选集》、《毛主席语录》、《毛主席诗词》和毛主席像章,是大批量的,一车一车地不断运来。同时还有来自全国各地的慰问信,也是铺天盖地寄来。当时,通海有16万人,仅慰问信就收到了143000多封,几乎每个人都能得到一封。那时的灾区人民认为只需要用毛泽东思想武装起来,就能战胜一切困难,所以除了"红宝书"和慰问信之外的其他东西几乎不收。这样一来,这场大地震的灾情不仅被遮蔽,而且完全拒绝了国际援助,甚至堵住了内援。

记得地震发生后,我们常常跟着大人不停地高呼"对于地震,我们就是不怕,一千个不怕,一万个不怕"、"地震失去的,我们要加倍让地球偿还"之类的口号。高呼这样的口号时,大家好像真的坚强起来了,什么困难都不存在了,什么灾难都不用惧怕了。但在口号呼完之后,人们还得面对支离破碎的家园,面对失去亲人的痛苦,面对重建家园的困难,许多人不由自主地害怕起来,哭起来,悲恸的呜咽、呼天叫地的嚎哭之声,此起彼伏。采访时,五街下村的吴光贵曾对我说,地震后,全村人民饿着肚子没粮食吃,他心里很急,与生产队的领导商量后到公社粮站借了500斤大米,把受灾群众集中起来熬大锅稀粥喝,一直喝到春节后。第二年秋天,家家户户凑了一点粮食来,才把粮站的500斤大米还清了。另外,地震后,灾民所住的房子是临时建的草棚,一住就是一两年。草棚容易起火,有不少灾民在地震中失去了家园和亲人后,又遭受了火灾。我亲眼看见,长河大队晒谷场上的几十家草棚,在一个夜晚失火了,烧了一个多小时,灾民从地震废墟中抢救出来的一点点衣被、粮食、水桶、锅碗,一烧而光,许多灾民绝望得呼天叫地。

难忘北京医疗队

1月5日,北京方面火速召集了第一批医疗队,当夜72名队员乘专机到达昆明,随即乘汽车赶到通海。我清晰地记得,北京医疗队来到六一村后,很快就在小学校前边的一块大操场和晒谷场上,搭建帐篷、油毡房,那些昏迷不醒的、手断了的、脖子抬不起来的、不能走路的伤者,统统送到了医疗队。那时,对于偏远地区的云南来说,来自北京的医疗队,带给他们的不仅仅是医术和药品。

我印象最深刻的是,那些医生拉着伤员和村民的手说:"我们是毛主席派来的！”“毛主席派我们来抢救你们，来给你们治病的。”“我们是一家人，你们有什么话就说。”许多村民一听，就赶紧感谢毛主席，赶紧高呼：“毛主席万岁！”

当年那些医生让受伤的病人住进帐篷里，而自己在外露宿。有的医生还亲自用手为解不出大便的伤员掏肛门。一些女医生还把自己的大衣送给受冻的灾民穿。当遇到需要输血的伤员时，全体医务人员都会争先恐后地要求为伤员献血。

这些，在我采访的时候，许多村民至今仍然记得。

《文艺批判》琐记

■ 王 尧

当年北京大学百年校庆时，相干的不相干的人说了许许多多北大的旧事，因为要说的事太多了，必然有漏掉的。漏掉的当中有值得说的，也有不必说的，我觉得《文艺批判》这个刊物不妨一说。

1967 年 6 月，由“新北大公社文艺批判战斗团”编辑的《文艺批判》问世，创刊号除了照例登载《毛主席文艺语录》和《发刊词》外，有聂元梓《高举毛泽东文艺思想伟大红旗奋勇前进》、新北大中文系文艺批判小组《彻底清算旧北京市委破坏京剧革命的滔天罪行》等。这个刊物充当什么角色？《发刊词》说：“《文艺批判》是高举革命的批判大旗冲锋陷阵的红色战士。它将以战斗的姿态，呼啸着，奔腾着，大喊大叫地投入到汹涌澎湃的无产阶级文化大革命的洪流中去。”那是什么样的“战斗姿态”呢？“反革命修正主义统治我们文艺的现象再也不能继续下去了！我们再也不能容忍了！今天，是我们杀过去了！我们要刮起 12 级革命的大风，把他们搅得‘周天寒彻’，杀它个人仰马翻！什么帝王将相才子佳人，什么‘名流学者’‘专家权威’，都要一齐打倒，统统都在扫荡之列！在文艺界来个大批判，大扫荡，铲除这些毒草，荡涤这些污垢，彻底批判刘邓黑线，这是《文艺批判》的战斗任务。”

以这样的“标准”看，《文艺批判》确实把“修正主义文艺”杀了个“人仰马翻”。我列举一些文章的标题，大家多少可以感受到它是如何“呼啸着”、“奔腾着”：《把刘少奇的反革命修正主义文艺黑线连根拔起》、《彻底清算刘少奇的叛徒哲学在文艺中的流毒》、《大阴谋家彭德怀是怎样利用文艺为其篡军篡党制造舆论的》、《彻底清算邵荃麟在〈人民文学〉的罪行》、《揭发周扬在北京大学的罪恶活动》、《陶铸的"创作自由"论是复辟资本主义的反动理论》等。据我所知，编辑这份刊物的部分人士以及一些参与写作批判文章的一些作者，在"文革"后有不少人仍然从事文学工作，和他们当初编辑这本刊物时对文艺的理解大不相同了。这几年学术界喜欢重返"八十年代"，倘若真的返回，我觉得是要清理一下知识分子是怎样从"七十年代"到"八十年代"的——这正是当代思想研究的一个空白。

不到一年，1968 年 3 月，《文艺批判》改为《文化批判》，作为北京大学文化革命委员会的革命大批判刊物继续出版，编辑者自然改为"北京大学文化革命委员会《文化批判》编辑部"。由"文艺"到"文化"，仍以文艺批判为主，但逐渐兼及别样，"坚决高举毛泽东思想伟大红旗、以彻底的辩证唯物主义的革命批判精神对文艺、历史、哲学及意识形态其他部门中的资产阶级反动思想展开彻底批判。"改刊后的《文化批判》批判得比较多的是"旧北大"，"新北大"是在批"旧北大"中实践"文革"主流意识形态的。"改刊致读者"一文说："旧北大是一个资产阶级顽固的反动堡垒，资产阶级意识形态在这里表现得十分顽强，它统治全校，流毒全国。""为了摧毁旧北大，建设新北大，必须高举毛泽东思想伟大红旗，巩固发展红色政权，对党内最大一小撮走资派及其在北大的黑干将的反动立场，对他们所鼓吹、宣扬的资产阶级意识形态，展开彻底的批判。"第 2 期的《文化批判》发表《剥下反共老手、蒋贼御用哲学家冯友兰的画皮》，第 5 期发表了《池深王八多——看旧北大校务委员会中的国民党势力》、《翦伯赞是法西斯主义的辩护士》、《朱光潜是蒋介石的乏走狗》和《"四开党"季羡林的罪恶史》等。这几篇檄文的作者分别是"新北大公社红十团"、"新北大公社红二团"的"灭资兴无"，"新北大公社红六团"的"橘子洲"，"新北大公社红十团"的"长江横渡"和"新北大公社红九团"的"报春"与"追穷寇"。除了当事人明白，谁也无法考证这些批判文章的作者是谁了。

点到名的人都是"旧北大"的教授，也就是"资产阶级反动学术权威"，还有则是"当权派"。这些已经被定性的知识分子，此前、此时和此后的状态颇令人寻思。校务委员会中被点名的"王八"有校长兼党委书记陆平、翦伯赞、汤用彤、侯仁之、王学珍等。批判文章在汤用彤佛学专家的名头上加了引号，并说“已带着花岗岩脑袋去见阎王”。熟悉历史地理学家侯仁之先生的人现在已经不多，去年年底北京三联书店出版了长篇传记《侯仁之》，述其生平与治学。我查王学珍等主编的《北京大学纪事（一九八九——一九九七）》，未见《文艺批判》改刊一事，不过，1968年的条目中记叙了部分被批判者的行踪。如“上半年，校文革在校内44楼、第二体育馆、物理大楼、北招待所、生物小楼、五斋等多处及井冈山兵团在28楼等处，私设牢房，私设公堂，将大批党政干部、知名学者囚禁其中”。还有一段史实，也是治当代史者熟悉的内容：为了贯彻毛主席关于“给出路”政策的指示，宣传队指挥部负责人到外文楼北面监改大院宣布，解除对冯友兰教授的监改，叫他从“牛棚”回家居住，同时将翦伯赞释放回家，并决定给冯友兰每月125元生活费，给翦伯赞夫妇每月120元生活费。到了第二年的1月，宣传队指挥部对遭监改的原校领导的生活费做出如下决定：陆平每月暂发生活费40元，在家子女每月15元；戈华每月暂发100元；黄一然每月暂发100元；史梦兰暂由自己的存款中每月提取80元；彭佩云每月暂发40元。

领到生活费120元的翦伯赞夫妇在当年的12月18日服安眠药自杀身亡。在那种高压下，能够挺得住的知识分子好像也不多。冯友兰在“牛棚”中的情形，曾经有人记述道：“一切听指挥，早请示排队，晚汇报排队，背语录排队，出去劳动排队，每天三顿饭排队。每顿饭排队是到外文楼北边的‘黑帮劳改大院’去打饭。每排队时必要报数，在报数的同时要自报自己的政治帽子。冯友兰先生在里面要算是个子较高的几位之一，总是叫他排在头一个，并叫他说：‘报到！我叫冯友兰！是……是反动学术权威！’红卫兵说：‘不行！重报！你这是避重就轻！你是反动学阀！’冯先生便改口说：‘我……我是反动学阀。’洪谦先生由于害怕，怕也说他避重就轻，也说：‘我叫洪谦，反动学阀！’红卫兵说：‘不对！你还不够格，你是反动学术权威！’洪先生吓得连忙改口说是‘反动学术权威’。冯定先生在自我报名为‘反动学术权威’时，红卫兵说：‘你不是就写过本《平凡的真理》么？你还想往反动学术权威里钻！你是反革命修正主义分子！’”设身处地想想，冯友兰先生后来由尊孔到反孔，不是没有情由的。1972年一位旅美的清华哲学系校友回国访问，向冯先生询问其学术思想变化的经过，先生以诗回答："去日南边望北云，归时东国拜西邻。若惊道术多变迁，请向兴亡事里寻。"

"庙小神灵大，池浅王八多"。旧北大是知识分子成堆的地方，所以毛主席将"浅"改为"深"。运动初期，季羡林先生也曾经想"革命"，但两派中哪一派都把他当作敌人，面临如此局面，他在《牛棚杂忆》中说他多么想逃避，但天地茫茫，往哪里逃呢？一次押着他从未名湖走过，他有了想变成"王八"的愿望："想到过去自己常在这里看到湖中枯木上王八晒盖。一听到人声，通常是行动迟缓的王八，此时却异常麻利，身子一滚，坠入湖中，除了几圈水纹以外，什么痕迹都没有了。我自己为什么不能变成一只王八呢？"季羡林这样想当然不是自取其辱。

不沉默的少数

有一位美国学者这样说："在我们睡大觉的时候世界正在发生着惊人的变化。"为了证明这句话的真实性，他抛出了如下耸人听闻的发现："哥伦布要去印度，结果到了美洲，他意外地发现，世界是圆的；我从美洲到了印度，结果意外地发现，世界是平的。"这个人叫托马斯·佛里德曼（Thomas L Friedman），他写了一本畅销全球的著作《世界是平的》。两年前我读到了这本书，直到今天我还在思考它所涉及的我们共同面临的问题。我在想，地球的物理形态变化无多，而那上面的人类世界却变化惊人。世界变平了，作为世界中的我们，也在被改变着。我们将会变成什么样子呢？毫无疑问，即时通讯使我们变得比以往任何时候都更耳聪目明，秀才不出门，便知天下事。但是，世界的差异性也在由此而消失，难能的独造被轻易地复制盗取，同质化使小到产品大到都市乃至人的习俗，正趋于面目相似和彼此雷同。视觉文化盛行带来的惰性娱乐，使传统的阅读与思考日渐式微。世界的平，在把天堑变坦途的同时，也把人类的思维与想象力扯平了。世界变平了，在一个"平"的时代，思想何为？也许，不必指望思想有多么深刻，只期待它不要背离常识，也不必强求思想是否原创，只关注它的阐述是否美妙——这，或许就是我以及和我一样喜欢追问与饶舌的人此时此地的考虑。任何时代的报纸副刊，无论它是娱乐化还是思想化，都绝无例外地呈现出一个民族的精神样态。与一般新闻报道不同，作家的写作是一种主观呈露，它呈现着知识阶层的人文状况及思想走向。而优秀副刊发出的"思想声音"又有别于一般意识形态，它是有良知的知识分子的参与，它像牛虻一样叮咬权力这个庞然大物，在某种程度上，甚至会成为与主流意识形态"相左"的思想行为。这看似有些矛盾，但正是这种"相左"使得公众的精神向前洪步，向上生长。思想从来是"润物细无声"的，要求思想迅速开花结果，是十分可笑的。在一份优秀的报纸副刊那里，呈示的是敏锐、深沉而智慧的思想面孔，其阅读效应不可能像新闻报道那样出奇制胜，立竿见影。它不那么快餐，它需要反刍，它是一种积淀、累进与渗透。这使得它在一个急功近利的时代，未免来得"慢"和不够"秀"。它不能够与快速生长的在一个"平"的时代，思想何为？也许，不必指望思想有多么深刻，只期待它不要背离常识，也不必强求思想是否原创，只关注它的阐述是否美妙——这，或许就是我以及和我一样喜欢追问与饶舌的人此时此地的考虑。任何时代的报纸副刊，无论它是娱乐化还是思想化，都绝无例外地呈现出一个民族的精神样态。与一般新闻报道不同，作家的写作是一种主观呈露，它呈现着知识阶层的人文状况及思想走向。而优秀副刊发出的"思想声音"又有别于一般意识形态，它是有

下编

一次未完成的三人行

——与施耐德、温伯格对话

■ 北 岛

2009 年 12 月 2 日，我陪盖瑞·施耐德（Gary Snyder）和艾略特·温伯格（Eliot Weinberger）去澳门游览。从参议院广场行百余步，抵白鸽巢公园。在一石洞前立着葡萄牙伟大诗人贾梅士（Luís Cames）的铜像。他四百多年前来澳门，在这石洞中完成了著名的史诗。我们在附近的小山坡一石桌前坐定，三个人展开了关于中美诗歌的对话。这是一次未完成的对话。

温伯格说：现代美国诗歌的源起就像是希腊遇见中国

北岛：你们二位都是《今天》杂志的顾问，也是参加“香港国际诗歌之夜”的国际诗人，希望能借此机会和你们聊聊。

施耐德：记得那天上午在与媒体座谈时你的一句话，很有意思。你说你的诗是属于太平洋圈的，特别是北加州、中国和日本。如果我们看看地图，诗歌的地图，首先是埃兹拉·庞德的身影向东方的延伸，我说的只是身影。而 T.S. 艾略特则是跨越欧洲，汇入英格兰正统中。你还谈到美国主流以及学院派诗歌。如果把 1915 年庞德的《中国》当作美国诗歌的分水岭的话，其实我们看到一种内在的分裂，或者说一种紧张。如果那时只有庞德的身影够到东方的话，那么你则漂洋过海到日本，当了十年和尚，身体力行，把美国诗歌的现实与梦想连接在一起。

而温伯格，作为《1950年以来的美国诗歌》选集的编者，你早就意识到美国诗歌中学院派及非学院派的冲突与分野。我想请你们二位共同绘制美国的诗歌地图，看看这一百年来美国诗歌的走向与变迁。

温伯格：你提供的线索太多了，仅亚洲就有三条：中国、日本和印度，我都不知道从哪里说起。

先说印度吧，认为T.S.艾略特只与欧洲关联是不对的，他曾学过梵语。再说印度19世纪的哲学曾对欧洲超验主义者有过很深的影响，如艾默生、梭罗和惠特曼。但要说到真正去过印度的，如果把马克·吐温那次短暂旅行排除在外的话，那就是20世纪50年代的艾伦·金斯堡和盖瑞了，这是美国作家首次体验印度。

第二条线索是中国。第一本美国现代诗就是庞德的《中国》。

一战中这本书在士兵中流传很广，因为它讲的都是远行、与爱人分离，士兵们把它塞在背包里上战场。有趣的是，美国诗歌中最现代的部分也是最古老的，上溯到唐朝。同样在《中国》，除了唐诗，还有盎格鲁－撒克逊的翻译，那和唐朝几乎处于同一时期——公元800年左右。庞德想要证明，当中国诗歌发展到全盛时期，英语诗歌才刚刚起步，这是它的根。自《中国》起，20世纪的美国诗歌与中国诗歌是分不开的。基本上可以说，美国现代诗是中国古诗的产物。这么说也有不妥之处，因为美国人阅读中国古诗完全是由于20世纪的美国诗歌。其他西方语言诸如在法文、德文、西班牙文中则不是这样。这都是因为庞德。

第三条线索是日本。谈到诗歌，20世纪20年代，几乎所有的西方语言都发现了俳句之美。我想，洛尔加（西班牙诗人——编注）就是深受俳句影响的。另一个进入美国诗歌的日本元素是佛教。他们先是对禅感兴趣，然后演变成一种哲学……如果从19世纪到20世纪，美国的思想支柱来自印度的话，那么在二战以后，这个支柱就变为了日本的禅。

施耐德：说佛教是由日本传来，大概是因为日本的佛教研究与活动，但事实上佛教来自中国。我们所学到的是中国佛教的日本式解读。庞德的《中国》源于中国古诗的日语版本，而这些资料是由弗纳罗萨整理出来。他的寡妇把它交给庞德说，研究一下吧，或许有点儿用处。中国诗歌的确曾有过很大的影响，而这种影响其实一直还在延续。《中国》只是一本很粗略的诗集，在庞德之后影响大的，应是阿瑟·威利（Arthur Whaley），他译过很多中国诗歌，也写过关于禅与画的很有趣的文章，我上大学时读过。他还写了关于“古代中国的三种思考方式”，即儒教、道教和佛教。

温伯格：对很多人来说，这是对道教和儒教的一种引介。再就是王红公（Kenneth Rexroth），他对中国古典文学的翻译在20世纪50年代很畅销，卖过十万册。这就是我所认知的中国诗歌。

施耐德：我年少时读过罗宾逊·杰弗斯（Robinson Jeffers）的东西，20多岁又重读,我不太喜欢他文字中的那种忧郁,以及夸张的反人性。我也想反人性，但他做得太夸张了。他反对美国参与二战，因此被指控为“纳粹支持者”。但他自称是独立派，说美国不该介入欧洲和亚洲的事，战后也一直持此观点，直到死去。

北岛：你认为杰弗斯是个重要人物吗？

施耐德：他对我们中的某些人来说是个重要人物。

温伯格：更像是开拓者。

施耐德：我们读的是他的思想，不是他的行文诗意。

北岛：这让我想起几年前，我带着女儿田田去拜访你，你提到美国东岸和西岸的区别：东岸的人更倾向欧洲，有一种优越感，诗歌也更学院派；而环太平洋地区的西岸人，更脚踏实地，与土地的关系密切得多。东西岸的思维与生活方式很不一样。

施耐德：是的，不仅在诗歌上，在社会上商业上也如此。我从不觉得自己亲近大西洋。

北岛：这对我们所说的诗歌地图来说重要吗？

施耐德：我只知道我属于环太平洋区域，也知道亚洲的位置，但我从来都不太注意欧洲在哪里。

温伯格：我觉得你把一些问题混淆了。首先，美国诗歌的分野在于以英国为基础还是以美国为基础，这是以威廉斯（Williams）为代表的先锋派与传统派的分歧所在。威廉斯和T.S.艾略特之间的分歧，并不是欧洲与美国的对立，因为美国先锋派对欧洲大陆很感兴趣，受超现实主义影响很大。比如洛尔加，他在美国先锋派诗人中很火，但在传统派诗人中却没什么影响。我想施耐德是这种类型的第一人，纯粹的新美国人。

施耐德：我确实从古典流派中学到了很多东西。我更像希腊人。我的思维是希腊式的而不是犹太－基督教式的。我读了奥维德的《变形记》，也读了法兰兹·鲍亚士（Franz Boas）和约翰·斯万顿（John Swanton）选编的美国本土故事集，我反复读，觉得这些也没有那么不同嘛！奥维德对欧洲文化的贡献，正是鲍亚士对美国文化的贡献，只是我们还没有意识到。欧洲的传统政治或犹太－基督教传统文化，要么是柏拉图主义，要么是古典主义。

温伯格：这又要说回到意象派了，意象派是中国古典诗歌和希腊古典诗歌的产物。早期现代主义者从希腊诗歌得到了一种全新的阅读方式。现代美国诗歌的源起就像是希腊遇见中国。

施耐德：这真有意思。我还是挺喜欢洛尔迦的。我并非完全无视或厌倦欧洲的风格。但我的根基是在北美——本土的美国语言、传说、诗歌和故事。我要感谢梭罗给我的启迪。

温伯格说：中国诗歌还没有学会从过去发掘新东西，将古典诗歌重新整合

北岛：如果从诗歌地图来看，西方在种族迁徙和对抗中不断分化。大多数美国开拓者都是来自欧洲的，很多来自英国，美国人想摆脱英国上流社会包括诗歌在内的语言方式，比如惠特曼。他们用各种方式把自己变为“新美国人”。

温伯格：现代主义不就是从旧事物中创造出新的来吗？我指的是美国现代主义。它需要重新发现旧事物，19 世纪还不够旧，要去发掘更古老的源头。庞德回溯到中古时代的诗歌，诸如普罗旺斯式的行吟诗人，回溯到古希腊，提供了全新的解读方式。这就是在解读过去的同时创造崭新的现在。我认为当代中国诗歌，尤其你们这一代，出于政治原因都受到西方很大的影响。中国当代诗歌首先要重新解读自己原本的古典诗歌。中国诗人都不爱读古诗，忘记了自己的根。想想看 T.S. 艾略特，他重新发掘了约翰·多恩（John Donne）和安德鲁·马维尔（Andrew Marvell）这样的英语诗人和 18 世纪超自然主义诗人。中国诗歌

还没有学会从过去发掘新东西，将古典诗歌重新整合。那种对过去作品的现代解读尚未出现。我认为这是中国现代诗歌的一条出路。

施耐德：你们要把过去植入你们文化的根中，从而创造一种现实的新文化。中国在19世纪就这么做了，通过阅读过去的文本来重振自己。

北岛：如果说中国新文化有一个小小的传统的话，那么这个传统总是被外族入侵、革命、专政、商业化打断。而更甚的是，我们从一开始就陷入某种悖论式的困境中——语言的牢笼，这并不仅限于诗歌，包括所有的中文写作、艺术、评论几乎都用的是西方术语，就像镜子一样，我们无法从镜中逃离。上一期《今天》杂志把目光投向印度，我们编了中印作家对话专辑。下一步将选择日本、埃及、土耳其和俄国等古老文明，可以说，这是一个绕开西方重新发现自己的文化长征。这也是汉语现代转型的长征。

施耐德：那要花上一百年吧。

温伯格：你别忘了，现代主义也是从欧洲的混乱中发源而来的。那时欧洲正处于一战，非常可怕的战争，无意义的屠杀。从那场战争中归来的诗人和作家都想要为这个社会重新注入文明。一种方式是重新创造一种新的艺术，使其成为根基。你们则是从一种不同的混乱中逃出来的……

施耐德：背叛。

温伯格：……背叛，幻灭和绝望。我认为你们要回到源头去创造根基，与印度和土耳其的作家谈话当然有用，但就我所知你所指的印度作家也是受英国作家影响的，不是说印度的作家就是完全沉迷于自己本土的文化，其实他们的根基反而在英国。

施耐德：那些家伙要做和你们一样的事。

温伯格：阿拉伯的作家倒是有些自己的传统，但很多作家已经受西方影响很深了。你说的不是没有受过西方影响的“纯”印度作家，而是碰巧来自印度的受英式教育的作家。

北岛：其实《今天》关注的是不同的古老文化与文明的现代化转型，为了找到西方以外更多的镜子。这个现代化转型包括语言的转型。如果从五四算起的话，现代汉语只有不到一百年的历史，而现代英语已有了四百年了。

温伯格：不全是如此。英语和所有的语言一样，也在慢慢进化。我们现在也不会再说莎士比亚和伊丽莎白时期的语言。

北岛：你不认为莎士比亚是现代英语的开端吗?

施耐德：他很靠近了，但语言已经变了，即使你仍能阅读莎士比亚。你要首先回到原点语言和书写系统中去。拼音文字总是在不断地变化，但拼写变得不会那么快，总是要落后一两个世纪。英语需要被修订，才能适应实际的发音。

施耐德说：自创作课诞生，美国诗人的数量呈几何级数爆炸了

北岛：说说美国诗歌中的主流与非主流。艾略特编选的《1950年以来的美国诗歌》勾勒出很清晰的轮廓，为诗人重新分类。今天还是如此吗？尤其是在40年以来美国的创作课系统像怪兽一样不断扩张。

施耐德：跟你说，我并不关注这些。我在加州大学戴维斯（Davis）分校教创作课时跟学生说，这里是幼儿园——我们讲的是语言，我们在学如何玩语言。我说，你们大多数都不会把写诗当作职业，只要弄清楚如何使用语言就行了，免得以后找工作被炒鱿鱼。诗歌不会给你一张当诗歌老师的许可证，顶多给你一张狩猎许可证。

温伯格：首先，我不认为分类有那么清晰，你首先必须是个出过书的作者，才会被包括在内。现在大概有一万个诗人。诗歌的种类太多了……在诗歌中，你有slampoetry，形式主义诗歌，如此分散的诗歌形式，不能再把美国诗歌看作单一的存在。相对来说，诗人的影响力也小多了。我常说，战后时期最好的诗选，是唐纳德·阿兰（Donald Allen）的《新美国诗》，出版于1960年。书中几乎所有的诗人都在30岁以下，或刚满30岁。像盖瑞、罗伯特·克瑞利（Robert Creeley）、约翰·阿什伯利（John Ashbery）、勒鲁瓦·琼斯（LeRoi Jones）后改名为阿米里·巴拉卡（Amiri Baraka），都非常年轻，他们因写诗成名都在30岁左右。而现在，估计你得熬到60岁才有可能获得那样的影响力。

施耐德：现在每个人都看电视，不怎么读书了。自创作课诞生，弄出这么多的诗人，写诗就像一个中产阶级的职业，此前从未有过。我总是说，在诗歌的生态世界中，最大的掠食者是金钱。每个人都是从年少时开始写诗，后来掠食者——金钱介入了，人们开始觉得要生存要赚钱，就去找了另一份工作。只

有最坚定的人才会继续写诗。现在呢，如果你从年少时开始写诗，也没必要停下来，因为你可以当创作课的老师，就这样，诗人的数量呈几何级数爆炸了。

温伯格说：读过600本当年美国出版的诗集，有意思的是，所有的都不错，好得很平庸

北岛：施耐德，你觉得当今美国的诗歌创作在衰退吗？为此你能做些什么？

施耐德：这不在我的考虑范围以内。我认为真正重要的是我的散文写作，致力于探究文明与自然的问题，历史对自然态度的转变，以及环境政治学，现代文化如何向远古的生命与文明学习。

温伯格：几年前我第一次被邀请担任一个诗歌奖的评审，我要读600本当年美国出版的诗集。令人失望的是，我没发现一个是自己认识的。有意思的是，其中每本都通过了初审，所有的都不错，好得很平庸。没有人试图出奇制胜，我本来盼着有本特别差的，找到一个坏诗人。但没有坏诗人，每个都不错。在我看来，创作课最大的问题是，本来在年轻时，你要写让自己羞愧的东西，尽量疯狂尽量尝试。然而当你要把作品给所谓“前辈”和“老师”评判时，你就尽量写得中庸了。因此就有了这么多的人写老师喜欢的东西，或让他们在班里看起来不那么傻的东西，而本来他们就应该试着做得像傻瓜，那才好。

北岛：我曾形容创作课系统就像生产流水线，质量不错，但都是一样的。

温伯格：现在有很多开创作课的学校，比如先锋派，专教你写先锋诗歌。你能找到各式各样的写作训练营。糟糕的是，先锋派已经完全学院化了，20世纪70至80年代的先锋派们，不再是在咖啡馆而是在现代语言协会发表宣言。

温伯格认为，学院是当代艺术的敌人

北岛：中国的经济崛起，更加反衬着中国文化上的贫乏。在过去十年中，体制化是个致命的问题。中国知识分子，包括作家艺术家正消失在学院中。他们被提供住房、高薪和头衔，他们闭嘴，安居乐业，那等于精神自杀。美国有类似的情况吗？

施耐德：那艾略特和我就是个中庸的好例子，当我们是无家可归的边缘艺术家时，我们没有自杀；当我们拥有高薪和高校职位时，也没有自杀。我们到哪儿都是自由的，一边工作，一边写作，不会被金钱收买。这些年我一直与我执教的加州大学协商，我不想被卷到那里面去。他们想让我建一个学院，我不愿意；他们想让我多做点儿社会活动，我做了，但没全做。我教我想教的，其他时间都置身其外。我还是照样住在山里，比起学校，我更愿意到我所在的社区转转。身为一个普通的社区居民，我感到自豪。我是个独立派。

北岛：艾略特，你怎么独善其身呢？你又不教书。

温伯格：我从来都认为，学院是当代艺术的敌人，你去大学学的都是旧东西。而 20 世纪 60 年代学生运动，说白了就是学生想学与当下相关的东西。大学改革后，学生变得更像是消费者，学校要满足消费者，也就是学生的需求。最终呢，课程表就有了当代文学，学生在文学课上，读那些他们不上大学也照样会读的现代文学作品。作家最好是脱离学院系统，我就是这么做的。

北岛：美国大部分学院是由国家资助管理的，还多少保存某些实验性的精英文化，比如我们认识的小说家罗伯特·库弗就在布朗大学教书。但问题是，学院与媒体及公众之间存在着巨大的鸿沟，却没有桥梁衔接。

温伯格：美国也许是地球上唯一一个没有文化部的国家。美国另一个独特之处在于，无视作家及知识分子。在拉美，诗人为报纸写专栏很正常。北岛，你也在报纸上写专栏。大部分国家，如有任何社会、文化以及政治事件发生，报纸和电视都会立即询问作家和诗人。而美国只有极少数著名诗人能在公共论坛上发表这类言论，施耐德是其中一个。而这在其他国家地区很普遍。

北岛：施耐德，你从没有被报纸请写过专栏？

施耐德：1971 年的《纽约时报》发过我的文章。

温伯格：没有哪个诗人给报纸写专栏。王红公有过，但那是在 20 世纪五六十年代，他恐怕是最后一个在媒体出现的诗人。寇德瑞斯库在国家公共电台（NPR）干过。当然，艾伦·金斯堡是有广泛的公共影响力的……

北岛：还有苏珊·桑塔格。

温伯格：苏珊·桑塔格是欧洲学者的代表。“9·11”后，《纽约客》和《纽约时报》等开始询问作家对“9·11”的反应，美国作家都很退缩，不太习惯谈论大的事件，比如，一位著名的普利策奖得主说："'9·11'让我回忆起父亲去世的那天"；另一个作家说："我洗了一个草药澡，并给前男友打了电话。"唯一一位把这件事放在大环境讲的就是苏珊·桑塔格，她为此也备受攻击，但至少她是唯一一位跳出了自己个人世界、没有讲那些鸡毛蒜皮琐事的知识分子。

（董帅译）

你敢回答吗

■ 龙应台

21世纪的21岁世界观

MM：

你说54岁的你，实在无法理解很快就要满21岁的我脑子里想些什么，眼睛看出去看见些什么（你说这话时的那个感觉，好像我们是不同的动物种类），所以我们来彼此“专访”一下。

好，可是你给我的10个“专访安德烈”问题里，第一个问题我就懒得答复了。你问我，“你对于男女平等怎么看？”这个问题够“落后”的，因为，“男女平等”是德国20世纪70年代的问题，最关键最艰苦的仗都在那个时候打过了。我是21世纪的人了。

然后你还不甘心追着问：“譬如结婚以后，谁带孩子？谁做家务？谁煮饭？”

这样的问题在我眼里是有点好笑的。当然是谁比较有时间谁就煮饭，谁比较有时间谁就做家务，谁比较有时间谁就带孩子。完全看两个人所选择的工作性质，和性别没有关系。你的问法本身就有一种性别假设，这是一个落伍的性别假设。

我知道，因为“男女平等”的问题对于你，或者你所说的中文读者，还是一个问题，但是对于我或者我的朋友们，不是讨论的议题了。

所以我就挑了下面几个还有一点意思的问题，看看答复让不让你满意。

问题一：你最尊敬的世界人物是谁？为何尊敬他？

我记得在一个朋友家里看过一本书，书名叫《影响世界的人》。你知道，就是那种不知名的小出版社出的打折书，在地摊上乱七八糟叠成一堆让人家挑的那种。书里头的人物，就包括耶稣、穆罕默德、爱因斯坦、马丁·路德·金、巴哈、莎士比亚、苏格拉底、孔子等。朋友和我就开始辩论，这些人物的历史定位，有多少可信度？

有很多人，不管是耶稣还是孔子，都影响了人类，但是，你怎么可能把他们的重要性拿来评比？这本地摊上的廉价书，把穆罕默德放在耶稣前面，理由是，穆罕默德靠一己之力去传播了信仰，而耶稣依靠了圣徒彼得的帮忙。笑死人，能这样来评分吗？再说，你又怎么把莎士比亚和孔子来比对呢？

你现在大概猜到我要怎么接招你的问题了。我如果回答你一个名字或者一组名字，那么我就犯了这个“评比”的谬误，因为不同历史和不同环境下的影响是不能评比的，而且，天知道世界历史上有多少值得尊敬的人，我根本不知道他们的存在。

我可以说，好，我觉得“披头士”很了不起，但是你马上可以反驳：没有巴哈，就没有披头士！那么如果我选巴哈，你又可以说，没有 Bartolomeo Cristofori 发明钢琴，哪里有巴哈！

MM，假如你对我的答复不满意，一定要我说出一两个名字，那我只好说，我真“尊敬”我的爸爸妈妈，因为他们要忍受我这样的儿子。我对他们一鞠躬。

问题二：你自认为是一个“自由派”、“保守派”，还是一个“什么都无所谓”的公民？

我自认是个“自由派”。但是，这些政治卷标和光谱，都是相对的吧。

每一次德国有选举的时候，一个电视台就会举办网络问答，提出很多问题，然后从你选择同意或反对的总分去分析你属于“保守”还是“自由”党派。我发现，几乎每一次，我的答案都会把我归类到德国的自由党去。可是，我对德国自由党的支持，又向来不会超过 60 分，意思就是说，我的总倾向是自由主义的，但是对于自由党的很多施政理念，不认同的地方在 40%上下。

问题出在哪里？我支持自由党派的经济和政治立场，简化来说，就是在经济上我赞成自由市场机制，在政治上我支持小政府，大民间，公民权利至上。但是，我又强烈不认同自由党派对很多社会议题的态度，譬如妇女的堕胎权、死刑，甚至于环保政策。这些议题在自由主义者的清单上没什么重量，我却觉得很重要。所以看起来，我在经济和政治议题上属于“自由主义”，但是在社会议题上，又有点激进。

很多人投票给某一个政党，只是因为他们习惯性地投那个党，有了“党性”。我投票则是看每一个议题每一个政党所持的态度和它提出的政策。所以每一次投票，我的选择是会变的。你可以说我是自由、保守，甚至于社会主义者，也可以批评我，说我善变，但是，我绝不是一个“什么都无所谓”的人。生活在一个民主体制里，“参与”和“关心”应该是公民基本态度吧。

问题三：你是否经验过什么叫“背叛”？如果有，什么时候？

我的童年经验是极美好快乐的。从小我就在一个彼此信赖、彼此依靠的好友群里长大。这可能和我成长的社会环境、阶级都有关系，这些孩子基本上都是那种坦诚开放、信赖别人的人。在一个村子里长大，从同一个幼儿园、小学，一起读到高中毕业，我们有一辈子相知的友情。

我从来不曾被朋友“背叛”过。

你想问的可能是：如果我经验了“背叛”，我会怎样面对？我会反击、报复，还是伤了心就算了？假定我有个女友而她“背叛”了我，我会怎样？

不知道啊。我可能还是原谅了、忘记了、算了？

问题四：你将来想做什么？

有各种可能，老妈，我给你我的10项人生志愿：10. 成为GQ杂志的特约作者（美女、美酒、流行时尚）；9. 专业足球员（美女、足球、身怀巨款）；8. 国际级时装男模（美女、美酒、美食）；7. 电影演员（美女、美酒、尖叫粉丝）；6. 流浪汉（缺美女、美酒、美食、粉丝，但是，全世界都在你眼前大大敞开）；5. 你的儿子（缺美女、美酒、美食、粉丝，而且，超级无聊）；4. 蝙蝠侠（美女、坏人、神奇万变腰带）；3.007（美女、美酒、美食，超酷）；2. 牛仔（断背山那一种，缺美女，但是够多美酒，还有，全世界都在你眼前大大敞开）；1. 太空牛仔（想象吧）。如何？以上是不是一个母亲最爱听到的“成功长子的志愿”？

问题五：你最同情什么？

这个问题有意思。

无法表达自己的人。不论是由于贫穷，或是由于不自由，或者单单因为自己心灵的封闭，而无法表达自己的人，我最同情。

为什么这样回答？因为我觉得，人生最核心的“目的”——如果我们敢用这种字眼的话，其实就是自我的表达。

这个世界有那么多的邪恶，多到你简直就不知道谁最值得你同情：非洲饥饿的小孩吗？某些伊斯兰世界里受压迫的妇女吗？被邪恶的政权所囚禁的异端分子吗？而这些人共有一个特征：他们都无法追求自己的梦想，无法表达自己的想法，无法过自己要过的人生。最核心的是，他们表达自我的权利被剥夺了。

对他们我有很深的同情，可是，我又同时必须马上招认：太多的邪恶和太多的灾难，使我麻痹。发现自己麻痹的同时，我又有罪恶感。譬如你一面吃比萨，一面看电视新闻吧。然后你看见屏幕上饥饿的儿童，一个 5 岁大小的非洲孩子，挺着鼓一样的水肿肚子，眼睛四周沾满了黑麻麻的苍蝇（这样描述非洲的饥童非常“政治不正确”，但是你知道我对“政治正确”没兴趣）。

你还吃得下那块油油的比萨吗？可怕的景象、你心里反胃的罪恶感……你会干脆就把电视给关了？

我就是把电视给关了的那种人。

在这么多邪恶、这么多痛苦的世界里，还能保持同情的纯度，那可是一种天分呢！

问题六：你……最近一次真正伤心地哭，是什么时候？

从来没哭过。长大的男孩不哭。

安德烈反问

好，MM，现在轮到我问你了：1. 你怎么面对自己的“老”？我是说，作为一个有名的作家，渐渐接近60岁——你不可能不想：人生的前面还有什么？

2. 你是个经常在镁光灯下的人。死了以后，你会希望人们怎么记得你呢？尤其是被下列人怎么记得：1）你的读者；2）你的国人；3）我。

3. 人生里最让你懊恼、后悔的一件事是什么？哪一件事或者决定，你但愿能重头来过？

4. 最近一次，你恨不得可以狠狠揍我一顿的，是什么时候？什么事情？

5. 你怎么应付人们对你的期许？人们总是期待你说出来的话，写出来的东西，一定是独特见解，有“智能”有“意义”的。可是，也许你心里觉得“老天爷我傻啊——我也不知道啊”！或者你其实很想淘气胡闹一通。

基本上，我想知道：你怎么面对人家总是期待你有思想、有智能这个现实？

6. 这世界你最尊敬谁？给一个没名的，一个有名的。

7. 你为什么有那么多让我受不了的“关心”？你总是说，是因为你的“母爱荷尔蒙”太强。可是我觉得，一定还有别的原因。

8. 如果你能搭“时间穿梭器”到另一个时间里去，你想去哪里？未来？还是过去？为什么？

9. 你恐惧什么？

你的安德烈

给河马刷牙

■ 龙应台

1.现实的一代

安德烈：

我注意到，你很不屑于回答我这个问题："你将来想做什么"，所以跟我胡诌一通。

是你们这个时代的人，对于未来太自信，所以不屑于像我这一代人年轻时一样，讲究勤勤恳恳，如履薄冰，还是，其实你们对于未来太没信心，太害怕，所以假装出一种嘲讽和狂妄的姿态，来闪避我的追问？

我几乎要相信，你是在假装潇洒了。今天的青年人对于未来，潇洒得起来吗？法国年轻人在街头呼喊抗议的镜头让全世界都震惊了：这不是20世纪60年代的青年为浪漫的抽象的革命理想上街呐喊——带着花环、抱着吉他唱歌，这是21世纪的青年为了自己的现实生计在烦恼，在挣扎。你看看联合国2005年的青年失业率数字：

比利时21.5%；澳洲22.6%；芬兰21.8%；

法国20.2%；希腊26.3%；意大利27%；

波兰41%；斯洛伐克32.9%；西班牙27.7%；

英国12.3%；美国12.4%；德国10.1%；

香港（15到24岁青年的失业率）9.7%；台湾10.59%；

数字不见得精确的中国大陆，是9%。

你这个年龄的人的失业率，远远超过平均的失业率。巴黎有些区，青年人有百分之四十出了校门找不到工作。然后，如果把青年自杀率也一并考虑进来，恐怕天下做父母的都要坐立难安了。自杀，已经是美国15到24岁青年人的死因第一位。在台湾，也逐渐升高，是意外事故之后第二死因。世界卫生组织的数据说，全世界有三分之一的国家，青年是最高的自杀群。芬兰、爱尔兰、新西兰3个先进国家，青年自杀率是全球前三名。

你刻意闪避我的问题，是因为……21岁的你，还在读大学的你，也感受到现实的压力了吗？

2．“灰姑娘”的一代

我们21岁的时候，20世纪70年代，正是大多数国家经济要起飞的时候。两脚站在狭窄的泥土上，眼睛却望向开阔的天空，觉得未来天大地大，什么都可能。后来也真的是，魔术一般，眼睁睁看着贫农的儿子做了总统；渔民的女儿，成了名医；面摊小贩的儿子，做了国际律师；码头工人的女儿，变成大学教授；蕉农的儿子，变成领先全球的高科技企业家。并非没有人颠沛失意，但我们真的是“灰姑娘”的一代人啊，安德烈，在我们的时代里，我们亲眼目睹南瓜变成金色的马车，辚辚开走，发出真实的声音。

我身边的朋友们，不少人是教授、议员、作家、总编辑、律师医师、企业家、科学家、出版家，在社会上看起来仿佛头角峥嵘，虎虎生风。可是，很多人在内心深处其实都藏着一小片泥土和部落——我们土里土气的、卑微朴素的原乡。表面上也许张牙舞爪，心里其实深深呵护着一个青涩而脆弱的起点。

如果有一天，我们这些所谓“社会精英”同时请出我们的父母去国家剧院看戏，在水晶灯下、红地毯上被我们紧紧牵着手蹒跚行走的，会有一大片都是年老的蕉农、摊贩、渔民、工人的脸孔——那是备受艰苦和辛酸的极其朴拙的脸孔。他们或者羞怯局促，或者突然说话，声音大得使人侧目，和身边那优游从容、洞悉世事的中年儿女，是两个阶级、两个世界的人。

3.提摩

你的20岁，落在21世纪初。今天美国的青年，要换第4个工作之后，才能找到勉强志趣相符的工作。在“解放”后的东欧，在前苏联地区的大大小小共和国，青年人走投无路。在先进的西欧，青年人担心自己的工作机会，都外流到了印度和中国。从我的20岁到你的20岁，安德烈，人类的自杀率升高了百分之六十。

于是我想到提摩。

你记得提摩吧？他从小爱画画，在气氛自由、不讲究竞争和排名的德国教育系统里，他一会儿学做外语翻译，一会儿学做锁匠，一会儿学做木工。毕业后找不到工作，一年过去了，两年过去了，三年又过去了，现在，应该是多少年了？我也不记得，但是，当年他失业时只有18岁，今年他41岁了，仍旧失业，所以和母亲住在一起。没事的时候，坐在临街的窗口，提摩画长颈鹿。长颈鹿的脖子从巴士顶伸出来。长颈鹿穿过飞机场。长颈鹿走进了一个正在放映电影的戏院。长颈鹿睁着睫毛长长的大眼，盯着一个小孩骑三轮车。长颈鹿在咀嚼，咀嚼，慢慢咀嚼。

因为没有工作，所以也没有结婚。所以也没有小孩。提摩自己还过着小孩的生活。可是，他的母亲已经快80岁了。

我担不担心我的安德烈——将来变成提摩？

老实说……是的，我也担心。

4.不是“孩子”，是“别人”

我记得我们那晚在阳台上的谈话。

那是多么美丽的一个夜晚，安德烈。多年以后，在我已经很老的时候，如果记忆还没有彻底离开我，我会记得这样的夜晚。无星无月，海面一片沉沉漆黑。可是海浪扑岸的声音，在黑暗里随着风袭来，一阵一阵的。猎猎的风，撩着玉兰的阔叶，哗哗作响。在清晨3点的时候，一只蟋蟀，天地间就那么一只孤独的蟋蟀，开始幽幽地唱起来。

你说："妈，你要清楚接受一个事实，就是，你有一个极其平庸的儿子。"

你坐在阳台的椅子里，背对着大海。清晨3点，你点起烟。

中国的朋友看见你在我面前点烟，会用一种不可置信的眼光望向我，意思是——他他他，怎么会在母亲面前抽烟？你你你，又怎么会容许儿子在你面前抽烟？

我认真地想过这问题。

我不喜欢人家抽烟，因为我不喜欢烟的气味。我更不喜欢我的儿子抽烟，因为抽烟可能给他带来致命的肺癌。

可是，我的儿子21岁了，是一个独立自主的成人。是成人，就得为他自己的行为负责，也为他自己的错误承担后果。一旦接受了这个逻辑，他决定抽烟，我要如何"不准许"呢？我有什么权力或权威来约束他呢？我只能说，你得尊重共处一室的人，所以请你不在室内抽烟。好，他就不在室内抽烟。其他，我还有什么管控能力？

我看着你点烟，跷起腿，抽烟，吐出一团青雾；我恨不得把烟从你嘴里拔出来，丢向大海。可是，我发现我在心里对自己说，MM请记住，你面前坐着一个成人，你就得对他像对待天下所有其他成人一样。你不会把你朋友或一个陌生人嘴里的烟拔走，你就不能把安德烈嘴里的烟拔走。他早已不是你的"孩子"，他是一个个人。他就是一个"别人"。

我心里默念了3遍。

安德烈，青年成长是一件不容易的事，大家都知道；但是，要抱着你、奶着你、护着你长大的母亲学会"放手"，把你当某个程度的"别人"，可也他妈的不容易啊！

5.灵魂清醒

"你哪里'平庸'了？"我说，"'平庸'是什么意思？"

"我觉得我将来的事业一定比不上你，也比不上爸爸——你们俩都有博士学位。"

我看着你……是的，安德烈，我有点惊讶。

"我几乎可以确定我不太可能有爸爸的成就，更不可能有你的成就。我可能会变成一个很普通的人，有很普通的学历，很普通的职业，不太有钱，也没有名。一个最最平庸的人。"

你捻熄了烟，在那无星无月只有海浪声的阳台上，突然安静下来。

然后你说："你会失望吗？"

海浪的声音混在风里，有点分不清哪个是浪，哪个是风。一架飞机闷着的嗡嗡声从云里传来，不知飞往哪里。蟋蟀好像也睡了。你的语音轻轻的。这样的凌晨和黑夜，是灵魂特别清醒的时候，还没换上白天的各种伪装。

6.给河马刷牙

我忘了跟你怎么说的——很文艺腔地说我不会失望，说不管你做什么我都高兴因为我爱你？或者很不以为然地跟你争辩"平庸"的哲学？或者很认真地试图说服你——你并不平庸只是还没有找到真正的自己？

我不记得了，也许那晚葡萄酒也喝多了。但是，我可以现在告诉你，如果你"平庸"，我是否"失望"。

对我最重要的，安德烈，不是你有否成就，而是你是否快乐。而在现代的生活架构里，什么样的工作比较可能给你快乐？第一，它给你意义；第二，它给你时间。你的工作是你觉得有意义的，你的工作不绑架你使你成为工作的俘虏，容许你去充分体验生活，你就比较可能是快乐的。至于金钱和名声，哪里是快乐的核心元素呢？假定说，横在你眼前的选择是到华尔街做银行经理或者到动物园做照顾狮子河马的管理员，而你是一个喜欢动物研究的人，我就完全不认为银行经理比较有成就，或者狮子河马的管理员"平庸"。每天为钱的数字起伏而紧张而斗争，很可能不如每天给大象洗澡，给河马刷牙。

当你的工作在你心目中有意义，你就有成就感。当你的工作给你时间，不剥夺你的生活，你就有尊严。成就感和尊严，给你快乐。

我怕你变成画长颈鹿的提摩，不是因为他没钱没名，而是因为他找不到意义。我也要求你读书用功，不是因为我要你跟别人比成就，而是因为，我希望你将来会拥有选择的权利，选择有意义、有时间的工作，而不是被迫谋生。

如果我们不是在跟别人比名比利，而只是在为自己找心灵安适之所在，那么连“平庸”这个词都不太有意义了。“平庸”是跟别人比，心灵的安适是跟自己比。我们最终极的负责对象，安德烈，千山万水走到最后，还是“自己”二字。因此，你当然更没有理由去跟你的上一代比，或者为了符合上一代对你的想象而活。

同样的，抽烟不抽烟，你也得对自己去解释吧。

MM

第二颗眼泪

■ 龙应台

MM致安德烈

1. 波斯尼亚的广场

亲爱的安德烈：

你知道莫斯塔（Mostar）这个城吗？可能不知道，因为波斯尼亚战争爆发，这个波斯尼亚城市的名字每天上国际媒体时，你才7岁。战争打了3年，死了10万人。战事结束了，可是心灵的伤口撕开，最难缝合。鸡犬相闻的平日邻居突然变成烧杀掳掠强奸者，荒烟蔓草中挖出万人冢，万人冢中发现自己亲人的尸骨，都是太恐怖的经验，何以忘怀。我记得，当时人们最惊异的是，这种因族群而相互残杀的属于原始部落的仇恨，怎么会发生在快要进入21世纪的当下，怎么会发生在最以文明和文化自豪的欧洲？

我的感觉是，20世纪发生过12年纳粹和10年“文革”这两个文明大倒退之后，波斯尼亚的族群相迫害，已经不能让我惊奇了。我只是在想，当战争过去之后，普普通通的太阳堂堂升起的时候，同样的人还得生活在同样一块土地上——他们的成人怎么再抬起眼睛注视对方，他们的孩子又怎么再在一个学校里上课、唱歌、游戏？

我的疑问，后来就“揭晓”了。1995年，你10岁那一年，和平协议签下了，可是莫斯塔这个城，裂为两半。原来的少数塞尔维亚族被赶跑了，信天主教的克罗地亚族住在城西，信伊斯兰教的波斯尼亚族住在城东，中间隔着一个广场。

不同族群的人早上分别到不同的市场买菜，把孩子送到族群隔离的学校去上学，彼此避开路途相遇，晚上坐在家里看各自的电视频道。一个广场隔开两个世界，准备老死不相闻问。

所以我看到下面这条新闻的时候，确实很惊奇：莫斯塔人在他们的中心广场上为李小龙的雕像揭幕。波斯尼亚跟李小龙怎么会有关系？

原来，当地有个作家，苦苦思索要怎么才能打破僵局，让广场东西的人们重新开始对话，让这个城市重新得回它正常的生活。他的主意是这样的：找一个人物，这个人物是天主教徒和伊斯兰教徒同样热爱又尊敬的，然后让莫斯塔的艺术家为他塑一个铜像，放在广场的中心。这个人物所唤起的集体记忆和情感，可以使城东和城西的人心为之软，情为之动，逐渐愿意握手。这个人物，就是李小龙。原来，在一两代波斯尼亚人的成长过程里，不管是天主教还是伊斯兰教徒，李小龙都是童年记忆所系，在波斯尼亚人的心目中代表了“忠诚、友爱、正义”等等美好的价值。艺术家们在揭幕时说，他们盼望波斯尼亚人会因为对李小龙的共同的热爱而言和，也希望此后别人一提到莫斯塔这个城市的名字，不会马上联想到可怕的屠杀和万人冢，而会想到：他们的广场上站着世界上第一个李小龙的塑像。

这是一个公共艺术了，一个镀了金色的李小龙雕像，在城市的核心。安德烈，你曾经质疑过，墙上挂着木雕天使是艺术还是 Kitsch（一般译为“劣质品”）？那么我问你，这个莫斯塔的雕像，是艺术还是 Kitsch？

2. 仙乐飘飘处处闻

然后我想到另一个跟艺术碰撞的经验。你记得去年我们一起去看 Sound of Music 音乐剧？它在香港被翻译做“仙乐飘飘处处闻”，在台湾是“真善美”，风靡了全世界之后又迷住了整个亚洲。“Do — Re — Mi”的曲子人人上口，“雪绒花”（Edelweiss）的歌人人能哼。在英国，它流行到什么程度你知道吗？据说在冷战期间，英国政府的紧急战时措施手册里甚至说，如果发生核战，BBC 就广播 Sound of Music 的音乐来“安定人心”。

我一直以为它风靡了“全世界”，到了欧洲以后才发现，这个以奥地利为场景，以德国历史为背景的音乐剧或电影，德语世界的人们根本不太知道，大部分的人们，没听说过；大家以为是正典奥地利“民歌”的“小白花”，奥地利人没听过，它纯粹是为剧本而写的百老汇创作歌。哈，我所以为的“全世界”，只是“英语世界”罢了。

30年前看过电影版，现在舞台版来到了香港，是的，我很想看，想看看我30年后的眼光是否仍旧会喜欢它，而且，我更好奇：你和飞力普这两个德国少年，加上正在我们家中做客的奥地利大学生约翰——你们对这个百老汇剧会怎么反应？

演艺中心挤满了人。你一定不会注意到我所注意到的：很多人和我一样——中年的父母们带着他们的少年儿女来看这个剧。我猜想，其中一定有一个藏在心里不说出口的企盼：中年的父母企盼他们的儿女，能了解自己，哪怕是一点点。当少年儿女知道父母被什么样的电影感动、为什么样的老歌着迷时，两代之间可能又多了一点点体贴和容忍。还没进场，中年的父母已经情不自禁哼起那熟悉的曲子，幕起的那一刻，他们又异样地安静，少年们古怪地回头，好像第一次发现：原来父母也曾经少年过。不论是 Bee Gees 和 Brothers Four 的演唱会，或者是“梁山伯与祝英台”的舞台剧，我都看见这代与代之间的情感密码，暗暗浮动，像巷弄里看不见的花香。

我坐在你们三人后面，透过你们三个人头看向舞台。幕起时，掌声雷动，你们不动，像三坨面粉袋。歌声绕梁，人们兴奋地跟着唱“You are sixteen, going on seventeen”，面粉袋往下垮了点。7个高矮不一有如音符高低的可爱孩子在舞台上出现时，香港观众报以疯狂掌声，你们把头支在手掌上，全身歪倒。七个孩子开始依口令踏正步时，你们好像“头痛”到完全支持不住了。当百老汇式的奥地利“山歌”开唱时，我仿佛听见你们发出呻吟，不知是飞力普还是约翰，说：“Oh，my god！”

中场休息时，大家鱼贯出场。我还没开口问你们是怎么回事，你已经带头说，“我们不要看下半场！”我也没放过你们，问：“为什么？是不是剧本以纳粹为背景，你们觉得不舒服？”

“才不是。”你们异口同声，然后你说，“妈，难道你不觉得吗？是品味的问题啊，整个剧甜到难以下咽，受不了的 Kitsch，你能忍受这样的艺术啊？”

奥地利的约翰在一旁直点头。飞力普说:“走吧走吧!”

于是我们离开了表演厅。哎,好贵的票啊,我想。

3. 两颗眼泪快速出场

所以我想问你的是这个,安德烈:在你心目中,什么叫 Kitsch ? 你父亲那一代德国人挂在墙上的木雕玛丽亚和天使是艺术还是 Kitsch ? 你的艺术家朋友拍摄电线杆和下水道加以技术处理,是艺术还是 Kitsch ? 李小龙的雕像,如果放在香港观光商店的摊子上,和画着一条龙的 T-shirt 堆在一起,可能被看作典型 Kitsch,但是当他的镀金雕像站在战后波斯尼亚的一个广场上,被赋予当地的历史意义和民族伤痕记忆的时候,同样的雕像是否仍是 Kitsch ? 或者,因为意义的嵌入,使得 Kitsch 得到全新的内在,因而有了艺术的力度?

你们三个小家伙对 Sound of Music 的反应,让我吃惊,也使我明白了为什么美国音乐剧这个表演形式在欧陆一直流行不起来,用你的话来说,它放了太多的“糖”,太“甜”。但是我在想,可能太“甜”只是原因之一,更里一层是不是还有文化“简化”的反作用?譬如,身为东方人,我从来就不能真正喜欢普契尼的图兰朵公主或蝴蝶夫人。并非“过甜”的问题,而是,它无可避免地把东方文化彻底“简化”了,对生活在东方文化内的人来说,这种“简化”令人难受。

哈伯玛斯的学生,法兰克福学派的阿多诺,曾经说,Kitsch 就是紧紧抓住一个假的感觉,把真的感觉稀释掉。昆德拉的说法更绝:Kitsch 让两颗眼泪快速出场。第一颗眼泪说:孩子在草地上跑,太感动了!第二颗眼泪说,孩子在草地上跑,被感动的感觉实在太棒了,跟全人类一起被感动,尤其棒!

使 Kitsch 成为 Kitsch 的,是那第二颗眼泪。(“不可承受之轻”)

我喜欢看孩子在草地上奔跑,散起的发丝在阳光里一亮一亮。你和飞力普幼小时,我常常从写字桌抬头往窗外看,看你们俩在花园草地上种黄瓜,抓蟋蟀,听你们稚嫩的声音,无端的眼泪就会涌上来。我简直就是 Kitsch 的化身了,还好昆德拉说,那第一颗眼泪不是,第二颗才是 Kitsch。

MM

安德烈致MM

1. 闷死人

亲爱的 MM：

经过一个辛苦的学期，我总算回到德国的家，度过 3 个礼拜的寒假。所谓家嘛，就是一个能让你懒惰、晕眩、疯狂放松的地方。在回香港之前，我跟朋友开车去了一趟慕尼黑。路卡斯在那里上学，他去上课，我无聊，就自己逛到了现代美术馆。馆里刚好有一个个人特展，展出艺术家叫 Dan Flavin。

事实上，路卡斯是要我根本不要去美术馆的，他说那些展览都“闷死人”。我实在没事可干，所以还是进去了，逛了足足两个小时，只不过证实了他的话：闷死了。

这个个展占据大概 10 个房间，每一个房间都塞满了各形各色的霓虹灯管。刚进去时，你以为这灯不过是个有意思的背景吧，结果不是，里面还真的什么都没有。这些霓虹灯，就是展品本身。红灯、白灯、绿灯，亮到不行，亮到你眼睛睁不开，简直走不进房间里去。我从一个展示间摸到另一个展示间，每个房间就展示着墙上这些长长短短的霓虹灯！连走廊上都是红灯绿灯。

我在强光中走到最中间一个房间，发现它跟其他房间隔绝，所以我好奇了。走进去，哇，你说里面有什么？整个房间罩着暗暗的“黑灯”——也就是任何一个兰桂坊的酒吧会用的那种照明方式，幽黑幽黑的。其他就什么都没有了。

离开美术馆的时候，我一点也没觉得自己受到艺术的什么启发或是“震荡”。俗语说，艺术因人的“眼光”而异。好吧，我的眼睛可真的是被这一个艺术展览的强光射得七荤八素，现在一闭眼就看见光，真的产生“眼光”了！

你问我，莫斯塔的李小龙雕像是艺术还是 Kitsch，那我倒过来问你：李小龙雕像跟慕尼黑现代美术馆那个个展比较，哪个是艺术？那堆霓虹灯，放在最高级的美术馆里正式展出，该是“艺术”了吧？可是它给了我的只有头晕跟眼睛发疼。李小龙的雕像，还镀了金，是 Kitsch 吗？可是它很可能感动了人，使本来伸出手想打架的人反而握了手，这岂不是艺术的力量？

2. 腻死了

你说的 Sound of Music 那场演出，天哪，我当然记得。我对音乐剧本来就没什么兴趣，这个什么“仙乐飘飘”或“真善美”我在德国时连听都没听说过。我们 3 个人中场就坚决要走，实在是因为受不了了。先是奥地利的“传统服装”，然后是奥地利“山歌”，然后是“小白花”所谓“民谣”，到后来连纳粹都上戏了，实在是到了忍受底线。我也记得你问我们“为什么”，我也记得我们的回答：一个人能够吞下 Kitsch 的量是有限的！这个百老汇剧把德国和奥地利的刻板印象发挥到极致，加“糖”到极致，我们快“腻”死了。

我们的反应其实不难理解。你想想看，把扮演中国人的演员放到舞台上，让他们戴上斗笠，画上两撇山羊胡子，裤管卷起来，站在水稻田里，然后让他们站在那里唱美国人听起来貌似中国歌的 Ching — Chang — Chong，请问你能不能连看两个小时这样的表演？你保证中场不离席？

3. Kitsch 排名前十大

艺术和 Kitsch 之间的界线确实是模糊的，我其实没有资格判断——算了，不跟你和稀泥。我就清楚给你一个我心目中的“Kitsch 排名前 10 大”清单吧！

一、The Sound of Music 音乐剧——我此生绝不再看此剧。

二、瓷器小雕像——尤其是带翅膀的天使。

三、（自从我来到亚洲之后）毛产品——包括带红星的军帽、写“为人民服务”的书包，尤其是以毛主席的一只手臂作为指针的各类钟表。

四、任何展示“爱国”的东西——尤其是美式的，含老鹰、星条、着制服的士兵等。

五、任何展示“宗教”的东西——（你记得常常来按门铃向我们宣教的那些什么什么“见证”的女人吗？对，我指的就是她们拿出来的文宣品，永远印着一个耶稣被一群肤色有黑有白的“多元文化族群”的小孩所围绕）。

六、受不了的“搞笑”恤衫——Smile if you are horny，Fill beer in here，我很烦，群众总是蠢的……如果还要我看见一个人穿着警察的恤衫而他其实不是一个警察，我就想逃跑。

七、励志大海报及卡片——这种海报，一定有美丽的风景，宁静的海啦，山啦，森林小径啦，一定框个黑边，然后写着大大的主题：智慧，诚实，毅力，有恒心、爱心……

八、电视里头的肥皂剧，还有电视外面真实的人，可是他以为自己的人生是电视里头的肥皂剧——包括譬如你一定没听过的“OC”。这是全世界最流行的青少年肥皂剧之一，演一群有钱到不知道自己流油的加州少男少女。

九、美国乡村歌曲——甜到不行。

十、你对我和飞力普的爱——母爱绝对是 Kitsch……唉（叹）!

你的安德烈

迪士尼乐园与迷瘴

■ 王小平

佛罗里达的奥兰多，是一个天穹碧蓝，红花照眼的地方。那儿有好些主题公园，其中又以迪士尼乐园最为著名。

我到迪士尼乐园去过几回。记得买了门票后，不是径入园中，而是上了一艘大船，象征性地离开了这个世界，在强力引擎的推动下，乘风破浪地驶向彼岸。岸上就是那个天下闻名的人工伊甸园。

这园子不但建得绚烂夺目，而且花样无穷，里面是林林总总的景点。各路卡通人物，从米老鼠到白雪公主，各据一方，载歌载舞。看来儿童喜欢的东西是被一网打尽了。

其中有个999鬼凶宅，给我印象尤深。古老的大宅，庭院深深，月光下蛛网片片，有雅鬼内室抚琴。院子里群鬼围着篝火，饮酒取乐，很有点“万户萧疏鬼唱歌”的意思。

为了表达善良的愿望，园中还设立了一个普天同乐的场景。各种肤色、各种族裔的孩子共聚一堂，歌舞升平，一团喜气。看来看去，我不禁感到迪士尼乐园毕竟是为孩子建立的，站在那里，多少有点进了幼儿园的感觉，不像Epcot Center，另一个奥兰多的公园，更投合成人的趣味。那儿的恐龙馆里弥漫着沼泽地的气味，恐龙的长脖子一起一落，有时还大叫一声，震得人心胆俱裂。

我又想起另一个主题公园：环球影城。因为是后建的，所以技术也更先进。龙卷风馆里真的狂风大作，雨水劈面，再加上脚下地面颤抖，房屋在眼前层层倒塌，碎片乱舞，不吓死几口子誓不罢休。除此之外，就数恐怖塔令人难忘。有一回我抱着撒娇思睡的女儿，顶着佛罗里达的夏日炎阳，整整排了 75 分钟队，才进了塔门。这个塔的目的就是要重现一个电梯摔死人的事实。我一向觉得，一个电梯只有上、落、停三项功能。而塔里那个电梯，只使用了后两项功能，在几分钟之内，几乎把一切折腾人的事情都干完了。它不是痛痛快快地往下掉，而是掉一骨节儿，卡住了，但又卡不瓷实，吱吱嘎嘎地往下出溜，接着又开始掉，如此周而复始。“花钱找罪受”，我一边想，一边听着我女儿震耳欲聋的惊叫和嚎哭。等我们终于落到底儿，走出电梯门，回头一看，墙上的大屏幕还在播放我们这帮人惊恐万状的丑态。

这些东西对于一个成人来说更加刺激，而眼前的儿童节目未免相形见绌。唯一使我感到有趣的，是满堂歌舞者，并无一个是真人。只见一个个孩子，张嘴动眼，伸胳膊踹腿，几可乱真，然而在美丽的蒙皮下，是一组组高度复杂的机械系统。所谓迪士尼乐园，其实就是一个庞大的机械森林，只是被蒙皮遮住看不见而已。

由于我是个对机械极感兴趣的人，所以我很快对眼前的声光动感置若罔闻，开始陷入一种机械方面的思考。我开始琢磨如果是我的话，会如何配置蒙皮下的内部结构，用液压装置，还是用伺服电机？哪儿用支撑杆，哪儿用滑块，哪儿放传感器？传感器又如何控制系统的动作？

实际上，无论是 Epcot Center 里的恐龙，环球影城里的巨猿，还是迪士尼乐园中起舞的天使，都带着一层蒙皮，这层蒙皮把游乐场隔成两个部分。一个是蒙皮外的世界，也就是游客看到的层面。另一个是蒙皮里的部分，除了设立和维护游乐场的人，谁也看不到。这两个层面差别极大。前者是针对我们的感官而设立，其目的在于最大限度地取悦我们的感官。当然，有时它也给人一个经过剪辑的适度惊吓，但最终还是为了取悦游客。而后者，对于游客来说，只是一堆不知所云的乱糟糟的东西。这就是说，那些丫丫杈杈的机械和管线无法有效率地作用于我们的感官界面。

尽管如此，蒙皮下的东西还是有意义的。只要我们耐着性子仔细观察，就能从中看出前因后果的清晰传递，一环扣一环，这就是完整的控制逻辑。再回过头来看看蒙皮外的层面。通过对蒙皮内部系统的不同设定，一个蒙皮外的状态可以随意承接各种后续状态。换句话说，既可以安排黄鼠狼吃鸡，也可以安排鸡吃黄鼠狼。这样一来，对于一个在蒙皮外的游客来说，前因后果的传递就遭到破坏，控制逻辑也就荡然无存了。这个例子至少说明了一个道理，就是有些时候，不设法涉入一个东西内部，即使有诸葛亮之才，也无法从外面找到真实的因果联系。

如此这般地乱想了一通，我又产生了一个与周围单纯的欢乐气氛更加格格不入的想法。眼前的迪士尼乐园也许正是一个世界的缩影。也许不仅这个园子，而且整个世界都被一层蒙皮隔为两个部分。站在蒙皮之外，我们看到一切可以看到的东西，而在蒙皮之下，是一个不可见的世界层面。在这个层面中，有些未必是机械结构，但肯定属于控制结构的东西，遵循着严格的控制逻辑在运作，同时改变着蒙皮外我们可以看到的一切。这些东西当然不是哪个游乐场老板建起来的，它是自来就有的，或者说，是造化的产物。

这样一来，我们这些人，就成了这个由造化生成、具世界规模的游乐场的一帮游客。

然而，我们是单纯的游客吗？如果野心不大的话，我们不需要多想，不需要触及，也不需要懂得任何蒙皮下的东西，在园中纵情游乐也可以不负此生。但是在我们之中，或许就有这么一两个人，不满足于当一个单纯的游客，而是一脑门子心思，盘算着如何破解蒙皮下的控制结构。当然，如果能做到这一点的话，哪怕只能做到一部分，其益处是显而易见的：我们不需要永远在一个被造化设定好的园子里逛来逛去，而可以改变点什么，增添点什么，使这个园子更适合我们的需要。

然而，人生苦短，即使某个人破解了某个蒙皮下的控制结构，他也未必能等到这一破解所带来的好处面世的一天。所以，尽管健全的理智把一切行为之目的最终指向某种利益，那个破解者却很难指望会得到什么利益。他必须对自己的处境有个基本理解：破解本身就是他的报酬，因为那是他的雄心之所在。世上有这样的破解者吗？不很多，但确实有。不然的话，就难以理解为什么伽利略要在比萨斜塔上往下扔铁球，而富兰克林何以要在暴风雨中放风筝。这些人虽然身在游乐场中，却志不在游乐，或者不完全在游乐，放着正事不干，在一边儿琢磨这层蒙皮底下究竟是些什么。他们牺牲了在游乐中获得感官快乐的机会，却发掘到了另一种截然不同的快感，这种快感显然不在感官层面，而是一种超感官的理性乐趣。这可以算作是一种特别的游乐观。除此之外，各式各样的人生感喟，自古有之，无不相当于某些场中游人的游乐观。

“生年不满百，常怀千岁忧。昼短苦夜长，何不秉烛游。”说的是：买的票只能玩一天，东西太多看不过来。何不放弃休息时间，尽量多逛几个地方。

“人生寄一世，奄忽若飙尘。何不策高足，先据要路津。无为守贫贱，坎轲长苦辛。”此处的烦恼仍是买的票只能玩一天，东西太多看不过来。但接下来给出的招数却有点缺德：尽量缩短排队时间。最好找个捷径，走个后门儿，加个塞儿，抢在别人头里，不用排队就进入景点（这加塞儿的人一多，游乐场里的秩序可就要大乱了）。

“丁令威，丁令威，去家千年今始归，城郭如故人民非，何不学仙冢垒垒。”暗指有一种办法，可以买一张长期票，得以在园中多盘桓几天。

“服食求神仙，多为药所误。不如饮美酒，被服纨与素。”是对上一种说法的批驳：买长期票，谈何容易，多半办不成，反而误了在园中玩耍的时间。不如断了这个念头，及时行乐去也。

因为园子好看，而且太大，委实观之不足。但手头只有这一张票，在园中逗留的时间无法延长，如此计将安出？多数人无计可施，只剩下一腔无奈。所以“人生苦短”成为最常见的感叹。譬如“去年今日此门中，人面桃花相映红。人面不知何处去，桃花依旧笑春风”。

讲到这里，我突然发现，我们的先人们好像全是些单纯的游客，他们差不多都以那个蒙皮外的世界为满足，或者说，以游乐场上的感官愉悦为满足。如果说有什么不满足的地方，也就是在园中时间太短，玩得不够；不得不排队，排队时间太长；有人加塞儿，占便宜，因而不公平之类。如果说他们有什么怨恨和怅惘，也只是单纯游客的怨恨和怅惘。他们思索的不外是如何充分利用这次游乐的机会，并在这一点上压倒旁人。好像很少有人对蒙皮下的东西抱有好奇之心。

也许他们根本不知道这层蒙皮下还有东西。但是这一点也很奇怪。因为在一个迪士尼乐园式的游乐场中，因为受到蒙皮内的东西的控制，蒙皮外的因果关系已被破坏，或至少残缺不全。除非他们根本看不出来眼前世界中因果关系的缺失，或者觉得世界本来就应该是那个残缺不全、不明不白的样子，否则怎么也应该猜到在蒙皮下还有别的东西。

有很多人在讨论为什么聪明能干的中国人，在文明发展上曾一度受挫，止步不前，为什么未能叩开科学的大门。我有点怀疑古人是中了一种精神上的迷瘴。试想如果一个人把自己心态调整为天地间走马看花的游客，他如何还能有耐心设法儿去琢磨蒙皮下目不能见的东西？如果别人琢磨这种事，他还会觉得是吃饱了撑的。这样的人一多，大家呼朋引类，在这条纯游乐的路上越走越远，正所谓“家家习为俗，人人迷不悟”，这就是迷瘴。人人忙于游乐，当然会耽误事，所以没能叩开科学的大门。

如果真是这样的话，我们总算已破掉了迷瘴，从此可以乘风破浪，一往无前了。

孔子为何哭了

■ 叶匡政

最近评说于丹《〈论语〉心得》的人很多，细读了一遍此书，觉得真像于丹自己说的，是对孔子思想的“庸俗化阅读”。对于一本经典古籍，任何形式的解读无疑都会带有某种误读，但我们仍要保持一个客观、公允的学术立场。不然，孔子看到这本书要哭了！也许一代又一代人对孔子的误读，造就了今日中国的酱缸文化。是到彻底廓清孔子思想真相的时候了！

孔子哭了！孔子早就应该哭了！因为我们的愚蠢和无知，因为我们的误读，不仅让孔子和孔子思想成为中国历史的一个笑话，也成为我们心中的一个笑话。

孔子哭了！因为我们不知道他是个快乐的人。《论语》开篇强调“悦”“乐”“不愠”四字，给中国传统文化定下了快乐的基调。由此，中国文化便与西方的“罪感文化”、日本的“耻感文化”区别开来。孔子是个懂得快乐精神的人，他闻《韶》乐“三月不知肉味”，他“取瑟而歌”，喜欢唱卡拉OK。孔子不仅不是一个刻板、无趣的老学究，他还为我们证明了这样的事实：快乐不仅是一种生活理想，更是生活中不可或缺的一部分。

孔子哭了！因为我们不知道他是个率真的人。他憎恶虚假与伪善，他说：“把怨恨隐藏起来，表面上装作对人家友好，我对这种行为感到耻辱。”所以，他会对粗鲁无礼的人大发其火，甚至动手打人，“用手杖击打别人的小腿”。

孔子哭了！因为我们不知道他是中国社会理想的奠基人。他期望政治统领社会，学术统领政治；他期望学术源于公众，不受政府钳制。周公是他理想中的政治领袖，创建了西周礼制，孔子的梦想，就是复兴周公之道。梁启超说："西方为法治，中国为礼治。"同为治理社会的方法，礼治、法治实在难分优劣。所以孔子认为："以法令引导民众，用刑法规范社会，民众只求免于受罚，不会有任何道德责任。而以德行来引导他们，用礼制来规范社会，民众便会感受到道德责任，内心因为认同而皈依。"家庭都有不同的管理方法，何况一个十几亿人的国家？我们治理国家的模式，近百年来都在向西方模仿、抄袭，这称得上现代中国的最大悲哀。

孔子哭了！因为我们不知道他是个真正懂得好政府的人。子贡问政时，孔子回答："一个好政府应该有充足的粮食、足够的军备和民众对政府的信任。"子贡问："如果不得已去掉一项，先去哪个？""军备。"子贡又问："如果不得已还要去掉一个呢？"孔子答："那就舍去粮食吧。因为自古以来，人都有一死。但是，如果民众对政府不信任，国家就不能成立。"孔子回答得多好！他还告诫后人："国家有道，贫穷与卑贱是一种羞耻；但国家无道，富有与做官都是令人耻辱的事情。"

孔子哭了！因为我们不知道他是坚定的革命者。他的思想，为中国迎来了一场彻底的社会和政治革新。他强调不以出身而以德行和才能选择从政者；他认为统治者不应为自己敛财和攫权，而要设法给民众带来福利与幸福。在他的思想引导下，他去世后的几个世纪内，世卿世禄的贵族政治从中国的大地上消亡了。

孔子哭了！因为我们不知道他是完全的人道主义者。他崇尚的不是神道，不是君道，是完全的人道。他说的"仁"是人心的境界，两人为仁，仁者爱人。只有这样的礼乐之世，才会君臣有义、父子有恩、兄弟有序、夫妇有别、朋友有信。"仁"成为中国方式的宗教。"殷人尚鬼"，到孔子时，他给中国人建了另一座教堂。这座教堂信的不是上帝圣灵，而是家族宗庙。在他的宗教信念中，谁都能做尧舜，人人可成佛陀。

孔子哭了！因为我们不知道他是宽容的哲学家。他期望每个人反躬自省，他小心翼翼地不为后人制定任何死板的规则。他说的"道"，就是个人自己的主张，所以有君子之道和小人之道。他说：道不同不相为谋；他说：君子谋道不谋食，君子忧道不忧贫；他说：朝闻道夕可死也。他希望人们把求道、谋道、为道、行道作为自己一切活动的中心。他也梦想有一种大道，能成为所有个人与国家的生活方式，它包括了所有的德行、真诚、正义、慈爱和喜好。

孔子哭了！因为我们不知道他是伟大的老师。在他眼中，贫贱者与富贵者永远平等，他只期望弟子们聪慧而勤奋。他从四个方面教育弟子：文献、行动、忠诚和信义。孔子的教育方式不是强制，而是说服，他不在意对错误的惩罚，但强调对正确的奖励。他平易近人，没有后代老师那些可怕的清规戒律。孔子虽然没能使弟子们得到世袭的权力，却巧妙地让他们拥有了"君子"之名。从此，"君子"指的是饱学之人，而与贵族身份无关。孔子也称"君子"为"士"，让他们肩负了一种使命：宁可自我牺牲，也要冲击强权，以民众的名义和利益掌管国家。

孔子哭了！因为我们不知道他是中国的第一位平民学者。中国此后的学术，都以孔子所创的儒家思想为主要血脉。孔子学说的核心，就是人文精神，他不尚空言，他强调知行合一。他思想的精髓，是学习如何为人做事，即使"不识一字，亦可还我堂堂地做个人"。所以中国学术求会通，而西方学术求的是差别。如果今日学者只重学理，不求人格，永远也无法领悟中国学术的深义。

孔子哭了！因为我们不知道他是一位伟大的民主人士，他的思想推动了欧美民主的进程。17 世纪始，耶稣传教士把孔子思想带到欧洲，在欧洲的启蒙运动中，大量思想家、政治家接受了孔子的影响。伏尔泰在《哲学辞典》中称颂孔子："我全神贯注地读了他的这些著作，我从中汲取了精华……"他说："在这个地球上曾有过的最幸福的并且最值得人们尊敬的时期，那就是人们遵从孔子法则的时期。"赖克韦恩也写道："孔子是 18 世纪启蒙运动的守护神。"所以有西方学者认为，孔子思想不仅是法国大革命的动因，更成为西方"平等、仁慈、博爱"观的源泉。通过法国的思想运动，孔子也影响了美国的民主政治。《独立宣言》起草者杰弗逊甚至想比照中国的科举制度，建立一种教育体制，作为美国的政治基石。

孔子哭了！因为我们不知道他在现代中国只遭遇了一位真正继承者，这就是国父孙中山。孙先生从来都把孔子称为民主主义者。他宣称："孔子和孟子都是民主的倡导者……孔子总是引用尧和舜的话，因为他们不把帝国据为自己的世袭财产。虽然他们的政府名义上是君主专制的，但事实上却是民主的，这就是孔子为什么要赞誉他们的原因。”他还断言：“中国领先于欧洲和美洲几千年就发展出了一种民主哲学……欧洲超过中国的，不在于政治哲学，而只在于物质文明……我们需要向欧洲学习科学，而不是政治哲学。因为在真正的政治哲学原理方面，欧洲还需要向中国学习。”孙先生是唯一要把中国新政治和历史旧传统连根接脉的伟人。他把中国政治原有的考试、监察制度，并入西方行政、立法、司法三权，创立了他五权分立的政治思想。孙先生最伟大的地方，在于他对中国历史的了解，在于他融会中西的政治抱负。国父孙中山的这种远见卓识，将绵历百代。

孔子哭了！因为我们不知道他是厌弃财富的人。所以他说：“吃粗粮，喝白水，曲臂而枕，我在其中仍然很快活。”所以他夸奖子路“穿着破烂的麻布袍子，与衣着轻裘的人并肩而立，却没有丝毫的羞耻之感”。所以他称赞颜回“一箪食，一瓢饮，在陋巷，人不堪其忧，回也不改其乐”。

孔子哭了！因为我们不知道中国与西方在历史与文化精神上有太多的不同，现在却拼命地在往同一条路上挤，致使中国文化传统，在整个中国大地上，已学绝道丧、奄奄一息。首先是渊源不同。钱穆先生总结过，中国文化源于农耕，仰仗的是天、地、雨水，这三者都不是人力可改变的，所以它的文化形态是静定、保守，讲究“天人相应”“物我合一”，于是有“和合”“顺应”“安分守己”之说；西方源于游牧文化，自给不足，向外扩张，因而它的文化是流动、进取，标榜“天人对立”“物我对立”，于是有“自由”“独立”“自我”之说。中国人“安、足、静、定”的精神气质，遭遇西方“富、强、动、进”文化攻势，势必无所适从，价值观势必沦丧。文化何谈进步，它只有绵延。其次是文字思维与文化精神不同。中国文字“简单表现复杂，空灵象征具体”的精神，是中国文学与艺术的精神。中国文学是人世的，西方文学是社会的。社会只需关注“有”，而人世却要知“无”知“有”。所以中国文学重情不重事，西方文学重事不重情。西方艺术与中国也完全不同，西方艺术的核心是娱乐，中国艺术的本质为礼乐，礼乐既为艺术，也是道义，更是人生。

孔子哭了！因为汉武帝之后，孔子学说开始被滥用，以至败坏到为专制统治辩护，这与真孔子全无关系。然而今天，中国人的历史观早已被捣成了一团糨糊，于是打倒“孔老二”的喊声至今不绝于耳。一个国家舍弃了历史，又怎会有文化可言？孔子编撰的历史典籍《春秋》，奠定了中国文化的历史命脉。历史千变万化，不外乎一个“治乱盛衰”。稍逢衰乱之世，就否定自己的老祖宗，这种文化心态确实令人悲哀。千万不要忘记，留在我们今天记忆中的历史，大多都是对历史的误解与错读。

孔子哭了！如果他的哭声仍旧不能唤醒我们对中国历史与传统文化的重新认知与评价，那我们下一个听到的，将会是后代对我们怨恨的哭声。与“复兴国学”或“复兴儒学”这样的口号相比，在中国，复兴孔子质朴而本真的思想，复兴原始儒学的真正精神，当是我们能够做到的。这也是重建中国文化精神、民族信心与民众价值观的重要出路。

孔子哭了！他流下所有中国人的眼泪。

重建古典中国的文学大统

■ 叶匡政

“文学死了”正在成为一个社会常识，被越来越多的人接受。我看到一些作家与文学批评家也在以此为常识，重新组织自己的表达与学术生活。在过去的中国公共话语中，因为没有这个观念，出现的一些文学现象让我们无法解释。今天我们再来看这些文学问题，就会多出一种理解。

2007年8月底，北大教授陈晓明在《中华读书报》发表了《向死而生的当今文学》一文，可以说是一个很好的命题。但当代文学能否“向死而生”，仍在于我们能否明晰“文学死了”在这个时代的真实含义。也就是说“文学死了”这个观念在当代话语中展开得越充分，文学“向死而生”的可能性也就越大。

社会的整体语境发生变化，
文学作为一种“共识”自然会迎来它的死亡

那么“文学死了”究竟是什么意思呢？简单说来，“文学死了”就是指源于西方的那个文学观与文学系统，在中国公众生活中的彻底死亡。

虽然我们称之为文学的作品古已有之，但那时并没有我们现在对“文学”的这个观念。“文学”在过去泛指一切有人文价值的古典文献与研究。今天的“文学”，是西方现代社会的一种思想建构，所以德里达说：“文学是一个具有某种欧洲历史的概念。”它被建构的原因很复杂，它所做的工作，就是把有一定精

神深度与想象性的纯审美文本，从一切文献中分离出来，这是文学的“客体化”过程；其后，它又被赋予了崇高的价值，进入教育体系供人们分析与研究，这就是它的“体制化”。这一切均是现代社会的贡献，至今也不过200年左右的历史。一切有其他社会功能的文本，在我们今天的观念中都不再被称为文学。

我们现今认知的文学，并不是文字文本的自然属性，它被建构为一种知识共识，与一个时代的思想语境与社会体制有关。在欧洲，文学的兴起可以说是欧洲浪漫主义的产物，它使人们开始专注于文本的创造、形象与审美特质，文学渐渐成为一种高于其他文本的特殊文本。德里达有一篇名为《这种叫作文学的奇特体制》的访谈，专门探讨过这个问题。他指出，文学是知识领域中“规则”的产物，只不过由于这种思想与规则都镶嵌于文本的内部，而难于被人发现。他说：“文学不是一种自然的本质，不是文本的内在属性。它是文本与某种意向关系发生联系之后的产物。这种意向关系就是一些约定俗成的规则或社会制度的规则。”

福柯也认为，文学作为一种“特殊的话语形式”与其他话语的隔绝，是19世纪才发生的，“此后，文学与思想观念的话语渐行渐远，并将自己封闭于一种彻底无目的状态中。它与古典时期使之流传下来的所有其他价值（趣味、快感、自然、真实）分离开来，……仅仅成为一种语言的呈现。与其他话语形式相反，它除了突出自身的存在之外并不遵循其他规律”。一个时代会形成一个时代的知识共识，文学同样如此，一旦社会的整体语境发生变化，文学作为一种“共识”自然会迎来它的死亡。任何观念的发展都逃脱不了这种自然规律。“文学死了”在今天，指的是西方文学观在中国的死亡。

在中国，“文学死了”有它的特殊含义。我们知道，西方文学观进入中国是晚清以后的事，此时中国的传统文学观经过几千年的发展，早已自成体系。本来中国的传统文学观在现代化的碰撞与洗礼中，是可能诞生出更加伟大的民族文学作品的。但那时的中国知识分子认为西化便是民主，西化便是科学，而民主与科学便能穷尽文化的全部内容。于是，中国几千年的文学经验就这样被封存在文言文中。西方文学观在白话文中，很快就大行其道了。20世纪80年代以后，更是盲目推崇西方文学观，致使有着几千年历史的“中国情怀”根本无法在当代文学空间中绵延。所以，“文学死了”在今天，指的就是西方文学观在中国的死亡，它同时也意味着中国传统文学观有机会在当代文化语境中被重新建构。

任何民族的文学，都无法离开它的文化传统而独自存在，尽管每个民族的文学都有其特殊的“现代化”问题，但现代化绝不是指在价值取向上完全以西方文化为标准。中西文化最根本的不同，就在于中国文化注重的是内在超越，而西方文化注重的是外在超越。西方文化外在超越最明显的特征，就是它的价值与秩序是寄托于人格化的上帝之上的，所以它有千奇百怪的创世神话，有包罗万象的神学传统，理性不仅与信仰对峙，更是处在信仰的长期压抑中，这也是西方近代有“文艺复兴”与“启蒙运动”的缘由。

西方近代史，可以说是一部思想世俗化的历史。文学便是其中一种非宗教的、世俗化的现代建制，是一种要摆脱神学与教会的建制，但它仍然保存了一些它要挣脱的东西。在西方就有过文学被神圣化的历史，文学文本一旦写成，就成了被膜拜的对象，甚至被偶像化。所以德里达说，在文学与宗教之间，一直存在着某种宽恕的场面：作家因挣脱了宗教而请求宽恕，他与宗教之间是存在着某种债务关系的。西方的文学观虽然倡导这种想象性与审美性的文学文本与其他文本的隔离，但是它仍旧保持着与宗教和理性主义传统的血缘。这种文学观一旦传入没有宗教基础的中国，导致的最严重的后果就是文本与作家人格的分裂，文本成了一种与作家人格毫无关系的“创造”。因为没有这种宗教与理性传统的校正体系，所以“中国文学之假”成了一个世界范围内特殊的文化现象。所以，在西方文学观之下发展起来的中国文学，首先要辨别的是“真假”问题，其次才是“好坏”问题，这和中国制造的某些产品倒是有些相似。

文学不是道，而是寄道于文学中

中国传统文学观早已解决了这个问题。中国文化强调的是内在超越，所以深信价值之源内在于人心，同时外通于他人及天地万物，这种“人文精神”形成了一个悠久的思想传统：上自孔孟老庄，中经禅宗，下至宋明理学，都是以自我的体认与修养作为思想的主要目的。孔子说“为仁由己”；孟子说“尽其心者知其性，知其性者则知天”，说“人人皆可以为尧舜”；禅宗说“平常心是道”，中国文化似乎早就知道，人是无法真正把握那个超越的世界，所以认为它与人间世界是相互交融的，离中有合、合中有离。所谓“道”即人生，人生片刻也不能离开“道”。

这种文化落实在文学观上，就是韩愈所言的“文以载道”，这里的道就是指现实人生。所以著有《文史通义》的章学诚认为：“文章之变化，非一成之文所能限。”也就是说文学并不能单从文学本身去学。这其实与韩愈的说法相近，即认为文学并不是道，而是寄道于文学中，这是中西文学观的一个大分别。中国古典文学作品的构成，也多是出于某种社会需要，在实用功能的基础上加上一番修辞而已，所谓“言之无文，行之不远”。曹丕说“文章乃经国之大业，不朽之盛事”，虽然后一句体现了文学的独立性，但前一句仍然成为中国古代文学的共同标准。

对实用文本的尊重，是一种直见性命的尊重

细察《四库全书》中的经史子集，我们会发现，经史子三部所收文本均有社会实用功能。六经皆史，史就是一种政治文件，即便《诗经》也是如此，雅、颂本来就是用于政治场合的，而风所颂扬讽喻的，也大多有政治指向。史是一种历史记载，子是思想著述。只有集收录了一些我们今天所说的文学作品，但大多也是议论、考据与日常应用的文字。集中所收的《离骚》可以说是纯文学了，但它的创作动机仍指向政治。《昭明文选》作为中国较早的一部文学总集，将诗文分为了三十一类，除了诗与赋外，所收文章也多为实用文本。

到清代的姚鼐，他所编的《古文辞类纂》，将文体分为论辩、序跋、奏议、书说、赠序、诏令、传状、碑志、杂记、箴铭、颂赞、辞赋、哀祭共十三类，这是他对中国文学史的一大贡献。从这十三种分类中，能看出中国文学对实用文本的尊重，中国文学的理想境界并不期望所创造的文本的辉煌，对文本的想象性、整体性与审美性也没有像西方文学那样看得过高。所以中国作家不会像西方作家那样，站在人生之外，对世间作旁观式观察，更不会远离现实，进行所谓的想象性写作，这些都不会成为中国传统文学的主流。中国文学强调的是作家对自己的日常生活的个人体味，而这种体味又要融贯整体文化精神的崇高

向往，有了内心这种长期的修炼与陶冶，即便是抒写笔记公文、应酬酢和的文字，也能让读者感受到作者理想人生的全真境界。只有当文本的审美性、作家人格与整体文化精神三位一体，才能成就中国文学的最高理想。所以韩愈的《送李愿归盘谷序》、《祭十二郎文》虽为实用性文本，但因为有了真天真地的大性情，而成为一代名文。韩愈说："我非好古之文，好古之道也。"中国文学就是这样与作家的人生境界连在了一起。人们读文，更多地是为了读人。

这种对实用文本的尊重，是一种直见性命的尊重，这是对文章的大信，也是对人世的大信，更是对民族文化精神的大信。原来中国的文学之道，就藏在"用"字中，所以它知有知无，所以它有情有义，所以它晓事知礼。钱穆先生对此作过最好的总结："故中国文学之成家，不仅在其文学之技巧与风格，而更要者，在此作家个人之生活陶冶与心情感受。作家不因于作品而伟大，乃是作品因于此作家而崇高也。中国文化精神，端在其人文主义，而中国传统之人文主义，乃主由每一个人之真修实践中表达出人生之全部最高真理。故曰：'人能宏道，非道宏人。'故非了解中国文化之真精神，将不能了解一中国文学家。"

所谓文学不朽，就是达到文本与作者凝融为一的境界

钱穆先生认为，中国的文学家不用写自传，也不用他人作传。每个文学家，将他所有的作品编年结集，就是一个人最真实、最准确的自传。所以文学家从不依靠史笔传世，因为史笔也达不到如此真切而深微的境地。所谓文学不朽，就是指演进到文本与作者的凝融为一的境界，这才是中国人文主义的精髓，人在文前，而不是文在人前。这与西方外在超越型文化下的文学观完全不同。所以中国有诗史观，杜甫与苏轼的诗不仅是一个时代的历史记录，也是个人人生的全记录。钱穆说："杜甫、苏轼之诗，凡毕生所遭值之时代，政事治乱，民生利病，社会风习，君臣朋僚，师友交游之死生离合，家人妇子，米盐琐碎，所至山川景物，建筑工艺，玩好服用，不仅可以考作者之性情，而求其歌哭颦笑，饮宴起居，嗜好欢乐，内心之隐，抑且推至其家庭乡里，社会国族，近至人事，远及自然，灿如燎如，无不毕陈，考史问俗，恣所渔猎。故中国文学虽曰尚通方、尚空灵，然实处处着实，处处有边际也。"

中国传统的文学大家，他的文本与人格必是始终如一，珠联璧合，无懈可击的，才可称为大家。他的人生不仅要与大群人生合而为一，而且要与大自然融为一体，这才能与中国文化精神中“以人为本”及“天人合一”思想相映照。这是古典中国的文学大统，然而已被中国当代文学遗忘得一干二净。

我说“文学死了”，就是指西方的那个文学观的死亡。也只有这个文学死了，我们古典中国的文学大统才有可能被重建，那才是一个真正适合中国情怀与中国精神茁壮成长的文学空间。

中国该不该设计自己的情人节

■ 摩 罗

前些年读英国人类学家马林诺夫斯基的名著《原始的性爱》，对书中介绍的南太平洋地区特罗布来恩群岛上少男少女的恋爱风俗特别感兴趣。这个地区的少年们刚刚发育成熟，就自然而然地进入男欢女爱的季节。他们一般是男孩跟男孩结成一帮，女孩跟女孩结成一帮。在某些日子，一个村子的男孩帮会跟另一个村子的女孩帮集体约会。男孩帮浩浩荡荡朝女孩帮的村子走去，一路上的阳光是如何明亮，海风是如何温柔。女孩帮早早地等候在村边上，他们"会师"的那一刻，世界是多么诗意盎然。他们见面之后就开始寒暄、唱歌、打情骂俏。在这种戏谑和交锋过程中，如果哪两个人相互有好感，就相约着找一个僻静处单独交流。在这单独相处的时期，他们的身体和心灵的关系可能越来越紧密，日后可能回味终身的浪漫故事就从此开始。

这不就是特罗布来恩群岛的情人节吗？

马林诺夫斯基所描述的乡村环境，我非常熟悉。蓝天、大地、绿树、翠鸟、庄稼地、屋场、炊烟、鸡鸣狗吠、坟地——无论大陆还是海岛，乡村总是由相同的事物组成的。可是，少男少女这样群体交友的故事，却让我感到无比新奇。我所生活过的农村，总是把男女私情看得很私密甚至很不洁，青年男女的交往受到整个环境的监督，稍有接触就会受到大家的调笑、起哄。少男少女几乎没有什么合适的机会进行合法的结识和交流。

在贫穷的人民公社时期，露天电影曾经是少男少女们的狂欢节。大多数男孩并不在意银幕上的内容，他们成群结队在人群中钻来钻去，寻找那一簇簇漂亮的女孩，然后用一种粗俗而又充满青春诱惑力的语言吸引女孩的注意。胆子大的还会冲上去摸一把胸脯或者臀部，场上的气氛往往比银幕上的气氛热闹许多。女孩们一般也是用粗俗而又善意的骂语回答他们，声音虽然凌厉，语气却很温软，脸上充满快乐的红晕，心脏更是幸福地蹦蹦跳跳。

这种打情骂俏多半只有发泄的意义，电影结束大家马上各奔东西，无法为日后的发展种下善缘。如果遇到女孩同村的男孩吃醋，他们很可能会出面干预，弄不好还会拳脚相加，双方都群情激愤地为那些并不属于自己的女孩冲锋陷阵。而那些女孩并不感激同村的男孩，她们躺在被窝里，看着窗外的月亮，回味刚才的期待与甜蜜，兴奋而又遗憾地失眠。

到后来土地承包到各家各户，男孩女孩成天耕作在自己的田地里，村里的孩子不再抱团了。再后来电视机越来越多，露天电影渐渐消失了，这仅有的一点浪漫烟消云散。乡村青年的谈婚论嫁越来越没有选择的机会，越来越依赖父母之命、媒妁之言。随着社会的开放，观念上给自由恋爱留下的空间越来越大，可是这种死板、凝滞的生活模式中找不到可供少男少女打情骂俏的一片丛林或者一间茅屋。

我在乡村生活了30多年，我那个村子自由恋爱而结婚的人极少极少，基本上都是媒妁之言促成的婚姻。有的人由于某种原因沦为大龄青年，于是满脸慌张与凄凉。了解了特罗布来恩群岛上少男少女们幸福的恋爱生活之后，我一直为自己的社会感到纳闷。为什么我们这个社会的文化设计中不能为少男少女的情爱需求、性爱需求创造一片温馨的空间？即使每年每月都必须“男女授受不亲”，是不是还有可能每年设计一个日子让少男少女们“亲”那么一回，以便他们为自己日后一辈子的婚姻生活提供一个自我选择的开端，哪怕只是留下一个甜蜜而又凄美的回忆也是好的。

露天电影场当然不是情人节。那么中国是不是曾经有过这样的情人节？中国有没有可能恢复或者设计一个情人节？

其实中国当下有的地区是有情人节的。今年我到贵州省贞丰县的布依族匆匆做过一回考察。接待我们的当地干部主要有蒙局长和向局长。布依族的少男少女历来具有浪哨传统。浪哨就是谈情说爱的意思。最集中的浪哨时间是春节到元宵这段时间，男孩们成群结队地到各个村寨游走，那些“家有少女初长成”的人家会热情地接待这些小伙子。少男少女们一起聊天、一起唱歌，如果看上了自己的心上人，就约定下一回在集市上或者节日聚会中再一次见面，再一次唱歌调情。直到双方都感觉满意，再由成年人出面正式提婚。有趣的是，那些已经结婚而没有生孩子的青年人，也可以悄悄参加浪哨，只要不被自己的配偶知道就行，不会受到舆论的谴责。如果在浪哨中结识了更加中意的异性，他们可以为此离婚，舆论对此也不会施加压力，因为这是习俗所许可的。

蒙局长摇头晃脑地说，每到春节期间，一帮男孩子结伴出游，走遍附近的布依族村寨，一个一个地考察各村寨的少女，精心寻找着自己的意中人。谈起他年轻时期的浪哨经历，他眼睛放电，满脸洋溢着异样的光辉。我禁不住猜测，这样的经历也许可以滋养人们一辈子。

蒙局长和向局长带我们在村寨中穿行，来到一条小河边，这是一条在石灰石的凹槽上流淌的河，没有泥沙，河水晶莹透亮。两位农妇在洗衣，三四个男孩在游泳嬉戏。村寨坐落在河边。这真是人间仙境。蒙局长和向局长都是布依族人，他们触景生情，禁不住唱起了浪哨的情歌，马上有姑娘从窗口探头张望。我被这种浪漫情调所陶醉，恨不得也哼上几句。但是，我们这些汉族男人，少年时期从来没有受过这样的训练和熏陶，此时只有空自羡慕。

在贞丰县城的集市上，也有专供布依族少男少女浪哨的街道。成群的男孩一字排开站在街道的这边，女孩站在街道的另一边，他们相互观察和审视，一旦捕捉到目标，就通过中间人传话，接下来就是单独接触。这种跟特定的山水和木屋联系在一起的生命欢歌，突然出现在钢筋混凝土堆砌的城市，也许不无几分滑稽。但这正说明了人性的需求不可阻挡。当蒙局长和向局长向我们介绍这条浪哨街时，他们的脸上泛起一种成就感，因为正是由于他们这些官员的构想和努力，才把自己民族的传统文化带到了城里，才使得这些少男少女的需求在城市文化中也占有一席之地。

很明显，浪哨就是布依族的情人节。

最近读到人类学家方李莉考察苗族文化的笔记，发现苗族也有情人节，那就是跳花坡、晒月亮。其节日内容和意义跟布依族浪哨很接近，只是这两个汉译名字更加美丽雅致，足以醉人。先是大家一起唱歌，打打闹闹，待到物色好了意中人，就相约着晚上离开众人单独活动，这两个人的私密活动就叫晒月亮，充满诗趣和童贞。

方李莉在考察日志中介绍说："正月初四到十四的十天时间里，年满十五六岁的男女青少年都穿上盛装，参加跳花坡。跳花坡开始后，男孩到各个寨子串寨，而女孩只能在本寨。十多个女孩集中在一起围着炉火，当男孩来到门口，女孩就堵住大门对歌。如果女孩对歌输了，就请男孩一起进来烤火、聊天，并留下吃饭；如果男孩输了，女孩就会拿来马鞍给男孩背着，还拿来杵辣椒的杵给男孩舔，然后哄笑，男孩就会害羞地走掉。当天晚上，女孩各回自家，男孩就用草打地铺一起休息。第二天早上，女孩端水给男孩洗脸，男孩请女孩温甜酒来喝，女孩叫男孩唱敬酒歌，唱完才提酒来喝。喝完酒，大家一起到坡上玩，又开始唱歌。到下午，男孩又到别的寨子去，直到正月十四，有感情的会留男孩到十五，没有感情的各自回家。"

如果活动结束以后，姑娘还没有找到可以一起晒月亮的意中人，她就会手持一把雨伞在路上逡巡，这时，就有小伙子追随而来。这样的文化设计真是诗意盎然。

在这些少男少女的活动中，成人社会扮演什么角色？他们对于孩子们的游戏持什么态度？方李莉说："据说这里谁家有了姑娘要开始找对象，跳花坡期间，父母就会在门口放很多的煤，然后将家里的火烧得旺旺的。"用一堆绵延千年的旺火招待前来走寨的男孩，这是前辈对晚辈的温情和挚爱。

跳花坡无疑就是苗族的情人节。

那么为什么我们汉族没有情人节？是从来没有还是曾经有过如今已经失传？为什么我们有九九重阳节、有中秋团圆节、有清明扫墓节、有七月半鬼节、有最热闹的祭祖节春节，却独独没有为少男少女提供人生的起点、为男欢女爱提供仪式性的情人节？虽然有一个牛郎织女七七鹊桥相会的悲伤故事，可这个故事只是供人们感叹的而没有给人们的感情带来仪式性的升华，也没有启示人们创造一个狂欢空间为少男少女提供现实的满足。

我没有对中国远古文献作过系统的考察，但是《诗经》至少向我们展示了先周时代曾经有过类似情人节那样的隆重仪式。《诗经·出其东门》云："出其东门／有女如云／虽则如云／非我思存／缟衣綦巾／聊乐我员。"意思说：从东门通向野外，年轻的女子集结如云，那么多的姑娘都不是我的思念，那个招摇着白袍和青巾的人，才是让我激动欢欣的人。这首诗所写的，正是一次重大的仪式性的群体活动，很可能参与者都是少男少女，那么这个节日的主题及其仪式，就跟布依族的浪哨和苗族的跳花坡、晒月亮基本一致。

《诗经·衡门》云："衡门之下／可以栖迟／泌之洋洋／可以乐饥／岂其食鱼／必河之鲂／岂其娶妻／必齐之姜？"意思说：一对情人在衡门之下从容游玩，淙淙河水诗意地从两双脚下流过，他们说，我们虽然并不显贵，但这不会影响我们的爱情，难道吃鱼就一定要吃黄河的鲂鱼吗？难道娶妻就一定要娶齐国的公主吗？这个两情相悦的情景跟苗族情侣晒月亮的情景几乎一模一样。

要从《诗经》中寻找先周时代情人节的蛛丝马迹，还有不少，甚至还可以找到走婚制度的痕迹。估计在其他历史文献中也有很多类似痕迹。如果哪位熟悉先周文献的历史学家做一番人类学的梳理，找出中国古代的情人节不是难事。

原来我们汉族的祖先也是享受过情人节的。

既然如此，我们为什么不可以设计一个自己的情人节？

每年2月14日，大城市的年轻人出于对某种时尚的追慕之心，跟着西方人一起过上了情人节。本来几乎每个节日都是由古老的宗教仪式演变而来，唯独西方的情人节是最没有宗教来历、最没有历史依据和文化依据的节日，我们乐呵呵地模仿着洋人买几朵玫瑰喝一杯咖啡，颇有点傻帽的味道。

情人节不是什么时尚问题，而是关系到一个社会的制度设计。一个民族要想保持生命活力和文化创造力，必须营造一个适合于男欢女爱的文化环境和社会氛围。追求温饱和快乐，追求与宇宙大生命的沟通和永恒的融合，这是人类两个最基本的需求。而男欢女爱的需求，很可能是这两种需求的结合点。用节日庆典或仪式的方式为男欢女爱提供文化空间，乃是从制度上保证了古老习俗的延续性，也体现了人性及人的基本权利在文化生活中所享有的重要地位。

我在北京接触过大量因为找不到异性朋友而不得不独身的男人和女人，他们的心理生活往往受到不同程度的扭曲。城市的繁华和开放并不能保证少男少女异性交往和择偶的方便，因为城市居民的交往很圈子化。居民之间几乎毫无交往，只有通过各种社会组织才会产生交往。可是少男少女的社会空间很小，再说大多数社交场合都是远距离的交往，颇有几分知人知面不知心的味道，甚至对“心”根本不感兴趣。初入社会的年轻人所能得到的择偶机会并不很多。

乡村少年的境遇即使不比城里少年更差，也决不会比他们更好。依靠媒妁之言撮合的婚姻，因为婚前缺乏相互了解和选择的过程，婚后难免出现一些危机。这种勉强凑合的婚姻给当事人带来的心理扭曲不可低估。不仅他们的个人幸福受到损害，还给社会带来了相当多的压力。

为城乡青年的异性交往和择偶需求设计具有节日庆典性质并具有仪式感的文化空间，也许已经是中国的当务之急。

中国今人放弃了远古时代情人节的传统，这是一个极大的错误。想想苗家父母为孩子们的情人节准备煤堆的时候、为孩子们生火的时候，内心是如何慈爱和甜蜜，人性因此而柔软、而丰满，他们的幸福跟陶醉在情人节之中的少男少女息息相通。汉族的父母为什么没有权利体验这种慈爱和甜蜜，汉族的少男少女为什么没有享受过这份满足和陶醉?

在当下的社会文化语境中，恢复一种古老的传统，即使是民间习俗方面的传统，也必须由政府出面。中国政府设计了一年三个长假，可惜其中两个长假都与我们的文化传统无关，这是一个需要修改的设计。长假制度的出台，大大助长了旅游经济的发展，政府和旅游景点赚足了腰包，于文化全无一点助益。其实政府完全可以设计一个情人节，或者借鉴西南少数民族的传统，或者从先周文化中恢复一种古老的仪式，以法律的方式规定它的权威地位。贞丰县的官员可以将布依族的情人节从布依村寨移植到城里，其他有关官员为什么不可以将布依族的节日移植到汉族地区、或者将古代先民的节日移植到今天?

这个节日的主体群体是少男少女，参与者则是全社会。节日时间必须持续大约一周，因为谈情说爱包括了仪式性见面、约会、交流、选择、抉择等等复杂的程序，没有一定的时间无法完成这些程序。

这个节日不仅有利于解决现在城乡青少年的两性交往问题，还是对男欢女爱的人类权利的肯定与强调。在这个古老的民族恢复男欢女爱的权利和传统，对于恢复民族生机、振兴民族文化，将可能起到点火按钮式的作用。

一个人的百年

■ 余 虹

今年7月8日，我和同门师兄弟回四川大学参加石璞先生百岁华诞的庆典。22年前我随石先生攻读硕士学位，是先生的关门弟子之一。得知母校要举办先生百岁华诞的庆典，我们同门师兄弟表示无论如何都要回母校为先生祝寿。见到先生那熟悉而年迈弱小的身体，我们都百感交集，嘘唏不已。

一百年是一个沉重的数字，尤其是现代中国的百年，所谓多事多难之百年，千年未遇之大变局的百年，竟让一个弱女子扛过来了。她活着，不仅活着，而且还有尊严地活着，身上没有丝毫的悲戚与苟且。德里达在去世前感叹所有的人都是缓期的幸存者，他说生存即幸存，生存在死亡的威胁中乃每个人的命运，只有那些幸运儿可以避开自然与人世的威胁而幸存。石先生是这样的幸存者吗？当然。然而，是什么让她得以幸存？是什么给她看似柔弱的生命以坚韧呢？或者，一个普通的老百姓，一个女人，一个学者在中国历史上变动最大的百年，在中国历史上灾难和不幸最为深重的百年是靠什么力量、智慧和耐心活过来的，并活得如此具有人的尊严？

就在去参加石先生百岁华诞庆典前不久的5月16日，我所在的中国人民大学中文系的一位女博士生跳楼自杀，去年的同一天新闻系的一位女博士生跳楼自杀。这些年不断听到有人自杀的消息，而且大多为女性。听到这些消息，我总是沉默而难以认同那些是是非非的议论。事实上，一个人选择自杀一定有他或她之大不幸的根由，他人哪里知道？更何况拒绝一种生活也是一个人的尊严与勇气的表示，至少是一种消极的表示，它比那些蝇营狗苟的生命更像人的生命。像一个人样地活着太不容易了，我们每个人只要还有一点人气都会有一些难以跨过的人生关口和度日如年的时刻，也总会有一些轻生放弃的念头，正因为如此，才有人说自杀不易，活着更难，当然不是苟且偷生的那种活。

莎士比亚在《哈姆莱特》中曾提出一个无法选择的难题：活还是不活？活下去就要“忍受人世的鞭挞和讥嘲、压迫者的凌辱、傲慢者的冷眼、被轻蔑的爱情的惨痛、法律的迁延、官吏的横暴和费尽辛勤所换来的小人的鄙视”。不忍受这一切而挺身反抗呢？如果死亡真像一睡了之那么宁静也就好了，但谁知道这一睡之后会做什么梦？谁知道那死亡之地是个什么样子？也许死比生更糟？谁知道呢？因此，我们说那些活着的人和那些以死反抗的人多少都是令人尊敬的人，因为他们有自己的决断和承担，而不像那个丹麦王子停留在无解的思虑中而放弃做人的责任。

在中国历史上灾难深重的百年选择活下去，不是赖活而是好好地活，这其间要忍受多少无法忍受的时刻，要承担多少难以言述的痛苦，今天我们已无法想象了。在石璞的百年生涯中，革命、战争、改革、政治、资本、主义、运动、敌人、人民、平等、自由、民主、女权、解放、反动、进步、国家、民族、中国、西方、阶级、政党这些巨大的词眼曾让多少弱小的生命为之激动和献身，石璞也不例外。但令人惊讶的是，无数柔弱的生命都被这些巨大的词眼压垮了而石璞还健在，无数生命之火都在这些词眼的巨大阴影中熄灭了而石璞还自有其光彩。看到这个百岁老人得体而整洁的衣着，看到她平和、安详、自在而阳光的神情，我便想起了一个95岁的美国老太太。在波士顿访学期间，我认识了这位老太太并在同一幢房子里住过两个月。这位老太太给我的总体印象就是阳光，在她身上看不到任何老年的阴影与凄凉。她的衣着总是生气勃勃而脱俗得体，她的神情总是平静而充满喜乐，她说得最多的两句话是：“我能帮你什么？”“最近我很忙。”的确，她把每天的时间都安排得满满的，不是在厨房和餐厅里帮忙就是在附近小学做义教或在教堂做义工，在儿子家过周末，在教堂过周日。她的形象与我记忆中的老太太出入太大。在我的记忆中，80岁以上的老太太大都风烛残年，日落西山，起伏的皱纹和弯曲的身体上布满夜的阴影，其孤寂、清冷与悲戚的气息多少都会招人同情与怜悯。这位95岁的美国老太太呢？她非常阳光，见到她每每让我自己觉得有些暮气沉沉和些许的自怜。这是怎么回事？在与她的交往中我似乎明白了点什么。这位虔诚的美国老太太在世靠国家，去世有上帝，她没有生老病死无着落的不安，换句话说，她的生死是有依靠和庇护的。而一个中国老太太呢？尤其是经过这一百年革命洗礼的老太太，她靠什么消除那致命的不安呢？

德国诗人里尔克曾慨叹一切存在者都处于无庇护状态，人尤其如此，也正因为如此，人需创建自己的保护以维护生存的安全。人的庇护从何而来呢？现世的社会和彼世的信仰，前者给人以生之依靠，后者给人以死之希望。所谓善（社会正义与神圣信仰）者非他，人的终极依靠是也。在人类的历史上，人们以各种方式创建着这种善，也以各种方式摧毁着这种善。在中国历史上，人们曾创建了一个以家庭、家族、乡里、民间社团、宗法国家和儒家道德为社会正义的此世之善，也创建了以各种民间信仰（迷信）和道释之教为灵魂依托的彼世之善。尽管这种善并不那么善，但好歹还是一种脆弱的依靠和庇护，可悲的是，近百年来连这种依靠与庇护也几乎在革命与资本的折腾中消失净尽了。于是，一个问题困扰了我：在石璞这位中国的百岁老人身上怎么也有那位美国老太太身上的阳光？那阳光从何而来？在社会和精神庇护遭到严重破坏的百年，她靠什么全身避害且持守了生命之光？

1907 年石璞出生于四川成都，父亲是一位开明而具有新思想的小学校长，姐姐与姐夫都是北大学生，与鲁迅先生多有交往。受其影响，石璞向往新学，从中学开始便学外语，其后上国立成都高等女子师范学校（四川大学前身）外语系，毕业后从教一年又辗转跋涉到清华大学西洋文学系二年级插班就读。1933 年石璞从清华毕业到杭州省立一中教书，其间因翻译出版弗吉尼亚·伍尔夫的小说《狒拉西》与希腊三大悲剧《阿加门农》、《安提戈尼》、《美狄亚》而蜚声学界，1936 年应国立四川大学校长任鸿隽之聘到川大外文系从教，其后 60 余年都在川大，历任讲师、副教授、教授，外文系副主任、代主任、中文系文艺理论与外国文学教研室主任等职。

早年的石璞是一个标准的新青年，甚至是一个愤青和女权主义者。20 世纪 20 年代，她的祖母因她的母亲未生男孩而要她父亲娶二房以续香火，对此她非常愤怒，甚至不能原谅自己的父亲。在抗日战争中，她参与了进步刊物《前进》

半月刊的创办，并写了题为《前进曲》的发刊词。抗战全面爆发后，她参加了成都文艺界抗敌救亡协会。主编《捷报》副刊《凯风》，并在《工作》、《笔阵》、《文艺后方》和《战潮》等进步刊物频繁发表文章，还多次组织募捐、慰问抗属、举办义卖画展等。建国后的石璞与大多数新青年一样真诚地认同马克思主义，她不仅是共产党的同路人，还积极申请加入共产党。当然，与大多数新青年一样她也经历了主义与现实的分离，经历了理想的幻灭与现实的痛苦，经历了志业、政治与权力的纠缠。

石璞是一个欧美文学教授，从事欧美文学的教学与科研是她选择的志业。韦伯曾说现代意义上的学术志业应独立于政治和权力，是一种追求真理的工作。这种学术意识对现代中国知识分子影响深远，并导致了他们的书生意气与现实悲剧。其实，在一种高度政治化的现实关系中，选择以欧美文学为业就意味着选择危险。在极左的政治权力结构中，国学／西学、旧学／新学、欧美文学／俄苏文学的学术关系背后是反动／进步、敌／我之政治关系。在此，没有什么纯粹的学术行为，一切学术行为都被政治化了。在由历史发展的线性逻辑（反动／进步）与阶级对立的政治逻辑（敌／我）交织而成的政治法庭上，传统国学当然是最倒霉的旧学，“旧”意味着落后与反动，意味着封建阶级的意识形态，因而是“敌”；相对而言，现代西学是得宠的新学，“新”意味着革命与进步，意味着资产阶级与无产阶级的意识形态，因而是“我”；而在现代西学中，代表无产阶级意识形态的俄苏文学又比代表资产阶级意识形态的欧美文学更为革命和进步，因而前者又是“我”，后者则是“敌”。

受这种政治逻辑的支配，在新中国成立不久的1952年，四川大学校方将原在外文系的石璞夫妇调到中文系并任命其丈夫李梦雄教授（也以欧美文学为业）为中文系主任，名曰加强中文系的工作。当时的川大中文系是国学教授的云集地，派一对搞西学的夫妇去“加强”和领导该地，隐约可见当时的政治权力对国学与西学的基本看法。对学术背后的政治，石璞夫妇并不清楚，对复杂的权力纠葛他们更无敏感。从表面上看，石璞夫妇得到了校方的重用，成了领导眼中的红人，但实际上，在中文系那历史深远的权力关系中，他们成了国学权威的异己。当超个人的政治权力将个人间的学术关系变为政治关系之后，个人之间的斗争就不以个人意志为转移地开始了。石璞夫妇与中文系一位国学大师的积怨也许当从这一根源上来理解，此一积怨让这两家对门邻里几十年如隔千里，由此也可见石璞夫妇在中文系的真实处境。正因为如此，不到两年石璞夫妇又调回了外文系。

如果说，校方派石璞夫妇去加强中文系的工作与领导表现了权力对新旧之学的厚薄，石璞夫妇回到外文系后的命运与专业调整则反映了权力对欧美之学和俄苏之学的态度。1954 年石璞回到外文系并被任命为外文系代主任，但不到一年，外文系停办。为何？原因很简单，当时的川大外文系其实就是英语系，而英语和英美文学几乎就是资产阶级意识形态的象征。外文系停办后的大批英语教师被派到哈尔滨学俄语，外文系要办成俄语系，因为俄苏文学表达的是无产阶级的意识形态。在这种时代潮流与权力高压之下，李梦雄教授在外文系复办后改教俄苏文学，石璞教授则调到中文系继续从事欧美文学教学，但开始将教学与科研的重心转向文学理论。20 世纪 50 年代大学里的文学理论其实是马列文论的代称，搞文学理论意味着搞马列。只有搞马列文论和用马克思主义的基本理论批判性地从事欧美文学教学与研究，石璞的工作才是合法的。一些人指责石璞的《欧美文学史》和《西方文论史纲》贴了很多马列的标签，这种指责有一定的道理，但也不尽然。首先，石璞对马克思主义的基本原理是真诚信奉的，她并没有违心地作秀；其次，她的著述的确贯穿了对马列原理尤其是对历史唯物主义的理解，并不是挂羊头卖狗肉。当然，这种指责也挑明了某种无法选择的命运。石璞说："我一生最大的遗憾是才能未能完全发挥，原本还可以做更多事情，写更多东西的。比如在我的《欧美文学史》中，有些艺术性高的作家、作品没有写，或评价少，或不够客观。当时只能那样写，比较多地强调艺术性不符合当时的需要，就不能多讲，不敢多讲，不然就会被说成宣传封资修、宣传超阶级超时代的东西，搞和平演变，那就担待不起了。"

石璞不是那种挺身反抗的学术勇士，也不是那种彻底拒绝而沉默的思者，但却是一个尽可能真诚说话的学者。其实，我们很难说这三者谁更高贵。没有挺身反抗，黑暗将没有尽头；没有彻底拒绝，谬误将四处泛滥；而没有真诚地说话，即使是裹挟在谬误中的真理和纠缠在政治中的知识也会在无言中消失。1980 年当我第一次读到石璞先生的《欧美文学史》时，非常激动，因为此前的外国文学史著述十分稀缺，除了杨周翰等人主编的《欧洲文学史》外，别无系统完整的相关著述。《欧洲文学史》虽体大虑周，但只是一个详细的论纲，作为集体之著述它也太过粗疏。相比之下，我更喜欢《欧美文学史》，它的个人著述性与详实细微使我获益良多，尽管我不喜欢那些混杂其中的主义话语。在我的学术记忆中，《欧美文学史》始终是一个要不断返回的路口，因为它启示我在一个沉默的时代真诚说话是多么不易和重要。在今天，要想象在一个政治化的时代坚持学术所承担的风险已经很难，在今天要想象在这样一个时代生活的知识分子如何度过那些斯文扫地的日子就更难了。石璞常说："不如意事常八九。"这就是命运。如何过一种不如意的生活？是高漂在事事如意的幻想中，还是切实面对不如意的现实？是牢骚满腹地抱怨命运，还是心平气和地承担命运？是在不如意的生活中沉沦，还是在一种精神超越中自持？石璞选择了后者，因此走过了百年。

石璞的百年没有什么惊人的壮举，她不是什么道德英雄，也没有什么浩然之气和慷慨之节，但她有最朴素的良善和最传统的智慧，仅此就足以使她举重若轻，历险而在。1957 年石璞申请入党而成为预备党员，1958 年下放劳动接受组织的考验，在转正会上有人批评她不揭发带队队长男女作风的问题，没有政治觉悟，对此，她保持沉默。结果她的入党转正未获批准，一直到 1980 年才作为冤假错案予以纠正。事后石璞很平静地说不管男女作风的是是非非如何，干预别人的私生活尤其是告密我做不出来。有一次，与石璞一家结怨的那位教授在下楼梯时仰天摔倒，她的女婿将他扶了起来，她家的保姆说："你扶他做啥子嘛，他整你们整得那个样子，让他在那儿待着吧。"石璞说："人摔了，还是应该扶起来，他做得对。""文革"期间，面对各种委屈与罪恶石璞既没有慷慨激昂地反抗，也没有违心地附和，同样保持了沉默。与一些惊世骇俗的道德英雄相比，石璞的沉默仿佛是不道德的，但谁又有权利为了自我的道德完善而在极端危险的时候去连累儿女亲友呢，这种连累道德吗？在世事喧嚣的百年生涯中，石璞的基本情态就是沉默与忍耐，默默地承担形形色色的不幸，也默默地执受那最朴素的善。也许正是这种沉默与耐心使石璞能历百年沧桑而不倒。

如果说朴素的良善滋养着石璞的内心，传统的智慧则是她抵御外来伤害的法宝。石璞一生崇奉老庄，淡泊名利，无心自然。新中国成立以来的几十年间，石璞的工资从未额外上涨，四级教授的头衔一以贯之，而以她的成就与资历争个二级教授额外涨几次工资理所当然，但她不争，也不怨。像很多知识分子一样，石璞多次被作为改造对象下放到农村与工厂劳动，被人吆三喝四做工拾牛粪，在“文革”中也被作为反动学术权威惨遭批斗。面对非人的凌辱与迫害，很多人都无法忍受而发疯自杀，石璞终能泰然处之。对石璞来说，一切是非利害都是身外之物，不必上心，尤其是恶意伤人之事，更不要上心。因此，无论白天的处境多么险恶，晚上她都能呼呼大睡。川大一位教授对我说：石璞低调，所以长寿。此言甚是。但我要补充的是：低调不低，所以高寿。

也许现在可以回到前面那个问题了：在社会和精神庇护遭到严重破坏的百年，石璞靠什么全身避害且持守了生命之光？回望百年，从新青年到红色教授，再到一个普通的老人，那曾经让石璞热血沸腾的主义与真理如烟而逝，唯有最朴素的良善与最传统的智慧还与她的生命同在。那良善与智慧是让一块石头成玉的珍宝吗？“石璞”之名有什么微言大义？一块对恶没有激烈反抗却有持久拒绝的石头，一块对善没有悲壮献身却有耐心执著的石头以她不绝的微光烁伤我正在死去的心。也许英雄的时代早就过去了，也许从来就没有什么纯粹的英雄，日常生活的重负与担当落在每一个人的身上，那些像石璞一样举重若轻的人让生命看到了希望。

我与中国

■ 余　虹

近年来关注中国问题的学者越来越多，理论原创的冲动也越来越强。不久前浙江工商大学举办了题为“中国问题与理论原创”的学术研讨会，会议议题意味深长，它以简洁明了的方式点明了中国学术思想界的焦虑与理想。但何为“中国问题”？何为“理论原创”？这两者的关系如何？却是一些看似明白实则晦暗的问题。我有三点看法，在此就教于大家。

中国问题在什么关系中询问

我以为询问中国问题的关系域至少有四：1. 中国与太空关系中的中国问题；2. 中国与世界关系中的中国问题；3. 中国与别国关系中的中国问题；4. 中国与我（个体中国人）关系中的中国问题。近年来王岳川先生多次从中国与太空的关系立论谈及“中国文化身份”的问题，这代表着第一种思路。而从中国与世界的关系以及中国与别国的关系入手讨论中国问题者（比如全球化与地方性、中国身份、文化战略、文化输出、文化殖民、流散文化等等）则是近年来学术思想界的主流与时尚（也是本次会议的热点），这显然是第二、三种思路。令人惊异的是第四种思路几乎阙如。这是怎么回事？它意味着什么？

是“中国与我”的关系不重要吗？显然不是。那为何思想在此一关系域里沉默呢？如此之沉默意味着什么？在中国与太空的关系、中国与世界的关系以及中国与别国的关系中思考中国问题固然必要，但如此之思想主流与时尚是否掩盖着某种逃避？是在逃避思想者（作为一个中国人）与切己之生活世界（中国）的思性关系吗？是在逃避那不愿或不敢正视的“我”与“中国”的问题吗？

思考中国问题的问题域空缺“我与中国”的关系，这本身就是一个来自“我与中国”关系的中国问题。因为不管多么热闹地讨论中国与太空关系中的中国或中国与世界关系中的中国，那个中国离“我”都非常遥远而缥渺，因为“我”是“中国”的肉体与灵魂，没有“我”在的中国，“中国”只是一个空壳。其实，逃避“我与中国”的关系，仅在几乎与我无关的领域中讨论中国问题不但是一种当代现象，也是中国文人的一种传统。古代文人操心“天下”大事，那是一种什么样的操心呢？那是就为“民与天下”的关系而操心。“民”不是“我”，那里无“我”，更无与我相关的“天下”。中国与作为个体的我之间究竟发生了什么关系？中国对我而言究竟意味着什么？我需要一个什么样的中国？几乎是文人们不思考的问题。

第一个明确思考这个问题的是鲁迅，他让狂人在满纸仁义道德的字缝中看出两个字：“吃人”，那个被吃的人就是“我”。此外，鲁迅还让看出这两个字的“我”惊异，这惊异的神情显露出一种意识，即首次意识到我有拒绝被吃的天然权利。可惜的是，鲁迅式的思考很快夭折，被吃的我又沉默了，思想又逃逸到太空与世界中去了。

我与中国之间发生了什么关系

作为一个生活在中国的中国人，“我”与“中国”发生着某种非此不可的关系。我生活在中国，这是生我养我的地方，也是吃我的地方吗（如鲁迅所说）？我与这个被称为中国的地方究竟发生了什么关系？细察中国几千年的历史，“我”（个体中国人）与中国这个地方发生的关系几乎全然是被动的，也就是说，我只是被动地、无可奈何地生活在这个地方，我几乎没有任何主动建构和改造它的权利与现实可能。“中国”是中国人生活的地方，这个地方是在特定的历史过程中形成的，就其基本结构而言，中国主要是由五大空间构成的生活世界，即政治空间、道德空间、信仰空间、经济空间和文化空间。考察我与这五大空间的关系，便可看出“我与中国”的基本关系。

就我与政治中国的关系而言，在几千年的历史上，中国人个体的政治权利从来就没有在国家体制的框架内真正建立起来，即使是天子皇帝也没有纯个体的、非身份（血统）的政治权利，因此，一旦建立在他的血统与武力基础上的权力消失，他便成为什么也不是的东西。在单纯的“权力政治”中，个体不是真正意义上的“政治的人”，后者是有政治参与权利和政治自卫权利的人，即具有政治自由权利的人。因此,只有当国家成为一个自由的“权利政治”空间时，个体才是真正意义上的政治的人（亚里士多德所谓的“政治的人”就出现于希腊民主政治而消失于罗马专制政治）。在几千年的历史上，政治中国作为单纯的权力政治空间在剥夺了个体的政治权利的同时也切断了个体对它的真切依恋与操心，政治问题成了“肉食者谋之”的事情。所谓“天下兴亡、匹夫有责”，所谓“以天下为己任”的“天下”只要求匹夫担当关心它的责任，而从来没有给匹夫真正介入它的权利；至于匹夫也只知道铁肩担道义而不知道他有质疑天道的权利。

再看我与道德中国的关系。在今天，国人愈来愈感到过一种善意的、道德的生活十分困难，道德实践甚至变成了一件危险的事情。所谓“恶有恶报，善有善报”这种传统信念在今天的现实生活中受到了致命的挑战。在传统中国，不管道德实践的现实庇护多么虚伪和脆弱，那庇护多少还有，而在今天，这种庇护基本上被一扫而空了。从某种意义上说，国家应该是道德实践的现实庇护者或道德秩序的现实维护者，一旦国家失去这种职能，甚至变成一种不道德的现实秩序的象征，它与国民的道德关联就会疏远并恶化。

在个体信仰与国家权力的关系方面，冲突与紧张从来没有像在今天的中国那样突出。现代国家当然应该为个体信仰的自由提供制度性的保障，而当代中国在这方面的努力可谓举步维艰。至于个体命运与经济改革的残酷冲突有目共睹，发展的硬道理将无数的个体变成了牺牲。而文化中国在几经劫难后，已满目虚无，人们在失去价值皈依与意义指向后不知何往。当代中国人说得最多的一个词是“郁闷”，该词最为准确地表达了“我与中国”的关系。郁闷是一种压抑而又难以发泄与倾诉的情绪，一种理不清、道不明的情绪，这显然是国人当代生存晦暗昏茫的症候。

我与中国之间的问题何在

郁闷的情绪掩盖着厌恶、恐惧、愤怒与无奈，它导致与郁闷之源的疏远和逃离。在有关中国问题的太空关注、世界关注和国际关注中，我们也可辨认出如此这般的逃离，即对“我与中国”关系的逃离，以及对来自这一关系的“中国问题”的逃离。

所谓中国学者的理论原创，依我之见，不是花样翻新地寻找什么奇思异想和横空出世的概念术语，而是面对“我与中国”之现实关系的勇气与驻足于郁闷中的决心；不是在相关到太空、全球的“宏大中国经验”中沉溺于不关自身痛痒的高谈阔论，而是要在我与中国之“切身的小经验”中进入中国问题的理论疼痛与难产。在“小经验”与“大问题“之间建立理论原创的基本关联是中国现代知识分子摆脱传统文人习气的根本任务，非此，无论是中国问题还是理论原创都还是文人的闲谈。往深里说，相对于当代现实和个体的生存郁闷，任何蹈空高远的理论都有一种罪责。阿伦特在谈及黑暗时代的思想时认为理论的责任在于照亮黑暗，尤其是照亮那掩盖在寻常之光所照亮的事物背后的黑暗，因为公开人们的生存状态乃是改善这一状态的必要前提。所谓郁闷，乃是国人对切己之生存状态茫然不明的情绪反应，在此即有白夜般的晦暗。我理解的中国学者之理论原创必须面对这一晦暗并照亮这一晦暗。

为此，中国问题与理论原创的基本关联不在思者或学者的己外而在己内，即在“我”的郁闷之中，或在切己的现实关联之中。由此发问和入思，我们迎面便碰到了政治中国中我的政治权利问题、道德中国中我的道德实践的现实庇护问题、信仰中国中的我的信仰自由的体制保障问题、经济中国中我的经济利益如何正当获取并守护的问题、文化中国中我的文化教养与文化虚无缘何而来的问题……一旦进入“我与中国”的关系域，中国问题才有了它的肉体、灵魂、悲欢离合与喜怒哀乐，理论原创也才由太空人和世界人的冲动返回中国人的现实郁闷。

当然，我们这样说并不是要否定在中国与太空、中国与世界、中国与别的国家关系中的中国问题的重要性，而是说所有这些问题都不能取代中国与我的关系中的中国问题，并强调后者在所有中国问题中的优先性。更重要的是，在大多数学者都逃离我与中国的关系而从事“我”不在场的理论游戏或宏论天下中，恰恰显露了中国与我的关系的严峻性和相关中国问题的严重性。作为一个中国人的“我”生活在切肤之中国，而“我”却好谈与我关系遥远的那个中国，这个“我”怎么啦？这个“中国”怎么啦？

色即是空

——棕皮手记：关于网络世界

■ 于　坚

网络带来了一个新世界，它不仅仅是一个信息技术。它是技术，但不是一般意义上的技术，它具有改变世界的能量，而这种能量在我们过去的经验中，只来自历史。而网络是非历史的，它带来一个平面，世界因此将完全不同了。把它视为雕虫小技将使我们误入歧途。不，不是雕虫小技，新的世界到来了，可怕的美已经诞生，而且这种美具有全面颠覆历史的力量。我意识到这种力量，虽然我现在还只是朦胧地感觉到它。这是一个新世界。许多东西还不确定，已经露出端倪的方面就像现实一样丰富、复杂、令人欢欣鼓舞，但也暗藏着巨大的危险，而且是人类有史以来最可怕的危险。我们将被这个新世界异化。我们聪明备至地虚拟了一个现实，一个游戏，而最终，这个现实将把我们虚拟，把我们变成游戏本身。

网虫，这个为匿名者创造的汉语新词也许是人类未来的新名称。

网络世界与文艺复兴以来的世界发现不同，经过20世纪，世界地理和文明史中的世界已经基本发现完毕，探险其实是个非常做作的说法。谁还相信那些拿着测量仪器穿着登山鞋的家伙会发现什么新大陆。今天的世界发现是数据，例如生物学方面的一组数据、基因。网络发现的世界是空间性的，这意味着这种发现本身就是一种虚拟。不是现实世界的发现，而是想象中的世界的发现。

数字化时代深刻地体现出来的东西其实就是“色即是空”。如果把色视为有，虚拟就是对有的虚拟。在网络上，人类几乎可以虚拟一切，个性、性爱、现实，原子弹爆炸、世界末日，将梦境还原为逼真的画面……五光十色，喧嚣混乱，但一切都是虚拟的。

空间是无限的，人类一直试图在这个方面突破现实世界的控制。网络就是这种突破的一个更为日常、普遍的后果。空间现在不再被少数文化精英、政治集团或者财团垄断。网络解放了人类的想象力，现在，只要一按键盘，每个人都可以虚拟自己的想象的世界。过去时代，发表个人想象的世界图景，需有权力。传统世界的想象力空间的巨大板块已经分裂成无数碎片，空间原子化了，成为一个个孤独的原子，网络只是给它们提供自我表演的平台，网络似乎为原子与原子之间建立了联系，将它们网罗起来，其实这种联系完全是技术性的联系。原子与原子之间是彼此孤立的。目前，传统的价值观还在发生作用，原子们还在根据基本价值彼此联系、选择。但是将越来越弱，最终原子们只选择它自己，如果世界是一种虚拟的话，人们将发现，对现实适用的价值观在网络上完全可以置之不顾。

网络是对权力的根本颠覆。这不仅仅是舆论控制的颠覆，文明的标准、权威、塑造生活典型的传统权力也将被颠覆。色即是空，空，所以怎么都行。百无禁忌，道是屎溺。

传统的投稿制度使发表权控制在少数精英和权威手中，而他们则代表着意识形态或者诸神。网络取消了传统的投稿制度，解放了黑暗中每一个作者，作者其实没有那么神圣。人就是作者。网络的意思是，每个人都是他自己的上帝，现在上帝真的死了。

旨在沟通人类心灵世界、传播普世价值的诗歌、艺术将寿终正寝。当每个人都是作者，也意味着读者之死。现在这一点还不明显，历史还在苟延残喘，但已经初露端倪。

每个人都是作者，也意味着匿名时代的到来。作者就是匿名。过去时代的作者是金字塔式的，匿名是大多数，作者只是少数。他们通过历史获得冠名权。发现没有，今天，要成名越来越困难了。戏子、小丑们的成名方式已经被滥用。

网络使人类突破了传统生活的底线，人们在过去时代无法实现的黑暗中自由约会、狂欢、一切语言上的禁忌都可以突破，语言获得自由，怎么说都可以，而不必对此负责，一切都只是虚拟而不是现实。就像避孕套，只享受快感，而不负生殖的责任。

网络就像货币。它只是一种物质世界的形而上替代物。货币代表的实物并不直接在网络中出现，而且永远都不出现。我在澳门的赌场看那些亿万富翁赌博，这些面目蜡黄的人，守在虚拟的永无黑夜的白昼，或者永不天亮的黑夜，一个牌代表一百万，扑通一声，一堆牌就被赌场的服务员扫进一个洞里去了。非凡、高雅、形而上的游戏，接近于诗的核心。惊心动魄的大海，看见的只是一张铺着绿色毛呢毯的长桌上的纸牌。

一个小人物，就是卡夫卡小说中的葛里高里，那只经常梦见自己变成甲虫的家伙,在过去的世纪他只有变成甲虫。但现在,他也可以成为一头虚拟的狮子，只要他有足够的想象力，也许他在现实中一直都是甲壳虫。网络释放了每个甲壳虫裹藏在他内心世界中的空间，裹藏这个空间的现实面积也许相当小，但其空间也同样是无限的。

网吧令无数的小人物扬眉吐气，心醉神迷。世界在哪里，就在虚拟的网络上。古往今来，世界这个东西其实从来没有出现过，我们的所谓世界，只是地方、单位、家庭、身体的局部现实。世界现在才真正地到来，人类没有任何时候可以像今天这样近距离地面对大千世界。它就在计算机的屏幕后面。过去时代，我们面对的只是世界的黑暗，生活在别处，穷乡僻壤的人们一直在渴望着到世界上去，他们终于去了，而最后发现他们只是到了另一个地方，世界无影无踪。现在，网络带来了世界，我们发现，世界其实正是一个虚拟，网络将世界呈现为一个虚拟的现实舞台。网络最吸引我们的是，它就是世界本身。这种感受今天尤其强烈，一旦关机，人们就有一种被世界抛弃了的失落感。地方不是世界,地方是一个现实。世界在空间中,世界是想象力的结果,世界是虚拟的,过去我们没有发现这一点，今天网络将这一点昭示了出来。世界是空的，离开了具体的地方，世界只能在虚拟中想象。

他们是网虫，在现实中他们是虫，他们只是一只只坐在幽蓝色荧光屏洞穴面前的虫子，身板挺直，脖子前倾，双腿静脉曲张，这是人类的新姿态。人类曾经通过站立、步行、搏斗拥有世界，现在他们坐下来，不出户，得天下。今天在世界的任何地方，你随便向着某栋公寓、公司、单位的玻璃窗里面瞟一眼，你就能看见这些虫子，一排排地目不转睛盯着屏幕，仿佛正在吞噬着一张巨大的叶子。多么无聊啊，与阳光灿烂的加利福尼亚海滩上冲浪的家伙们比起来，与正在幽暗窗帘后面寻欢作乐的男女们比起来，他们就像是囚犯。但是，世界的悲剧或者喜剧，正在那些洞穴中剧烈上演，在那个十四英寸或者更小——只有巴掌那么大的洞穴中，世界无边无际。他们才是世界的主宰者、大英雄、天之骄子。而那些迷恋现实的家伙只是庸人，将被历史淘汰。

现在他们可是大人物，上帝那样地颐指气使。那只虫，在单位上日日受气，谨小慎微，胁肩谄笑，孱弱无能，唯唯诺诺，毫无前途，现在他自由了，解放了，迅速膨胀，他可以虚拟自己为国王、强盗、骗子、色情狂、总统、纳粹、中国第一诗人、菲利普斯等他们在现实中永远不是的人物，虚拟有着无限的空间，因此前途无量。

色就是空。网络使空成为色，成为现实。

空就是色，离开了网络，现实就不存在了。现实更像是一种虚拟，而虚拟就是现实。

存在的根基摇摇欲坠，人可以不存在而被虚拟于世界中。虚拟的婚姻，虚拟的性，虚拟的风景，虚拟的友谊，虚拟的事件……

恶搞，恶在搞。人们在虚拟中出了一口长期的“名不副实”所致的恶气。名者实之宾，现在实可以抛弃了，人们在虚拟中名副其实。

网络就是“生活在别处”。生活在别处现在实现了，人们无需再为此而流放、越境。世界、别处，就在荧光屏后面，这令世界各地的渴望出人头地的孤独人士欢欣鼓舞。世界再没有什么穷乡僻壤，一打开电脑，你就抵达了罗马、长安，剩下的只是如何引人注目、点击率。

存在就是不被注意。而网络的现实感就在于“被注意”。存在不需要被注意，是其所是，在着。一棵树，那就是存在。而网络的游戏是，并没有这棵树，只有关于树的信息、数据、图像。这个信息必须得到接收、交换、膨胀。这是一个游戏规则。“被注意”要求的是点击率。只有在点击中人才获得存在感，而点击率并不是事实，它也是一种虚拟。它将满足感虚拟出来。于是，在网络上，语言解放运动向着耸人听闻而去。

滚动就是一条忘川。虚拟的然而就是真实的忘川。为了不被这条忘川淹没，你必须使你的信息总是出类拔萃、惊世骇俗。因此，网络流行标题艺术，内容不重要，重要的是取标题。所谓网络阅读，看看标题就可以了。

网络解放了人的自我，自我现在可以明目张胆地自由塑造了。也许这些自我并不存在于现实中，但是现实已经不重要了，我们会越来越发现这一点，你虚拟什么，你就是什么。萨特说，存在先于本质。而现在是虚拟先于本质。人自己又是谁呢，人最终发现，你可以是任何人，你谁也不是。你是所谓现实中的你，在办公室苟且偷生的那个你，还是虚拟的你？

现实现在更像是超现实，而虚拟倒像是现实本身。因为我们在虚拟中最真实地活着，像我们内心希望的那样活着。而在现实中，我们则阳奉阴违，瞻前顾后，见人说人话，见鬼说鬼话，伪善地，违心地生活，我们用假话来应付这个世界。

每个人都是作者，这一被遮蔽着的世界黑暗现在被网络照亮了，博客使每个人都有机会成为自己的主编。而且自己决定自己的刊物宗旨。现实与虚拟是两个世界，身体的现实和语言的现实完全分裂。名不副实。

虚拟使黑暗的心灵世界获得一种合法的公开释放，博客这种技术保护了这种释放。

博客暗藏着一种技术伦理。博客相当奇妙，它被公开阅读，但它不是非法出版物。它似乎是一个装着私人日记、手稿的玻璃盒子，这是一种隐私，只是这种隐私的存在方式我们闻所未闻，隐私难道不可以以博客这种方式存在吗？博客公开发表与刊物的公开发表完全不同。这种发表完全是个人行为，相当于私人日记本放在公共场合。读者对博客的阅读只是偷窥。博客是一种透明的隐私，博客只是私人言论的一个延伸装置。

网名就是语言狂欢的一部分，命名的规范被突破了，能指完全不意味着所指，色就是空，这使人大梦初醒。语言的本质其实是空，说什么都可以，怎么说都可以，与语言之外的那个世界毫无关系。语言不再是存在的家，语言与存在无关，语言是语言，现实是现实。我们说我们在现实中无法实现的事。人类深受语言的束缚，现在似乎可以解脱啦。

语言脱离了存在，完全成为虚拟游戏。网络使人取下现实中的面具，在语言中原形毕露。身体戴着面具，而语言赤身裸体。在网络上，我看到汉语最黑暗的一面，而在现实中，汉语要收敛、冠冕堂皇得多。

语言丰富多姿，现实却相当贫乏。在现实中，隐喻、象征被过度使用，已经名不副实。而在网络上，语言变得直截了当，直接就是，能指和所指一致。

能指和所指的分裂是一个象征，能指是身体，所指是语言。现实是虚拟的，虚拟的世界则是真实的。曾经，世界的黑暗，每个人眼睛和舌头后面的黑暗令我们无比孤独，我们渴望交流。

我们热衷于虚拟的见面、交流。越来越害怕直接见面。虚拟的交流比现实的交流更直接，更赤裸。身体戴着面具，在现实中我们永远无法取下。

黑暗的时代，我们寻求灵魂的透明。当黑暗被照亮，我们却发现在世界光明所暗藏着的无聊和空虚。我们失去了敌人，这个敌人曾经令我们何等充实。我们的精神生活在对黑暗的反抗中活跃而强大。现在，私人的语言中的黑暗打开了，我们却更加孤独且虚弱无力，每个人的黑暗只是他自我的黑暗，只是黑暗的原子，交流所必需的共鸣、彼此激励反而隐匿了。每个原子各行其是，网络只是一个冰冷的技术平台。

网络，谁是那只编织它的蜘蛛王呢？资本暗中高兴。资本可以通过对想象力的开发来控制网络。资本今天是网络世界最大的赢家。网络软件设计公司疯狂地开发想象力的空间。如果你想象力贫乏，我给提供最丰富的想象力软件。软件的开发必须琢磨出国民在这个时代希望扮演的角色。赛车软件备受欢迎，就是这个道理。

世界在网络上成为无数孤立的碎片、原子。现实也成为无数的网点，这些网点仅仅提供维持生命现实最基本的东西，例如方便面。网络购物，使你可以永远不离开网络而活着。这个才是最伟大的蜘蛛网。每个原子都是一个世界，都有自己的价值观，全面彻底的个人主义。彼此不需要联系，因此没有所谓的普世价值。人类唯一的世界性只是维持生命的基本原料的生产。世界成为无数原子以及为它们提供生命养料的网点联系在一起的网络。因此某只控制整个世界的蜘蛛可以虚拟整个世界，例如，虚拟这个世界是以吃方便面或者麦当劳维持的，然后生产它们，运输到各个网点。

虚拟与现实的界限被打破，人的现实被全面地虚拟出来，然后成为现实本身。这就是新世界。

色即是空。

我看《色，戒》

■ 龙应台

一、抢救历史

“所有的尺寸都是真的，包括三轮车的牌照和牌照上面的号码。”李安说。

我问的是，《色，戒》里老上海街景是如何拍出来的。他说，他的研究团队下了很深的工夫，而上海制片厂也大手笔地重现了上海老街。

“建筑材料呢？”

“也是真的。”

我已经觉得不可思议了，但是再追一句：“可是，街上两排法国梧桐是真的吗？”

“一棵一棵种下去的。”李安说。

他提醒我，第二次再看时，注意看易先生办公室里那张桌子。民国时代的桌子，他找了很久，因为大陆已经没有这样的东西。桌上所有的文具，包括一只杯子，都费了很大的工夫寻找。

“你有没有注意到易先生办公桌后侧有一个很大的雕像？”

啊？没有。

“是钟馗。搞特务的都会放个钟馗在办公室里。”

李安并非只是在忠实于张爱玲的原著，他是在设法忠实于一段灰飞烟灭的历史。易先生进出的门禁森严的后巷，还真的就是当年76号特务头子之一李士群的住宅后巷。

香港又怎么拍的？香港的老街根本拆光了，大学生坐电车那些看起来像中环德辅道的镜头，怎么来的？

“那是槟城和怡保。那里的街屋和老香港一样，但是保留得很完整，只是马来西亚的屋顶是斜的，所以要做些计算机处理。”

“那电车怎么来的？”

“特别做的，真的电车。”

学生演戏的部分，是在香港大学陆佑堂里头拍的。1910年代的建筑，立在山头，仍旧风姿绰约。拍学生演戏的那一段，李安觉得全身起鸡皮疙瘩，因为影片里的一切，都是他自己在台北国立艺专第一次演话剧时所经历的：大学礼堂的舞台，纯真年轻的学生，从演戏里头发挥自己又找到自己的奇异经验，演完以后大伙兴奋地去吃宵夜，空空的街上下着小雨……

李安在叙述，我看着他的眼睛，很大的眼睛，温煦、诚恳，但是很深刻。这里有好几层的人生和故事交叉重叠了：20岁的李安和20岁的王佳芝、邝裕民，过去的年轻演员李安和现在的年轻演员汤唯。从前和此刻，戏里和戏外，剧本和人生，层层交织。

在寻找易先生的办公桌时，浮现在李安脑里的是“小时候爸爸会用的那种桌子”。《色，戒》在寻找的，是爸爸的时代会看的电影，会哼的歌，会穿的衣服，会摆在书架上的书，还有民国的口音。一口京腔普通话的汤唯得上课改学南方的国语。梁朝伟、王力宏、汤唯上了三个月的课，要读《未央歌》、《蓝与黑》，要看尤敏主演的《星星月亮太阳》，要听当时的流行音乐，要读戴笠和胡兰成的传记和作品，要熟悉张爱玲作品里的每一个字，要进入一个有纵深的、完整的历史情境。

很深地“浸泡”在那个历史情境里，李安说，拍到后来，几乎有点被“附身”的感觉。“是张爱玲的作品找我，不是我找它。这段历史，就是要被留下来。”

“可是他们这个年龄的人距离那个时代，太遥远了。”似乎说得口都干了，他喝了一口茶，继续，“我们这一代还知道一点点，我们这一代不拍这电影，将来，就永远不可能了。”

我看着李安。这是香港中环的四季酒店，接近晚上11点，我突然发现了《色，戒》是什么。

它是李安个人的“抢救历史”行动。也许是张爱玲小说里人性的矛盾吸引了他，也许是张爱玲离经叛道的价值观触动了他，也许是小说的电影笔法启发了他，但是，真正拍起来，却是一个非常个人的理由，使得他以“人类学家”的求证精神和“历史学家”的精准态度去“落实”张爱玲的小说，把 20 世纪 40 年代的民国史——包括它的精神面貌和物质生活，像拍纪录片一样写实地记录下来。他非常自觉，这段民国史，在香港只是看不见的边缘，在大陆早已湮没沉埋，在台湾，逐渐被去除，被遗忘，被抛弃，如果他不做，这一段就可能永远地沉没。他在抢救一段他自己是其中一部分的式微的历史。

“话剧团的部分在港大陆佑堂拍，你知道陆佑是什么人吗？”

他摇头。

“你记得那年，有架飞机因为劫机在台中附近掉下来，死了五六十个人，很多电影圈的重要人物，里面有个人叫陆运涛？”

“当然知道。”李安说，“他是电懋电影的创立人，《星星月亮太阳》就是他的。他那时先来花莲，还有雷震跟赵雷，我那时九岁，还跟他们一起照相，印象很深刻。”

“陆佑，就是陆运涛的父亲。”

啊……他不说话了，可是我们可能都在想一样的事情：历史的许多蛛丝马迹，看似互不相关，却会在你毫无准备的时候蓦然浮现，仿佛它找到了你。张爱玲在 1939 年拎着一只大皮箱来到港大校园，许地山是她的系主任。战火开打时，她在陆佑堂的临时医院里做学生看护，外表清纯的女学生心里深藏着一个人性 X 光照相机，喀嚓喀嚓拍下人世的荒芜。二十几岁的港大女生张爱玲，是否料到 70 年后在陆佑堂，有个李安试图把她褪色的胶卷还原？

二、性在绝望里

床戏演得那样真实，那样彻底，使我对两位演员肃然起敬，但是，如果不是演员对导演有极度的信任，这样没有保留的演出是做不到的。李安是如何说服演员在这部电影里，激烈而直接的性是必要的呢？

我相信它的必要。

张爱玲的这篇“不好看”的小说，之所以惊世骇俗，主要是因为小说中违反世俗的黑白不分、忠奸不明的价值观。一般的作者去处理女特工和汉奸的故事，难免要写女特工的壮烈和汉奸的可恶。张爱玲的女特工却因为私情而害了国事，张爱玲的汉奸，也不那么明白地可恶，长得“苍白清秀”，最贴近的描述，透露的倒有几分可怜：“此刻的微笑也丝毫不带讽刺性，不过有点悲哀。他的侧影迎着台灯，目光下视，睫毛像米色的蛾翅，歇落在瘦瘦的面颊上，在她看来是一种温柔怜惜的神气。”

更“严重”的是，女特工之所以动情，那情却也不是一般浪漫小说里的纯纯的爱，而是，性爱。“事实是，每次跟老易在一起都像洗了个热水澡，把积郁都冲掉了，因为一切都有了个目的。”征服一个男人通过他的胃，“到女人心里的路通过阴道”。如果王佳芝背叛了她的同志，是由于她纯纯的爱，她还可能被世俗谅解甚至美化，但是，她却是因为性的享受，而产生情，而背叛大义，这，才是真正的离经叛道，才是小说真正的强大张力所在。“她最后对他的感情强烈到是什么感情都不相干了，只是有感情。他们是原始的猎人与猎物的关系，虎与伥的关系，最终极的占有。”就权力的掌控而言，易先生是“猎人”，王佳芝是“猎物”；就肉体的释放而言，王佳芝可能是“猎人”，易先生是“猎物”。

因为有如此浓烈的“色”，才会有危险而肃杀的“戒”。易先生把一枚“戒指”圈在王佳芝的手指上，究竟是易先生施“戒”于王，还是王是易先生的“戒”，恐怕是一个辩证关系、互为连环。“虎”和“伥”是什么关系？“伥”和“娼”又是什么关系？在小说里，性写得隐晦，但是张爱玲仿佛给李安写了导演指示：“到女人心里的路通过阴道”，是一个写在剧本旁边的导演指示。导演完全看见了性爱在这出戏里关键的地位，所有的戏剧矛盾和紧张，其实都源自这里。

李安对性爱的拿捏，非常精准。头一场床戏的暴虐或可被批评为缺乏创意，因为专家会指出，这种性的暴虐在纳粹电影里常会出现，用来凸显“权势就是春药”的主题。但是在其后的床戏中，两人身体之极尽缠绕交揉而神情之极尽控制紧绷，充分呈现了两人对自己、对命运的态度：易先生对战事早有坏的预感，知道自己前途堪虞。王佳芝更是走在火烫的刀山上，命提在手里。两人的表情，有绝望的神色，性爱，是亡命之徒的唯一救赎也是最后一搏；加上一张床外面的世界是狼犬和手枪，暗杀和刑求，阴雨绵绵，“色”与“戒”在这里做最尖锐的抵触对峙，李安把戏剧的张力拉到接近断裂边缘。

张爱玲曾经深爱胡兰成，胡兰成曾经伤害张爱玲。张爱玲对于“汉奸”胡兰成，有多么深的爱和恨？不敢说，但是在《色，戒》里，王佳芝身上有那么多张爱玲的影子，而易先生身上又无法不令人联想胡兰成。《色，戒》会让张爱玲涂涂写写30年，最后写出来，又是一个藏的比露的多得多的东西，太多的欲言又止，太多的语焉不详，太复杂的情感，太暧昧的态度，从20世纪40年代她刚出道就被指控为“汉奸文人”这段历程来看，《色，戒》可能真是隐藏着最多张爱玲内心情感纠缠的一篇作品。

《色，戒》，表面上看起来似乎是写郑苹如和丁默邨的故事，实际上，那幽微暗色的心理世界，那爱与恨、“猎人与猎物”、“虎与伥”的关系，那“终极的占有”，写的哪里是郑苹如和丁默邨呢？李安说，他让梁朝伟揣摩易先生角色时，是让他把丁默邨、李士群、胡兰成、戴笠四个人的特质糅合在一起的。汤唯演的，是王佳芝和张爱玲的重叠。

性爱可以演出这样一个艺术的深度，Bravo，李安。

三、贪看湖上清风

电影的瞬间大众魅力真的不是文学的慢火细炖可以比的。张爱玲的《色，戒》是一篇比较少人知道的短篇；如果不知史实背景，小说本身的隐晦粗描笔法更让一般的读者难以入门。李安的电影，却像一颗来势汹汹的大火球从天而落，边落还边星火四溅，嗤嗤作响，效果是，人人都在谈《色，戒》，凉凉的小说也被人手人嘴磨蹭得热了。

小说里的汉奸大坏蛋易先生，因为在小说里被处理得不够“坏”，当年《色，戒》发表时还被评论家批判，觉得张爱玲是非不明、忠奸不分。当时读了“域外人”对张爱玲的批评，我忍不住大笑。胡兰成不早就说过张爱玲的人格特质了吗？在《民国女子》里，他这么看23岁的她：“爱玲种种使我不习惯。她从来不悲天悯人，不同情谁，慈悲布施她全无，她的世界里是没有一个夸张的，亦没有一个委屈的。她非常自私，临事心狠手辣。”又说，“爱玲对好人好东西非常苛刻，而对小人与普通的东西，亦不过是这点严格，她这真是平等。”

而且，张爱玲文学作品里头最让人震撼、最深刻的部分，不正是她那极为特殊、极为罕见的“不悲天悯人”的酷眼？

如果张爱玲有一般人的“忠奸意识”，她大概也不会在23岁时，嫁给了赫赫有名的“汉奸文人”胡兰成啊。

易先生在小说里不够“坏”，除了张爱玲本身的认知价值和性格，除了她和胡兰成的极深刻、极缠绵的爱情之外，我看见一个很少被人提及的角度，那就是：小说和电影之外，民国史里头的“易先生”，其实也不见得是个多“坏”的“坏人”。

易先生的“原型”丁默邨，1903年出生，因为陈立夫的举荐而做了调查统计局第三处的处长，第三处后来撤销，他就加入了汪精卫的政府，历任要职。中日战争结束前夕，他是“伪浙江省省长”。1947年5月1日，丁默邨被枪毙，罪名是“通谋敌国，图谋反抗本国”，判决书里列出好多罪状，包括“主使戕害军统局地下工作人员及前江苏高二法院庭长郁华、与参加中统局工作之郑苹如……”。

这样的一个“汉奸”履历，他的死刑不是理所当然吗？

不这么简单。

我在德国的雪夜里翻读南京市档案馆所保存成书的审讯汉奸笔录、判决书、种种作为证据的信件、电报、便条等等，慢慢地看出一个故事的轮廓。尘封的史料所透露的真实人生如此曲折，几乎有血肉模糊之感，其幽微伤痛讽刺残酷完全不需要假借文学家之手。

在郑苹如因为刺杀丁默邨未遂而被秘密枪决之后一年，1941年，时任国民政府教育部长的陈立夫和丁默邨秘密取得了联系，对这位当年被他提拔过、如今为汪伪政权特务头子的后辈“晓以大义”，指示他应该设法“脱离伪区”，如果不能“脱离伪区”，就当“伺机立功，协力抗战”。陈立夫“策反”成功，往后的几年，丁默邨表面上是傀儡政府的交通部长、福利部长，私底下，他为戴笠的军统局架设电台、供给情报，与周佛海合作企图暗杀当时的特务首脑之一李士群，并且配合戴笠的指示不断营救被捕的重庆地下工作人员。

这些被营救的情报人员，在审判庭上，也都具函作证，丁默邨和重庆政府的合作是毫无疑义的。而在日本战败以后，局势混乱，重庆政府为了防止共产党趁机坐大以及新军阀崛起，又适时而有效地运用了丁默邨这个棋子。他被国府任命为“浙江省军委员”，这一回，“浙江”前面没有“伪”字了。

我读到戴笠给“默邨吾兄”的手书，戴氏要求丁在混乱危险中“切实掌握所部，维持地方治安，严防奸匪扰乱，使中央部队能安全接收”。而丁默邨也确实一一执行了重庆的指令。在中央部队进入浙江之前，“奸匪”已经占有浙西半片，是在丁默邨进行“剿匪”之后，中央部队才稳稳地接收了浙江。

夜半读史，我揉揉眼睛，困惑不已。

那么这丁默邨等于是国民政府招降成功的一名降将，这名降将不曾回到“汉军”中来披麾上阵，但他留在“曹营”暗中接应，做苹果里的一条虫，等于是国民政府植在敌营的间谍，其处境何等危险，其功劳何等重要。在战争中，隐藏的间谍所发挥的作用绝对不小于沙场浴血的战士，不是吗？

当重庆政府需要丁默邨的协助时，陈立夫和戴笠都曾对他作出保证：陈立夫应允丁可以“戴罪立功，应先有事实表现，然后代为转呈委座，予以自首或自新”。戴笠则说得更明确：“弟可负责呈请委座予以保障也。”

好啦，那么为什么国民政府在胜利后就杀对它有功的“降将”和“间谍”呢？尤其在早已给予不杀的具体保证之后？问题出在“委座”——蒋介石吗？

正在困惑时，陈立夫的回忆录出版了。于是飞电请求朋友“火速寄《陈立夫回忆录》来欧”。一周后书寄到，邮差从雪地里走来，胡子上还黏着白花花的细雪。我从他手中接过书，一把拆了包装，几乎就在那微微的飘雪中读了起来。

我竟然找到了答案。

《陈立夫回忆录》第232页：丁默邨本来可以不死的，但有一天他生病，在狱中保出去看医生，从南京拘留所出来，顺便游览玄武湖……这个消息被蒋委员长看到以后，蒋委员长很生气地说：“生病怎还能游玄武湖呢？应予枪毙！”

丁默邨就被枪毙了。只因为他从狱中出来，贪看一点湖上清风，被一小报记者认出来，写上了报。

啊，我不禁掩卷叹息。难怪丁默邨的死刑判决书读起来那么强词夺理，对丁默邨所提出来为自己生命做辩护的种种白纸黑字的有力证据完全漠视。原来，判他死刑的，根本不是一个真正的法院，也不是一部真正的法。

在那样的时代里，你对所谓“忠奸”难道不该留一点人性的空隙吗，不管是易先生还是丁先生，是张爱玲还是胡兰成？

写作背后的另一种经验

■ 徐友渔

写作的前准备：人性的阅读

大概是在小学3年级，我开始读小说。现在还有点印象的，是苏联的“反特小说”《雪地追踪》和《形形色色的案件》，这大概是男孩子的天性使然，在阅读中追求刺激和惊险。

从小学5年级起，我的阅读品位明显上了一个台阶，虽然仍然与刺激和惊险有关，但内涵却大大丰富了，这时我沉醉于福尔摩斯侦探故事和法国作家儒勒·凡尔纳的《格兰特船长的儿女》等冒险故事。福尔摩斯侦探故事中的逻辑推理，儒勒·凡尔纳故事的世界视野冲击了我的知性，打开了我的眼界。逐渐地，我成了同学中看书最多、最善于讲故事、作文经常是范文的人，也是少年先锋队的中队宣传委员。

我的阅读黄金时期是在中学阶段，主要读的是欧洲18和19世纪人道主义作家的经典作品，当时的意识形态把这些作品说成是资产阶级的，对青年的思想革命化有害的，我相信这些话，因为我“追求进步”、“靠拢组织”，但这些著作的魅力对我是不可抗拒的，其中散发的人性气息熏陶我的精神。

对我影响最大的首推托尔斯泰的《复活》，它启示我要追求“道德自我完善”，为了达到这个目的，人应该坚决摒弃私欲和社会习俗、偏见，敢于面对自己的灵魂，进行自我谴责。当时在青年学生中十分流行的《牛虻》一书也有异曲同工之妙，对我而言，书中主人公一生受苦受难不过是要为自己无意犯下的过失赎罪，不过是要为自己自出生起就带有的“原罪”进行救赎。这两本书对我的影响是终身的，我始终相信，人生的最高目的，就是对终极意义、终极价值——那就是善——的追求。

使我最感共鸣的是雨果的作品，其中对于正义的呼唤，对于不公正和压迫的谴责震撼人心。我在读书笔记中抄下了《悲惨世界》作者序言中下面的话："只要因法律和习俗所造成的社会压迫还存在一天，在文明鼎盛时期人为地把人间变成地狱并且使人类与生俱来的幸运遭受不可避免的灾祸；只要本世纪的三个问题——贫穷使男子潦倒，饥饿使妇女堕落，黑暗使儿童羸弱——还得不到解决；只要在某些地区还可能发生社会的毒害；换句话说同时也是从更广泛的意义来说，只要这世界上还有愚昧和困苦，那么，和本书同一性质的作品都不会是无用的。"

我最感亲切，使我长时间流连忘返的书是罗曼·罗兰的《约翰·克里斯朵夫》，这真是精神生活的百科全书。书中描写了友谊的温沁、爱情的迷人、艺术的魅力和人的生命力的不可战胜。我抄下罗曼·罗兰下面的话当作自己的座右铭："我们每个人的责任是：不要把应该做什么和不应该做什么的抉择留给别人，即使是最好、最可靠、最亲爱的人。我们必须自己去追求解答，必要时，终生去追求，不厌不倦地追求。我们自己获得的一半真理也比从别人那儿学来的，像鹦鹉学舌那样背出来的全部真理有价值得多。我们闭着眼睛而驯服地、恭敬地、奴隶般接受的真理——那绝不是真理，只是一篇谎言。"

直到初中毕业，我的阅读是顺畅的、愉悦的，但自从上高中，形势陡变。我记得，进高中一周之后我去图书馆，递进一张借阅条，管图书的老师一看，脸色大变，惊惧地说不行，挥手让我离去。我想借的是莎士比亚的戏剧集，我完全没有想到这个老师像躲避毒品似的拒绝我的借书条。我后来知道他是"右派"，在失去教课的权利后，发配到图书馆干活。他的谨小慎微不仅是由于自己"被改造"的身份，而且和大形势有关。这时，毛泽东"大讲阶级斗争"的号召以及"阶级斗争教育"方针在全国贯彻，尤其是在学校——已经被称为"教育战线"。

我对形势不敏感，依然故我，学校图书馆不能利用，还有其他渠道。但很快，环境就让人感受到压力。第一件事是有同学悄悄告诉我，班上的团支部派团员趁我不在时搜查了我的课桌，因为里面有一本《红楼梦》，并在他们过组织生活时议论我"看不健康书籍"。我是有苦说不出，因为我只是受一个初中同学之托，帮他还书。他们是暗中动作，背后议论，我连解释、澄清的机会都没有。第二件事倒是明着来的，一天，团支部一个委员正式找我谈心，提醒我看小说要注意，因为我那时正在看车尔尼雪夫斯基的《怎么办？》。其实，这本书应该没有问题，革命导师列宁称它为“革命的教科书”，但在沙俄专制制度下，为了逃避书报检查，鼓吹革命的车尔尼雪夫斯故意把此书的章节标题取得略带色情意味，团支部的人可能是草草翻过我借的书，望文生义地作了错误判断。

打击的高潮是语文老师掀起的，一次作文，题目是批判个人主义，在阐发个人主义者没有好下场时，我引证了《名利场》、《包法利夫人》、《静静的顿河》等，其实拿这些书中主人公的命运作为例证来批个人主义是胡扯——我是在模仿姚文元，他说过，《约翰·克利斯朵夫》是大力鼓吹个人主义，语文老师没有把作文发还给我，而是让其在全班传阅，说我“中了资产阶级文艺作品的毒”。

非常庆幸的是，在“文化大革命”中，当老师挨学生批判时，我没有借机报复他。这也许可以归结到我的人性阅读。当老师们把狼奶灌给学生时，我的人性阅读是一种解毒剂。

思考的习惯性：抗争性阅读

在“文化大革命”中，我迎来了第二个阅读的黄金期。这不仅是我的阅读黄金期，也是我那一代人的黄金期。

“文革”前，有一个由团支部、班主任、政治老师和语文老师等等构成的监管系统，像我这样广泛阅读、“越界”阅读的人是被严密监视、记录在案的，“文革”一来，这个系统不复存在了，读“邪门歪道”的书不再是需要提心吊胆、可能受到批评或惩罚的事。“文革”一开始，学校的图书馆、社会上的公立图书馆遭到破坏，许多高级干部和知识分子被抄家，这一切使得图书，尤其是难得的、内部的图书广泛流传。“文革”使学生们荒废了学业，但另一方面，没有功课、作业、考试的压力，也让人有大量时间读那些非常有趣的书。

“文革”中也广泛流传一些内部发行的苏联小说，比如柯切托夫的《州委书记》、《你究竟要什么》等等，我也把能找到的这类书全读了。这些书对年轻的学生有极大的吸引力，因为苏联作家的作品比中国的“八个样板戏”之类的东西更有艺术性，显得更有人情味，苏联小说往往会描写爱情，这对于生活在禁欲主义环境中的中国青少年无异于久旱逢甘霖。直到今天，许多人在忆及当年阅读苏联小说的快感时，还禁不住手舞足蹈。但是，我基本上没有分享这种情感，因为像柯切托夫这样的作家，实际上还是坚持斯大林路线的“保守派的总司令”，他的小说还是“防修反修”的宣传品。其他苏联作家，就算比柯切托夫强，但比起十月革命前的俄罗斯作家，充其量也只属二三流。我明显感到，我的同龄人在阅读的情趣和思想的开放方面比我差了一大截。

我主要读政治书籍，这方面有3类不同的书。一是马克思主义的原著，比如《德意志意识形态》、《神圣家族》、《反杜林论》、《资本论》等；二是内部发行的一些拥护社会主义的西方作家的著作，比如安娜·路易斯·斯特朗的《斯大林时代》，古纳瓦答腊夫人的《赫鲁晓夫主义》等；三是一些重要的西方政治家的自传，比如《杜鲁门回忆录》、《戴高乐回忆录》等，这一类当然也是内部书。

说来很具有讽刺意义，尽管“文革”的中国被说成是几乎唯一的（还有一个阿尔巴尼亚）坚持马克思主义的国家，我们的意识形态被说成是马克思主义的最高发展，“文化大革命”被说成是对马克思主义的最新贡献，但我们这一代人的反思和疏离恰恰是从学习马克思主义原著开始的。当“文革”的丑恶、残忍的现实促使一些人思考时，我们不可能摆脱马克思主义的框架，敢于怀疑“文革”是不是真正的马克思主义，已经是当时最离经叛道的异端思想。“文革”中，成千上万勇于怀疑和探索的青年成立了成百上千个“马克思主义小组”，其中有许多被发现或告密，许多人作为思想犯、政治犯被枪决，被判处长期的徒刑，这充分说明把马克思主义旗帜举得最高的人实际上并不是真正的马克思主义者。可以说，一代人的探索就是从“返回原来的马克思主义”开始的，由于这是一个极其丰富、具有高度魅力的思想体系，当年的探索者大多数一直在这个庞大的体系内皓首穷经，追寻原教旨，只有少数人最终突破“孙悟空在如来佛的手心里翻筋斗”的局面，在新的天地遨游。“文革”是一个读书犯忌的时代，最不可思议、后代可能最不能理解的，是在这个把马克思主义抬到天上，以马克思主义的名义清除其他思想、风俗、习惯的时代，学习马克思主义其实是要冒极大风险甚至受到镇压的，我有亲身经历。

那是在1968年接近年底的时候，所有的中学生都要下乡这一点已成定局。我最费心的事是找一套马克思的原著以便下乡后系统学习，但书店里是买不到这类书的，我只好四处打听。有人动手比我早，给我传授经验说，许多废品收购站有这类书，因为运动初期人们怕家有藏书会招祸，把书当废品处理了，而废品站很乐意把以废纸价格收进来的东西以旧书的价格出售。我去了好几个废品站，他们倒是愿意卖，但一听说我想买的是马克思著作，就说上级有规定，需要有关机关的介绍信。

我需要首先拿到学校的介绍信，再到成都市革命委员会文教组（或是政工组）办证明。在学校开介绍信就费了不少口舌,因为负责盖章的老师虽然很友好，但这样费九牛二虎之力去买马克思的书，毕竟是少见的事情。当我兴冲冲地拿着学校介绍信到市革委时，却遇到了大麻烦。接待我的是一个又高又胖的军官，他得知我的来意后，不但不给我开证明，反而教训我说："林副主席教导我们，要用百分之九十九的时间学毛主席著作，只用百分之一的时间学马列，你下乡后就集中精力学毛著吧！"我说："我们在'文革'运动中一直学毛著,已经非常熟悉了，不信你可以考我。我现在是为那百分之一的时间来的。"胖军官很不高兴，又教训说："毛泽东思想是最高最活的马列主义，是当代马列主义的顶峰，我看你就学毛著算了。"我的回答虽然讲道理，但对他却有反驳和调侃的意味："我懂这个道理，但你知道，攀顶峰必须从山脚下开始，我应该好好打基础。"胖军官勃然大怒，他马上打电话到我的学校，要查我这个人的底细，我见势不妙，赶快溜走。

下乡后，看到农村的极度贫困与落后，思想上有很大的触动。除了继续思考"'文革'思想是不是马列发展的新阶段、第三个里程碑？"还开始思考社会主义经济建设的规律问题，当时我们这一代思考者几乎形成了一种时髦，看斯大林的《苏联社会主义经济问题》和内部资料毛泽东的《政治经济学笔记》。应该说,比起通过学马克思原著明确地达到否定"文革"的结论,我在这方面收获不大，因为这两本书并没有提供什么有价值的思想和启示。

我们这一代：只有思想在流动

在中国——也许只是对我这一代，再加上我的前一代和后一代而言，勤奋的阅读者和思考者其实总是带着镣铐跳舞，总是在一个既定的体系或框架内打转，总是要以某一位老祖宗的教诲为出发点和归宿,因此思想的探索变成了训诂或"小学”功夫，很难真正臻于“思想独立、心灵自由”的境界。这种可悲可叹的状况与我们这个民族的文化传统有关，与当事人的颖悟力有关，但我认为，还与阅读的材料和范围有关。对我而言，值得庆幸的是，我比较早进入了自由的天地。

我能以正常心态对待“经典著作”，得力于阅读了大量的内部书籍，这些书原本是内部发行，供高级干部和理论家“了解敌情”使用的。

比如，我读到了成套的《人道主义、人性论研究资料》，其中第一集是苏联理论家的文章，虽然比起中国“文革”理论家的文章视野广阔得多，有一定深度，但仍然少有自由思想的吸引力。第三集名为《马克思主义的人道主义》，主要是法国学者的论文，如加罗迪的《论异化》、比果的《马克思的二重性》、马赛的《人性观念和现代人的担心》等等。第五集好像以英国学者的论文为主，收有赫胥黎的《人道主义的结构》等。记不清是在哪一集，我读到了波兰共产党中央委员沙夫和被视为持异见的学者科拉柯夫斯基之间的论战，产生了很大的兴趣。

从学术的观点看，英国学者利·拉贝兹编的《修正主义》一书分量更重，此书介绍和讨论了伯恩斯坦、托洛茨基、卢卡奇乃至当代哲学家恩斯特·布洛赫的思想，《关于异化的辩论》一文虽然非常艰深，却发人深思，而《铁托——一位勉强的修正主义者》则使人感到新鲜和有刺激性。

阅读以上书籍，使我能够以发展和分析的眼光理解马克思，同时，不是从传统的“三个来源、三个组成部分”的角度，而是从西方文明演进和社会批判的角度看待马克思主义，既看到了马克思学说的内在张力，又看到了它的当代意义。

也是在“文革”中，我从一个曾经被打成“右派”的亲戚那里得到汉默顿编的《西方名著提要》（哲学、社会科学部分），立即爱不释手、反复阅读。这是一本编辑、选材非常好的书，把从苏格拉底到尼采的整个西方哲学思想的发展脉络提纲挈领地展现给读者。这本书中，最吸引我的是柏拉图关于洞穴中影子的比喻，以及罗马哲学家兼皇帝安东尼的《沉思录》，它们比散文更优美，比诗歌更有诗意。因为有这个良好的开头，我以后阅读哲学时感到思辨性抽象和枯燥的时候少，享受诗性愉悦的时候多。

紧接着，有朋友把出自四川大学图书馆的《分析的时代》借给我，这是一本20世纪西方哲学的选集，编者的介绍之精到有趣，中文译文的优美，令人叹为观止。这是我到那时为止读过的最艰深的书，但是在令人产生眩晕和失重的感觉之余，也有灵光闪现的时刻，使人体会到精神复杂之美和思想锐利的锋芒。不论是桑塔亚那的优雅，还是柏格森的怪异，不论是摩尔的庄重理性还是维特根斯坦的横空出世，都使我产生了献身于哲学的冲动。确实，我后来选择了研究当代西方哲学作为我的专业和职业。当我在1979年春报考中国社会科学院的研究生时，这个专业指定的参考书之一就是《分析的时代》，我知道四川的考生大多数人没有找到这本书，甚至没有听说过这本书，而我是在10年前把这本书的大部分内容抄录下来，至少看过5遍，这是罕见的个人兴趣转化成实际好处的例子。

在大力阅读西方哲学的同时，我读了汤因比的《历史研究》，这是一本把瑰丽的想象、渊博的知识和深刻的洞察力结合在一起的伟大著作，我是在震撼和狂喜中读完这部著作的，我甚至认为，人类之所以伟大，就在于诞生了这样优异的著作。在传统的、似乎天经地义的历史观之外，我得到了另一种富有诗性和人性，同样有解释力的历史哲学。

给我深刻印象的还有罗素的《西方哲学史》，一个在哲学史上占有重要地位的人来写哲学史，自然是眼光独到、大家手笔。另外，这本书的英文原文和中文译文，都是非常优美流畅的。罗素在这本书中多次对英国经验主义－改良主义传统和法国理性主义－激进主义传统作比较，他说："从卢梭时代以来，自认为是改革家的人向来分成两派，即追随他的人和追随洛克的人……在现时，希特勒是卢梭的一个结果；罗斯福和丘吉尔是洛克的结果……它在实际上的最初收获是罗伯斯庇尔的执政；俄国和德国的独裁统治一部分也是卢梭学说的结果。"这个论断在西方是常理，而在中国理会起来却不容易。我记得，在1988年，即20世纪80年代"文化热"中断的前夕，我所在的"文化：中国与世界编委会"曾有议论和计划，要把阐发这种思想列为下一步的重心。这个重要的设想没有按计划实现，只是到了20世纪90年代中期，随着哈耶克、卡尔·波普、以赛亚·伯林的著作陆续翻译出版，以及顾准、朱学勤、王元化著作的发表，中国读书界和思想界才理解和把握了这个观点。

无心之失

■ 李 雾

这是很久前听来的一个老故事。今年3月政协开会时，王蒙先生谈及北京奥运会的发言中又提到了（见中新社3月12日电，《王蒙：对比赛输赢政治意义不要做过分夸张报道》）。看来，老故事里仍有一些新启发。

我国一位柔道女运动员，夺得奥运会冠军载誉归来。北京某名牌大学请她作报告。女冠军说：决战前夜，她在走廊见到决战对手，她故意撞了这位美国运动员一下，美国运动员反而向她说"对不起"。女冠军知道了，美国人怕她，自己明天一定赢。台下听报告的呻呻学子热烈鼓掌。

上段"呻呻学子"不是错别字，笔者就是指这些大学生喜欢无事呻非，乱呻爱国主义。不过，当时是20世纪90年代中期，全国自上而下大搞爱国主义教育运动，教育程度最高的大学生们有这样的表现也可以理解。

转眼十年过去，如今是文明礼貌迎奥运。"给北京一个机会，还世界一个惊喜"，希望通过2008年北京奥运会向世界展示一个文明古国的新面貌。

再谈起这个故事，人们可能会称赞这位美国运动员讲文明讲礼貌，值得中国运动员学习。虽说本人觉得大学生那种爱国表现很可笑，但要说年轻气盛的美国运动员是文明礼貌典范，却也不敢苟同。按笔者猜想，如果这位美国运动员事先听到柔道女冠军的发言，只怕被撞到时要挥拳相向。那么为什么美国人会说"对不起"呢？

让我们看看，如果这场碰撞发生在两个美国人之间，比如，在纽约大街上，情况会如何。甲撞了乙，甲立即说：I'm sorry（对不起）；乙回答：Never mind（别介意）。两人笑笑，各自走路。sorry 原本与 sorrow 同义，词根也相同，都是指心里悲痛。在后来的使用中，sorry 的悲痛意味渐渐弱化了，但仍然表示一种感情状态。我们知道，中文的“心”对应英文里两个词，heart（H）和 mind（M）。H 才与情绪联系，相当于孟夫子讲的“恻隐之心人皆有之”的心；M 则相当于孟夫子讲的“心之官则思”的“心”，主要与思维有关。既然甲用 sorry 表达一种感情状态，为什么乙回答时不提 H，却要提 M？

我们需要倒回几千年的历史，看看 H 和 M 的西方由来。

在大英博物馆观赏古埃及文物时，见到莎草纸画上，人死后，心被挖出来放在天平上称。另一端是一根羽毛。活着的时候没做过坏事，心里不沉重，一颗心轻如鸿毛，才能在死后享受各种快乐。埃及文明也是西方文明一个源头，这样一种与感情有关的、偏重生理的“心”的概念，看来是一直流传下来了，在英文里就成了 heart（H）。但是，那些逃出埃及的犹太人，却发展出了另一种“心”的概念。

希伯来《圣经》（旧约）说上帝创造万物，但人的创造是特殊的。人是最后创造的，上帝造来管理已存在的世界，而且是上帝按自己的形象创造的。而上帝本身是一种圣灵，人像上帝，就是指人为有灵生物，唯有人具备智能，可以管理世界。“耶和华神用地上的尘土造人，将生气吹在他的鼻孔里，他就成了有灵的活人（aliving soul），名叫亚当”（《圣经·创世记》）。原来，在西方传统里，每个人都有一个与身体相对的意识，这意识有时称 mind，有时称 spirit（精神），有时称 soul（灵魂），有时称 consciousness（良心）——本人当年选修西方哲学课时，这几个都可以与拉丁文 animus 对应的词，就是在专谈 mind 的课上一并处理的。这样一个独立意识，为行文方便，笔者从此处开始，将使用音译“玛因特”（M）。17 世纪初翻译英文钦定本《圣经》时，不少希伯来文的“心”被译成了玛因特。

意识、灵魂、精神等等，这些概念之间的关系很复杂，从亚里士多德的《论灵魂》（*De Anima*）到汉娜·阿伦特的《玛因特传》（*The Life of the Mind*），西方哲学界永远在讨论。甚至流行文化都来搅局，比如电影《黑客帝国》（*The Matrix*）里计算机制造人类意识，使人活在虚拟幻象中。本文不纠缠其中细节，只是强调一点：西方人传统上相信，有这样一种相对于身体的存在。比如，16 世纪科学革命先驱笛卡尔的名言“我思故我在”，这里的“我”，其实是指玛因特。

这两种“心”的区分，至今仍然普遍存在于英语语境中，报上几乎天天能见到并列的用法。一个美国选民听了民主党总统候选人奥巴马用宗教语言解释他的竞选纲领，精神很受鼓舞，可能会说：Obama raised my spirit and warmed my heart（奥巴马提升了我的精神，温暖了我的心）。人们对布什总统的不满，令老布什伤心。他的朋友说：It wears on his heart，and his soul（这磨损他的心，还有他的灵魂——《纽约时报》8 月 9 日）。中国人就很少会这样清楚地划分精神的一面和感情的一面。我们的语言里，仍如孟夫子的时代，没有这种二心论的明显影响。

原来，西方人传统上认为，只有玛因特决定要做的事，才是重要的，甚至可能与灵魂是否得救有关；只有玛因特指导下的主动行为，才是有意的，可以追究责任。撞一下，通常只是身体行为，并非玛因特主使，不必追究责任，反而要劝内疚的对方，不要往“心”里去，不要当作是玛因特犯了错。

那位美国运动员被我们的柔道冠军撞了一下，她根本没想到这其实是有意的，冠军的玛因特已经介入了。她只是按美国社会的习惯，不计较这类美国人认为只跟身体有关的事。

借用前人的说法，中国文化是伦理文化，而西方文化是宗教文化。见到美国运动员被撞了还说对不起，有文化的中国人从伦理上理解，称赞她懂礼貌。但是，从西方文化的角度看，不生气是很自然的事，这是无心之失，他们不认为有哪一方是“灵魂”做主故意撞人。

注意，本人并不是说伦理文化在礼仪上一定比宗教文化差。日本、韩国通常也被算作伦理文化，其国民以讲礼貌著称。笔者仅是补充说：西方人的彬彬有礼，扎根于他们的宗教文化背景。

知道了西方人把有意和无意的区分看得很重，玛因特是否介入可以是决定性的判据，我们就能够理解大量的从中国文化看来显得很难理解的事情。比如，伊拉克没有发现大规模毁灭性武器（WMD），布什总统显然撒谎了，现在是民主党优势的美国国会为什么不弹劾？把布什和副总统切尼都赶下台，按权力继承次序，下一个就是民主党女议长南希·佩洛西，她可以抢在希拉里之前当上女总统。

原来，英文里的 lie（说谎）和中文的“说谎”有区别。中文“说谎”其实指两种情况：（1）说的话不符合事实；（2）明知非真而故意骗人。但英文的 lie，只有（2）的意思。因此，在中文语境里，伊拉克没找到 WMD，布什说的话不符合事实，他就是说谎了。但在英文语境里，单是讲错话，可能只是无心之失，国会并没有弹劾布什的依据。除非你能证明，汇报给布什的情报里，肯定得不出伊拉克有 WMD 的结论，布什是明知没有 WMD 而故意欺骗美国人民。

同理，美国杀人罪有一级、二级之分。一级是蓄意谋杀，在行凶前就商量好了要置人死地。二级是并非预谋，临时起意而杀人，比如偷东西时被人撞破，一时情急杀死目击者。在美国，只有一级杀人罪才判死刑，因为这是玛因特决定的故意杀人。郑筱萸在美国就不会被判死刑。即使他批的假药吃死了病人，公诉人也很难证明郑筱萸有意害死病人。

当然，笔者并不是说我国法律不区分有意和无意。比如说媒体诽谤诉讼，美国强调有意，单是新闻报道有误，并不是诽谤；明知有误而照发不误，才是诽谤。而我国在 20 世纪 80 年代上半期还是只要与事实不符，就可以判记者或作家“诽谤”，令他们赔钱或入狱（当时诽谤算刑事案件）。1987 年民法通则生效，“诽谤”归入“侵害名誉权”民事案件。1993 年《最高人民法院关于审理名誉权案件若干问题的解答》说：“是否构成侵害名誉权的责任，应当根据受害人确有名誉被损害的事实、行为人行为违法、违法行为与损害后果之间有因果关系、行为人主观上有过错来认定。”明确规定了“行为人主观上有过错”为责任认定的依据之一。虽说这话还是比较含糊，但审案时通常看行为人有否捏造事实。

某次，以色列那位精气十足的女外长齐皮·利夫尼回答记者问题，说到以色列对恐怖分子的“定点清除”也会伤及平民，她喝道：但是，在任何法律系统里，蓄意谋杀和误杀都是有区别的。笔者不由摇头，这话托大了。不是任何国家的法律都像犹太教—基督教传统的国家那样，相当严格地区分有意犯罪和无心之失的。不过，一个要代表先进文明的体制，大概早早晚晚要朝这一方向移动。

鼎：青铜时代的金属记忆

■ 朱大可

鼎的神秘来历，它究竟是谁发明和设计的

鼎是所有传统器物中最凝重的一种。许慎在《说文解字》里形容它有三只脚和两个耳朵，是烹调五味的宝器。它的庄严器型和沉稳身躯，正是它日后饱受尊敬的原因。但没有人知道它的真正来历。它是谁的发明和设计？它究竟来自何方？又为什么会从历史中悄然消失？我们仅仅知道，越过早期农耕时代的繁华景象，鼎在华夏国家主义体系里的地位变得日益华贵，远远超出了寻常炊器的命运。

制造鼎器的初始材料只是脆弱的陶土而已。这种圆形陶鼎，最早出现在仰韶文化时代（前 5000 ~ 前 3000 年），以后被龙山文化所吸纳，进而成为诸帝国制造铜鼎的样本和依据。但在彩陶（仰韶）和黑陶（龙山）时代，陶鼎不过是最普通的炊器，也即锅（釜）和支架的复合物，用以烹煮饭菜。它在日常生活中与石器、骨器和玉器相混，并未显露异乎寻常的地位。鼎必须经过材料革命，也就是跃入青铜时代，才会放射出神奇的光辉。

浇铸铜鼎的历史，一直被追溯到黄帝的年代。司马迁在《史记·封禅书》里宣称：黄帝采集首山的铜矿石铸鼎于荆山之下。但这个传说至今未能从考古学那里得到证实。甚至就连黄帝本人的性别乃至真伪，其实都很值得仔细争辩一下。

早期的历史学家们大都以为，是夏帝国（前 2070 ~ 前 1600 年）而非黄帝，

打开了铸制铜鼎的伟大历史。但他们却在究竟哪位国王是发明者这一点上出现了分歧。

夏禹派认定，正是夏的开国君主禹本人发明了铜鼎。王子年《拾遗记》记载说，当年禹王铸造了九个大鼎，选择阴性矿石制成阴鼎，又选择阳性矿石制成阳鼎。鼎成之后，天空上出现了异常的景象：太白金星在大白天跑了出来，而九个太阳从此高悬天空，再也不肯西沉。

魏文帝曹丕是夏启派，宣称是禹的儿子启首次铸造了铜鼎。在《典论》里，他援引先贤墨子的话说：启派大臣飞廉到遥远的昆吾山去掘采铜矿石，这种精神感动了昆吾山的大神，就让他采到了珍奇的矿石。启又让铸造工程师翁乙以神龟为柴火，将这些珍贵的矿石炼铸成了宝鼎。

第三种声音则来自盛世派，这派拒绝实指具体的国王，而是用“虞夏之盛”来虚指那个年代，例如《左传·宣公三年》和《史记·楚世家》都分别记载，当年夏代兴盛的时候，夏人用九州进贡的矿材造了九鼎。这个说法，小心回避了谁是发明者的历史难题。

南朝的虞荔在《鼎录》里以专业“鼎学家”的身份，对鼎的起源作了总结性陈述，它宣称，就在当年虞夏帝国兴盛的年代，九州都派来使节，进贡各地的矿石，夏帝国就用这些材料铸成九座大鼎（象征统治九州的权力），上面铸有奇形怪状的山川百物，以便让人学会分辨神明和鬼怪，不至于遭受伤害，以捍卫生活的吉祥。鼎就这样成了“华夏第一朝”的象征，并且逐渐成为帝国的最高符码。

古代汤人是中国历史上最暴戾的民族之一，他们的狞厉面容浇铸在铜鼎上

鼎是中国历史上最神奇的炊器。一部叫做《应瑞图》的文献描述说，真正的神鼎懂得事物的吉凶和生死，能调节自身的重量，还能自行移动和停止；无需薪火就能加热无须汲水就能自满，无需厨子就能烹调出各种美味；只要统治者兴盛了它就出现，王国衰败了它就离去。这是多么古怪的器物。它是神灵的物体，敏锐地感应着政治格局的变化，并且上升为青铜时代的器物领袖。

鼎由青铜（金）制成，被放置于泥土（土）夯筑的祭坛上，里面盛放着汤羹（水），却要在其底部插入薪柴（木），用烈火（火）加以焚烧，鼎就此蕴含了“五行”的全部元素。但“金”才是其中的核心元素，它是青铜时代的沉重标志，同时又在烹煮进程中体现了与粮食的亲密联盟。

鼎的语义是这样逐渐形成的：它最初只是一种附有支架的圆形烧锅，并暗含着对美食的无限期待，由此转义为占有食物的单一权力，最后上升为国家（食物垄断集团）的总体权力的代码。此外，铜鼎的铸造工艺繁复，需要炼铜炉、坩埚、风箱、模具等设备，高级冶炼技术及焊接工艺的支持，加上原材料开采艰难，成本昂贵，非寻常猎人和农民所能为之，只能是国王和贵族的垄断品，这就从另一个逻辑支点，强化了鼎的权力语义。

鼎由炊器转变为礼器，由圆形（锅的自然形态）转为方形（九州大地的隐喻），意味着它把日常政治的口唇快感，擢升为香气四溢的权力政治仪式。作为华夏民族的美食政治学的标志，鼎成了“民以食为天”法则的基石。

然而，尽管夏人铸造铜器的能力，可以从河南偃师二里头夏城遗存那里得到证实，但结果表明，那个据说是当时远东最大的都市，却只能生产爵、刀和少量饪食器（鼎的初级形态）之类的小型器具。史籍所描绘的“九鼎”的庞大身影，始终躲藏在历史铁幕背后。这个“考古学破绽”，令那些从事“夏商周断代工程”的官方史学家深感头痛。

真正把铜器推向高潮的只能是商帝国的猎人们。“汤”有热水和菜汤的双重含义，但在商帝国，由于鼎锅的非凡地位，它的羹汤语义似乎变得更加突出。这是商的第一个国王子履的政治谥号，这个封号以后扩散成了整个帝国的乳名。这是世界上唯一用热羹汁命名的种族。这个语词经过扩散之后，还要喻指所有经过加热烹煮的食品。在猎人时代以及农业时代的童年，中国人已经确立了美食在其文化基因谱系里的核心地位。

这是青铜时代美食政治学的高峰。在那些沉重的鼎锅上，镌刻着伟大帝国的口唇期梦想。汤人继承了夏帝国的工匠和工艺，并在孔雀石之类的铜矿石中按比例加入锡，冶炼出超过红铜硬度一倍的青铜，器具更加保温耐用，肉类食物的烹煮力急剧上升，这场材料革命，令汤帝国成为中国文明进程的最大转折点。汤人铸造的铜鼎，最大的重达 0.8 吨，至少要有 10 条壮汉才能搬动，它同时还发展出汤鼎、汤镬、汤锅、汤盘、汤碗、汤匙等各种与汤（食物）有关的用具。国家筵席的盛大规模和繁杂程序，由此可窥一斑。

在剽悍的猎人的经营下，狩猎业变得异常兴旺，同时，汤的农耕技术也日益成熟，种植业气象盛大，双双成为美食政治取之不竭的源泉。经过强力烹煮的肉食利于消化，汤人的体能就此获得大幅度改善，变得更加孔武有力。他们高举沉重的青铜兵器，展开永无休止的战争，成为远东地区最凶悍的征服者。

但汤人并不是鼎器之食的唯一消费者。它更是众神的食物，被放置于高大威严的祭台，成为那些繁复的祭神仪典的中心。众神心满意足地享用着丰盛的宴席，他们的法力庇佑着狂热的战争贩子。这是国王兼大祭司所得到的热切回报。

根据《搜神记》眉间尺传说可以推断，铜鼎的另一个功能，就是用来烹煮战俘，以他们的肉身向众神献祭。汤人是中国历史上最暴戾的民族之一，保持着猎人的杀戮天性。他们的狞厉面容浇铸在铜鼎上，以“饕餮”的名义，向尘世发出嗜血的热烈呐喊。

这种祭器与刑具相兼的特征，一直延续到了周朝暮年。公元前536年，郑国的执政子产将法律条文铸于鼎上，引发轩然大波，23年后，晋国的赵鞅和荀寅也把刑法铸刻在鼎壁上。鼎与酷刑的关系，竟是如此的亲密无间。但越过数千年岁月，火焰早已在祭坛上熄灭，绿色的锈迹爬满了铜鼎，汤人及其继承者的形象，变得模糊而柔和起来，犹如一群推销和平的使者。鼎在丧失了杀戮语义之后，竟然成了和睦友谊的象征。这就是历史的反讽，它要在毁灭人的器具面前赞美人、法律及其伟大的文明。

颜率以三寸不烂之舌，把利欲熏心的齐王吓倒了

鼎锅在获得国家册封之后，就由民生期进入仪典期，继而又由仪典期，向着传奇期大步飞跃，此时，关于九鼎的材质、形态和体重，已被蓄意夸大，到了不可思议的地步。历史上甚至出现过有关“金鼎”的传说。《太平广记》称，就在前秦苻坚帝建元五年，长安有个樵夫在城南见到一只金鼎，立刻跑回城去报告苻坚。苻坚派人用车去运回金鼎，可是拉到城里后，金鼎却变成了铜鼎。这是中国历史上罕见的“金鼎变形记”，它要从材质方面验证鼎的尊贵和神奇。

东周年代，随着周王室的衰微，诸侯开始有了“问鼎”的野心，据说就连梁国这样的弹丸小国，都曾厚着脸皮打过九鼎的主意。《左传》说，当年楚庄王为讨伐外族入侵者来到洛阳，在周天子境内检阅军队。周定王派大夫王孙满去慰劳，楚庄王借机询问周鼎的大小轻重，暴露出篡夺王位的企图，一时成为各国的政治笑柄。《战国策》的另一则记载还告知我们，当年的超级大国齐国，仗着强大的武力，向周王朝索取九鼎，周王派了手下大臣颜率前去劝阻，用了一番虚张声势的言辞，居然把利欲熏心的齐王给吓住了。

颜率对齐王形容说，周武王伐殷获得九鼎之后，仅仅为了运送其中一鼎，就动用了9万人马，若是九鼎加起来，共需81万民工，加上负责安全的士兵、指挥搬运的工匠、运送给养的人员，还要有相应的搬运工具和被服粮饷等物资，必须动员的人力和物力，将达到惊人的规模。齐王听罢，自忖国力有限，只能打消搬走九鼎的念头。颜率以三寸不烂之舌，消除了周王室的政治危机，这个案例，成为以软抗硬和以小胜大的范例。

按照颜率的算法，假如一个壮汉能够抬起50公斤物体，9万人能抬起的鼎锅就有可能重达4500吨，相当于一个现代中型城市一天的垃圾总量，而其高度则类似于五六层的楼房。目前世界上的最大铜鼎，由中央政府于2005年赐给新疆，分鼎身和底座两个部分，总共重达56吨，高约10米，鼎身（不包含底座）的规模，尚不足夏鼎的十五分之一，即便如此，在技术现代化的条件下，它仍须分拆后才能运到现场。其制造和运输规模之浩大，足以“震慑人心”。

因此，那些被先秦政客无限夸大的数据，不能作为认知九鼎的依据。但鼎锅的传奇语义，却在这种政治修辞中急剧增殖，变得日益神奇起来。它不仅材质尊贵，身躯沉重，而且能够感应朝纲，对国家的德行，作出正确无误的判断。鼎是亚细亚国家主义的象征，是美食、享乐、尊严、礼仪、等级、秩序、权柄乃至暴力的标志，但它又拒绝与极权者（暴君）、篡权者（伪君）和败亡者（丧国之君）合作。这种鲜明的政治风格，跟玉器家族的气质遥相呼应。

虞荔的《鼎录》记载说，当年九鼎被大禹铸造出来之后，就放在国都。夏代的最后一个君主桀，昏聩暴戾，被商王成汤一举推翻，九鼎便被搬到商的国都，跟新王朝建立了蜜月关系。商朝末年纣王暴虐，又被周人推翻，九鼎被搬到一个叫做“郏鄏”（一说洛阳）的地方，跟新政再结同盟。后来到了周显王年间，也就是春秋时代，诸侯日益强大，周帝国走向衰亡，但这次九鼎却一反常态，没有向新霸主表达敬意，恰恰相反，基于对嬴政的极权统治不满，它大义凛然，拒绝归顺秦帝国，竟然自己飞到彭城（近江苏徐州）附近的泗水里沉没，俨然一次自杀仪式，另有记载说它落水时还发出嘤嘤的哭泣声，其场面悲壮凄厉，天地都为之变色。

史学家顾颉刚单手击碎九鼎神话

九鼎的这种非凡气节，为整个铜鼎家族蒙上了灵性的光环。它看起来就是士大夫精神的卓越化身，向我们传递着知识阶层关于尊严、礼仪、道德和国家主义理想的不朽准则。

但关于九鼎的拙劣和记载，除了明显的修辞式夸张之外，还充满各种不合逻辑之处，由此引发了历史学家的强烈质疑。司马迁在《史记·秦本纪》记载说，早在秦昭襄王五十二年，周民东亡，九鼎就已被秦国攫取。耐人寻味的是，就在《史记》的另一章节《秦始皇本纪》里，嬴政操办登基大典，制订各种繁复的律法，但那些到手的象征最高权力的九鼎，居然没有被纳入新的国家意识形态体系，完全不符合嬴政好大喜功的政治逻辑。而后，司马迁的记载再一次出现了错乱，他描述嬴政在到蓬莱送徐福出海之后，特地绕道彭城，调遣上千民工下泗水打捞九鼎，结果一无所获。《史记》里的九鼎，就这样忽隐忽现，若有若无，其情状变得相当古怪。

为了给《史记》修补破绽，唐代学者张守节在《“史记·秦本纪”正义》里解释说，周赧王十九年，秦昭襄王运九鼎回国，其中一鼎飞入泗水，余下的八只，还是运到了秦国，因此，秦始皇后来打捞的，只是那座飞走的单鼎而已。但这没有史实根据的说法，未能挽回司马迁的面子，反而形成新的逻辑难点：那剩下的八鼎，又究竟身在何处？秦亡之后，汉帝国接管秦的玉玺，却没有向亡国之君追究八鼎的下落。权威的《鼎录》，记载了从汉高祖刘邦到魏文帝曹丕之间绝大部分铸鼎事件，也对八鼎只字未提。这其中的蹊跷，也很令人费解。

清人王先谦在《汉书补注·郊祀志》里解释了《史记》里的矛盾，他认为九鼎从未落入秦人之手。当年为防止诸侯染指，再加上本朝陷入经济危机，货币严重短缺，周王室不得不秘密熔鼎铸钱，而对外则散布谣言，宣称九鼎自己飞入泗水，葬身河底，借此掩人耳目。就连秦始皇和司马迁都受到了这种谣言的愚弄。这套象征国家威权的伟大器物，其实早已从中国版图上销声匿迹。

然而，王先谦的大胆推测，也是以夏朝和九鼎的存在为逻辑前提的。但在《古史辨》里，史学家顾颉刚釜底抽薪，说出了更加惊世骇俗的观点。根据对甲骨文字形的辨析，他认为禹是一条毛虫而已，夏是虚构的王朝，而禹铸九鼎，更是子虚乌有的事件。中国历史谱系的辉煌起点，遭到了疑古派学者的迎头痛击。而考古学家在偃师二里头的反复发掘，始终未能证实夏帝国九鼎铸造伟业的存在。鼎锅神话的危机，仍然高悬在官方史学界的上方，像一把犀利的达摩克利斯之剑。

历史上身患“铜鼎综合征”的皇帝们

世界上还从未有哪个国家像商那样，把一口煮饭烧菜的大锅，当作自己的权力象征，并且赋予其无限崇高的意义。但它所蕴含的各种弊端早已暴露无遗。

鼎锅制造的奢靡之风，在纣王的时代达到了顶峰。司母戊鼎就是一个范例，它的规模和器型都已达到商鼎的巅峰。帝国的各级贵族，以鼎和美食为尊，而纣是筵席之王，被无数大大小小的铜鼎所环绕，沉陷于醉生梦死的境地。为了讲究体面的排场，鼎器的规模愈大，烹煮时投放的材料也愈多，向民间的征派也日益繁杂；周壁愈来愈厚的铜鼎，需要消耗大量柴火才能加热，由此发轫了中国的林木滥伐传统；频繁的仪典，场面盛大，却远远超过食客肠胃的容纳程度，导致菜肴的严重浪费；日益沉重的铜鼎搬运极为不易，需要强征和役使更多的仆夫，而这对于继续保持狩猎传统的汤人而言，却是一个极其沉重的负担。

我们已经看见，王室对民间和大自然的狂征暴敛，加剧了社会冲突，一种叫做“铜鼎综合征”的政治疾病，在商代开始蔓延，又随着“九鼎”传染给周人，并且在周幽王那里再次恶性发作，导致西周帝国的败亡。沉重的铜鼎改变了汤人的广阔战地，使之被迫彻底放弃游牧的习俗。经过数百年的农业驯化，剽悍的猎人变得无限温存起来，它甚至不能抵抗犬戎这样的小型游牧部落的袭击。铜鼎与其说是社稷稳定和谐的象征，不如说是国家灾难和病变的征兆。

在经历了极权和暴政之后，鼎锅的伟大形象开始动摇。鼎的晚期叙事，已经出现了浓烈的讽刺元素。这种痛切的反思精神，在整个汉代民间弥漫，甚至成为汉墓画像砖上的普遍主题。山东嘉祥出土的“泗水捞鼎”画像石浮雕，刻画了秦始皇打捞铜鼎的狼狈场景——就在鼎被捞出水面之际，系鼎之绳被鼎中伸出的龙嘴一口咬断，结果鼎又再度落回水中。嬴政借鼎独裁的超级理想，顿时化为乌有。

这是针对暴政的话语反抗，它同时还发展为对鼎的神性本身的猜疑。《史记·封禅书》记载说，当年黄帝在首山采集铜矿石，在荆山下铸造巨鼎。鼎完工的那天，有大龙从天上垂着胡子来迎接黄帝。黄帝骑上龙背之后，群臣和后宫佳丽 70 多人都跟着爬上了龙身。剩下那些职位低下的小官臣上不去，只好拉住龙的胡须，结果因为分量太重，龙须被扯断，大家都摔了下来，就连黄帝身上背的弓，也被扯掉了。人民仰望黄帝升天，于是只能抱着遗下的弓和龙须失声痛哭。整个场面混乱可笑，犹如一场拙劣的闹剧。

汉武帝刘彻并不懂得前朝败落跟铜鼎的内在关系。他孤独地坚守着关于鼎的神学信念，确信这种器物具有镇压反叛和维系社稷的神力。据虞荔的《鼎录》记载，公元前 99 年，山东泰山和琅琊一带农民在徐勃率领下发生暴动，擒杀郡守和都尉多人，武帝下令军队全力围剿。为了彻底解决山东农民的谋反问题，汉武帝事后亲自巡视山东，并专门铸了三足鼎放于泰山，鼎身高约 4 尺，用铜和银的合金铸成，形状如瓮，其上用篆体刻着皇帝的祷文：“登于泰山，万寿无疆；四海宁谧，神鼎传芳。”意思是我的生命像泰山一样永恒，天下像鼎一般稳定太平，而宝鼎则散发出神圣的香气。

这是一次针对宝鼎乌托邦的无力的书写。《鼎录》使我们获悉，这种铸鼎立言的方式，在整个汉代薪火相传，成为刘氏王朝的基本政治策略。但随着铁器时代的成熟，皇帝跟民众的分歧日益严重。就在武帝统治的时代，规模巨大的民用铁器托拉斯已经形成，少数铁器制造商垄断了整个远东地区的生产和销售，而铁器成了农业耕作和日常生活的基本元素。用以生火的立体支架再度出现，鼎的支足沦为画蛇添足的累赘。8000 年前的锅子获得了重生，但它的材质已由陶土变成了生铁。铁锅彻底取代铜鼎，成为百姓灶台上的主体。在历经近千年的“铜鼎综合征”苦难之后，鼎器黯然退出了华夏民族的历史空间。

锅就此回到了它的原初形貌。它本来就是人民的器皿，从属于柴米油盐之类的平凡事物。由于锅的起死回生，美食不再为统治者和贵族所专有，而是成为人民餐桌上的日用品，重新散发出美妙的世俗气息。而鼎则变成一种美妙的帝国记忆，它时常闪现在皇帝的梦里，展示着昔日政治筵席的浮华场景。

照射中国的光线

——都市照明体系的历史解读

■ 朱大可

作为权力表征的电灯

在一个多世纪以前，越过长达 20 年的瓦斯灯岁月，一种更加明亮的光线涌现了。它是爱迪生的天才发明，第一次闪亮在英国人点燃的 15 盏弧光灯的阵列里。在上海外滩的殖民地黑夜里，巨大的光明照亮了花岗岩大厦、金属栅栏和碎石路面，犹如一个天堂的复制品和世俗镜像，而瓦斯灯黯然失色。

在油灯体系里统治“城市”的上海道台，为这种不可思议的光源而忧心忡忡，声称“电灯有患”，潜藏着焚屋伤人而无法救援的危险，下令禁止全体上海人使用电灯，并正式照会英国领事馆，指望外国侨民也停止使用这种危险的玩具。这是乡村社会权力代表的一次无力的抗争，这是为了捍卫数千年的帝国乡村经验。而感官对光明的渴望一旦获得解放，就变得势不可挡。似乎没有人理会道台先生的劝谕，到了清光绪三十年（1904 年），上海电灯数量已经多达 88201 盏，遍及主要的商业街道和租界居民住宅。电灯彻底打开了通往夜生活的道路。道台早已化为尘土，而他的子孙们则成了电灯的主人。

夜生活就是城市生活的本质。它借此划定了跟村社生活的界线。电灯建立起全新的照明体系，为夜生活提供最明亮的光线，照亮那些物欲和情欲在其中诞生的场所——街道、店铺、餐馆、酒吧、舞场、烟馆、旅舍以及妓院。在那些场所，电灯是斡旋者，它敦促白昼与黑夜达成戏剧性的和解。城市自此走出了漫长的童年。

拥有强大照明体系的城市，经过短暂的黄昏的恍惚，在天黑之后第二次苏醒过来，再度变得生气勃勃。在“支付型生活”终结之后，“享乐型生活”开启在灯火通明的午夜。越过白昼的坚固墙垣，时间被剧烈延展了，人由此得以两倍地活着，两倍地占有实存，并且注定要为这种存在而探求双重的空间。新光源尽其可能地拓展了人的边界，把生活推到世界的最外缘。从电灯开始，人拥有了主宰生活的权力。电灯据此亮出了自己的哲学：人不但要活得更长，而且要活得更多。

就其本性而言，夜生活跟昼生活是截然不同的。夜生活的亮度有限，同时拥有更神秘的阴影和黑暗。光与影的对抗变得异乎寻常起来。这就是黑夜空间的属性，它被光与影所分裂，形成尖锐的对比度。在抵抗黑暗的战争中，电灯在人的四周竖起了光的栅栏。黑夜仓皇地退缩了，在人的身后留下了巨大的阴影。阴影是黑夜的同谋，但却拥有一个光线伴侣的容貌。阴影描述了光明的轮廓，为它下定义，并且判处它和自己一起永生。

电灯的光线在修辞学上是双关的——在自照（Sign own）的同时照亮了他者。这是双重的照亮。就这个意义而言，它跟火炬和蜡烛相似，却把他照和自照，推进到以往任何照具都无法企及的程度。对爱迪生式白炽灯的观察，令我们获得了这样的印象：它是如此脆弱，仿佛随时会像气泡那样黯然破灭。电灯之火，燃烧在一根细小的钨丝上，柔弱而颤动着，站立在充满氮气的玻璃泡里，犹如一个安徒生式的令人怜惜的女孩，它的静止的舞蹈显得仪态万千。它清晰地照亮了自己的姿容。玻璃灯泡的脆弱性，跟灯丝的脆弱性，形成了物理语义上的密切呼应。

而在另一方面，电灯的他照也比以往任何照具都更为明亮。它建立了跟太阳抗衡的照明体系，散发出令人震惊的白昼气息。尽管它的火焰是静止而理性的，停栖在时间的每一个尽头，被电表的精密读数所限定，却可以在一个瞬间里同时大放光明，这种严密的可操纵性，正是现代城市秩序的表征。而瞬间的集体放光，急剧强化了光明的力度。这是它的大爆炸式的力量，也是它遭到乡绅非议的污点。但它却更鲜明地表达了威权的意志。神说要有光，于是就有了光，这种经文般的句式，揭示了隐藏在电灯背后的政治语义。

著名纳西族女人杨二车娜姆，在其回忆录中如此描述第一次看见电灯的反应：她在旅馆里不停地用拉线开关操纵电灯的明灭，并在光明和黑暗的对转中哈哈大笑。这是“福达游戏”式的快感，它要照亮16岁乡村少女的单纯命运。对于发现秘密的女孩而言，光线意味着权力，而拉线开关就是握住权力的手柄，她借此操纵了世界的形态，命令它黑暗或者光明。越过昏昧的浓烟缭绕的火塘社会，她不仅看见城市的模糊轮廓，也握住了它柔软的中枢。

霓虹灯下的哨兵

“氖气标志”是霓虹灯（Neon sign）的英文本义，它从一开始就向我们宣喻它的双重品质：既是一种科技（氖光）的产物，又是关于城市的“记号”（能指），用以标示特定的商品或店招（所指）。但这种标记（能指）的不同寻常之处在于，它既自我照射和自我表达，如同所有的电灯，又在广告形象（女人像）中传达着外在情欲的语义。这是彩色玻璃灯管—桃红色基调的女体造型—隐秘的情欲—需要被煽动起来的物欲（购物欲）的多层指向。前一个环节的所指成为后一个环节的能指。这种滚动式的意指系统，把霓虹灯的语义不断推向都市的深处。

霓虹灯广告发布商的策略，就是利用情欲来点燃购买的激情，但情欲自身也因此获得了生长的契机。街道就是情欲的宏大讲堂。在城市空间的上部，分布着各种霓虹灯广告，闪烁出五彩缤纷的艳俗光芒，而其下部则是行走的女人，衣着时髦而性感，向游客展露着尘世的万种风情。这两种情欲图景融合起来，构成大都会的迷幻全景。它是市场乌托邦的视觉核心。

被霓虹灯照亮的上海“百乐门舞厅”里，一度聚集着全城最美艳风骚的舞女。正如作家白先勇笔下的尹雪艳那样，她们是都市里的交际花、妖精和主宰上海的秘密女王；她们也是霓虹灯的化身，照亮了四周的男人，像吸血鬼（吸精鬼）一样获得永生，而男人则在她们四周衰竭而亡。舞女是一种危险的生物，晶莹巧笑于情欲迷乱的舞场，继而成为男人的秘密情人，把他们禁锢在情欲里，从那里征服和消灭他们。舞女们的微笑，是一种富有魅惑力的面具，跟霓虹灯的唯一不同是，面具是不透明的，因而无法自照，她据此拥有不可知性，无限神秘，而在面具背后，浮动着不可战胜的古老幽灵。舞女据此成为情欲的永不衰老的代言人。

无独有偶，早在左翼作家茅盾的《子夜》里，上海就已矗立于黑夜之中，并以霓虹灯作为自己的视觉标记。但它的语义却隐藏着巨大的杀机。它甚至击倒了来自乡村的地主吴老太爷。他被儿子从乡下接到都市，一路上被霓虹灯所放射出的情欲光芒所震惊，当场中风，而后在医院里死去，成为大都会灯光谋杀案的第一主角。他的猝死验证了霓虹灯的负面价值。霓虹灯的危险特性，早已逾越了常识所描述的边界。它是一种有罪的灯具，制造着乡村和城市的价值对抗。

《霓虹灯下的哨兵》，一部关于阶级冷战的杰出寓言，延续了茅盾关于霓虹灯的反面神话。来自乡村的纯朴士兵，置身于南京路的意识形态前线，爆发了关于“香”和“臭”的修辞学争论，它有力改造了人的神经感知系统，把香气转换成臭气，同时也把光明变为黑暗。霓虹灯下的哨兵，与其说是霓虹灯的守望者，不如说是黑夜的哨兵，他们面对光怪陆离的彩灯，却机警地看见了资本主义的无限黑暗。政治视觉的选择性失明，严格服从了阶级光谱的限定。士兵的明亮瞳仁，幸福地感光着伟大的思想。这是唯一的可见光，照亮了他们无比坚硬的信念。

我们被告知，那个叫做童阿男的上海籍士兵，被资产阶级小姐的情欲所诱惑，变得神魂颠倒起来，而在那种情欲的背后，还隐藏着更加危险的政治势力。情欲成了政治斗争的锋利载体。在霓虹灯的背后，是一个骨牌式的阴谋，它连接着从资本主义物欲、资产阶级情欲、资产阶级小姐、资产阶级家族、国民党特工，到都市爆炸计划等冗长的因果链。这是无限延伸的转喻及其意指系统，它没有终结，却可以像蛇一样盘旋起来，装入意识形态边框，构成教科书式的惊悚图画，生动地规训着立场软弱的人民。

这就是霓虹灯在 1950 ~ 1960 年代所拥有的激越语义。经过“改革开放”的政治转型，它终于被还原到了物欲和情欲自身，也即还原到了消费主义的本体。意识系统的这种自我清洗，令霓虹灯的语义变得单纯起来，它的复杂转喻体系被急剧简化，回归到本始的状态。那些一度被打碎的霓虹灯，不仅在大都会里放亮，而且重新被接纳为城市的现代性标志，在那些繁华的商业主街上，不倦地勾勒新国家的明亮轮廓。

光明城市的乌托邦

城市照明经历了四个阶段：汽灯时代、电灯时代、霓虹灯时代和全景照明时代。照明技术正在全力开拓着自己的战地。它所征服的空间日益广阔。然而，为什么都市社会需要照亮？它究竟要照亮什么？它又是如何被照亮的？在全景照明时代，这些问题正在变得日益尖锐起来。

城市公共空间的照明，起源于路灯。它是对夜间道路行走的一种技术支持。在乡村的田野里行走，行灯成为人的唯一伴侣。黯淡的火焰在灯笼里瑟缩，只能照亮身体前端的咫尺范围。煤气灯的涌现改变了这一尴尬状态。它排成长长的阵列，像蛇那样向前延伸，照耀着作为第一公共空间的道路，成为近代市民行进的路标，并为我们构筑起一种难以言喻的现代性希望。

这种照明后来才进入商业作业的第二公共空间，用以照亮难以计数的物品及其购买者，也照亮了钱币上的数字和图案。嘈杂的市场（商铺、银行和股票交易所）明亮起来，购物、赢利、晚餐、跳舞、约会、无所事事的逛街和橱窗购物，所有这些行为都被人工光线所描绘，变得怪诞起来。在现代城市的黎明，这种被蓄意照亮的市场，就是人为自身建造的世俗天堂。

源于市场的照明，最初是功能性的，但它仅仅是照亮而已，也就是照亮他者（他人和他物），其间并未指涉任何其他要素。但早期世界博览会的伟大发明，改变了城市跟照明的单一关系。它不仅要照亮街区的居民，也要照亮建筑群落乃至整座城市，借此为圣诞节、狂欢节、国庆节和劳动节等庆典效力。

即便是在最贫困艰辛的年代，本土政治庆典都渴望改写黑夜的定义。在殖民地遗留的高层建筑四周，普通白炽灯被不厌其烦地串联起来，为各种筑体（楼宇、高墙、桥梁、街道和牌楼）勾勒出一道细弱的光边。这些大大小小的混凝土事物，不屈地矗立于茫茫黑夜，向人民昭示着孤立主义的国家信念。

仅就照明技术史而言，我们经历了从日光年代（毛泽东时代的太阳体系）向月光年代（邓小平时代的月亮体系）的重大转型。1998年，也就是香港回归中国大陆后的第二年，盛世气息弥漫整个中国，上海率先启动了外滩西岸的灯光照明体系。它是一个展览自身魅力的国家橱窗，构筑着权力美学的宏大展品。杭州和宁波老外滩等地也尾随其后，探求城市照明叙事的独立语法。在西湖的民族主义山水美学和外滩的殖民主义美学之间，出现了宏观互补的格局。这就是长江三角洲的共同气质，它要利用黑暗修改城市的缺陷性容貌。

这种夜景泛光照明体系，完全不同于市场消费主义操纵的霓虹灯光阵。霓虹灯是单个物品（商品、品牌或商业机构）的自我叫喊，它是喧闹而无序的，却充满了生机和活力，成为市场自由主义的象征，但外滩照明体系属于总体性权力，它是一种预谋和精心编制的宏大光线叙事，借此表述国家（区域）的强大权能。这个利用了多重技法的光织体，包含直接照明（路灯照明、轮廓照明、点光源照明等）和间接照明（泛光照明、背投光照明、内透光照明等）的复杂元素，据此描绘着上海夜间的政治容貌。即便在电力严重匮乏的盛夏，它仍然坚守着盛大光明的造型，通宵达旦地陈述国家主义的市场真理。

上海外滩的语义是殖民时代的产物，它的言说主体是高度“他者”化的，其间隐含着海上征服者登陆滩头的胜利信念。但此后便内化为一种自我命名和陈述。这变化最初是对历史地名的沿袭，而后却转变成当下的文化暗示，旨在向西方投资者发出盛情邀请，它似乎在说：请放心登陆吧，这是你自己的滩头。另一方面，它也要向内地的人民炫示一种区域成就。它似乎在说，我是对外开放的，我是上（下、去）海（海外、国外、西方世界）的最大港口和通道。

为了捍卫这种意识形态命名，上海外滩 3 号、12 号和 18 号的主人，跟城市地名管理办公室，发生激烈的商业冲突，由此验证着“外滩”作为“他者”的符号价值。而对于普通的外省人而言，它只是存在于现世的乌托邦，像浮动于黄浦江上的华丽舞台，为卑微的个人生活，点燃了照明修辞学的希望。他们凝视这辽阔的布景，俨然凝视着自己未来的命运。

焰火影像的礼赞

焰火有一个伟大而性情暴躁的母亲，那就是黑色火药。在光线昏暗的丹房里，聪明的道士们发现了硫磺和硝石的秘密配方。著名道学家孙思邈（581 ~ 682）把这个秘方写入了《丹经》一书，宣称只要将硫磺和硝石混合，加入点着火的皂角子，就能引发焰火，去除丹药内部的毒性。这是改变人类历史的非凡时刻，黑色火药诞生于炼丹师的永生实验，却最终成为毁灭人的凶器。这种强大的技术反讽，就是历史推进的荒谬动力。

将炭与硫磺、硝石混合的黑色火药，在炼丹时代就只能是“丹房火药”，充当丹药炼制工艺中的辅助性药剂。而后才变脸为“沙场火药”，被软弱的宋代军人用于战争，成为攻打城垣和屠杀敌手的酷烈火器。在乡村，它进而变身为驱鬼的爆竹（鞭炮），这种“田野火药”的巨大声响，不仅能够吓跑面目狰狞的厉鬼，而且足以为静寂综合症提供有力的声音疗法。

而与此同时，一种叫做“市井火药”的事物在北宋的城市里诞生，它是江湖艺人进行杂技表演的重要玩具。在这种黑色火药的衍生物里，被掺入了磷块、硅化物、易燃金属粉和植物粉末等，由此构成关于光亮、硝烟和声音的戏法。在街头灯市或元宵节的黄昏里，焰火像幽灵一样点燃了，闪现在目瞪口呆的行人面前，成为光线杂耍的一种瑰丽要素。

对于我们而言，第三、第四种火药是至关重要的，因为只有它们才构成意识形态修辞的两个要素，分属于草根美学和国家美学。它们从一开始就企图为不同的存在编织光线的花边。在宋代，民间出现了烟火爆竹作坊，烟火制造业和表演业都已基本成形，并有了“起轮”、“走线”、“水爆”、“流星”和“地耗子”等诸多品种，但它们随即就被帝国征用，成为政治庆典的崭新元素。大型皇家园林艮岳落成时，主办者用火炮将“烟火”送至半空爆炸燃烧，全场欢声雷动，为皇帝亲自设计的艺术杰作而山呼“万岁”。这是人类史上第一场国家焰火晚会，它征用民间的光明制造工艺，却成了自我颂扬的国家修辞大会。

这无疑是一个特殊的话语事件，硫磺语词呼啸着升上宋朝的天空，瞬间爆炸和明亮起来，俨然灿烂的花朵，向才华横溢的君王发出盛大赞美，而后，硝烟缓慢地随风飘散，等待着另一批硝石语词的升空。这篇冗长的马拉松式的颂文，其语词是逐个依次线性推进的，并被不同样式的语词组成章句，在天空或地面上会合，形成光线的宏大织体。皇帝和人民在一起观看，沐浴于乌托邦的光辉之中。而在火药话语的盛宴终结后，人民心满意足地返回寒碜的陋室，也就是回到贫困的现场。

但这种焰火的仪典稍纵即逝，只留下一个黯淡无光的影像背景。人造的乌托邦光线，并未给人民带来幸福，恰恰相反，它带来了漫长的政治严冬，而人民取暖的唯一路径，就是拆除这座乌托邦花园，把它还原成简陋的柴火。人民找到了最粗野的取暖方式。那是市民为自己点燃的火焰，它放肆地焚烧着皇帝的天真梦想。

这无疑是对宋徽宗造园和造光工程的犀利嘲讽。但它无法阻止焰火成为历朝皇帝的主要修辞话语，用以弘扬太平盛世的光明图景。随着蒙古军人和阿拉伯工匠的传播，这项伟大工艺甚至传到欧洲，成为波斯、拜占庭帝国、罗马教廷和法兰西国王的政治点缀。焰火进入了世界体系，从那里开拓制造光明的空间。

正是由于这个缘故，转瞬即逝的焰火，并未跟中世纪帝国一起腐烂，反而从世界体系那里重返祖国。它最初跟艮岳一样，成为权力荣耀的象征，而后又转变为现代性的辉煌标志，并被纳入大都会照明体系，变成晚期资本主义的财经花边。

我们早就被告知，焰火是一种全球性话语，被讲述于各种宗教或世俗节日。它的灿烂流星般的视觉图式，跟巍峨不动的建筑，构成对位与互补的景观，夸张地阐释着人民的诗意生活。光线的语词穿越脆弱的黑夜，为我们置身其中的文明下定义，宣喻它的伟大属性。最短暂的焰火发出了最恒久的赞美。它要把天空上的光线交还给大地。这就是后现代的文化逻辑。正是从这辉煌的影像中，世界体系获取了政治修辞的动力。

国境、国家和中国

——也说“中国境域”

■ 葛兆光

最近，我受邀参加一个小型论坛，讨论什么是“中国境域”，主办方给我发的电子邮件中，用“国境在那里，中国在这里”这样两句很有意思的话，来暗示这个论坛讨论的主题是“国境”和“中国”，我很快理解为，这暗示了“国境（政治领土的范围）”和“中国（文化认同的空间）”的差异，这让我很感兴趣，因为我曾经撰文讨论过这个话题。所以，当我看到邮件的时候，一方面想起了杜甫的那句诗“国破山河在”，和明末士大夫说的“非亡国，乃亡天下”，觉得“山河”、“国”和“天下”，似乎在传统中国的观念世界里，有些不一样。一方面想起了近代以来一直到现在，中国和周边世界关于国界、疆域、历史的争论，在这些争论中间，也涉及了“国境”、“国家”和“中国”，也就是历史疆域、政治版图和文化空间的种种问题。于是，就有了下面的一些感想：

国境的话题：不止是钓鱼岛、南沙群岛、麦克马洪线

关于国境和国家，是一个绝大的话题，它涉及的绝不仅仅是现在存在领土争端的那些地方。比如中国和日本之间有争议的钓鱼岛，中国和越南、印尼之间有争议的南沙群岛，以及中国和印度之间有争议的所谓的“麦克马洪线”等。

不妨从近年来的韩国历史教科书说起。这些年来，历史教科书常常成为关

注的话题，是因为培养和铸造年轻国民的历史观念和文化认同的历史教材，由于不可避免地要涉及文化和民族起源、宗教信仰和文化主流、历史疆域和民族空间等问题，在各种教材中最容易引起认同、激动和冲突。而韩国的中学历史教科书中，出现了一些让人瞠目结舌的说法，一方面表明在思想领域中，韩国国内激烈的民族主义情绪，一方面说明在知识世界中，韩国历史认知和中国历史认知之间的冲突。比如，朝鲜比中国历史悠久，檀君的故事和传说，高句丽在唐宋时代的版图的夸张说法，等等。这表明国境、国家的问题，在看上去疆域已经划定的现代，仍然有很多历史阴影在纠缠，这使得现代存在于历史中，历史存在于现代中。

比韩国要早得多，日本对于“中国”疆域合法性的质疑从明治年间就开始了，那个时代，追随西方民族与国家观念，随着日本“军国主义”潮流和“亚洲主义”意识的崛起，日本一部分东洋学研究者，一方面是对于中国“四裔”如朝鲜、蒙古、满洲、西藏、新疆有格外的关注，而不再把中国各王朝看成是笼罩边疆和异族的同一体，一方面是把这一原本只是学术研究的取向，逐渐变成一种瓦解中国现代国家合法性的观念，这在二战前后的日本历史学界形成热门话题。比如1923年，矢野仁一出版了他的《近代支那论》，开头就有《支那无国境论》和《支那非国论》两篇文章，矢野认为，中国不能称为所谓民族国家，满、蒙、藏等原来就非中国领土。1943年，在第二次世界大战的关键时刻，他更在广岛大学的系列报告中提出了超越中国，以亚洲为单位的历史叙述理论，此年以《大东亚史之构想》为题出版。恐怕，这种想法至今还有很多痕迹依然留存。

关于国家疆域的现实问题，不仅会以“历史”的形式反复出现，而且会在“当下”的不同时段反复浮现。这些问题不仅在东北亚出现，而且弄不好还会出现在四面八方，比如东突问题、西藏问题、蒙古问题，当然还有台湾的问题，显然，原本在现实政治意义上具有合法性的“国境”，在面临种种质疑，而在历史上和文化上本来天经地义的“中国”也在面临种种挑战。正如过去我在题为《重建有关中国的历史论述》的论文中说的，这挑战还不仅仅来自现实国与国之间的领土争端，甚至还来自种种历史的理论和方法，比如来自东亚史或区域史、征服王朝史、同心圆理论、后现代历史学等等。这个问题需要郑重讨论。

国境、国家、近代民族国家——中国的特殊性或者是普遍性

要讨论这个话题，先得从所谓“民族国家”究竟何时形成说起。因为，所谓合法政治领土的“国境”概念，据说和近代民族国家的形成有关，而传统帝国是无所谓疆域的合法性的，而一般理论界的说法，民族国家的形成是从欧洲近代开始的。在目前所看到的关于“民族国家”的种种论述中，基本上是以近代欧洲为背景的。所以，在霍布斯邦（Eric Hobsbawm）的《民族与民族主义》（Nations and Nationalism since 1780）一开头罗列的“可以作为学子初入门的参考”的书单，除了安德森的《想象的共同体》之外，基本上都是讨论欧洲历史的。可是，这种关于民族国家的讨论是否能够适用于东方世界尤其是中国呢？

我一直觉得，中国历史不必按照欧洲历史来截长续短。中国式的近代民族国家，大概从宋代就开始形成，这恐怕比欧洲时间还早。当年，Morris Rossabi 编了一部讨论宋代中国国际关系的论文集，名 China Among Equals，意思是从那个时代开始“中国棋逢对手”（也有人译为“势均力敌国家中的中国”），正如它的副题 The Middle Kingdom and Its Neighbors，10th–14th Centuries 显示的那样，10 世纪到 14 世纪，中国和邻居的关系发生了重大变化，到了宋代，中国不像以前的唐帝国那样笼罩天下，北方的辽和西北的夏，后来的女真与更后来的蒙古，逐渐使它成为“诸国”中的“一国”。尽管宋太祖说，“卧榻之侧，岂容他人酣睡”，但是在宋真宗以后的宋、辽间外交文书，已经常用“南北朝”、“大宋皇帝谨致书于大契丹皇帝阙下”的说法，所以，陶晋生指出宋人有“多元国际系统”，“宋人对于国界的重视，足以推翻若干近人认为传统中国与外夷之间不存在‘清楚的法律和权力的界限’的看法”。

这使得中国第一次有了明确的“国境”，也有了国与国对等外交的意识，在宋史中我们看到，“勘界”即边界的划分，“互市”即边界开设的等价贸易，“聘礼”即对等国家使节的礼仪等等，都开始告诉人们“对等国家”的存在，这在唐以前的中国是几乎没有的。这一民族和国家边界意识的形成，直接后果是使得中国主要是汉族士人不得不严肃地面对“他国”与“异国”，严肃面对的结果是三个：第一个结果是，他们开始对“出入（国）境”加以限制，除了勘定边界之外，他们还要限制“外国人”的居住区域，要限制“中国人”的外出范围，

涉及技术性的书籍和通晓这类知识的士人，不能出境到异族区域，以免知识和技术的外传，这说明知识、人员和国土，已经与现代民族国家一样，有了严格的边界。第二个结果是，国家的完整性和正当性成了不容置疑的"国是"，如果说唐代人还可以对"敌国"表示好感，对那些对外战争表示反感，那么到了宋代，"爱国"在政治、社会甚至文学领域中都有了绝对的正当性。第三个结果是，对于外来的宗教、习俗和其他文明，汉族士人有了一种基于民族立场的警惕，他们不再像唐人那样欢天喜地地拥抱这些新鲜东西，而是怀着戒惧的心情，对外来的宗教信仰、风俗习惯采取了相当严厉的态度（如佛教、火葬、胡服）。这与宋代始终处在异族威胁下有关，对于异文明的抵制普遍地表现在对固有文明的阐扬，北宋历史学上的"正统论"、儒学中的"攘夷论"、理学中特别凸显的"道统"说，都在从各种角度重新建构着汉族文明的边界，拒斥着异文明的入侵和渗透。

因此我们说，从文化的意义上说，近代民族国家疆域和近代民族国家意识的兴起，在中国反而比欧洲早，所以，日本学者内藤湖南和宫崎市定说，宋代是中国的"近世"。通常人们常常觉得，欧洲的"近代"，也包括"近代民族国家"要比中国更早形成。也许，欧洲的民族国家确实是近代的事情，然而，中国的民族国家，在很多方面和欧洲不同，欧洲近代民族国家的要素，在中国也找不到，但是，为什么欧洲才是"普遍"的而中国就是"特殊"的呢？也许，中国这种民族国家形成史，也是同样合理而自然的一个生成过程。中国这个"国家"，其实早已形成轮廓。

什么是近代的"民族国家"，欧洲的理论与中国的现实

综合各种现代的理论，一般认为，与传统帝国不同，近代民族国家的要素是：一、有明确的国境存在；二、有国家主权意识；三、是国民概念的形成与整合国民的意识形态支配，即以国家为空间单位的民族主义；四、是控制政治、经济、文化空间的国家机构和政治制度；五、由各国构成的国际关系。

但这是以欧洲尤其是近代欧洲的历史为思考背景的定义，并不一定适用于东方诸国特别是中国。和欧洲不同，中国的政治疆域和文化空间是从中心向边

缘弥漫开来的，即使不说三代，从秦汉时代起，语言、伦理、风俗和政治就开始把民族在这个空间中逐渐固定下来，这与欧洲认为“民族原本就是人类历史上晚近的新现象”不同，因此，把传统帝国与现代国家区分为两个时代的理论，并不符合中国的国家意识观念和国家生成历史。在中国，并非从传统帝国到民族国家,而是在无边“帝国”的意识中,有着有限“国家”的观念,在有限的“国家”认知中，保存了无边“帝国”的想象，近代民族国家恰恰从传统中央帝国中蜕变出来，传统中央帝国意识依然残存于近代民族国家，这是一个纠缠共生的历史。

也许，很多人会想到古代中国的“天下观念”与“朝贡体制”，觉得古代中国以朝贡体制想象世界，并不曾清楚地意识到“国家”的边界。但是，现在的研究表明，古代中国在很早就形成了以汉族文明为主流，汉族生活区域为中心，只是通过朝贡、羁縻、册封、征服等等形式，维系周边异族和区域，构成“中心清晰、周边移动”的民族国家，仔细考察可以知道，这种观念中的“天下”，常常只是一种想象，并不一定是实际处理“中国”的国家与国际问题的制度或准则。这当然是一个相当复杂的历史问题，如果简单地说，大体上可以注意三点：一、中国以汉族为中心的族群与国家，在地域空间上是重叠的，这使得民族和国家的“边界”很容易清晰地固定下来。前面说到，从宋代起，在辽夏金元压迫下的勘界行为、海外贸易确立的各种制度，和清晰的知识与财富的界限，加上和、战之间的外交谈判，已经使宋代中国就有了国境存在和国家主权的意识。二、由于同一性伦理的逐渐确立，宋代以来建立的历史传统、观念形态和文化认同，已经很清楚地形成了汉族中国自我确认的民族主义意识形态，所谓“华夷”之辩、所谓“正统”之争、所谓“遗民”意识，在宋代以后的形成，本身就是这种国家意识的产物。三、从宋到清，中国在东方世界的国际关系已经形成，尤其是自明清以后，明清王朝、朝鲜、日本等国家之间的互相交涉，已经形成了这样一个“国际”，只是这个“国际”原本的秩序，在后来另一套新的世界秩序冲击下逐渐崩溃，终于被取代和遗忘而已。

历史、文化和政治：三种认识国境、国家与中国的维度

关于“国境”、“国家”与“中国”，我以为，有三点特别值得重视——

首先，在历史意义上来看“国境”、“国家”与“中国”，首先要明确，现在谈论历史上的某某“国家”往往等于是在说某某“王朝”，因此“国境”就是当时的“疆域”，因此完全可以坦然承认，历史上的“国境”是移动的，古代“中国”是中心清晰边缘移动的王朝，由于各个王朝分分合合是常有的事情，因此历代中央政府所控制的疆域即空间边界是常常变化的。关于这一点，我们可以看谭其骧主编《中国历史地图集》中反映的各个时代的中国。因此，一方面，不必以现代中国的政治边境来反观历史中国，否则，我们难道要恢复汉唐时代的庞大疆域，甚至是蒙元时代无远弗届的广大领土？抑或回到长城之内甚至固守南宋的半壁江山？如果有这种对于历史的豁达看法，那么，高句丽不必是“唐王朝管辖下的地方政权”，吐蕃也不必在当时“中国（大唐帝国）版图”，东北、西藏在汉唐宋朝还未纳入中央政府的管辖范围，现在当然是中华人民共和国不可分割的领土；另一方面，也不必简单地以历史中国来看待现代中国，不必觉得历史上安南曾经内附、蒙古曾经由清帝国管辖、琉球曾经进贡，就觉得现在无法容忍和理解现代越南的独立、外蒙古与内蒙古的分离，和琉球最后归于日本，同理，韩国人也不必因为原来曾经属于高句丽的东北部分地区，现在已经归入中国版图，成了中国合法边境内的地区，而觉得伤害了朝鲜的民族感情。

其次，在文化意义上来看“国境”与“中国”，应当承认，中国是一个相当稳定的“文化共同体”，它作为“中国”这个“国家”的基础，尤其在汉族中国的中心区域，是相对清晰和稳定的，经过“车同轨、书同文、行同伦”的文明推进之后的中国，具有文化上的认同，也具有相对清晰的同一性，过分强调“从民族国家（中国）拯救历史”是不合理的，历史上的文明推进和政治管理，使得这一以汉族文化为中心的文明空间和观念世界，逐渐从中心到边缘，从城市到乡村，从上层到下层扩展，至少从宋代起，已经渐渐形成了一个“共同体”，这个共同体是“实际的”，而不是“想象的”，所谓“想象的共同体”这种新理论的有效性，似乎在这里至少要打折扣。当然这种“文化”有时是超越国境的，它随着这一文化共同体中人群的流动和迁徙，形成超越国家、却享有共同文化、

彼此可以认同的文化群体。

再次，必须明确的是，从政治意义上来看“中国”，现在的“国境”是应当尊重的对政治领土的规定，它标志着一个合法政府的控制范围，在这个政府的合法性没有受到质疑的情况下，它是神圣不可侵犯的，任何对它的蔑视都会受到回击。

最后需要指出，“国家”概念常常是被混淆的。有时人们口中的“中国”常常只是等同于一个“王朝”，或者常常只是某一“政府”。政府即政权是否可以等于“国家”，国家是否可以直接等同于“祖国”？这是一些仍然需要明确的概念，一些政治认同常常会影响到人们的文化认同，甚至消泯人们的历史认同，这是很麻烦的事情。过去，“朕即国家”的观念曾经受到严厉的批判，人们也不再认为皇帝可以代表国家了，可是至今人们还不自觉地把政府当成了国家，把历史形成的国家当成了天经地义的祖国，很多误会、敌意、偏见，就恰恰都来自这些并不明确的概念混淆。

英雄的人格和语义

■ 张 柠

英雄的歧义

英雄是一个使用频率极高，但语义十分混乱的词汇。人们或者沉迷在“英雄创造历史还是历史创造英雄”这种不可能有答案的语言游戏中，或者陷进“要不要英雄”的伪问题的圈套中，或者根 据个人好恶对“英雄”进行想象和叙述。托马斯·卡莱尔将“英雄”神圣化，把那些高人一等的人——先知、诗人、教士、帝王——当作英雄，人类历史就成了一部“英雄传记”。普列汉诺夫看上去很“辩证”似的，实际上在社会决定论和英雄史观之间摇摆不定，一会儿说英雄造时势，一会儿说时势造英雄。民粹派理论家米哈依洛夫斯基将“英雄”中性化，说凡是能成为榜样，并引导“群氓”从善或行恶、干高尚或卑劣的事情的人都是“英雄”，他强调的是某种特殊人格的积极或消极影响。

马克思以犀利的洞察力识破了“当代英雄”的伪装。在一篇评论 1851 年法国时局的文章中，他嘲笑路易·波拿巴政变“使得一个平庸可笑的人物扮演了英雄的角色”。马克思暗示，如果说叔叔拿破仑第一是悲剧英雄，那么侄子拿破仑第三就是闹剧小丑。小丑最大的特点在于自觉不自觉地把自己装扮成逝去的英雄。马克思进而引入了“服装”的比喻，认为罗伯斯庇尔、丹东、拿破仑都给自己穿上了古罗马的服装，貌似真正的英雄，他们展现给我们的不是英雄的漫画，而是漫画化的英雄。诗人波德莱尔几乎跟马克思不约而同地讨论了英雄与服装的关系：“服装是现代英雄的一张皮”，黑色的面罩，黑色的披风，让人想起了花花公子的形象。古老英雄的“服装”或外表成了遮羞布，将现代欲望的裸体紧紧裹住。真正的英雄没有服装，甚至没有武器。他们赤身裸体面对自然和社会的敌人。他们以一种纯粹自然的赤裸裸的形态，使自己，同时也引领众人，从自然的野蛮状态中突围出来，比如治水的大禹，盗火的普罗米修斯。在众多研究英雄问题的著作中，常见的是将英雄作为历史主题和道德主题。对于与人类学、心理学相关的人格学意义上的英雄，则缺乏有力的研究。卡耐蒂的《群众与权力》，从人的自然属性、人格学、心理学等角度，有效地研究了群众的语义，但很少涉及作为群众中佼佼者的英雄。

英雄的能量与能耐

汉语中的“英雄”一词与自然界的动物和植物相关。一篇论述“英雄”概念的文章出自三国时刘劭之手，其《人物志》列专章讨论英雄的语义。“草之精秀者为英，兽之特群者为雄”，英雄的本义就是植物和动物的精华。“聪明秀出谓之英，胆力过人谓之雄”的说法，是动物和植物精华的人格化。“英雄”本义的人格化，暗含了人类从野蛮的自然中分离出来，同时又没有被社会权力异化的特殊状态。英雄借助于身体的自然能量和勇气抵抗外力的伤害，并保护了身体能量较低的同类，他们能够在紧急状态中迈出第一步，并且具有自我牺牲精神。

这里的“能量”是本义。古汉语中的“能”是一种凶猛的、能量巨大的野兽，它后来转而用于形容各种自然或物理能量。古希腊的《荷马史诗》，印度的《薄伽梵歌》，英国的《贝奥武甫》，法兰西的《罗兰之歌》，俄罗斯的《伊戈尔远征记》等，歌颂的都是一些身体能量巨大的英雄。在《史记》中，身体能量巨大的樊哙不过是刘邦的陪衬，而另一个身体能量巨大的典型是西楚霸王项羽，他的悲剧代表了汉文化对“能量”本义的嘲弄，尽管司马迁将他载入了“本纪”。那些被正史边缘化的、还保留了些许“英雄”气息的游侠，在东汉之后也基本绝迹，或者保留在虚构作品之中。

汉代以降，能量的引申义彻底压倒了它的本义。能量的一个重要引申义是指在社会人际关系中显示出来的能耐，比如善于统治、搞阴谋、玩权术、长于社交、善于游说、会写诗弹琴。能耐取代能量，也就是智力取代胆力，权术取代勇气。因此刘邦、刘备、宋江这样的人成了有“能量”的典型。见人便哭、逢人便拜的宋江何能之有？竟然将一帮能量巨大的人（李逵、武松、林冲）降伏，靠的就是能耐，善于利用英雄能量的能耐。没有能量只有能耐的人，最善于利用神秘文化（梦见与神兽交媾，梦见九天玄女）来巩固自己的合法性。刘邦、刘备、宋江等人是中国阴性文化的化身。他们不是有能量，而是有能耐。能量可以对付各种社会力和自然力。能耐就是将能量瓦解，然后一个个单独收拾。

英雄、武力与权力

有能耐的人需要有能量的人，但有能量的人不一定是有能耐的人，就像统治者需要英雄，但英雄不一定是统治者一样。英雄是善于运用武力（能量），但不善于运用权力（能耐）的人。比如，老虎是英雄，猫不是英雄。

老虎是善于运用武力的动物，它用自己的胆量、力度和速度迅速将猎物杀死。当它遇上武力相当的对手（比如狮子）时，胜败没有定数。武力较量充满各种可能性，胜败完全取决于力量和速度，也就是自然能量的大小，或许还有身体和精神状态的好坏。因此，悲剧英雄是常见的类型，也就是在能量较量中失败的一方。这是一种自然力的较量，有它残酷的一面。这种残酷性在今天的人类社会同样存在，比如战争和体育运动。自然力的较量要讲究程序公正，不能玩下三滥的手段。古代战场上的较量，首先要通报姓名，然后才开始比赛，不得放暗箭。

权力是武力的衰变或者堕落的形式。权力的较量不是“力”的较量，而是“术”的较量。比如，猫与老鼠的较量，胜败早已分明，较量只是一个游戏的过程。猫绝对不会跟狗或者狼较量，它用逃亡的形式避开了使用武力或成为悲剧英雄的可能性。猫一定会选择跟老鼠或者跟黄鼠狼较量，以便在可操纵的空间中持续使用权力,并成为喜剧“英雄”。猫迷恋的不是“力”而是“术”。“力”的较量就是循环往复地消除原有的对抗空间、重建新的对抗空间。“术”的较量是在一个可操纵的固定空间内部展开。猫和老鼠游戏，就是在一个猫所操纵的空间内部展开的：1. 捕获，通过力度和速度先捕获老鼠；2. 放生，在有限空间里放弃速度和力度，凸显老鼠的速度；3. 再捕获，让老鼠的速度归于零。如此循环往复，直到老鼠以“自然死亡”的形式疲惫而死。

权力是一种对武力的计算和使用。在这个“捕获、监禁、放逐、再囚禁”的绝望空间中，猫在保持自身有效武力的前提下展开“术”的游戏，而老鼠在一个貌似有希望的空间中疲于奔命。假如老鼠将自己有限的武力（速度和力度）指向自身，一头撞死在墙上，迅速结束了权力游戏，那么，猫就失败了，老鼠就会成为英雄。问题在于，老鼠往往会迷恋那个给它一丝希望的空间，在猫的权术的监禁下继续游戏。

权力是一个“存活”和“监禁”的隐喻，具有空间性质或社会性质，人只能在“监禁”中玩苟活的游戏。武力是一个“死亡”和“不朽”的隐喻，它将历史凝固，将时间永恒化，并使空间归于零。“分久必合，合久必分”的循环历史的时间观念，将历史时间空间化，也就是将勇气、胆识等英雄人格“权力化”，使老虎“猫化”。

英雄、魅力和制度

对英雄身份的确认，既不能靠选举，也不能靠制度化支撑，只能靠人群在心理上的认同，这种认同的基础就是“英雄的魅力”。英雄通过超出常人的能量、武力、胆识、勇气展示魅力，给普通人群造成心灵的震撼或者提供安全感。英雄的人格和魅力对人群具有控制力，马克斯·韦伯称为“奇里斯玛”（charisma）型人格，它呈现出两种“忘我状态”，一种是类似狂躁症的“英雄性忘我”，主要展示力量的身体；一种是类似癫痫症的“巫师性忘我”，主要展示神秘的身体。两种状态为英雄的资质提供证明。这种英雄人格，通过身体能量展示自身的魅力，特别是对身外之物（经济上的钱财、官僚制度中的权力）不感兴趣，否则会被认为是有损英雄性人格。即使这样，它也具有不稳定性，经常面临魅力丧失的危险，因为“英雄魅力”这种东西飘浮不定，转瞬即逝。英雄是人而不是神，他们体力、精力、耐力有限，而且有缺陷，都有自己的“死穴”，有的在腋下，有的在裤裆里。古希腊英雄阿喀留斯的“死穴”在脚跟上，俗称“阿喀留斯之踵”。只要找到了他们的“死穴”,即使一位普通人也可能将他们击败。

因此，从逻辑上说，英雄的魅力不可能长久。为了长久维持英雄魅力，唯一的办法就是将“魅力”凝固起来，使之不变，将它镌刻在历史和心理的功劳柱上。凝固的办法有两种：第一是社会层面上的制度化，将能量转变成控制能量的能耐，将力量变成操纵力量的权力。第二是叙事层面上的神秘化，将现实中的英雄神圣化，将传说变成意识形态的虚构，当代的“英雄叙事”多属这种类型。“禅让制”变成“世袭制”，是将英雄制度化的一个重大事件。世袭制度之后的统治者不是英雄，却是英雄的领导，英雄的能量都由他集中支配，英雄的魅力也由他首先分享，英雄仿佛成了统治者权力武器仓库中的一根梭镖。只要没有揭竿而起的人，统治者的英雄魅力就能千秋万代。此外，帝王意识形态叙事，是英雄制度化的重要帮手，将制度化说成是神的意志，为魅力丧失的“英雄”合法化提供说辞。

英雄资格的制度化，还有对英雄叙述的神秘化两种方法，目的都是将某一时刻（比如乱世、紧急状态）曾经呈现过的“英雄人格”固化。它仿佛一层防腐剂，涂在静止而僵死的身体表层，以便永久不变。真正的英雄是敢于行动、不断行动的活生生的人。他们可能会失败而成为悲剧角色，也可能会腐烂而消失在土地之中，但他不会变成僵死的偶像。

英雄、荣誉和幸存者

应该将“英雄”视为一种无处不在的特殊状态。比如，它处于自然与文明、混乱与秩序、灭亡与幸存的边界上；或者说处于文明的混沌状态、社会的紧急状态的边界线上。离开这个紧急状态的临界点，它就可能消失，被别的身份所取代，比如被帝王、谋士、学者、艺术家、商人所取代。

英雄就是求存者，但求存者不一定是英雄。面对紧急状态和危急时刻，人们有两种求存方式，第一种是运用智力使自己成为求存者，比如化妆、逃跑、装孙子（刘备和宋江就经常这样干）；比如躲避危险，让别人去对付危险，自己先做“孙子”后做“英雄”，最后坐收渔利（帝王、谋士）。第二种是敢于利用自己的身体能量战斗，如果击败了对手，他就成了身体和精神的双重求存者；如果被对手击败，他的身体就消失了，存在的只是他的名字。第二种才是英雄。化妆和逃跑尽管也可能成为幸存者，但没有荣誉感，只有战斗者和牺牲者才有荣誉感。

所谓“荣誉”的事业，就是一种非生产、非赢利的事业，一种与日常生计没有直接关系的事业，比如战争、狩猎、竞技。凡勃伦认为，荣誉事业是一种勇武的事业，面对的是具有抵抗能力的“有生气对象”，比如敌国军队和野兽。生产性事业是一种耐心的智力的事业，面对的是无抵抗力的“无生气对象”，比如自然资源和奴化的人。荣誉性事业是紧急状态下的事业，适合于英雄；生产性事业是日常状态下的事业，适合于普通人。

一旦进入日常状态，英雄就无用武之地。危机和紧急状态结束了，所有的幸存者都面带笑容，仿佛刚刚参与了一次重大战役，而且载誉而归，这就是幸存的群众，他们正在分享幸存者的荣誉。幸存的群众对“幸存”的兴趣远远超过了对“英雄”的兴趣。他们将活着的英雄仅仅视为幸存者，“英雄”最终狭义化为死者，只有死去的人才是英雄。活着的英雄将从幸存者中被删除。所有的人都不愿意充当英雄的危急状态，才是产生真正英雄的土壤。所有的人都想当英雄的日常状态，真正的英雄就完蛋了。

把群众视为英雄，混淆了“英雄”和“幸存者”的界线，把所有的幸存者都当成了英雄，而不管这种幸存是属于荣誉性质的还是属于非荣誉性质或者卑劣性质的。只要存活下来，就有享受荣誉的可能，甚至还能享受到比英雄更多的“荣誉”，这是导致英雄人格消失的一个重要原因。人们以为，英雄人格消失了没有关系，可以用国家机器来替代。但国家机器只对内部有效，对外部强大的敌人和自然灾难无效。

英雄、欲望和女性

英雄人格的非历史性与性爱关系的非历史性，两者在逻辑上是同一的。英雄与美女的关系，是一个英雄与欲望关系的原型，也是英雄与人性的隐喻。这一点将英雄从神的谱系和世俗权力的领域分离出来。

英雄是能量无限的人。他们将能量的一部分用于对付自然和人间的敌人。

他们的剩余能量常常转化为英雄与美女的故事。英雄与美女，将一种最刚强的形式与一种最柔美的形式结合在一起，使得那些既不刚强也不柔美的平庸状态黯淡无光。英雄的能量可以通过战斗、杀戮、牺牲而与集体相关，这是一种集体的、种族的荣誉。英雄的能量还可以通过吃喝、死亡、性爱而与个人相关，这是荣誉的另一种形式，也就是一种违反生产原则的奢侈的荣誉（荣誉本身具有奢侈性质），因此具有违反禁忌的色彩。

在吃喝、死亡、性爱这三种行为中，最后一种是渴求秩序的常人非常反感的。在常人眼里，英雄一般都具有强大的肠胃，毫无节制地喝酒吃肉，他们常常对掌柜的大声叫喊：来 3 斤牛肉，酒只管筛来。常人总是歌颂英雄的肠胃，因为常人在假定，那些充填到英雄肠胃中的酒和肉，能够全部转化为征服敌人的能量，把吃喝当作战斗的有机组成部分。实际上英雄的剩余能量一直存在，它在寻求另一种宣泄的渠道，性爱就是一个重要的渠道。性爱是一种纯粹的个人化的耗费形式，将能量耗费在单一的女性身上，与常规秩序和生产相违背，与集体价值相冲突，因此是一种危险的行为。婚姻是一种与秩序相吻合的生产行为，就像稻种能够生产出很多稻子一样，就像增加兵力一样，具有集体和种族性质，从而得到群众的认可。而英雄的革命性首先体现在对既定世界的否定，比如他否定财产积蓄和世俗权力的集中，也否定将两性关系作为生产形式的婚姻，否定日常秩序。这是英雄和群众的基本矛盾。

女性成为英雄掠夺的对象，是将英雄主题和性爱主题合而为一的基本模式，性爱的个人主题乔装打扮成掠夺和战争的英雄主题。古希腊的英雄史诗《伊里亚特》所记载的特洛伊之战，就是一场英雄争夺美女的战争。战争由一个美丽的女子海伦而起。特洛伊国王的儿子帕里斯拐跑了迈锡尼国王阿伽门农的弟弟的妻子海伦，由此引起了以阿伽门农为首的希腊联军与特洛伊的 10 年大战。西方的英雄史诗中经常出现抢夺美女的故事。特洛伊战争是要夺回失去的美女。中国古代“楚汉之争”的故事是一个失去美女的故事。项羽和虞姬的故事尽管感人至深，但不是爱情故事。项羽有两项重要的装备：“美人名虞，常幸从，骏马名骓，常骑之。”项羽的悲剧以两件装备（美人和好马）的消失告终。此后的英雄，基本上被塑造成不近女色的人。那些与女色相关的人，比如董卓、吕布、曹操等，基本上被视为反面人物，而关羽、张飞、周瑜这些正面英雄，与女性无关。《水浒传》里的英雄，基本上是靠杀女人起家的。

英雄欲望中的一个重要部分（性爱），被文化禁忌压抑到潜意识中。但被压抑了的心理能量不会消失，它会以一种被改写的程序显现出来。也就是说，压抑将人格的内部程序更改了，使它以各种变态心理的形式出现。这种文化压抑和人格心理要素的更改的一个重要后果，就是造成中国古代英雄性格的更改：将英雄的自然人格改写为伦理人格，能量主体改写为道德主体。首先就是以“义”为名誉的兄弟之情，比如刘关张的“桃园结义”。其次是将一种“雌雄同体”人格作为最高境界，所谓“男人女相”，男性具有女性的外表和人格，将刚的一面隐藏起来，显示出女性的温柔、爱哭、体贴、细腻的一面。这既是中国文化中“阴阳合一”理念的表现，也非常吻合道教“内丹派”的观念，就是在一个人自己的体内进行阴阳调和，独自解决，同时承担男女两种角色，借此来消解欲望、消解能量、消解武力，以柔克刚。比如刘邦之于樊哙，刘备之于张飞，宋江之于李逵，他们的兄弟之情中就带有男女之情。宋江同时充当了李逵的母亲或者姐姐的角色。以柔克刚的中国“英雄人格”，从此改写了英雄的原始语义，与权谋文化高度合一，殊途同归。

文艺与复兴

■ 陈丹青

民族复兴与文艺复兴

近来关于“文艺复兴”的系列文章，我都读。放下报纸，出门打车，一路琢磨几位学者的意思，似乎大有道理，又难欣然同意；有点想不下去，又很愿意想下去。中国“需要”一场“文艺复兴”？多么令人“神旺”的话题啊！如今，全世界都会同意：中华民族正在复兴，可是，“复兴，为何是‘文艺’？”刘军宁先生这一问，问得好——要来说圆，却是费周章。

话说这“文艺复兴”，实在是几代中国知识分子的大梦。当年胡适曾将五四运动定义为“中国的文艺复兴”，那豪情，距今远了；建国初胡风高呼“时间开始了”，更有开天辟地之慨，那豪兴，也距今远了；1979 年“文革”收束未久，《光明日报》整版报道北京机场壁画，我记得通栏大标题就是：“中国的文艺复兴即将来临！”当下看得我心惊肉跳，这一惊，也竟倏忽过去快要 30 个春秋。前年听说机场主事者嫌旧壁画碍事，曾动议撤除，虽未实行，那绘有沐浴女子的著名壁画旁早经堆满餐厅的零乱杂具，不成样子了。

所以当刘军宁先生忽然庄严宣称：“事实上，中国已经悄然处于一场新人文运动的前夜，中国的文艺复兴甚至正在悄然来临，中国从未如此接近过一场即将到来的真正的文艺复兴。”我还是忍不住亢奋了好几秒钟，远远望见一幅耀眼的图景——看哪！中国千百所艺术学院的教授与博士群，灿然诞生了波提切里、多那泰罗，中国作家协会无数写手中，凛然走出一位但丁或薄迦丘，中国社科院或国家智囊团悄然藏着一位马基雅维利，中国财富排行榜大腕堆里傲然稳坐着一位——也许一大群——倾囊襄助文艺的美第奇，而全中国千万座大兴土木烟尘陡乱的城市中，可别小看哪！有那么几座甚至会变成佛罗伦萨或威尼斯……打住。我知道这比附何等浅薄可笑，我也知道以上几位学者其实不是这个意思，但还是管不住自己的生搬硬套，这一搬套，遂由亢奋转而平静。

“中国”与“文艺复兴”，确是大可借题发挥的话题，但也是歧义丛生而极难把握的话题。

名词与形容词

我们若是谈论意大利半岛500年前那场真的文艺复兴，便是以“Renaissance”作“名词”解，而西方的有关专著与确论，实在太多了，好歹比我们谈得翔实而透辟；若是以“文艺复兴”作“形容词”发挥，则近于瞻望中国“文艺盛世”的可能性，大可不必理睬古希腊、拜占庭和意大利种种文化渊源和历史背景。去年，我因文艺复兴展首次来华接受访谈，其中一问是：“中国历史上是否存在一个类似‘文艺复兴’的文艺爆发时代？”以下请容我摘录自己粗略的应答：中国文艺史跨朝代的复古与振兴，多有史迹。论性质、形态、因果关系、影响的幅度，很难找出哪一阶段能够与意大利文艺复兴相对应——这不是说我们不如人家，正相反，借金观涛先生关于中国历史“超稳定结构”论，中国文艺的生发衍变相当早熟、平顺而自然。鉴于现代中国的政经滞后，“超稳定结构”论在20世纪80年代带有负面评价与反思的性质，但于中国古典文艺史，我以为此论可以是正面的、肯定的——在世界范围各大文明中，恐怕找不出这样恒长稳定而延绵不息的生命体。

以公元年表推算，欧洲文艺复兴全程约略相当于中国的明初、明中期、明晚期，此前的秦汉魏晋、隋唐宋元，早已逝去。所以欧洲人念及文艺复兴，仿佛很古，其实很年轻，犹如俊朗的少年；中国的明季虽然很近，其实岁数很老，已是中国文化的晚境。譬如以明四家——沈周、唐寅、文征明、董其昌——与文艺复兴三杰横向映照，不论在工具、美学、精神、境界诸方面，均难寻获对应点：文艺复兴人信奉耶稣教，画圣经故事；明四家读老庄，玩禅宗，一律画山水，你说怎么比？再说文学。意大利是要到13世纪但丁手里，这才由古拉丁语转型为意大利语，出现像样的文学。欧洲中世纪大约始于公元四五世纪之间，华夏时在魏晋，魏晋诗文，前有两汉上至春秋的大统，之后一路润泽隋唐，论文字语言的超迈成熟，中国比意大利不知早多少百年。至于魏晋的书法更是无可超越，西方根本没有。

倒是北魏及隋唐的佛像与中世纪雕刻彼此有一拼，两皆朴厚而魂灵出窍……回看绘画，13世纪的乔多是文艺复兴艺术公认的太师爷，可是乔多要是亲见早他将近900年的顾恺之画艺（4世纪左右），或走进敦煌（4世纪至12世纪左右）洞中瞧一眼，不免心手见绌，岂不羞煞。顾恺之之后，我们每世纪仅选一人，不及其余，则6世纪的展子虔，7世纪的吴道子，8世纪的李思训，10世纪的董源，11世纪的赵佶，12世纪的李唐，13世纪的钱选……在所谓“漫漫长夜”中世纪，中国最富于传奇性的画家早就出现过了。

我猜，以上说法立刻会招致诘问：我中华文艺固然伟大，但可曾催生“人的觉醒”、确立“人的尊严”？又可曾光照世界，为人类贡献新的价值观、铺展新文明？呜呼！话要是这么说，我便无词以对——“觉醒”、“尊严”、“人”，这些词语和价值观全部来自西方，而古老中国为了换取民族复兴，早已朝向全盘西化与现代化转型。华夏文明的光荣，只是记忆，很难是活泼的价值。近来不是有位法国人傲慢否认21世纪是中国人的世纪么，理由很简单：“中国并不输出价值观。”假如这话惹我们大怒、不服，那就另说，倘若冷静而同意，那么，“民族复兴”确实不等同“文艺复兴”。换句话说：除了经济奇迹与庞大的人口，要论“价值观”，新世纪未见得怎样在乎我们。

而我们非常非常在乎新世纪。从甲午战败到坐拥核武器，从庚子赔款到外汇储备逾万亿，中国人咬牙回应了被西方逼出来的大部分命题。这些命题之所以是西方摊牌，可以说，确实肇因于500年前那场“真的”意大利文艺复兴——现如今，中国国力强盛而蓄势“崛起”，倘若现代化还剩一道命题有待交卷，那就是文艺复兴揭示的价值观：“人的觉醒”、“人的尊严”，以及，取西方说法：“彻底解放的人”。

假如我不曾误会，刘军宁先生的破题是否即这样一层意思？

因果错置与问题错位

但迄今七八篇文章，三四个回合，几位学者说法各异：一路是高度认同文艺复兴之于中国现代化进程的救赎意义，另一路，则力主“道德重建”与“社会再造”。好在二者的焦点都落在“人”的问题，正与近年的社会话题相呼应——从教育领域聒噪多年的“人的素质问题”到煞有介事的“国学热”；从腐败案例令人惊怵的“人心问题”到司法改革呼之欲出的“人的绝对价值问题”——例如取消户籍制与“死刑”的审慎核准及存废之议——当然，还包括民间日渐警醒的“维权意识”和施政纲要中“以人为本”的频频提起……总之，在改革开放种种话语资源中，我们从“制度”、“文化”之类大字眼，到“经济发展”、“和平崛起”等等大方针，兜了好几圈，说了数十年，终于轮到“人”这个“关键词”。

然而作为药方，别的“关键词”也就围上来：有说“启蒙”大课总得补上，有说“道德”才是迫切的正题……此刻放下其他意见，单是来顺一顺秋风先生的说法。

譬如他耿耿于“社会再造”，很可尊敬。其实呢，我们全都活在早经“再造”的社会中，其初端，即五四那场“新人文运动”，如今再来新他一新，绕不出 1919 年前后那些老命题，也对不起 1949 年大功告成的革命。又譬如“道德重建”说，尤为可敬，但是别忘了，要论“重建”的力度与规模，莫过于 20 世纪 50 年代新政权成功铲除黑社会，禁赌禁娼整整三十余年：我们，就是传统“道德”被剧烈“重建”后的几代人。此下的故事耳熟能详：60 年代“学雷锋”与“破四旧”，70 年代“一不怕苦二不怕死”，80 年代“反污染”、“五讲四美三热爱”，直到今天的“八荣”与“八耻”……秋风先生既是主张“再造”与“重建”，可有更猛的药剂么？

我知道这样问法不“道德”：政府“运动”非属民间自发，民间的道德风气还靠教育、法制、习俗、礼仪等等大框架与大功夫，其间，缺不得文艺来浸润。然而秋风先生主张“大可不必有太多的文艺情怀”，指的是什么文艺？看看咱官办作协的会员人数，世界第一；美术院校的数量与生源，绝对世界第一；全国的联欢会歌舞会音像娱乐卡拉 OK 厅加上超女超男大比赛，即便撵不上世界第一，也将是全球最大的娱乐业市场，至于时尚杂志学术期刊，多得数也数不清，而近年一部部国产大片再怎样招非议，票房也持续攀升，动辄数亿……无怪乎秋风先生痛感“中国的文艺复兴已经过剩”，证据是“个人早就从传统习俗中释放出来”，性观念开放得“无以复加”，远甚当年意大利，于是他慨乎其言：“既然我们已经有了近乎放纵的个性解放，那在我看来，当代中国所需要的，就不是意大利式的文艺复兴或者法国式的启蒙运动。相反，我们所需要的是一场对这些运动的反动。”

这是何其正义的昏话，又是何等乖谬的书生气：原来遍中国人欲横流、全社会道德失范，不因世代的匮乏与压抑——且不说至今还有多少亿人仍在异样的匮乏压抑中——也非信仰崩解，人心无可依凭而无所顾忌，总之，当今社会目所能及的种种失落与畸变，竟是“个性解放”惹的祸，还居然起因于“过剩”的“文艺复兴”？！

但我同情秋风先生的逆论，为什么呢？就为这类“因果倒置”难脱书生论世的大尴尬，好比我才听说文艺复兴“悄然来临”，即刻悬想中国将出达·芬奇，真是骨子里的乡愿与自欺。

为什么中国西化一路到现在，我们总是轮番地“空欢喜”或“瞎着急”？只为各国文化受制于历史渊源，不然不成其为文化；历史逻辑一旦切换空间与时差，便不成其为逻辑。西方的“因”未必在中国成正“果”，中国的“果”，也难一五一十核对种种西方的“因”。至于秋风先生有关欧陆历史纵横谈，倒是没说错，譬如中世纪并非那么“黑暗”，启蒙运动太过刚愎自用，英荷的宪政实验更具理性，北欧宗教改革不让于南欧的文艺复兴……可是取这类书本常识振振有词论中国，稍不留神，可就问题错位，倒果为因。

问题与主义

今次刘军宁先生拈来“文艺复兴”一词谈中国，其实是20世纪80年代迄今国中“文化批判”添一新说法，其中牵扯东西方文化的是非与得失，大致还是五四以来申辩再三的老问题。有道是“多谈问题，少谈主义”，但此番各位论者的“主义”仍从字面纸背透出来，有涉“自由主义”和“新左翼”、“个人主义”和“国家主义”、“世界主义”和“民族主义”。

早听说国中知识界有那么三两种无伤大局的“主义”。我不是学者，读书少，乐意对各种主义偏听偏信，同时将信将疑。当我对有些事物喋喋批评，即被划归“自由主义”或“个人主义”；当我沉湎于文化记忆或美学偏爱，自知偏向保守的文化“民族主义”，偶尔痛陈社会不公，我涉嫌轻率的道义感略约近似“新左翼”……这回围绕“文艺复兴”书生谈，我愿向刘军宁、崔卫平与李静诸位的题中之意和弦外之音，起立致敬！长久置身千千万万接受过现代洗礼的西方人群，我持续目击什么是远自佛罗伦萨开启的伟大价值；同时，真奇怪：当薛涌先生主张“走回中世纪”，我暗自心仪这美丽的梦话，因数度造访意大利，文化惊艳多在前文艺复兴时期——至今，地中海沿岸随处是中世纪教堂、深巷、钟声、广场，恬静如昔，民风淳厚，我这才悟到现代诗祖师爷叶芝先生的梦魂牵绕，何以是晚岁的诗作：“航向拜占庭”——而听得薛先生叫嚣“向历史要回孔夫子”，还主张以中世纪为参照，重新“解释并发挥”我们“上古的先王之制”，说实话，这反动透顶的呓语正合我的私意……至于秋风先生三篇大作的理论絮叨也颇有典有据，不消说，他和每位中国书生一样，柜子里塞满译自欧美诸家的高论和主义。

我肯定错置并误解了以上种种说法。是我无知，但也恐怕是“主义”的问题。即便在西方，所有“主义”统统遭遇始料不及的大问题：文艺复兴人何曾梦见两百多年后法国人会接续“人文主义”命题，闹一场启蒙运动；启蒙先贤又怎会预知“唯理主义”与“科学主义”悍然招致两百年后的世界大战；而战后“资本主义世界”与“共产主义阵营”再怎样神机妙算苦心孤诣，岂料新世纪的新灾源，是“极端民族主义”和跨国“恐怖主义”。

或为祸，或造福，祸福相生，险夷莫辨，反正时空切换，“主义”随即出问题。我曾请意大利画展的中国观众留心：正是达·芬奇精美素描中的各种兵器，后来变成列强轰开大清国口岸的洋枪洋炮，现如今，则小小温州数万旅欧移民的区区皮鞋生意，足使地中海国家商务部官员大伤脑筋；马可·波罗曾携元朝的钱票请 12 世纪意大利某公国君臣过目，满座啧啧称奇，到了 21 世纪，不知源出哪位西方经济学家的哪种“主义”，据说我人民币币值的稍许浮动迅即牵连世界经济大问题……这一幕幕历史剧情该怎样核对所有已知的“主义”？平心而论，但丁、布鲁诺、伏尔泰、孟德斯鸠从未悬想日后中华帝国的百年命运，而中国人硬是将西化命题反过来做——先器物，再制度，最后学文化——也照样卫星上天、富国强兵。烦是烦在一步一步玩到今，我们眼看什么洋玩意儿都快办齐了，恐怕到底绕不过现代化游戏规则，即西洋人该死的“价值观”，价值所指，不是GDP、不是股市、不是汽车工业或房地产，而是“人”的问题。

这是全然陌生的历史。500年来西方文化肇事者均无法演算他们的命题怎会走成这步棋：论文明形态，中国早已跨越“后文艺复兴”时代，论人的状况与价值观，则刘军宁先生的要义似在提醒：我们可能仍处于“前文艺复兴”时期？今日中国早已不容闭目塞听的“民族主义”，也难成全货真价实的“世界主义”：当我们越是逼近现代化主题的核心，“人的问题”越是无可回避。查阅欧洲历史大剧本，书生们于是想起了远哉遥遥的“文艺复兴”。

文艺与复兴

是的。“复兴，为何是‘文艺’？”此刻回头聊文艺，同样为“主义”纠缠而充满“问题”。头一道话语陷阱：什么是文艺？

《哈姆雷特》与《红楼梦》，是文艺；云冈大佛与米开朗琪罗的大卫像，也是文艺；披头士和好莱坞当然是文艺，咱春晚赵本山和“我爱你，就像老鼠爱大米”，谁敢说不是文艺……老子谆谆警告：五色令人目盲，五音令人耳聋；在文艺复兴人瞻望的希腊时代，柏拉图主张将诗人撵出理想国。艺术与国家怎样相处？文艺与人类什么关系？先哲谈文艺而起愠色，其心也苦，两千多年后，纽约现代美术馆曾请毕加索致电声援“艺术自由”，被这位老顽童断然拒绝，理由是：“没有扼杀个人的国家，便没有真知灼见的人。”我们明白毕加索的意思么？这句话，适可置文艺于另一种定义。

而中国现在并非没文艺。诸位稍微想想看：我们的文艺与良民其实很般配。托马斯·卡莱尔的公式是“有什么人民，就有什么政府”，依我看，有什么文艺，就有什么人民。

“上古的先王之制”，灰飞烟灭了。络绎于敦煌道中的礼佛者，日夕吟诵的唐人与宋人，历代文艺莫不照见彼时的人心。华夏经典不提也罢，须知文艺复兴匠师和中世纪同行一样，无非图解旧约与新约，虔敬专注，逾千年，画着画着忽然活画出自己的面目与身心。音乐是要晚一点这才容光焕发，当亨德尔大弥撒唱到“哈里路亚”，皇帝当场起立，全场起立。到了柏林墙倒塌那一年，西方万众聆听贝多芬的《四海之内皆兄弟》。

中国眼下的大部分文艺和绝大多数人，两相狎戏，仿佛催眠，并不意在唤醒彼此的价值与性灵。“人”从这样的文艺中能够辨认自己、实现自己么？倒也不是不能够,无奈人的精神存有不同的等级。要能创造为“人”——而不是“为人民”——的文艺,还看怎样的天才、怎样的人,只是人与文艺遭遇周旋无可测：莫扎特并不预知自己的下一部作品，而作品，永在期待寻找它的“人”。

说来真是不可思议。各大文明，似乎仅止被我们翻译成“文艺复兴”的那股清风与洪流，居然兜底重塑全世界，各国的初民与帝君岂料人类因此弄成今天这般难收拾。不论“Renaissance”一词的所指究竟是什么，我们是否确凿领会什么是文艺？我无条件信奉“文艺复兴”的大启示：若是先秦以来思想资源果然凝成文艺的毒光照来世，那该多好啊，虽然我确信人类进程不可逆，复兴、盛世，过去了就过去了，不会照样来一次，除非天启全新的价值观，天纵全新的人。可能吗？只当是做野梦，我祈愿华夏复兴文艺、文艺复兴：何止中国，如今全世界唯利是图而涉嫌迷失，连西方也该幡然有悟，策动新的文艺复兴。

我知道，这同样是书生的妄念，而真的文艺果然制造不安、搅动人心。秋风先生不是鄙薄文艺而力倡“道德重建”么？是啊，文艺自古擅闯祸，撕破多少道德网络与假面，真的道德，则无不借文艺赋予温热、血脉与神经。我的意思是：倘若永逝的文艺复兴仍具神效，不在庞大的民族与国家，仅在个体的“人”——华夏再也要不回“我们的”孔夫子，欧洲人休想重返中世纪，但哪位俗世凡胎存心被拯救而有所超越么？世道荒荒，唯文艺可能使若干单一的生命悄然醒觉、兀自“复兴”。

好一次艰难的书写。以这话题的全部复杂性，下笔已属冒失。不过我谢谢刘军宁先生好兴致，不会有什么结果的，但人总得说点梦话而免于日渐弥漫的大无聊。文艺复兴时代没报纸，我们有。话题会带出话题，歧义将衍生歧义，此下还有人乐意接续这场空谈么？

文艺复兴：通向新价值秩序的入口处

■ 刘庚子

有多少知识分子还是知识分子

曾经，在中国的某个岛屿上，有一位女士站出来大声发问："中国人，你为什么不生气？"她以此问唤醒大众的人格意识。于今，在大陆上终于也有个刘军宁先生站出来大声地说："中国，你需要一场文艺复兴。"我想，这是在全球化的背景下，表达了国人对人格的向往。所以把这两篇相距20年的文章联系在一起，是因为我把有勇气"生气"和有价值的向往都看作是人格的追求。很多人会说："生气，没有用的。""向往能当饭吃吗？"也许，在这个特定的环境中，由于人们丧失"生气"的勇气已久，"生气"只会被判为不成熟，而"向往"则被认定为"傻帽"。但是，当人们面临某些具体情景，或多少静下心来回味一下时，还是会"生气"，会有向往的。尤其是当他们面对不公、强权、特权、歧视的时候；当他们的尊严、权利被蔑视、被侵害的时候。因此，我说"生气"（而非暴烈）、"向往"正是中国人当今真正树立人格的基因。刘军宁以重申"人是观念的动物"、"个人的尊严与价值"的方式道出了这一点。杨鹏说"中国正进入一个正义情感的积累期"，我完全同意这一判断。这个正义情感的积累正是"新人文运动"的根。是的，我们还处在"前夜"的困境中，但提出"中国需要文艺复兴"正是基于对我们自身困境症结的认知，并且是寻找解决路径的一个努力。这里我想重复杨鹏的话："我们缺少的不是自由，而是争取自由的公共精神！"

我特别欣赏李静的一个说法，中国的"文艺复兴"首先应当是知识分子的自我成长与精神健身运动，在此一过程中，他们与公众分享精神成长的经验，"中国的文艺家……（也）需要一场自我成长与精神健身运动"。当下，对知识分子群体是要问一下，有多少知识分子还是知识分子？有多少知识分子还有自由的思想、独立的人格？还有没有价值追求？还有没有作为知识分子的尊严？有多少知识分子忙于在"核心期刊"发文章、出"专著"、评教授、当博导、拿特殊津贴、争科研经费？这十多年中国的学院派知识分子是否大多已淹没在这些林林总总的名堂中，尝着不尽的甜头，而独立人格消解于无穷无尽的考评达标中，是到了"清点我们人性的财富"的时候了！今天我们对自己是有一个"更高的评价还是更低的评价"呢？

凸显"中国需要一场文艺复兴"，绝非"天真汉"书生气的一厢情愿，而是思想者们敏锐地洞察到了广大民众发自心灵的呼唤——对个人价值尊严、权利的自发追求。

期待中国出现一场真正的"文艺复兴"，国人从中反省人性，确立人格，高扬价值理想，使尊重个人的权利成为中国人的公共精神，并在对人格的追求过程中形成新的价值秩序。有一个提醒可能会成为能不能形成真正"文艺复兴"的要点，即崔卫平、李静对"审美独立性"的强调，以及反对"知识功利主义"，反对把文学艺术当成其他目的的工具。此一点对中国文艺复兴本身来说，我以为至关重要。

新价值秩序的核心

让我从辨析秋风先生否认"中国需要文艺复兴"的诸多异论入手。

第一，秋风认定"文艺复兴"在中国已经"过剩"，应以"道德重建与社会建设运动"代之（薛涌则要以"复兴中国的文化"替代）。其实，"文艺复兴"与道德社会建设、复兴中国文化之间并不是非此即彼、势不两立的冲突关系。应该说这些均为当今中国之所需，皆可提倡。不仅可以并行不悖，而且可以相辅相成。如秋风倡导"社会建设"，我领会他把核心放在社会自治上。这一点就与"文艺复兴"的倡导是相通的。因为，能搞成自治的人必是有人格尊严、自立、自助的人。人格的形成与自治的形成是同一个过程。

现代社会价值秩序的根基和核心则是保护人的基本权利。有了这个基本点，传统的道德伦理系统便发生转换，被以此为基点重新解释和理解，法治社会由此而建设生成。那么，反过来看，正是“文艺复兴”这场人文主义运动在欧洲传播，普及了人的价值、人的尊严、人的权利的思想。而于当今要建设法治社会的中国，在我们面临一种困境之时，倡导一场“文艺复兴”的新人文运动，以明确、强化新价值观的根基、核心，正是走进新价值秩序的一个入口。

第二，判断“文艺复兴”在中国是否已经过剩，要基于对历史上“文艺复兴”的评价和对中国现实社会的认知。对于中国所需要的“文艺复兴”，刘军宁、杨鹏已有说明（对于历史上的“文艺复兴”，我相信写过《保守主义》的刘军宁先生不会认为它是与中世纪的决裂，如薛涌所猜测的），他们的说明不是基于“命题论证”，而是基于对现实困境的深思。而秋风的逻辑是“文艺复兴”等于个性解放，个性解放等于物欲横流，进而把他厌恶的当下“物质主义”泛滥归因于“文艺复兴”。我以为秋风的认定在对历史和现实的理解上均有偏差。历史上,不应把意大利的文艺复兴（世俗人文主义）与北方的文艺复兴（基督教人文论）严格划界。欧洲人把它们都称为文艺复兴或人文主义，不仅是因为它们时间上相连，前后有直接影响，而且因为它们精神实质和形式上的一致，即凸显人的价值、人的尊严，且以艺术文学的形式。所以，他们把西班牙塞万提斯和不列颠的莎士比亚都算在内。如果断定“文艺复兴”已经过剩，那么，是否可以断定个体尊严与人文精神在我们的生活中已经过剩了呢？顺便说一下，“文艺复兴”的确需要“良辰吉日”（熊培云语），这个“良辰吉日”在过去和现在都是市场经济社会的发展。为什么？因为不论古今，市场经济社会更多地让人摆脱了各种人身依附关系，人可以自主迁徙了，不再永远是某个人的人、某个单位组织的人，而真正成了社会的人。这样，自立、自主、自助的人就诞生了，人格平等就诞生了。个人的人格、价值、尊严、权利就开始生长。商业的繁荣使文学艺术的广泛传播成为可能，文学艺术创作有了新的对象，作品也有了新的接受群体。所以说，历史上“文艺复兴”的发生是有条件的，今天我们呼唤的“文艺复兴”也是有条件的，另外，史称“文艺复兴”的时期是指 14 至 16 这两个多世纪，这期间欧洲发生过可怕的黑死病，但这并不能否认这个时期“农业的商业化”，“庄园制的瓦解和工业的繁荣”以及“某些城市的惊人成长”。

在对现实的认识上，若把现实道德的不良状况，人的原子化、物欲化统统归因于捍卫完全到来的“文艺复兴”等，恐怕是“丢了西瓜”。崔卫平说：“在今天对于权力的无限崇拜也同样俯拾皆是，严重……侵蚀了民族的道德和尊严。”是的，这说到了点子上。中国还是“官本位”的社会，是权力（崇拜）的社会。当我们看到各种权力腐败毒化社会道德的时候，我们首先要问一声：“他们为什么能腐败？”那是因为他权力太大，他的权力垄断的资源太多。社会整体的道德状况的确很糟，但我们必须认清造成这种状况的主因究竟是什么。否则，一味地斥责广大民众，斥责市场社会，不去消解“官本位”和无处不在的权力崇拜的“意底牢结”，又能“重建”出什么道德？又怎么可能建设出自治的社会？不要忘记，市场秩序是要“建设”的道德和社会的基础。秋风眼中的市场社会似乎尽是些不良的东西，他以“物质主义”称之。我们应该看到一些最重要的新因素，那些自立、自主、自助、创业、支撑着社会的那些人，我是指民间企业家、职业经理人群体（不否认其中有不少不道德及违法者）。许多人看不到兢兢业业的经营管理的辛苦，看不到他们在发展企业过程中付出的道德努力和贡献的道德资源，似乎经商就是不择手段捞钱。他们似乎也看不到那些新型的技术工人，那些农民工，那些志愿者，那些自由选择职业或创业的大学生。尽管其中有很多酸楚，很多不公，很多不如意，但毕竟人们开始有了“机会”。还有，人们已经开始热衷于传统文化，特别是先秦诸子，已经开始热衷于信仰。这些不正是表征着人们在自觉不自觉地找寻着人格、价值、尊严、德性等人生的、生命的意义吗？而这不正好表明中国所需求的“文艺复兴”有深厚的社会根基吗？

第三，理论框架与历史真实的关系问题。其一，秋风先生推崇苏格兰启蒙运动、真个人主义，而对法国启蒙运动、假个人主义则作负面的评价。但是，把真、假个人主义、两种启蒙运动差异的理论分析当作一个框子去套历史与现实，把一切不良的东西都归于法国启蒙运动、假个人主义的影响，则太夸张了。这样会忽略历史和现实中那些造成不良后果的最真实、最直接、最重要的因素。不能忘记“那一声炮响”对中国历史方向的直接推动。现实中，所谓“物欲横流”，则恐怕与市场经济的较大放开和政治、思想、文化、信仰上的壁垒有更大、更直接的关系。许多人把现在道德状况不佳归因于五四时期切断了中国传统的价值观和伦理道德，而五四是受法国启蒙运动影响的。其实，五四时期有反传统的一面，又有尊重传统的一面，真正切断中国传统使其一直不得转换的原因是“阶级斗争年年讲、月月讲、天天讲”，是剥夺“剥夺者”，是“造反有理”的“文革”。人性都被彻底否定、践踏，传统被彻底否定，道德转换传承就彻底谈不上了。改革开放后，传统道德又一次丢失，除了市场化带来的社会结构变迁的原因外，还有个原因是错把“物质文明建设”当成了精神家园本身。“发展生产力”、“先富起来”、“建设小康”都是好事，但这是“物质文明建设”，物质需求的满足代替不了精神需求，且会走向“物质主义”。这大概是导致目前道德状况的一个主因。因此，我要说，可否把理论框架放一放，直面现实，回到历史的真实，首先回到中国近现代历史和世界近现代历史的真实。然后，再认真思考一下：中国究竟需要“文艺复兴”否？

其二，把“文艺复兴”与假个人主义、法国启蒙运动直接相连等同，以此来否定中国需要文艺复兴，怕难以服人。倡导“文艺复兴”不存在“制度决定论”还是“文化决定论”的问题。让我们回到对“人是观念的动物”这个命题的理解。这个命题一方面潜在地包含着对人的价值、尊严、权利的肯定，另一方面也潜在地包含着对人与制度与文化关系的理解。人的观念与人的行为是互动的，有观念的人与道德（习惯、风尚）、制度、文化是互动的。现存的道德、制度、文化影响着、制约着人的观念行为，而道德、制度、文化又是有观念的人的活动的产物，人们活动在自觉不自觉地造成道德、制度、文化的演化。文学艺术是“有观念的动物”特有的活动方式之一，是一种观念传递，是观念影响观念，自然也会影响人的活动方式。倡导“文艺复兴”既不要考虑它能决定什么，也不要考虑它会被什么所决定，只要真正的文学艺术繁荣就好，只要作品里不只是“尊尊亲亲”、权力阴谋、“世事洞明，人情练达”就好，只要能让心灵震撼或幸福微笑就好，只要能弘扬人的价值、人的尊严、人的权利就好。“文艺复兴”就是要表达人性的全部丰富性，凸显人性中最阳光的东西，凸显全球化背景下的“文明人”，凸显审美的力量。

文艺复兴的人

由历史和个人经验可知，人的理性有限。这是一个经验，也应是个信念。然而人的有限理性与激情、意志一起，随着时间的推移已经自然而然地造就了很了不起的结果。因此，要尊重时间延续中自由人自发联合、活动的过程。由于理性有限，不应关注个人是否（应该）被自私的动机所左右，而是应该允许个人按照眼前他所知道和关心的那些情况指导自己的活动。这些个人活动通过“看不见的手”多数会有公益效果。进而，它肯定家庭和一切小团体共同努力的价值，它相信地方自治与自愿联盟的力量。由此得出两个结论，一是个人要尊重传统、道德惯例等看似盲目的力量；二是让个人有最大限度的自由和责任去选择他的目标和达到目标的手段，并付诸行动。

这种伴随着“文艺复兴”出现的价值观主张，一切价值最终都是由个人体验的，因此，一切价值均以个人为中心；个人本身就是目的，具有最高的价值，一切社会活动最终要落实到服务于个人；每个人在价值上都是平等的，任何人都不应当被当作另一个人获得幸福的工具。这套价值体系，反对强权对个人的支配，主张每个人有权（独自或协作）追求幸福并对自己的行动负责。这套价值观所理想的是有“自助精神”的人，温和且重实际的人，谦逊的人，在生活中实干、节制、正直诚实的人。而这也正是中国社会中正在出现的人，是中国“文艺复兴”要大力催生的人。其路径是回到“文艺复兴”的倡导，这是走进新价值秩序的一个入口。让中国的“文艺复兴”以审美的力量走出思想圈，走出学术圈，走向文学艺术，走向大众。

没有一流大学的文化繁荣

■ 薛　涌

十几年前，美国一位统计学家大卫·班克斯（David Banks）写了一篇论文，题为“天才过量的问题”。他指出，对人类文化作出重大贡献的天才，在时间和空间上的分布非常不均匀。他们多是成群结伙地在某一时间和地点上产生。他通过统计数字归纳出人类历史上三个最为盛产天才的时间和地点：公元前440～前380年间的雅典，1440～1490年间的佛罗伦萨，和1570～1640年间的伦敦。他接下来质问：是什么因素使某一地点在某一时段内产生了如此之多的天才？回答这一问题，对我们的教育、政治、科学和艺术都有重大的启示。可惜我们从来没有正面地提出这样的问题。

班克斯的问题对历史学家来说是个重大挑战，虽然他的统计标准或大有商榷之处。比如，他所说的佛罗伦萨，主要是梅第奇家族统治时代，也大致是达·芬奇和米开朗琪罗的时代。俗话说“十年树木，百年树人”，达·芬奇和米开朗琪罗这样的天才，并不是15世纪中后期突然蹦出来的。众所周知，意大利文艺复兴是现代文化的起源。这一文艺复兴的中心，就是佛罗伦萨。另外，佛罗伦萨还是欧洲首屈一指的金融中心、制造业中心，是现代资本主义的发源地。我们无法把达·芬奇和米开朗琪罗从养育了他们的这种制度和文化中摘除出来，特别是这种制度和文化到他们出生时已经发育了百年以上。当我们把班克斯在统计学上的时间框架稍加突破，检视从13世纪到15、16世纪广义的文艺复兴时，佛罗伦萨文化巨人的阵容同样令人吃惊：但丁、彼德拉克、薄伽丘、布鲁内热斯奇、达·芬奇、米开朗基罗、拉斐尔、马基亚维利……再稍后一点还有伽利略。

不过，更令人吃惊的还是佛罗伦萨的人口基数。根据当时人 Giovanni Villani 的记述，在 1348 年黑死病爆发以前，佛罗伦萨的人口达到 10 万的顶峰。现代学者的估计保守些，约为 8 万。黑死病把佛罗伦萨的人口砍掉了一半，并且不断袭来，使其人口到 19 世纪以前一直没有恢复。所以，在我们所谓的文艺复兴时期，佛罗伦萨的人口多在四五万上下（作为对比，当今北京市仅海淀区的常住人口就在 30 万上下）。佛罗伦萨的识字率虽然在当时非常高，在成人男性中也不过是 1/4 到 1/3 上下。也就是说，在黑死病之后，那些识字的男人（即有成为文化巨人的最低准入资格的人口）长期维持在不过几千人的水平上。另外，现代学者还以不同的区域的标准进行估计。佛罗伦萨本身人口 4 万，佛罗伦萨作为一个城市国家所统治的地区（包括周边农村、6 个附属城市）的总人口共 30 万。不过，这些周边地区的人口，特别是将近 18 万的农村人口，其文化素质和佛罗伦萨本城的人口不可同日而语。这么一点人口竟在几代人之内为人类文明贡献了如此之多的文化巨人，也无怪佛罗伦萨成为世界最聪明的地方了。

另外，13 ~ 15 世纪正是欧洲大学勃兴的时期。其中佛罗伦萨所在的意大利北部地区更属于大学的发源地。比如在与佛罗伦萨交界的波伦亚（Bologna），产生了欧洲第一所大学，以法学教育领先于世，和以神学为核心的巴黎大学分庭抗礼。另一个邻居帕多瓦（Padua），乃至一度被佛罗伦萨征服的比萨，也都有“世界一流”的大学。伽利略就在这两所大学中都任过教，哥白尼则曾在帕多瓦任教。相比之下，佛罗伦萨虽然在 1321 年也建立了大学（stadium generale），但 1330 年代就停止运行。到 1348 年政府下令再建，在 1371 ~ 1379 年间只有两位医学教授，在 1379 ~ 1385 年间干脆关闭。在接下来几年大学进入顶峰期，曾雇有 24 位教授，可惜日后每况愈下，1407 ~ 1413 年间再次关闭。其校长在 1430 年时感叹：佛罗伦萨富甲一方，是意大利文化之都，但大学竟比不上周围差得多的城市！ 1473 年，大学迁移到被佛罗伦萨征服的比萨，享受了 20 年一流学府的地位。1494 年比萨反叛，又迁移到了皮斯托亚（Pistoia），随后再迁至波拉图（Prato），最后于 1496 年回到佛罗伦萨。不过到了 1515 年，则随着政治形势的急剧变化又跑到比萨开张。

为什么这么一个没有一流大学的地方，居然在文化上把人类带入了现代？

佛罗伦萨的例子证明：大学未必是文化繁荣的关键，宏观的社会政治制度更为重要。从教育制度上看，佛罗伦萨虽然没有一流大学，但其草根的教育体系相当完备。让我们回到 Giovanni Villani 的记录：在佛罗伦萨人口达到 10 万时，有 8000 到 1 万名孩子在私立学校中读书。这些人大部分在读小学，基本是用母语（当地的方言）接受教育。有 1000 位左右的精英则进入用拉丁文教学的职业学校接受数学、逻辑、修辞等训练。除了这一基础教育外，行会拥有自己的一套训练体系。米开朗琪罗就是由这套体系训练出来的。他最初进入石匠作坊学艺，后曾尝试到学校读书，但马上就受不了，最终回到作坊中苦干，终于有大成。目前留下的历史档案中还有这样的司法案例：作坊中一位学徒起诉另一位伙计，因为他给了后者一笔钱，后者答应教他读书，但最终未能遵守承诺。这多少反映出作坊中的学习空气。

更高一级的教育，则是教会、修道院中的学校。这种教育机构在大学诞生前就非常普及。即使到了 16 世纪，伽利略这样的人才也在这种学校中接受过教育。另外，精英的人文学者各有自己的圈子，有柏拉图学园这类的私学，如 Chrysoloras 等著名的古典学者，即使有大学教职，也多在大学之外的私学中教书。没有一流大学还使佛罗伦萨有一个意外的收获，那就是文化的多元化。我们一般对文艺复兴的印象，多受瑞士史学家雅克·布克哈特《意大利文艺复兴的文化》一书的影响。他把文艺复兴的成就描绘成人文主义战胜了中世纪的宗教、使理性把个人从神学中解放出来。但后世学者的研究，指出了这一描述的夸张和片面。事实上，文艺复兴中的几个意大利城市充满了虔诚的教徒。神学是文艺复兴的重要动力，也是其艺术与文化的主要题材之一。另外，当时对文化多元的最大威胁，不是来自教会，而是来自大学。大学所教的科目，过分地统治了当地的文化。且大学多以法学为核心。即使地处教廷所在地的罗马大学，在 1514 年有 31 位法学教授，18 位修辞学教授，13 位哲学教授，4 位神学教授，2 位数学教授，1 位占星学教授，1 位植物学教授。要知道，在法学领域，经院哲学是主导性的方法，和新近崛起的人文学虽然不像布克哈特所描述的那样迥异，但毕竟取向不同。波伦亚因为其大学而成为欧洲的法学之都，结果整个知识生活被法学所统治，经院气非常厚重，在其他方面则缺乏表现。帕多瓦大学素有亚里士多德的学术传统，最后发展成自然科学的重地，但也同样不能避免文化偏食的命运。佛罗伦萨人要想接受这些主流学科的教育，很方便到邻近的大学去就读。比如，佛罗伦萨是个司法中心，许多司法人才就是波伦亚大学培养的。甚至一些重要的艺术家，如早期佛罗伦萨画派的代表利比（Fra Filippino Lippi）、写实主义雕塑的奠基人之一多那太罗（Donatello），也一度被吸引到帕多瓦大学中。不过，佛罗伦萨总能在大学的主流学科之外兼容并包。像米开朗琪罗这等讨厌学校的天才，在佛罗伦萨的工匠传统中有着最好的成长环境。另外，布鲁内热斯奇、多那太罗、吉尔贝蒂（Ghilberti）都是在金器匠的作坊中接受的最初训练。他们之所以能够突破那个时代平庸的哥特式风格，就在于无学统限制，能摆脱师传，从实地考察古典遗迹中几乎无师自通地形成自己的风格。

多元文化要具有真正的创造力，多元因素就必须相互交流，否则就如把各种风格的家具杂乱无章地摆一屋子，照样没有格调。美国的佛罗伦萨史学家 Gene A Brucker 指出，佛罗伦萨的文化来源于两大传统：一是希腊—罗马—基督教所代表的普世主义传统（注意：在这里他把希腊、罗马的古典文化和基督教归为一类传统，而不是对立的敌人），具有强烈的等级和权威色彩，并且主要以拉丁文作为载体；一是特殊主义的本土文化，以当地的托斯卡纳方言为载体。这两大传统的融合，在但丁身上体现得尤其突出。但丁是古罗马帝国秩序的崇拜者，留下的政治著述主要为拉丁文。但他的《神曲》则是用当地方言写成。雅俗文化在他身上可谓水乳交融。

那么，这种文化融合的社会和制度根源是什么？我看最重要的还在于佛罗伦萨这个“面对面”的社区中的共和体制。不错，梅第奇家族的专制一度使共和体制名存实亡。但是，即使在梅第奇家族的极盛期，他们也都以公民领袖自居，不敢触动共和的制度形式。这种共和制度，表面上是许多学者指出的富人寡头统治，但其运作本身要求的政治参与则为大多数现代民主社会所望尘莫及。比如，作为最高政府权力机关的执政团（Signoria），由 9 位成员组成，任期仅为两个月。一年下来，这一最高首脑的地位就需要几十位公民轮流充任。当然，担任这一最高职位需要资格，并要经过严格审批。不过，在 1343 年，在 8 万到 10 万居民中，这个位置就有 3000 候选人，其中 300 左右通过审查获得了资格。到了 14 世纪后期，佛罗伦萨的人口仅四五万，有此资格的人则上涨到了 750 人。屈指一算，四五万居民中的成年男性公民不过在一万五上下。在这些人中，大约 20 个人中就有一个有资格充当国家最高首脑两个月！更不用说，在执政团之下，还有各由 12 人和 16 人组成的两个咨议会，负责对执政团提出政策建议，具有相当的政治权力，也是几个月一轮换。再往下，还有各级政府的行政官员、人民议会、共同体议会等等。把这些加起来，佛罗伦萨的男性公民离人人有官做已经相去不远了。

众多的佛罗伦萨公民都意识到：我早晚要承担重大政治责任，甚至担任国家首脑，对任何公众事务不能不闻不问，都必须精通。这也难怪，班克斯统计出的人类史上 3 个最聪明的城市，另一个就是以公民抽签轮流担任公职为基本政治体制的古代雅典。文艺复兴最重要的一个核心，其实就是希腊、罗马的古典共和主义的复兴。

共和主义往往能以公民精神超越阶层意识。佛罗伦萨固然是个贫富悬殊的地方，但是，在执政团中，富裕的国际银行家和贫困的工匠却可以平起平坐地讨论国事。精英与“草根”也因此有了制度化的交流渠道。构成文艺复兴里程碑的一系列公共建筑，在设计和建造上往往要经过充分的公共讨论，使各种文化通过公共辩论而融合。在当时，古典学术属于精英文化。拉丁文且不用说，希腊文连彼德拉克也难以掌握，几乎被流亡的拜占庭皇族和贵族学者所垄断。建筑师和雕塑师，则属于石匠、金匠一类的手艺人，主要接受的不是古典训练。但是，共和的公共政治品性把两种文化带到了一起。布鲁内热斯奇、多那太罗这些手艺人从古典遗迹实际考察中的发现，让那些终身研究古典文本的人文学者感到别有洞天，开始对这些匠人的工作大为注意。吉尔贝蒂为设计教堂大门的浮雕，也和人文学者布鲁尼等等多有交流。发明透视法的布鲁内热斯奇则学习数学，并经常参加在神学问题上的经院辩论，远非一个只会敲敲打打的石匠。

文艺复兴的表征，是学术和文学艺术的复兴。但是其根源和本质，则是公民精神的复兴。佛罗伦萨能把其巨大的商业财富转化为永恒的文化业绩，就在于其共和体制的活力。